Das brennende Herz
Gustav Mahler

Ein historischer Roman

H. Ardjah

Bibliografische Information der Deutschen Nationalbibliothek: Die Deutsche Nationalbibliothek verzeichnet diese Publikation in der Deutschen Nationalbibliografie; detaillierte bibliografische Daten sind im Internet über http://dnb.de abrufbar.

© 2017 Hassan Ardjah

Lektorat: Dr. phil. Melanie Ardjah, Barbara Leitsch

Konzeption und Gestaltung: Barbara Leitsch

Zeichnungen: H. Ardjah, Dirigent Gustav Mahler in Anlehnung an Zeichnungen von Otto Boehler

Fotografische Bildbearbeitung: Heinz Pelz

Herstellung und Verlag: BoD – Books on Demand, Norderstedt

ISBN: 9783743118379

Für Claudia

*Heidelberg 23.11.1951, † Göppingen 21.9.2015

*Die goldenen Lichter, die am blauen Weltrand gehen,
haben sich viel gedreht und werden viel sich drehen,
und wir, im ew'gen Kreislauf der Erscheinungen,
kommen auf kurze Zeit, um wieder zu vergehen.«*

Omar Khayyam, persischer Dichter und Philosoph

*» – und erst, wenn ihr mich alle verleugnet habt,
will ich euch wiederkehren.
Wahrlich, mit anderen Augen, meine Brüder,
werde ich mir dann meine Verlorenen suchen;
mit einer anderen Liebe werde ich euch dann lieben.«*

Zarathustra, von der schenkenden Tugend

Friedrich Nietzsche

Prolog

»Auf rosigen Flügeln bringe ich euch die Liebe«

»Ich bin dreifach heimatlos: als Böhme unter den Österreichern, als Österreicher unter den Deutschen und als Jude in der ganzen Welt«
Gustav Mahler

Gustav Mahler, mit dem ersten Takt in der Romantik mit dem nächsten in der Moderne, ist der Reformator der Musik am Übergang vom 19. zum 20. Jahrhundert, der Vorreiter und Erneuerer der klassischen Musik, aber zugleich der erste Verneiner des klassisch-romantischen Prinzips der sinfonischen Gestaltung und Komposition. Der große Sänger der Sehnsucht, der auf dieser Erde keine Erfüllung finden kann, der Friedensprediger und Humanist, der eine künstlerische Vollkommenheit in „Sternstunden" sucht, der Mystiker, der Märtyrer und der Tiefgläubige, der die Dogmen verwerfen und die Göttlichkeit im Unendlichen, im metaphysischen Universum und in der menschlichen Seele zu sehen glaubt. Aber Gustav Mahler weist einen vermeintlichen „Makel" auf: er ist Jude! Jude beim Vulkanausbruch des Faschismus! Die Zeichen stehen auf Sturm; man besinnt sich, dass die deutsche Musik von Richard Wagner ja bereits mit revolutionärem Inhalt gefüllt worden ist – man muss sie nur noch zwingen in die gusseisernen Dienste der aufsteigenden Deutschen Nation mit „begründetem" Hass gegen die Juden, der schon ganz Österreich und Deutschland erfüllt. Plötzlich sind es elende, bösartige und skrupellose Schmarotzer, diese intellektuellen Künstler, Musiker, Maler, Wissenschaftler und Schriftsteller, die die deutsche arische und „edle" Kulturnation zu vernichten trachten. Im Zuge einer nationalen Hysterie und des neu entfachten Faschismus mit der Willkür und Gewalt des Schreckensbildes des sich anbahnenden Ersten Weltkriegs und des Dritten Reiches, taucht ein aufsteigender Komet mit seelenvoller, rauschender, friedfertiger Musik auf. Will die Liebe verbreiten, die Musik dem Himmel näher tragen, die unantastbare Menschenwürde als heilige und hymnenhafte Ouvertüre verkünden und mit emotionalen Liedern die Menschen zu mehr Solidarität untereinander und zu mehr Frieden bewegen.

Am 7. Juli 1860 wird Gustav Mahler im böhmischen Kalischt, einem Dorf nahe der mährischen Grenze, geboren. Nach Schule und Studium in Wien und Prag beginnen seine Wanderjahre als Kapellmeister in Laibach (1881-1882), Olmütz (1883), Kassel und Prag (1883-1885), Leipzig (1886-1888), Budapest (1888-1891) und Hamburg (1891,1897). Schließlich will er sesshaft werden, beugt sich dem Druck der streng katholischen Obrigkeit und konvertiert zum Katholizismus, eine Konzession für die Musik, die er lebenslang bereuen wird. Der fanatische Verfechter des Prinzips der Werktreue und der Musteraufführungen wird Direktor der Wiener Hofoper. Neben seiner Verpflichtung als Dirigent und Direktor komponierte er während der Theaterferien. Er hat neun Sinfonien abgeschlossen, eine zehnte blieb unvollendet. Zwölf Lieder aus >*Des Knaben Wunderhorn*<, entstanden 1892 bis 1895, führten unmittelbar in die Sinfonik Mahlers und zugleich in die Sprache der neuen Musik.

>*Wo die schönen Trompeten blasen*< ist mit den von den fernen Ländern träumenden Melodien eines der sehnsüchtigsten Lieder Mahlers. Hier kann er aussprechen, was ihn lebenslang bekümmerte: Das Leid des hilflosen Menschen. >*Das irdische Leben*< ist von Grund auf ein anstrengender, sinn- und zweckloser Kampf gegen eine unbesiegbare höhere Macht über die Kreatur Mensch.

Den >*Kindertotenliedern*< von 1901 bis 1904 liegen Texte von Friedrich Rückert zu Grunde. Rückert beklagt in den Versen den Tod seiner Kinder, die in kurzer Zeit von einer geheimnisvollen Krankheit heimgesucht worden waren. Als Mahler die >*Kindertotenlieder*< komponiert, ahnt er nicht, dass er seine eigene Tochter Maria, noch nicht geboren, durch einen qualvollen Erstickungstod in Folge von Scharlach und Diphterie verliert. Als dies geschieht, empfindet Mahler die Komposition der >*Kindertotenlieder*< als eine Herausforderung des Schicksals. Die bei ihm selbst diagnostizierte Infektion der Herzinnenwand und der Herzklappen im gleichen Jahr 1907 bestärkt nur seine fatalistische Vorstellung vom irdischen Leben.

Sieben weitere Lieder aus der Zeit von 1899 bis 1903 enthalten noch Wunderhorn-Kompositionen: die unheimliche >Revelge<, das erschütternde Lied vom >Tamboursgesell<, >Ich bin der Welt abhandengekommen< und >Liebst du um Schönheit<.

Mahler muss sein Leben neu gestalten, im gleichen Zug gelingt es ihm auch in seinem Schaffen auf eine völlig neue Stufe der kompositorischen Ebene zu gelangen.

Alban Berg: »Mahler ist ein Spätstil jenes höchsten Ranges zuteil geworden, der über die Dignität eines Komponisten entscheidet.«

Das erste Werk dieser Phase ist >Das Lied von der Erde<, dessen sechs Gesänge er der von Hans Bethge geschriebenen Sammlung >Die chinesische Flöte< entnahm.

Nach seinem Entschluss die Stellung des Hoftheater-Direktors zu kündigen, nimmt er das Angebot der Metropolitan Opera Company mit einem Vierjahresvertrag an und dirigiert 1908 unter anderem >Fidelio<, >Don Giovanni<, >Tristan und Isolde<, >Die Walküre<. 65 Konzerte soll er im Winter 1910/11 dirigieren, davon viele außerhalb New Yorks. Das 48. Konzert dieser Saison, am 21. Februar 1911, ist sein letztes. Mit hohem Fieber dirigiert er Busonis >Berceuse élégique<. Die febrile Streptokokken Endokarditis zwingt ihn aufzuhören und auf Anraten des befreundeten Arztes Dr. Fraenkel in Paris einen Bakteriologen aufzusuchen. Nur der Arzt weiß, dass es zu spät ist Mahler zu retten. Am 18. Mai 1911 stirbt Gustav Mahler gegen Mitternacht.

»Statt viele Worte zu machen, täte ich vielleicht am besten, einfach zu sagen: Ich glaube fest und unerschütterlich daran, dass Gustav Mahler einer der größten Menschen und Künstler war. Denn es gibt ja doch nur zwei Möglichkeiten, jemanden von einem Künstler zu überzeugen, die erste und bessere: das Werk vorzuführen, die zweite, die zu benutzen ich gezwungen bin: seinen Glauben an dieses Werk auf andere zu übertragen,« so begann Arnold Schönberg seine Gedenkrede, die er 1913, zwei Jahre nach dem Tode Mahlers, in Prag hielt.

...

Was an Mahlers Instrumentation in erster Linie auffallen muss, ist die fast beispiellose Sachlichkeit, die nur das hinschreibt, was unbedingt nötig ist. Sein Klang entsteht nie durch ornamentale Zutaten, durch Beiwerk, das nur als Schmuck aufgesetzt wird. Sondern: wo es rauscht, da rauschen die Themen; da haben die Themen solche Gestalt und so viele Noten, dass sofort klar wird, wie nicht das Rauschen der Zweck dieser Stelle, sondern ihre Form und ihr Inhalt ist. Wo es ächzt und stöhnt, da ächzen und stöhnen die Themen und Harmonien; wo es aber kracht, da stoßen Baukolosse hart aneinander; die Architektur kracht; die architektonischen Spannung- und Druckverhältnisse revoltieren. Aber zum Schönsten gehören die zarten, duftigen Klänge ...

Schönberg fordert inständig die Hörer seiner Prager Rede auf, indem von Mahler formulierten Satz »Meine Werke sind ein Antizipando des kommenden Lebens« diese Zukunft zu suchen: »Aber wir müssen noch weiter kämpfen, da uns die Zehnte noch nicht gesagt wurde.«

Ernst Křenek führte 1924 zwei bearbeitete Sätze der >Zehnten< auf. 1961 trat der englische Musikwissenschaftler Deryck Cook mit einer vollständigen Rekonstruktion des Werkes in fünf Sätzen an die Öffentlichkeit. Sie wird von der Mahler-Forschung abgelehnt. Leonard Bernstein setzte der Suche nach den Geheimnissen der >Zehnten< ein Ende. Sie wird mit einer Adagio und fünf weiteren Sätzen aus den >Kinderliedern< in seiner Gesamteinspielung aller Mahler-Symphonien aufgenommen.

Als „Nichtarier" wurde Mahler in Österreich und Deutschland während des aufblühenden Antisemitismus erst indirekt, dann aber in offensiver und kränkender Weise verpönt. Die zerstörerischen Weltkriege hat der Komponist von >Das Trinklied vom Jammer der Erde< nicht erlebt.

Dass Mahler bis zu seiner Wiederentdeckung durch Leonard Bernstein vor allem in Konzertführern überlebt hat, lag natürlich an dem

Verbot seiner Musik durch die Deutschen im Dritten Reich, die während des Krieges halb Europa besetzt hielten und dadurch bestimmen konnten, was zwischen Paris und Warschau, zwischen Berlin, Wien und Amsterdam gespielt werden durfte und was nicht. Die Reichshauptstadt hatte damit nicht nur die Nachbarstaaten judenfrei gemacht, sondern gleichzeitig ihre Musik und Kultur eliminiert. Die führenden Orchester Europas waren mundtot gemacht und zu resignierendem Schweigen verurteilt worden. Nach dem Krieg und der Befreiung Europas von der Deutschen Naziherrschaft begann leise die lange unterdrückte Musik von Mahler, aber auch von Bruch und Mendelsohn und anderen „Verbotenen" wie eine verstohlene Frühlingsbrise nach einem unerträglichen kalten Winter wieder zu wehen: der Befreiungswind, der Hass und Feindseligkeit beiseite blies. Der Himmel hellte sich auf, es gab Zeichen der Veränderung, die Mahlers Schaffen allmählich wieder konzertfähig machten. Aber im Schatten dieses erneuernden Windes standen die dogmatischen Neinsager, die bis heute mit Erfolg und Triumph ihre antisemitische Gesinnung mit enormem Aufwand und großer Unterstützung der Wagner'schen Musikfestivals kundgeben.

Leonard Bernstein, der große Stardirigent und Komponist unter anderem der >West Side Story<, nimmt den Thron unter den Mahlerinterpreten ein. Von Mahlers Leben und Schaffenswerk überzeugt, von seiner erneuernden Musik beflügelt, von seiner frommen pazifistischen Weltanschauung inspiriert, dirigierte Bernstein Mahlers gesamte Symphonien derart enthusiastisch, dass man sich allerorts in der Welt wieder mit der neuen Musik anfreunden konnte, und mit Begeisterung bis heute bewundern kann.

Leonard Bernstein schreibt: »Gustav Mahler gilt heute als einer der einflussreichsten und bedeutendsten Komponisten, der über der magischen Grenze steht, die das 19te vom 20sten Jahrhundert trennt!«

1912 schreibt Alban Berg an seine Frau: »Ich habe wieder einmal die 9. Symphonie Mahlers durchgespielt. Der erste Satz ist das Allerherrlichste, was Mahler geschrieben hat. Es ist der Ausdruck einer unerhörten Liebe zu dieser Erde, die Sehnsucht im Frieden auf ihr zu leben, sie, die Natur, noch auszugenießen bis in ihre tiefsten Tiefen – bevor der Tod kommt. Denn er kommt unaufhaltsam. Der ganze Satz ist auf die Todesahnung gestellt. Immer wieder meldet sie sich ... am stärksten natürlich bei der ungeheuren Stelle, wo diese Todesahnung Gewissheit wird, wo mitten in die „höchste Kraft" schmerzvollster Lebenslust, „mit höchster Gewalt" der Tod sich anmeldet – dazu das schauerliche Bratschen- und Geigensolo und diese ritterlichen Klänge: der Tod in der Rüstung. Dagegen gibt's kein Auflehnen mehr ...«

»Da war ein Mann, der kannte keinen trivialen Augenblick, der dachte keinen Gedanken und sprach kein Wort, die Verrat an seiner Seele bedeutet hätten, und ich möchte hinzufügen, dass ich in den siebzehn Jahren der Freundschaft mit Mahler ihn nie anders als auf der Höhe seines hohen Wesens gefunden habe.«

Bruno Walter

Grinzing – Wien

Das Krankenzimmer ist zu klein für die Blumengaben und Kränze. Es empfängt das Tageslicht durch ein schmales, vergittertes Fenster. Es verbreitet zunächst eine beruhigende Atmosphäre, die von den Blumen und einigen Büchern auf dem Nachttisch ausgeht. Mahlers Zimmer ist still, es beherbergt den großen Komponisten seiner Zeit mit kollektiven Erschütterungen, der sich im Grunde mit >*Das Lied von der Erde*< schon nicht mehr irdisch fühlt. Die Luft riecht nach Rosen, Jasmin und Zweigen saftiger Zypressen im Mai. Das Zimmer, wie jedes Krankenzimmer in einer Klinik, ist unpersönlich weiß, ein Sessel und zwei Stühle sind dunkelblau. Die Farben Blau und Weiß fordern einander auf mystische Weise heraus. Das Tageslicht fällt über sie und zwischen den beiden Farben entsteht eine wehmutsvolle Harmonie. Man entdeckt auf dem kleinen Tisch Bücher großer Dichter und Philosophen: Nietzsche, von Hartmann und >*Die Dämonen*< von Dostojewski. Eine gehäkelte weiße Decke auf dem Tischchen stellt die Kreuzigung des Herrn Jesus dar, umrankt von Dornenzweigen. Jeder Kranke und Sterbende soll daran erinnert werden, dass er in der Obhut des Herrn nicht alleine stirbt.

Der todgeweihte Gustav Mahler ist am 12. Mai 1911 von Paris nach Wien zurückgekehrt. Was wird nun aus einem Patienten mit einer unbesiegbaren Morbidität? Wie verläuft eine Streptokokken-Endokarditis mit schwerwiegender Schädigung der Mitral-, Trikuspidal-, womöglich auch Aortenklappe? Die linke Herzkammer kann das Blut kaum in die Adern pumpen. Die Lunge schafft es nicht den nötigen Sauerstoffbedarf zu decken. Eine systolisch-diastolische Herzinsuffizienz droht sich von Stunde zu Stunde zu einem Multiorganversagen zuzuspitzen. Aber der Patient möchte lesen. Die Hoffnung stirbt zuletzt: das Hirn funktioniert und der Kopf fantasiert. Mahler macht sich keine falschen Hoffnungen – nicht mehr. Er fühlt sich schon im Elysium unter der Obhut von Beethoven und Mozart. Einer seiner Gedanken: Was wird aus dem jungen Schönberg? Ich habe eine solche Erfahrung – im Sterbebett zu liegen und nichts tun zu können – noch nie gemacht! Kann ein Wunder geschehen, ich stehe morgen auf, bin geheilt? *Alles gab ich weg, all mein Hab und Gut: Nichts bleibt mir zurück als die Hoffnung*! Ich weiß nicht einmal, was die Hoffnung in dieser meiner Situation bedeuten soll – eine Droge gegen meinen unermesslichen Schmerz, für die Lähmung der sensiblen Nerven, die die Wahrheit des unüberwindbaren Todes verkünden? Diese Hoffnung ist der schlimmste Feind des Menschen; sie verlängert nur das Leid! Ich habe schon längst den Kampf aufgegeben, ich bin nie ein Krieger, schon gar nicht ein Sieger gewesen; auch jetzt nicht, hier im Sterbebett. Und die Ärzte, sie sind verzweifelt. Zwar stimmt es, dass sie gelegentlich in der Behandlung bestimmter Formen von Krankheiten Erfolg haben und sie „heilen" etwa psychische Störungen, deren Ursache sie kennen, wie das Delir bei einer Meningitis oder eine Paranoia im Tertiärstadium der Syphilis oder die Psychose bei einer Bleivergiftung, deren seelische Verfassung ihr Leben genauso oder mehr bedroht als eine organische Manifestation. Krankheiten, wie meine, deren Ursache zwar den Medizinern bekannt ist, die sie aber nicht bekämpfen können, weil ihnen keine Gegenmittel zur Verfügung stehen, bei denen die Ärzte weder die Ursache noch eine Therapie kennen, sind immer tödlich. Mein Leben ist in Gefahr! Meine Feinde heißen: Streptokokken. Ein Mittel gegen sie gibt es nicht! Noch nicht, so lange ich lebe! Was soll ich tun? Was kann ich tun? Die Melancholiker hungern sich zu Tode oder bringen sich um, wie mein geliebter Bruder Otto. Maniker überspannen sich oft bis zur tödlichen Erschöpfung. Und ich? Ich bin diesen heimtückischen Erregern ausgeliefert, kenne keinen Ausweg! Wenn mein Herz aufhört zu schlagen, aber erst dann, verlasse ich die Szene. Der Vorhang fällt und es wird dunkel, das Drama kann beginnen.

Transzendenz

In der Nacht vom 12. Mai 1911 im Rausch der febrilen Temperaturen und unter dem Einfluss von Morphium verlässt sein Geist das Krankenzimmer, überschreitet die Grenzen des sinnlich Erfahrbaren, inszeniert ein fantastisches Gebilde aus Träumen und Erinnerungen. Er kehrt in seine Kindheit- und Jugendzeit zurück, lässt sein Leben Revue passieren. Doch der Film dieses Melodramas hat Risse und viele tiefe und hohe, aber auch dunkle Szenen.

Mahler wirft den Kopf hin und her, will die morbiden Gedanken abschütteln. Wo kommen sie bloß her? Entstammen sie dem Gespräch mit Freud über seine Mutter oder Alma? Nein, Freud hatte ihm diese Gedanken nicht eingegeben, allenfalls freigesetzt; sie waren immer schon da. Er hat sie alle erfahren und erlebt. Er verdrängte, er ignorierte sie oder wollte sie nicht ernst nehmen. Freud hatte recht: »Man drängt sich unter beständiger Überwindung von Widerstand in innere Schichten ein, [...] prüft, bis wie weit man mit seinen gegenwärtigen Mitteln und seiner gewonnen Kenntnis vordringen kann [...] und gelangt, indem man einem Erinnerungsfaszikel nachgeht, diesmal auf einen Nebenweg, der schließlich doch wieder einmündet. Endlich kommt man auf solche Art so weit, dass man das schichtweise Arbeiten verlassen und auf einem Hauptweg direkt zum Kern der pathogenen Organisation vordringen kann. Damit ist der Kampf gewonnen, aber noch nicht beendet. Man muss die anderen Fäden nachholen, das Material erschöpfen; jetzt hilft der Kranke energisch mit, sein Widerstand ist meist schon gebrochen«.

Doch an Schlaf ist in dieser Nacht, wie so oft in seinem Leben, nicht mehr zu denken. Er liegt wach und lauscht Almas tiefem, gleichmäßigem Atem. Alles schläft: die Töchter Maria und Anna – alle außer ihm. Er hält Wache. Ihm, der am schwersten arbeitet und den Schlaf am dringendsten benötigt, fällt alles ein, was er in seinem Lebenskampf durchmachte und immer wieder bezeugt jeder Takt seiner

Musik ebenso wie die nie erlahmende Verehrung für Dostojewski, dessen Anklage: »Wie kann ich denn glücklich sein, wenn irgendwo ein anderes Geschöpf noch leidet?«

Mahler liebt die Menschen, umso mehr liebt er seine Familie. Er liebt die Natur, seine Musik ist immer und überall naturlaut. Die Natur als Ganzes nicht nur die Idylle von Wald, Wiesenlandschaften, Blumen und Tieren, sondern seine Ehrfurcht gilt dem Ungebärdigen, Wilden, schmerzlich Großen der Schöpfung. Er versetzt sich in seine ethisch romantisch, ja mystisch ungeschminkte Innenwelt: Ach, bitte pack' doch diesen zarten kalten Blick weg, Alma! Meinst du nicht, dass ich im täglichen Leben Tage, Wochen, Monate und Jahre noch genug davon kriegen werde? Gönn' mir eine Verschnaufpause. Versetz dich in meine Situation. Würdest du deiner Liebe entsagen, graziös von der Szene verschwinden, Ziegenhirt werden und tagein tagaus traurig tröstliche Musik auf deiner Panflöte spielen, dieweil deine sorglosen Herden die saftigen Grasbüschel mampfen? Das tust du doch nicht. Hast du nie getan. Hast du die göttliche Pastorale von Beethoven gehört? Kannst du überhaupt lieben? Mich, deine, unsere Kinder und überhaupt? Alma, meine Göttin! Wo bleiben deine Emotionen? Die Sentimentalität, Lamoranz und Illusionen? Ein Mensch ohne solche Charakterzüge kann nicht musizieren, geschweige denn komponieren.

Chimären fallen über ihn her. Wie lebt man mit einer Frau, die lieber, nein am liebsten, vergewaltigt werden will als geliebt zu werden? Das sind doch deine Fantasien: *Mich dürstet nach Vergewaltigung – wer immer es auch sei!*

»Lass sie in Ruhe! Das darfst du ihr nicht antun!« Als Junge war ich ungewollt Zeuge einer brutalen Liebesszene zwischen dem Sohn des Hauses, wo ich als Prager Gymnasiast in Pension lebte, und einem Stubenmädchen. Ich wollte dem Mädchen sogar helfend beispringen und verstand nicht, dass meine Hilfe brüsk zurückgewiesen wurde. Seither scheint Liebe für mich untrennbar mit Gewalt, Leid und Schmerz verbunden zu sein. Bin ich naiv, weltfremd oder gar ein Mönch?

Dann die ergreifende Sache in Tobelbad, die mich sehr hart traf als ich durch puren Zufall erfuhr, dass Alma mich betrügt. Alma hatte während einer Kur in Tobelbad den jungen aufstrebenden und ehrgeizigen Walter Gropius kennengelernt. Der gut aussehende, große, in den Augen von Alma heldenhafte Preuße aus Berlin hatte nicht nur ihr Herz, vielmehr ihren Verstand überwältigt. Die Vorstellung Alma und Gropius verschlungen im Rausch der Leidenschaften, wie einst mit ihm, frisst sich wie Säure in Mahlers Seele. »Habe ich Alma verloren?«, dachte ich, »Wie leichtsinnig von mir, Alma allein in die Kur zu schicken!« Ich war verzweifelt, bewahrte aber die Fassung.

Er erinnert sich, als er am 7. November 1901 auf einer Abendgesellschaft im Salon der Berta Zuckerkandel die 22jährige Alma, die blendende Schönheit, das schönste Mädchen Wiens kennenlernte. Und dann der makabre Satz bei der offiziellen Verlobung Ende Dezember 1901: »Du hast von nun an nur einen Beruf – mich glücklich zu machen!« Hat Alma, die gefeierte Schönheit aus sehr guter und wohlhabender Familie den 41jährigen Untersetzten und Introvertierten überhaupt verstanden und ernstgenommen? Kann eine junge Frau mit solch' eruptivem Drang nach Eroberungen überhaupt verstehen? Ich bin zu alt für sie, für ihre unstillbaren Begierden und Leidenschaften. Dann das Gespräch mit Freud, das mich sehr überraschte. Wie Freud 1910 in einem eingehenden Gespräch mit mir verkündete: »Ich kenne ihre Frau. Sie liebte ihren Vater und kann nur den Typus suchen und lieben. Ihr Alter, das Sie so fürchten, ist gerade das, was Sie für Ihre Frau anziehend macht.«

›Aber Herr Professor Freud, ich sehnte mich nach dem starken Mann, der mich beherrscht, unterwirft und überwältigt.‹

›Erzählen Sie mir von jenem starken Mann!‹ Freud hängt nach einer Pause nach: ›Haben Sie nach einem zweiten Vater gesucht, Frau Mahler?‹

Alma erzählt: ›Ich näherte mich meinem dreizehnten Lebensjahr, als mein Vater in einem Urlaub mit der ganzen Familie auf Sylt an den Folgen einer verschleppten Blinddarmentzündung verstarb. Der

Tod meines Vaters wurde für mich Anlass zu ewiger Liebe zu ihm und verstärkte meine Willenskraft mich in der Gesellschaft durchzusetzen. Ich wollte Trauer tragen und niedergeschlagen sein; ich war gegen Ende des Jahres 1892 und die folgenden Wintermonate sehr einsam, ein düsteres Jahr, ich war heimatlos, *ich war gewohnt gewesen, ihm alles zu seinem Gefallen zu tun, meine ganze Eitelkeit und Ehrsucht hatte als einzige Befriedigung den Blick seiner verstehenden Augen gehabt!* Verschärft wurde das Gefühl der Verlorenheit und Einsamkeit durch die Ehe meiner Mutter, Anna Schindler, fünf Jahre nach dem Tod meines Vaters mit seinem ewigen Schüler Carl Moll. Das ganze Haus des großen Künstlers Schindler verlor Vergangenheit und Zukunft aus den Augen und ich fühlte voller Lust, wie ich in meinem achtzehnten Lebensjahr eine Frau wurde. Mein Körper, mein Gesicht formten sich unter einer unsichtbaren Hand. Meine Augen strahlten mehr Feuer als Wärme, und die langen Wimpern verliehen ihnen etwas Verführerisches, Listiges und Verschwiegenes. Ich betrachtete mich immer wieder im Spiegel wie eine Schauspielerin, die sich für ihre Hauptrolle die Mimik zu formen sucht. Der Blick kam aus tiefblauer, doch träumerischer Seele. Mein Mund war sanft mit wulstigen Lippen gestaltet, nach meiner Unerfahrenheit auf nichts als auf das Glück bedacht. Ich war schön geformt. Der Rahmen meines Spiegels fasste genau meine wohlproportionierten Brüste. Mein Leib war schön erfunden, wohlgeraten seine Formen, und ich war beglückt, wenn ich ihn betrachtete. Bald erschien ich als eine der »Verheißungen« der Wiener Gesellschaft, wo ich mich durch meine Schönheit, meine Herkunft und dem Namen Schindler manchem Verlangen zuwandte. Diese neuen Gelegenheiten stellten sich genau fünf Jahre nach dem Fortgang meines Vaters ein, der das Geschick einer so ungestüm heranwachsenden jungen Person hätte im Auge behalten können; Carl Moll, der Stiefvater, war entschlossen mit allen Mitteln zu versuchen, mich zu überwachen. Die Ehre seiner mit Anna Schindler, meiner Mutter, verdrießlichen Familie wähnte sich bereits durch erotisierende Regung meines Wesens bedroht. Das allzu schöne und vor allem sehr selbstbewusste Mädchen beunruhigte den streng konservativen, auf Moral und Disziplin bedachte Carl Moll. Von nun an musste ich, wenn ich eine Gesellschaft betrat, die passende, auf Keuschheit und Moral bedachte Konfektion tragen; Wenn ich mich schlafenlegte, den Schlüssel meines Zimmers meiner Mutter übergeben, die die Tür von außen abschloss und den Schlüssel meinem Stiefvater aushändigte. Ich war gefangen in einem goldenen Käfig, Herr Professor! Können Sie sich vorstellen wie solch rigoroses Verhalten der Eltern mich und meine Seele umwälzten? Ich hatte Angst, zu schön zu sein und wollte doch erfahren, warum man mich zu Keuschheit und frommen Menschen zwang, wenn ich weder vom ernsten noch vom trivialen Leben eine Ahnung hatte.<

>Was störte Sie an ihrem neuen Vater, Frau Mahler?<

>Dass er an mir herumzog. Er sah aus wie ein mittelalterlicher holzgeschnitzter heiliger Joseph, war ein Alt-Bilder-Monomane und störte meine Kreise in der aufdringlichsten Weise. Als im Sommer 1899 meine Mutter diesem ungeliebten Stiefvater eine Tochter namens Maria gebar, war mein Schock komplett. *Seitdem die Kleine auf der Welt ist, waren wir zwei Familien: Carl, Mama und das Kind, Gretel und ich.* Mein Papa war gestorben, keiner denkt mehr daran, nur ich bleibe meiner Liebe treu, nur ich werde ihn über alles lieben, solange ich lebe. Ich war wohl die einzige, die daran gedacht hat. Na, freilich, ich glaube, nie hat jemand Papa lieber gehabt als ich.<

>Haben Sie nach einem zweiten Vater gesucht, Frau Mahler?<

>Ich weiß es nicht. Max Burckhard, der unkonventionelle Burgtheaterdirektor hat mich doch vielleicht verstanden. Auch der Architekt Joseph Maria Olbrich, der Erbauer der Wiener Secessionsgebäude, verkörperte die Eigenschaften, die mir imponierten: Eitelkeit, Stolz, eiserner Willen. Ich hätte ihn sofort geheiratet.<

>Warum taten Sie es denn nicht? Waren Sie zu jung und unerfahren für ihn?<

>Ich weiß es nicht, das ist das Fatale! Man verliebt sich heiß und innig in einen, mit dem man Herzens gern leben will und er will einfach nicht! Und erst dann kommt der furchtbar nervöse, wilde Kerl namens Gustav Mahler, der mein Leben prägt. 1901, 7. Novem-

ber - ich habe Angst, zu erotisch zu wirken, bedecke mein Dekolletee. In einer Stunde beginnt die große Abendgesellschaft im Salon der Berta Zuckerkandel, meinem Eintritt in die Gesellschaft zu Ehren, weil ich mit 22 Jahren inzwischen eine leuchtende und von vielen begehrte junge Frau geworden war. Es wird herrlich sein, der Saal mit Blumen geschmückt, weder Stühle noch Türen mehr, die Kerzen des großen Kronleuchters werden alle brennen, ich werde bewundernswert schön und strahlend sein, »seht, da kommt sie«. Wie viele Verehrer werde ich während des ganzen Abends haben? Ich hoffe, Carl Moll wird mich ein wenig in Ruhe lassen. Ich liebe solche Gesellschaften. Ich liebe das Licht bei Nacht so sehr. Und die Menschen, die vergnügt, fröhlich und unternehmungslustig sind. Der stille und etwas reservierte Mann steht im Rampenlicht umgeben von vielen Frauen. Sie himmeln ihn alle an. Den großen Dirigenten und Komponisten Gustav Mahler. Aber, aber, welche Dummheit, meine Liebe! Der Hofoperndirektor ist über vierzig Jahre alt. Er ist zum Katholizismus übergetreten. Also kein Jude mehr! Er ist ein einsamer Mann; Asket und scheu und so unbeholfen.<

>Dann war Ihnen Agnes Dei (Gottes Lamm) erschienen, Sie mussten nur zugreifen!<

>Aber in welcher Hinsicht, wenn ich bitten darf, Herr Professor Freud?<

>Er ist ein älterer Herr, berühmt und scheu! Eine Vaterfigur und gut zu beherrschen.<

Alma schweigt für eine Weile. Dann >Man behauptet überall er lebt mit seiner Schwester. Und ich, bin ich nicht schöner, jünger und attraktiver? Ich sehe doch, wie er mich ansieht. Gustav Mahler ähnelt meinem Vater. Lächerlich! Mahler und Schindler. Ich bin unerfahren. Ich bin rein. Ich bin kein Engel, aber auch keine Prima Donna, die vom Teufel geführt wird. Warum kann ich ihn nicht glücklich machen? Er sieht sehr einsam aus. Ich bin zweiundzwanzig Jahre alt. Die Leute der Wiener Gesellschaft bewundern mich. Er hat mich lange mit sanften Augen angesehen. Er hat gelächelt. Er ist so gütig. Ich merke wie viele mich ansehen und bewundern. Und so viele reizende junge und jüngere unter ihnen. Sie können mir gestohlen bleiben. Ich werde Sie bei den Haaren nehmen, wenn es mir passt. Hinter meinem Fächer, beobachte ich die Männer, wie die Frauen in Mailand und Paris. Gustav Mahler, ich glaube du bist mein Retter aus der trostlosen Isolation. Und ich, ich werde dich glücklich machen. Glauben Sie mir, Dr. Freud, ich liebe ihn. So hat alles begonnen und als wir am 9. März 1902 heirateten, dachte ich, ich werde die glücklichste Frau auf der Welt. Glauben und Wissen. Schein und Sein. Dann die Geburt unserer Tochter Maria Anna, genannt Putzi, am 3. November 1902. Ich weiß nicht mehr, so glücklich war ich nicht.<

>Warum nicht, Frau Mahler?<

>Ich hatte in Mahlers Händen Wachs zu sein, freundete mich allmählich mit dem Komponierverbot an. Mein einziger Wunsch war der, ihn glücklich zu machen. Dann die Geburt von Anna Justina, genannt Gucki. Ich bin seither unglücklich, unbefriedigt und frustriert. Dazu noch mein Leben mit einem verzweifelten Gustav Mahler. Es ist wahr, ich verlange zu viel, es liegt nicht nur in der Krise, die wir durchziehen, es liegt in mir. Ich bin schwer zu befriedigen.<

>In welcher Beziehung?<

>Herr Professor, bin ich frigide? Leide ich an einer Sexualneurose? Bin ich abartig, nur auf Befriedigung meiner Bedürfnisse konzentriert? Aber ich will ihn doch glücklich machen.<

>Ich kenne Ihren Mann. Er liebte seine Mutter, hat in jeder Frau deren Typus gesucht. Seine Mutter war vergrämt und leidend, dies wollte er unbewusst auch von Ihnen!<

Ja, ja. Der gute Freud musste alles im Detail erfahren, bevor er sein Urteil ausspricht.

Mahler wendet sich, er ist überwältigt von der Szene, sein Herz rast zum Zerspringen als er Almas Brust, im durchsichtigen Seidennachthemd beim tiefen Einatmen vibrieren sieht. So sanft wie möglich nähert er sich ihr, berührt sie. Dann packt er sie bei den Handgelenken, reißt ihre Arme in die Höhe, schiebt ihr Nachthemd hoch, drückt mit den Knien ihre Schenkel auseinander, umfängt ihre Gesäßbacken und hebt sie sich entgegen. Er ist im Begriff seine Hose herunter zu ziehen, aber wie immer muss er aufgeben, denn seine Manneskraft spielt bei spontanem Verlangen nicht mit. Alma, ein Vesuv von sexuellem Verlangen, dieses Feuer zu löschen, ist ein schweres Unterfangen. Er richtet sich wieder auf, zerschlagen, mutlos. Warum gerade ich? Er denkt ungewollt an seine Mutter. Er wünschte Alma von Anbeginn mit ihrem zweiten Vornamen >Maria< anzureden, seine Mutter hieß Maria. Ach, wenn Alma, Venus der Leidenschaft und Erotik, nicht so makellos und verführerisch wäre, anstatt erotische mehr Leidenszüge in ihrem Gesicht hätte. Ach liebe Mutter, was musstest du alles ertragen? Mit vierzehn Schwangerschaften kann eine Frau nicht mehr erotisch und verführerisch sein. Wenn einige Kinder kurz nach der Geburt sterben, muss sie alles erdulden, ertragen. Und dann der Freitod meines Lieblingsbruders Otto mit zweiundzwanzig.

Die Inszenierung geht weiter, er muss nur den Kopf nicht so oft hin und her schaukeln. Er beobachtet Alma mit penibler Aufmerksamkeit und lauscht ihrem sanften Schnarchen mit einem Lächeln im Mundwinkel. Was würde sie denken und von einem, wie von mir halten, wohl nicht viel: >Gustav warum quälst du dich, es liegt nicht an dir und deiner Potenz! Es liegt in mir. Ich bin schwer zu erobern<. Dieses Lächeln im Schlaf macht ihm zu schaffen. Warum habe ich dich fliegfrohen, farbfrohen Vogel an mich gekettet und im goldenen Käfig eingesperrt? Dann und wann höre ich eine von vielen ignoranten Erklärungen: »Ich weiß, dass der Mann in der Welt draußen das Pfauenrad zu schlagen hat, während er sich zu Haus >ausruhen< will. Das ist das Los der Frau. Aber nicht die meine.«

Du fühlst dich sexuell unbefriedigt, frustriert mit einem Abstraktum an deiner Seite. Ich weiß, allein der Begriff >Abstraktum< sagt doch alles.

Mahler sucht seine künstlerische Identität

Es regnet, tränkt die Weinberge, an denen er immer wieder gerne vorbei spaziert. Er kann noch wahrnehmen, die eigenartige feuchte Luft dringt auch in die brennende Lunge Gustav Mahlers, der in Todesfantasien liegt. Das Zimmer ist düster. Dunkelheit fällt von oben herab. Der starke Platzregen tritt in Rieselbächen aus den Dachrinnen. Gustav Mahler fiebert und friert mit geschlossenen Augen. Da er nicht schlafen will, kann, versucht er die Bilder aus den Szenen seines Lebens zu entschleiern, die ihm den Genuss eines glücklichen Lebens verdarben.

Was ist mit den Menschen los? Woher kommt dieser zunehmende Antisemitismus. Die neuentflammte deutschnationale Stimmung in Österreich und Deutschland. Vor allem die Deutschen mit ihrem Rassenwahn, welche die Österreicher aufstacheln, sie sollten gegen die jüdische Gefahr der Welteroberung vorgehen, gegen Kapitaljuden, Goldschmiedejuden, Künstlerjuden, Musikerjuden, Judenpresse und Intellektuelle. Als ob die Österreicher es nötig hätten, belehrt zu werden. Jede Einrichtung, selbst der Kindergarten ist ein Hort des Judenhasses. Handwerkerbetriebe, Unternehmer und Geschäftsleute sind schon lange dabei ihre arische Rasse vor der jüdischen Gefahr zu immunisieren. Schulen, Hochschulen und Universitäten sind bereits geimpft. Juden, da >ehrlos geboren<, haben kein Recht auf Satisfaktion durch Duelle. Verunglimpfungen von jüdischen Gelehrten, Ärzten und Musikern sind mir noch nicht zu Ohren gekommen, doch hin und wieder höre ich, der große Wagner mag die reinrassigen Musiker. Juden dürfen bei ihm nicht spielen. Gustav Mahler ist ein guter Dirigent und Komponist, aber er ist und bleibt Jude, sagen die Musikliebhaber mit vorgehaltener Hand beim Verlassen des Konzertsaals.

Ich weiß nicht, wie Beethoven und Mozart auf solchen Rassenwahn reagiert hätten, wenn sie in dieser unserer, von Hass geprägter Zeit gelebt hätten. Ich bin traurig. Ich bin fassungslos.

»Opfere noch einmal alle Kleinigkeiten des gesellschaftlichen Lebens deiner Kunst! O Gott über alles!« Beethoven.

Wie alle Künste, hat sich auch die Musik im Laufe ihrer Geschichte weiter entwickelt. Man unterscheidet drei Gruppen in der Musikgeschichte, die im Banne Beethovens eine Weiterführung der Symphonie vollziehen:

Die mitteldeutsche romantische Gruppe wird geführt von Felix Mendelssohn-Bartholdy, Robert Schumann und Johannes Brahms. Die Programmsymphoniker sind Hector Berlioz, Franz Liszt und Richard Strauß und die Österreichische Gruppe – Franz Schubert (der Herold dieser Gruppe), Anton Bruckner (stärkste Elementarkraft) und ich, Gustav Mahler, soll der Vollbringer oder Vollender sein! Bin ich der? Habe ich etwas vollbracht?

Zurück im Trümmerhaufen der Lebenskarriere und im existenziellen Kampf um seine Würde, betrachtet Mahler seine schlafende Frau. Alma, du betrügst mich mit Gropius, gerissen und ohne Gewissensbisse. Nur zufällig las ich einen Brief von ihm, der >versehentlich< an mich adressiert war. Ich bin verzweifelt, suche nach einem Weg, um mit dieser Schmach fertig zu werden. Warum quälst du uns, du hast doch frei zu entscheiden, wenn dich nichts mehr an uns hält, wenn du dich nach einem starken Bullen sehnst. Den Nebenbuhler will und kann ich nicht spielen, den Charakter habe ich nicht. Ich schrieb dir doch immer wieder Liebesbriefe, unter anderem in einem Brief vom 12. Dezember 1901: »Ich möchte Dir Ehre machen« und heute machst du mir mit deiner Liebschaft Schande. Auch sie, Oskar Kokoschka, Walter Gropius und Franz Werfel, opfern die Früchte ihrer schöpferischen Arbeit einer Frau, die nicht nur von der Kunst, vielmehr von Sex besessen ist. Manchmal sehe ich in deinem Engelsgesicht nicht die Frau, die ich als gute Kameradin wünschte, sondern den Moloch – das ist laut der Bibel der Gott der Bösen, der Gott der Kanaaniter, Ammoniter, der Götze, dem man Menschen schlachtet. Ich wünschte, diese deine verführerische Schönheit, deine exhibitionistische Erotik würde ein für alle Mal verschwunden sein. Wenn du doch plötzlich durch irgendeine Krankheit entstellt werden würdest, Pocken oder eine andere Krankheit, die mit Narben dein Engelsgesicht verändert, Blatternarben – dann erst, wenn du niemand anderem gefallen würdest, dann erst könnte ich dir zeigen, wie sehr ich dich liebe. Ich habe dich, das schöne, wohlbehütete Mädchen aus guter Familie und, trotz aller Bedenken meiner und auch deiner Familie und Freunde auserwählt. Am 9. März 1902 haben wir in der Wiener Karlskirche geheiratet. Und meine liebe Schwester Justine, die sich bis dato um mein Wohlbefinden und den Haushalt gekümmert hat, heiratete am Tag danach den Wiener Konzertmeister Arnold Rosé. Im Nachhinein denke ich, sie hätte mich sonst nie verlassen, denn sie kannten sich schon lange. Sie liebte mich wahrlich wie meine Mutter. Justine war, wie viele Frauen misstrauisch und eifersüchtig gegen jede andere Frau an meiner Seite, vor allem gegen dich, Alma. Auch meine liebe Freundin, die Sängerin Anna von Mildenburg, war Justine nicht willkommen.

Er betrachtet Alma im Dämmerlicht: Die Konturen sind glatt wie Elfenbein. Die vollen Lippen, die fein modellierten Wangenknochen, die vollstreckte Harmonie der Nase zwischen den Brauen bis hin zu den Augen, die zu den Schläfen empor steigen. Lange Wimpern verleihen ihnen etwas Listiges und Verführerisches. Du bist eine Frau von faszinierender Ausstrahlung, groß und schön und von ungewöhnlicher Erotik und Anziehungskraft auf die Männer in jedem kultivierten Kreis. Du konntest die erste Liebesnacht mit mir nicht abwarten. Als ich dich in jener Nacht kläglich enttäuschte, sah ich das verachtende Lächeln in deinem Gesicht.

Beim Betrachten seiner schlummernden Frau, wird er vom Zerfall ihrer lebendigen Schönheit überwältigt. Er sieht ihre Züge altern, verwelken, faltig werden, die Haut ledrig spröde, wie sie schrumpft und von den Knochen abblättert. Selbst der makabre kahle Schädel sieht schön aus. Sein Blick wandert über den Hals, fällt auf die Rundungen der Brüste, dann über die Rippenbögen des Brustkorbes, und er muss an das ausgestellte Skelett in der Ordination von Dr. Fraenkel, seinem Freund und Arzt denken. Mahler sucht bei solch fatalen Gedanken einen Ausweg. Er wendet sich an seine Lieblingssymphonie Nr.9. Der erste Satz ist die allergöttlichste Verehrung, was ich als höchste Liebe zu dieser untreuen Erde empfinde, und meiner Sehnsucht im Frieden mit dir, meiner Göttin Alma auf dieser schönen Erde zu leben, sie, die Natur noch zu genießen bis in ihre tiefsten Geheimnisse, bevor der Tod kommt.

Und dann: Ach lieber Steiner, wie verträumt waren wir in Ferien auf den böhmischen Meierhöfen. Die Natur mit ihrer bunten Schönheit hatte auch den großen Beethoven, den göttlichen Komponisten, überwältigt, sonst wäre die Pastorale nie entstanden.

Mir bleibt auch die Sehnsucht danach:

>*»Ich ging mit Lust durch einen grünen Wald,*
> *Ich hörte die Vöglein singen,*
> *Sie sangen so jung, sie sangen so alt,*
> *die kleinen Waldvögelein in dem Wald,*
> *wie gern hört ich sie singen.«*

Dieses >Waldvögelein< aus >Des Knaben Wunderhorn< vertonte ich Jahre später, bevor ich dich, meine allerliebste Alma traf.

Dort auf dem böhmischen Gut Moravan traf ich auch Gustav Schwarz, der mir den Weg ans Wiener Konservatorium ermöglichte. Ich, der schüchterne kleine Junge aus Iglau, spielte ihm die schwierigsten Virtuosenstücke auf dem Klavier, und er fand an meinem „Talent" sein überzeugtes Gefallen.

Mit starrem Blick auf seine schlafende Alma, erinnert er sich an einen Brief an seinen Freund Josef Steiner: *Die höchste Glut der freudigsten Lebenskraft und die verzehrendste Todessehnsucht: beide thronen abwechselnd in meinem Herzen – eines weiß ich: so kann es nicht mehr fortgehen! Wenn mich der scheußliche Zwang unserer modernen Heuchelei und Lügenhaftigkeit bis zur Selbstentehrung getrieben hat, wenn der unzerreißbare Zusammenhang mit unseren Kunst- und Lebensverhältnissen imstande war, mir Ekel vor allem, was mir heilig ist, Kunst, Liebe, Religion, ins Herz zu schleudern, wo ist dann ein anderer Ausweg als Selbstvernichtung? Gewaltsam zerreiße ich die Bande, die mich an den eklen schalen Sumpf des Daseins ketten, mit der Kraft der Verzweiflung klammere ich mich an den Schmerz, meinem einzigen Tröster.*

Immer noch findet Gustav Mahler keinen Schlaf. Sein Geist erhebt sich, schlüpft in den Schlafrock und begibt sich zum Fenster. Mit dem Blick auf den Wörthersee und das Komponierhäusl denkt er wieder an das Vergangene und die herrische, oft gewalttätige Natur des Vaters Bernhard und die zarte, zerbrechliche Mutter Marie. Sie waren wie Feuer und Wasser. Er robust und starrsinnig, sie sanft und einfühlsam. Sie war eine tapfere und leidgeprüfte Frau. Nicht weniger als fünf ihrer Kinder raffte der Ton in frühen Jahren hinweg. Das sechste, mein liebster Bruder, starb mit dreizehn Jahren. Tagelang bin ich am Krankenbett gesessen und habe ihm Geschichten erzählt. Das war das erste grausame Erlebnis, das mich bis heute begleitet. Er gibt den Takt der Jugendoper >Herzog Ernst von Schwaben< frei, damit die Nachwelt weiß, was er mit diesem Tod durchgemacht habe und bis heute mit mir trage. Dann wieder an den liebsten Freund Josef Steiner: *Da ziehen die blassen Gestalten meines Lebens wie der Schatten längst vergangenen Glücks an mir vorüber...und dort steht der Leiermann, und hält in seiner dürren Hand den Hut hin. Und in den verstimmten Tönen hör' ich den Gruß Ernsts von Schwaben, und er kommt selbst hervor und breitet die Arme nach mir aus und wie ich hinsehe, ist's mein armer Bruder...*

Er muss an Hans Bethge denken. Was für ein seltsamer Mann! Was für eine weltoffene Persönlichkeit, ein Weltbürger und Kosmopolit, ein Dichter mit Sehnsucht nach dem Orient, nach Hafez, nach Omar Khayyam, den persischen Dichter und Philosophen, nach China und der chinesischen Flöte von Li Tais lyrischen Versen. Was für erregende Gespräche sie geführt hatten. Er ist jünger, mutiger und sehr eloquent. Als Bethge von mir und meinem Kummer erfuhr, sagte er: »Ernst und Maria, diese Ihre liebsten Menschen auf der Erde sind gestorben, aber nicht tot.

> *Was die Toten betrifft,*
> *Gott wird sie wieder erwecken«.* Koran 5.6.36

Und ich antwortete:

> *»Fürchte Gott und halte seine Gebote;*
> *Denn das gehört allen Menschen zu«.*
> Der Prediger Salomo 12.13

Er antwortete mit dem Psalter 139.14:

> *»Ich danke dir dafür,*
> *dass ich wunderbar gemacht bin«.*

Ich liebte solche Gespräche, ich fühle mich mit Bethge sehr wohl und geborgen. Wohin ist nur diese mystische Geborgenheit entschwunden? Wann verlässt mich dieses verfluchte Verloren sein, die hartnäckige Einsamkeit? Aber Hans Bethge kann mir bei meinem desolaten Nervenkostüm nicht helfen. Mein Herz ist gebrochen, und Dr. Fraenkel weiß kein Mittel dagegen. Dann kommt dieser Grobian Gropius der Bürgerschreck, der mit seiner Arbeitsweise nicht nur die Wiener, sondern die Welt der Malerei provoziert. Gegen seine Genialität habe ich nichts einzuwenden. Er gehört zu den Mitbegründern der modernen Architektur, Gründer des Bauhauses, sowohl in der Malerei als auch in seinem dramatischen Schaffen, lehnt er abstrakte Kunst ab: „Gegenstandslose Kunst ohne Gesicht ist lebensfeindlich und weltfeindlich. Der Mensch ist das Maß aller Dinge. Wer mit anderem Maß misst, misst falsch." Und ich sage: wer anderen die Frau verführt, entbehrt jeder Ehre, auch wenn er ein so großer Künstler ist.

... was soll ich von solchen verwirrenden Widersprüchen halten, Fräulein Schindler! Du warst schon als dreiundzwanzig Jährige zwischen Gut und Böse, Ethik und Trivialität, egozentrischen und selbstlosem Handeln stets hin- und hergerissen. Mal eine liebende, dann die berechnende Person. Mal sinnlich voll Liebe und Leidenschaft, dann frigide und prüde; mal voller Bewunderung für die Juden, mal extrem antisemitisch eingestellt. Aber treu bleibst du lebenslang deinem Vater, Jakob Schindler und Richard Wagner, dem Oberantisemit. In der Musik ist er im wahrsten Sinn des Wortes dein „Gott". Vor seinem Bild legst du immer wieder weiße Rosen nieder, ohne sie mit Wasser zu tränken, wohl mit der Absicht: >Sie waren so schön, dass ich sie wert fand, vor seinem Bilde zu verwelken, vergehen.< Aber bei Friedrich Nietzsche irrst du dich gewaltig. Nietzsche war kein Antisemit. Nietzsche befand sich in der Einschätzung und Ortsbestimmung der Décadence im Dilemma. 1888 spiegelt sich auch in der Beurteilung seiner eigenen Décadence (und derjenigen des vom Freund zum Gegner gewordenen Richard Wagner).»Ich bin so gut wie Wagner das Kind dieser Zeit, will sagen ein décadent: nur dass ich das begriff, nur dass ich mich dagegen wehrte. Der Philosoph in mir wehrte sich dagegen. Was mich am tiefsten beschäftigt hat, das ist in der That das Problem der décadence, - ich habe Gründe dazu gehabt [...]. Hat man sich für die Abzeichen des Niedergangs ein Auge gemacht, so versteht man auch die Moral, - man versteht, was sich unter ihrem heiligsten Namen und Wertformen versteckt: das verarmte Leben, der Welle zum Ende, die große Müdigkeit. Moral verneint das Leben... Zu einer solchen Aufgabe war mir eine Selbstdisciplin von Nöthen: - Partei zu nehmen gegen alles Kranke an mir, eingerechnet Wagner, eingerechnet Schopenhauer, eingerechnet die ganze moderne „Menschlichkeit". Nietzsche wollte mit seiner >Zarathustra<-Dichtung die weltverändernde Aufgabe sehen, die er in seiner Frühschrift >Die Geburt der Tragödie< - wie er inzwischen längst glaubt: fälschlicherweise – Richard Wagner und seinem Musikdrama und damit der Kunst im eigentlichen Sinn zugetraut hatte. Allerdings geht es ihm nun um mehr als die Wiedergeburt eines tragischen Zeitalters, eben um die Schaffung des Übermenschen als dem Sinn der Erde.

Alma, ich glaube du suchst nicht unbedingt den tiefen Sinn dieser philosophischen Gedanken, du suchst deine Helden: *Bismarck ist tot. So stirbt ein Held nach dem andern fort, und Ersatz kommt keiner.* Du bleibst das Kind der pompösen Makart-Zeit, der dionysischen Philosophie Friedrich Nietzsches, der berauschenden Musik Richard Wagners.

Mahler schüttelt den Kopf, will die schwarzen Gedanken loswerden. Wo kommen sie bloß her, wenn nicht von der verlogenen und heuchlerischen modernen Gesellschaft Wiens, die mich bis zur Selbstentehrung und beschämender Konzession getrieben hat. Wo ist dann ein anderer Ausweg als die Selbstvernichtung? Gewaltsam zerreiße ich die Bande, die mich an den ekligen schalen Sumpf des Daseins ketten, mit der Kraft der Verzweiflung klammere ich mich an den Schmerz, meinen einzigen Tröster. Die Frage ist nicht, wie hartnäckig die Schmerzen sind, sondern wie lange ich sie noch ertrage! Entstammen diese ätzenden Gedanken dem Brief von Walter Gropius an Alma? Nein, Gropius hat mir diese Gedanken nicht eingegeben, er hat sie freigesetzt, sie waren immer schon da. Ich konnte sie bisher meisterhaft übermalen. Tatsache ist, dass Alma und Walter Gropius sich leidenschaftlich ineinander verliebten, und ich muss sehen, wie ich mit dieser Herausforderung fertig werde, wenn sie ihm schreibt: *Wann wird die Zeit kommen, wo du nackt an meinem Leib liegst, wo uns nichts trennen kann – als höchstens der Schlaf? Oder Unser beider Vollendetes muss einen Halbgott erstehen lassen.*

Nein sie alle, Mutter und Tochter, warten auf meinen Tod, sie pflegt mich, den todkranken Mann und versichert dem Geliebten die ewige Liebe: *Ich will dich!! Aber du?? – du auch – mich?* Und die liebe Schwiegermutter und ihr zweiter Ehemann Carl Moll unterstützen dieses Liebesverhältnis, ›schließlich ist Gustav alt und todkrank, du musst an dich und deine Zukunft denken!‹

Großartige Bücher hat Mahler in letzter Zeit gelesen. Jedes Buch von Dostojewski. Jedes Buch eine Bestandsaufnahme des Leiden und Sterbens. Jedes Buch eine Oase von Weisheiten, tragische aber vor allem wahrheitsnahe Gedanken. Ob Dostojewski und Nietzsche sich kannten? Denn Nietzsche, den ich auch als göttlichen Dichter und Philosoph schätze, fühlte sich auch jedem erdenklichen Sujet gewachsen, gleich, ob es sich um Musik, Kunst, Natur, Religion, Geschichte oder Politik handelte. Er schreibt: ›Gedanken sind die Schatten unserer Empfindungen – immer dunkler, leerer, einfacher als diese<. Es stimmt mit meiner immer dunkler werdenden Stimmung überein. >Niemand stirbt jetzt an tödlichen Wahrheiten; es gibt zu viel Gegengifte.< Wo finde ich dieses Gegengift, das gegen die nackte Wahrheit wirkt? Wenn Alma mich betrügt, weder auf meine Kinder noch auf meine Ehre Rücksicht nimmt? Suche ich welches? Gibt es überhaupt ein Antidot gegen diese Schmach? Dann dieser Freud! Kaum sitze ich vor ihm, schon fängt er an vom Mutterkomplex zu reden »Herr Mahler, Sie haben doch vom Ödipus-Komplex gehört: Es ist nicht gleichgültig, an was sich ein Mensch aus seiner Kindheit zu erinnern glaubt; in der Regel sind hinter den von ihm selbst nicht verstandenen Erinnerungsresten unschätzbare Zeugnisse für die bedeutsamsten Züge seiner seelischen Entwicklung verborgen«. Freud war sich seiner Sache sehr sicher, denn er hatte Alma analysiert: »Ich kenne Ihre Frau. Sie liebte ihren Vater und kann nur diesen Typus Mann lieben.«

Früher manchmal, meine liebe Alma, dann immer öfter in letzter Zeit, kommst du mir vor, wie eine selbstherrliche schöne Königin, die dem kronlosen Mann vorwirft, dass er ihre Jugend verschwenderisch missbraucht habe, dass er vor der Schönheit deiner Jugend nur auf sein Herz, nicht auf Verstand und Verantwortung gehört hätte. Dann spüre ich in deinem Blick Zorn und Unzufriedenheit. Des Öfteren bete ich zu Gott, dass er dich mit mehr Verständnis erfüllen und den Hass aus deinem Herzen nehmen möge. >*Warum hast du, Gott, ihr, wenn es um mich geht, nicht mehr Verständnis verliehen*<, möchte ich ihm zurufen, und ich weiß heute, vor allem in dieser erbarmungslosen dunklen Nacht, es wäre ein Ruf ohne Echo geblieben. Siehst du, meine über alles geliebte Alma: So überwältigend, ja göttlich deine Schönheit und dein Anspruch auf das >schöne< Leben sein mag, du hast keine Ahnung, was die Schmerzen der Erniedrigungen deiner Liebschaften und Lustorgien aus einem Menschen wie mir gemacht haben. Ich muss hinnehmen. Keiner von euch, weder du noch deine Mutter hat eine Vorstellung, wie schmählich euer Verhalten ist. Du kannst mir erklären, welch große Talente Gustav Klimt oder Walter Gropius sind, und ich zweifle nicht daran, dass sie alle große Künstler unserer emotionslosen Herrschaftszeiten sind! Aber bedenke doch einmal, so genial sie auch im Werk sein mögen, so verbrecherisch sind sie im Handeln gegenüber anderen Künstlerkollegen! Meine liebste Alma, ich bin nicht Othello, der einem Bösewicht Gropius sagt: O du verpesteter Bube! – wie kamt ihr meines Weibes heimlich zu schreiben? Und Gropius würde sagen: Ich fand keinen anderen Weg, um dir zu verkünden, dass Alma nun mehr mich liebt! Und ich würde sagen: Da hat der Mond die Schuld; er ist der Erde näher gekommen als seine Gewohnheit ist, und nun werden alle Leute toll. Liebe Alma, ich werde dir in dieser Nacht mein Herz ausschütten und von meinem Seelenschmerz, nicht dem organischen, dem Endokarditisleid sprechen. Nein ich bin nicht Othello, der Mohr aus Venedig und du bei weitem nicht Desdemona, die ehrliche Ehefrau. Ich suche keine Rache, denn ich bin, wie du weißt ein »ethischer« Mensch, religiös im pantheitisch mystischen Sinn. Für die Lösung der Probleme in der Welt kenne ich nur den Dialog ohne Gewalt. Auf diesen Vorschlag seid ihr nicht eingegangen, du und Gropius! Was bleibt, ist nichts anderes als mein Abgang, und dies ist mein Tod! Und das geschieht bald, habt Geduld! Und das eine scheint mir, solltest du in deinem Leben bedenken: dass man von Sklaven der Endokarditis, wie Fraenkel immer wieder betont, und der unbeschreiblichen Vernichtungsangst, der ich ausgesetzt bin, nicht dasselbe Potential erwarten kann, wie von denjenigen, die sich in voller Gesundheit auf ihre Körperfunktionen verlassen und das Leben lustvoll genießen können. Und du? Immer für den „geilen Bock" empfängliche, untertänige Dienerin! Solche Freiheit hat für dich etwas Verlockendes. Und Menschentypen wie Klimt, Gropius, Kokoschka und andere ihresgleichen haben etwas Verlockendes. Sie nehmen sich die Freiheit, ohne Rücksicht auf die ihrer Meinung nach verkrustete Scheinmoral. Weshalb kann ich es nicht? Ich kann es dir sagen, jetzt ein für alle Mal und immer, denn morgen bin ich nicht mehr da, morgen bin ich befreit von der Schmach und eurem Schmäh: ich habe Heimweh! Mein ganzes Leben ist ein großes Heimweh.

Mein Gott, stärke mich in dieser Einsamkeit. Ich gehorche. Ich bin elend. Weil es dir gefallen hat, mich zu erleuchten, schulde ich dir meine ganze Unterwerfung.

Er steht vor dem Fenster und grübelt bis ihm schwindelt und das Herz stolpert und schmerzt. Alma! Meine liebe Alma, du und deine Liebhaber, ihr habt keine Ahnung, ihr wollt auch nichts vom seelischen Leid und dem physischen Schmerz einer dahinvegetierenden, auf den befreienden Tod wartenden Kreatur wissen. Manchmal wünschte ich mir, dass ihr, die lustvoll das Leben genießt und keine Sättigung findet, dass ihr für einen Tag, nur für einen einzigen Tag, meine Qual hättet: damit ihr vielleicht verstehen könntet, was Leiden und Sterben ist.

Wenn ich an meine Arbeit denke, wie in diesem Moment an >*Das Lied von der Erde*<. Ich sage spontan zu diesem Werk eine „Sinfonie in Gesängen". Eine Sinfonie für Tenor, Alt (oder Bariton) und Orchester, nach Hans Bethges >*Chinesische Flöte*< von dem Dichter Li T'ai Po, Tschang Tsi, Mong Kaoyen und Wang Wie. Sie lebten im 8. Jahrhundert in China; der großartige deutsche Dichter Bethge hatte eine liebevolle und übersinnliche Übertragung vollbracht, ohne jemals die chinesische Sprache erlernt zu haben. Ich war sofort begeistert, nein hingerissen. Ich ging aber frei nach meinem Empfinden und Gefühl damit um.

Mein Gott, stärke mich im Ertragen. Ich gehorche. Wohin führst du mich? Was ist dein Wille, den ich anbete, ohne ihn zu kennen?

Mahler lässt den Erinnerungen freien Lauf. Es ist das ereignisreiche Jahr 1907 und er ist von der Leitung der Wiener Hofoper zurückgetreten. Wenige Monate später reist er zum ersten Mal nach Amerika. Im Jahre 1908 entsteht >Das Lied von der Erde<. Als ich die Partitur mit Vorbehalt Bruno Walter, dem lieben jüngeren Freund vortrug, fragte ich: Was glauben Sie? Kann man diese Musik ertragen? Werden sich die Menschen danach nicht umbringen? Haben Sie eine Ahnung, wie man das dirigieren soll? Ich nicht! Er seufzt. Die Uraufführung werde ich wohl nicht mehr erleben! Das erste Stück ist dem Tenor zugeschrieben und heißt Trinklied vom >Jammer der Erde<. Er sinniert, dirigiert und singt:

>»Schon blinkt der Wein im goldenen Pokale,
>doch trinkt noch nicht, erst sing' ich euch ein Lied!
>*Das Lied vom Kummer*
>*Soll auflachend in die Seele euch klingen.*
>*Wenn der Kummer naht,*
>*liegen wüst die Gärten der Seele,*
>*welkt hin und stirbt die Freude, der Gesang.*
>*Dunkel ist das Leben, ist der Tod...«*

Mahler improvisiert sein Orchester und gibt den ersten Takt frei. Er beschwört den Tenor und die Musiker auf die Stimmung zu achten. Das Lied durchläuft eine Fülle von Stimmungen: lyrische wie dramatische, die mystischen des Refrains vom »dunklen Leben und dem dunklen Tod«.

Der Tenor setzt die Partitur mit bewegter Stimme fort:

>»Herr dieses Hauses!
>*Hier diese Laute nenn' ich mein!*
>*Dein Keller birgt die Fülle des goldenen Weins!*
>*Die Laute schlagen und die Gläser leeren,*
>*Das sind die Dinge, die zusammenpassen.*
>*Ein voller Becher Wein zur rechten Zeit*
>*ist mehr wert als alle Reiche dieser Erde!*
>*Dunkel ist das Leben, ist der Tod...*
>*Das Firmament blaut ewig, und die Erde wird*
>*lange feststehen und aufblühen im Lenz.*

Du aber, Mensch, wie lange lebst denn du?
Nicht hundert Jahre darfst du dich ergötzen
an all dem morschen Tande dieser Erde!
Seht dort hinab! Im Mondschein auf den Gräbern
hockt eine wild-gespenstige Gestalt!
Ein Aff ist's! Hört ihr, wie sein Heulen
hinausgellt in den süßen Duft des Lebens?
Jetzt nehmt den Wein, jetzt ist es Zeit, Genossen!
Leert euren gold'nen zu Grund!
Dunkel ist das Leben, ist der Tod...«

Mahler ist scheinbar zufrieden. „Die Gespenstische des Affen", der in die Mondnacht hinausheult, die Gläubige des Aufblühen der Erde im Lenz (die im letzten Gesang zu apotheosischer Schönheit gesteigert werden wird). Zwischen jeder der Strophen liegt ein sinfonisches Zwischenspiel von beträchtlichem Ausmaß.

Und jetzt? Gewiss willst du mir nicht die Gabe nehmen, dass ich allenthalben sehe, wie sich mitunter der geheimnisvolle Raum auftut. Vielleicht liegt deine Hand auf meiner Schulter, und du führst den Dirigentenstab.

Wenn ich den Konzertsaal betrete, lässt meine Wehmut nach, es ist als betrete ich die Kathedrale des Jüngsten Gerichts. Alles ist still. Ich kann mich auf den kollegialen Respekt verlassen. Meistens meide ich für einige Minuten jegliche Regung, ich muss mich konzentrieren. Keiner darf mich in diesem Moment der Meditation stören. Davor hat ein Mensch wie ich Respekt. Es kommt auch vor, dass ich an meine Zeit in Hamburg und an >*Des Knaben Wunderhorn*< denke. Mein Atem wird ruhiger, das rasende Herz wird langsamer und die Paukenschläge im Kopf lassen nach, es ist, als fliege ich über die Wolken und in diesem Moment vergesse ich die Schmerzen, die meine untreue Alma mir zufügt. Aber ich verehre dich Gustav, würdest du sagen. Ja, eben verehren, ich weiß, ich weiß. Soll ich mich damit abfinden? Ich habe bis heute versucht, und mich immer wieder mit deinem beleidigenden Mitleid getröstet. Ich habe es satt. Nun mehr wende ich mich an mein verstorbenes Kind, Maria.

Mahler gibt im Geiste der Verzweiflung den Auftakt zur Symphonie Nr. 1 >*Der Titan*<, D-Dur frei. Die Uraufführung fand in Budapest am 20. November 1889 statt. Inspiration war der Roman >*Der Titan*< von Jean Paul. Drei Jahre später in Hamburg wurde die Aufführung mit der von mir gefassten Schilderung ergänz, dann noch mehrfach überarbeitet und um einen Satz auf vier Sätze ver-

kürzt und aus einer symphonischen Dichtung in ein Werk mit einer mehr traditionellen Form überführt. Dabei kommt die Meinung des von mir sehr verehrten älteren Kollegen Richard Strauß sehr gelegen, wenn er Gefallen an diesem Werk findet. Auch Johannes Brahms, mein hochgeschätzter und verehrter Freund, der mir mit Tat und Rat zur Seite steht, hat an meiner Arbeit Gefallen gefunden. Das hat mich sehr beglückt, denn für mich gilt Brahms neben Beethoven und Mozart als die moralische Instanz und als Wegweiser der modernen Musik. Ich verwende in meiner ersten Symphonie Motive aus dem 1884 entstandenen Zyklus >*Lieder eines fahrenden Gesellen*<. Etwas Ähnliches setzte auch Franz Schubert in mehreren seiner späten kammermusikalischen Werke um. Ich habe aber die Einbeziehung eines Liedthemas auf ein dem Werk zugrunde liegendes psychologisches Programm bezogen, und in den folgenden drei Symphonien kommt eine solche Programmatik deutlich zur Geltung, weil sie auch Gesänge enthalten. Die zweite Symphonie in C-Moll (1887-94) hat im vorletzten Satz ein Altsolo und danach ein Chorfinale mit Sopran und Altsolo; die Dritte (D-Moll) enthält gleichfalls ein Lied für den Alt, gefolgt von einem Satz für Altsolo, Frauen- und Knabenchor, doch das Finale wird allein vom Orchester bestritten; und in der Vierten (G-Dur, 1900) besteht das Finale aus einem Lied (für Sopran). Ich arbeitete wie besessen in meiner Hamburger Zeit, 1891 bis 1897, mit viel Heimweh und Sehnsucht wie in Leipzig nach dir und den Kindern. Aber was sage ich, wenn doch jeder außer Alma weiß, dass mein ganzes Leben ein großes Heimweh ist. In allen drei Werken verwende ich die Texte aus >Des Knaben Wunderhorn<, einer Sammlung von Volksdichtungen aus dem frühen 19. Jahrhundert. Ich vertonte auch manche Wunderhorn-Gedichte, deren naiver Ton eine perfekte Vorlage für meine – so ungleich ironischere, komplexere und ergreifendere Musik anbot. An der Vollendung arbeitete ich in den Ferien, wie du weißt. Ich hoffe du weißt es noch, wissen tue ich bei dir nie. Ein Mensch, der an die „Galeere" Theater gekettet ist, kann nicht so viel Musik zusammenbringen, wie die jetzigen Konzertmatadore in den Sommermonaten 1895 und 1896. Die Menschen werden einige Zeit an den Nüssen zu knacken haben, die ich ihnen vom Baum schüttle.

Es ist wahr, ich bin zu tief ethisch in meiner Musik; mein Gott zu leidenschaftlich und aufsässig für das Scheiden aus dieser schönen Welt, die ich so liebe.

Er atmet mehrmals tief ein und aus. Ach, meine liebe Freundin, ach liebe Anna von Mildenburg: *Ich brauche zur zweiten Symphonie, wie Du weißt, am Ende des letzten Satzes Glockentöne, welche jedoch durch kein musikalisches Instrument ausgeführt werden können. Ich dachte daher von vorn herein an einen Glockengießer, dass der allein helfen könnte. Einen solchen fand ich nun endlich; um seine Werkstatt zu erreichen, muss man per Bahn ungefähr eine halbe Stunde weit fahren. In der Gegend des Grunewaldes liegt sie. Ich machte mich in aller Frühe auf, und es war herrlich eingeschneit, der Frost klebte an meinem etwas herabgestimmten Organismus, denn auch in dieser Nacht fand ich nur wenig Schlaf. Als ich in Zehlendorf, so heißt der Ort, ankam und durch Tannen und Fichten, ganz von Schnee bedeckt, meinen Weg suchte, alles ganz ländlich, eine hübsche Kirche im Wintersonnenschein fröhlich funkelnd, da wurde mir wieder weit ums Herz, und ich sah, wie frei und froh der Mensch sofort wird, wenn er aus dem unnatürlichen und unruhevollen Getriebe der großen Stadt wieder zurückkehrt in das stille Haus der Natur. Du bist auch in einer kleinen Stadt aufgewachsen und musst es mir nachfühlen. Nach längerem Suchen fand ich die Gießerei; mich empfing ein schlichter alter Herr mit schönem weißem Haar und Bart, so ruhevollen freundlichen*

Augen, dass ich mich gleich in die Zeiten der alten Meisterzunft versetzt fühlte... Er zeigte mir herrliche Glocken, unter anderem eine große, mächtige, die er auf Bestellung des deutschen Kaisers für den neuen Dom gegossen hatte. Der Klang war geheimnisvoll mächtig. So etwas Ähnliches hatte ich mir für mein Werk gedacht. Aber die Zeiten sind noch fern, wo das Kostbarste und Bedeutendste gerade gut genug sein wird, um einem großen Kunstwerk zu dienen. Indessen suchte ich mir einige etwas bescheidenere, aber immerhin meinen Zwecken genügende Glocken aus und verabschiedete mich nach einem Aufenthalt von etwa zwei Stunden von dem lieben Alten. Der Weg zurück war wieder herrlich. Jetzt aber in die Generalintendanz: da ging nun das Antichambrieren los. Diese Gesichter! Diese knöchernen Menschen! Jeder Zoll auf ihrem Gesichte trug die Spuren des sich selbst peinigenden Egoismus, der alle Menschen so unselig macht! Immer ich und ich – und nie du, du, mein Bruder!

Mahler seufzt erneut. Ach, als Anna von Mildenburg bei einer Probe mit ihrer Engelsstimme, mir noch ein Lächeln schenkte, war ich von allen Sorgen des Tages befreit.

Nun wieder zur Realität, zu meiner liebsten Alma! Gedanken sind die Schatten unserer Empfindungen – immer dunkler, leerer, einfacher als diese. Nietzsche, der Anbeter Zarathustras, ist über jeden Zweifel erhaben, wenn er schreibt:

»*Die Wahrheit –*
ein Weib, nichts Besseres:
arglistig in ihrer Scham:
was sie am liebsten möchte,
sie will's nicht wissen,
sie hält die Finger vor ...
Wem gibt sie nach? Der Gewalt allein! –
so braucht Gewalt,
seid hart, ihr Weisesten!
Ihr müsst sie zwingen,
die verschämte Wahrheit ...
Zu ihrer Seligkeit
Braucht's des Zwanges – sie ist ein Weib, nichts Besseres.«

Doch viele seiner Aphorismen könnten missverstanden, gar nicht verstanden werden.

Mahler knöpft seinen Schlafrock zu, er friert etwas. Du hast meinetwegen auf das Komponieren verzichtet. Ist dieser Verzicht der Grund deiner diffusen Lebensweise: mal kühl und stolz, mal leidenschaftlich freundlich; mal liebes-, mal todessehnsüchtig, mal gesellig, mal distanziert und arrogant, mal glücklich über den Erfolg bei den Männern, dann auch selbstkritisch gegenüber deiner Koketterie, mal sinnlich, mal fast frigide und prüde; mal kinderlieb, mal kinderfeindlich, mal Humanist und Kosmopolit, mal fremdenfeindlich, mal voll Bewunderung für die Juden, mal ausgesprochen antisemitisch. Wie kann ich von einer mit dieser wechselhaften Stimmung, besser gesagt Gesinnung erwarten, dass sie mit einem Juden, wie mit mir glücklich sein könnte? Das ist mein Irrtum, dafür habe ich genug zu büßen. Dass Liebe in Hass umschlagen kann, hast du mit deinen Seitensprüngen und Liebeleien bewiesen. Treu bist du eigentlich nur den Heroen deiner Jugendzeit – dem toten Vater –, Richard Wagner, Wolfgang von Goethe und dem Philosophen Friedrich Nietzsche geblieben. Du bist das Kind deiner Zeit, ein Spiegelbild der turbulenten Wiener Moderne. Im Geist des Vaters stehst du, trotz deiner engen Verbindung zur Sezession, eher gegenüber der romantischen Landschaftsmalerei aufgeschlossen als der künstlerischen Avantgarde eines Gustav Klimt. »Ach Gott, was doch diese modernen Dichter für Grasaffen sind«, sagtest du als du Hermann Bahr den zeitgenössischen Dichter Peter Altenbergs Buch ›Wie ich es sehe‹ kurz gelesen hast, jene Sammlung lyrischer Prosa Gedichte im Geiste Charles Baudelaires. Goethe, Wagner, Nietzsche bleiben deine Götter auf der Erde, von dem großen Dichter und Humanisten Friedrich von Schiller hast du keine Ahnung. Von dem jungen Dichter Hans Bethge, der mich mit seiner chinesischen Flöte und Dichtung von Omar Khayyam beglückt hat, willst du auch nichts wissen. Alles was groß, elitär, erhaben und magnifizent erscheint, steht im Mittelpunkt deiner Lebensphilosophie. Trotz deiner musikalischen Begabung findest du einen Arnold Schönberg mit der nüchternen Zwölftontechnik gerade noch interessant, aber das Rauschhafte, Dionysische in der Musik Wagners bewunderst du über alles, den Verführer König Ludwig, und Vorreiter der antisemitischen Weltanschauung.

Wenn es solche großen Persönlichkeiten wie Johannes Brahms und Anton Bruckner nicht gegeben hätte, wäre ich womöglich viel früher an meiner jetzigen Verzweiflung angelangt und die Menschen hätten alles auf mein schwaches Nervenkostüm geschoben. Dass auch ein gebrochenes Herz töten kann – dieser Gedanke ist vielen, aber auch dir fremd.

Wird mein Tod deine Befreiung sein? Mahler atmet mehrmals tief ein und aus. Wie wäre wohl mein Leben verlaufen, wenn ich einer Alma Schindler nie begegnet wäre? Er wirft erneut den Kopf hin und her, weiß auf diese sich selbst öfter gestellte Frage keine Antwort. Doch zurück in die Erinnerungen, in die geschwungene Landschaft, in die Berge und Wälder am Attersee mit meiner Schwester Justine. Von 1893 bis 1986 wohnten wir jeden Sommer in einem Gasthof, in dessen Nähe man mir ein Arbeitshäuschen, das >Komponierhäusl< zur Verfügung stellte. Jedes Mal zog ich mich zurück, wenn ich von meinen Spaziergängen durch Wiesen und dichte Wälder zurückkehrte, um meine Gedanken und Fantasien aufs Papier zu bringen. Ein Klavier, meine Bücher, ein Tisch und ein Sessel waren meine einzigen Mitbewohner in diesem „Arbeits-Sanktuarium", wo man mir die Absolution der Ruhe geschenkt hatte. An den Nachmittagen war es sehr erholsam mit Justine und der aus Wien herbeigereisten Natalie Bauer-Lechner zu spazieren oder zu radeln.

Das Leben kann schön und vergnüglich sein, wenn man über eine gute Gesundheit verfügt, und außer Mutter und Schwester, eine gute Partnerin hat. Beide, eine gute Gesundheit und die gute Frau, blieben mir untersagt. Er seufzt tief. Wieder aufatmen. Von Zeit zu Zeit sehe ich den Alten gern, den großen Johannes Brahms. Ach, was wäre die Welt noch schmerzlicher ohne solche ehrwürdigen Persönlichkeiten. Auch Anna von Mildenburg war von Brahms sehr angetan. 1896 schrieb sie mir: *Er ist ein knorriger und stämmiger Baum, aber er hat reife, süße Früchte, und es ist eine Freude, den mächtigen, reichbelaubten Baum anzusehen – wir passen allerdings nicht sehr zusammen und die sogenannte Freundschaft wird nur aufrechterhal-*

ten, weil ich dem alten großen Meister als junger Werdender gern die schuldige Rücksicht und Nachsicht zolle und mich nur von der Seite zeige, von der ich glaube, dass sie ihm angenehm ist.

Wäre dieser große Meister, Vorbild und moralischer Instanz, heute am Leben, würde ich ihn als Beichtvater aufsuchen, ihm alle meine Sorgen, aber auch meine begangenen Sünden offenbaren.

Mahler fühlt sich erschöpft und schaut mit verengtem Blickwinkel durch das Fenster in die dunkle Nacht. Als wäre ich der Finsternis in höchster Not entkommen, kann ich die Umstände meines Märtyrer Lebens ins Auge fassen. Ich bin immer noch am Leben, im Besitz meiner Erinnerungen, ich lebe mit ihnen, ich habe nie ohne sie gelebt. Doch jetzt mit dem Tod vor Augen, sind sie mir näher und lebendiger denn je. Ich habe nie ohne sie gelebt. Wie könnte ich ohne meine Erinnerungen diese Welt, die untreue Witwe – er wirft einen gleichgültigen Blick auf Alma – und diese untreue Frau verlassen.

Am 29. Juni 1894 war ich viel optimistischer und enthusiastischer als sonst: *Lieber Fritz Löhr, du sollst es als Erster erfahren: Der letzte Satz der zweite ist vollbracht. Vater und Kind befinden sich den Umständen angemessen; letzteres ist noch nicht außer Gefahr. Wie du weißt, ich trug mich lange Zeit schon mit dem Gedanken, zum letzten Satz den Chor herbeiziehen und nur die Sorge, man möchte dies als äußerliche Nachahmung Beethovens empfinden, ließ mich immer und immer wieder zögern! Wie du weißt, Hans Guido Freiherr von Bülow war gestorben und ich wohnte seiner Totenfeier bei. Die Stimmung, in der ich mich befand und des Heimgegangenen gedachte, war so recht im Geiste des Werkes, das ich damals mit mir herumtrug. Da intonierte der Chor von der Orgel den Klopstock-Choral >Auferstehung<! Wie ein Blitz wartet der Schaffende, dies ist >die heilige Empfängnis<! ... Und doch – hätte ich dieses Werk nicht schon in mir getragen – wie hätte ich das erleben können, saßen doch Tausende mit mir in jenem Moment in der Kirche!*

Wie sollte ich es ohne die Eingebung schaffen? So ging es mir immer: Erleben, Empfinden und Reflektieren. Meine Reflexion war die Tondichtung.

Mahler versucht sich abzulenken und nicht mehr in seiner Erinnerung zu wühlen, vor allem, was die zweite Symphonie betrifft. Einen Augenblick lang gelingt es ihm sogar. Doch die bitteren Erlebnisse lassen sich nicht so leicht aus dem Gedächtnis wischen. Er ringt mit sich. Mit einem kränkelnden, müden Lächeln denkt er: >Ich war ganz ergriffen, wenn man mich mit einigen warmen zustimmenden Worten in der Fachkritik bedachte.<

Die zweite Symphonie wurde zum ersten Mal am 4. März 1895 in Berlin unter meiner Leitung aufgeführt. Als ich den Auftakt zu den ersten drei Sätzen freigab, war ich so auf die Reaktion des Publikums gespannt, dass ich den noch nicht fertig geschriebenen vierten Satz vergaß. Ich war dem großen Richard Strauß dankbar für seine ermutigenden Worte, dass ich mich nach Berlin wagte. Er hatte sich schon im Sommer 1894 für meine erste Symphonie im Rahmen des Weimarer Tonkünstlerfestes eingesetzt.

Ich brauchte einen solchen Gönner und Menschenfreund, wenn ich weiter arbeiten wollte. Und dazu noch einen so Großen wie Richard Strauß, der als Enfant terrible unter den Komponisten und Dirigenten galt. Aber die Aufführung der Ersten Symphonie brachte mir mehr Enttäuschung als erwartet. Die Reaktion von Publikum und Kritik war geteilt, niederschmetternd und gehässige Verhöhnung auf der einen, rückhaltloseste Anerkennung auf der anderen Seite.

Es irritierte mich. Die Seelenangst packte mich, wenn ich so Partitur nach Partitur in meine Lade gelegt, ohne dass jemand von meinem anstrengenden Schaffen Notiz genommen hätte. Dabei und immer werde ich nie meinen Prometheus Richard Strauß vergessen, dass er mir in wahrhaft hochherziger Weise den Anstoß zum Weitermachen gab. Von Erfahrungen wird man weiser. Die Berliner Aufführung der zweiten Symphonie, zu der meine Hamburger Freunde beinahe „geschlossen" angereist kamen, wurde zum einhelligen Publikumserfolg, und auch die Fachkritik fand zustimmende Worte. Ich war sehr dankbar, als der kritische Oscar Bie von meiner Arbeit Notiz nahm, und dazu noch mit anerkennenden, warmen und sachkundigen Worten über mein Werk sprach. Seit zehn Jahren von Kritikern in die Mangel genommen, hatte ich endlich und zum ersten Mal Zustimmung gefunden. Trotzdem über mein Publikum machte ich mir keine Illusionen: Auf Verständnis unter meinen „Zunftgenossen" rechnete ich schon lange nicht mehr. Ich fühlte, dass diejenigen, welche mir einst folgen werden, nicht dort zu suchen sind, wo Musik und Ähnliches „gemacht" wird. – Meine Musik ist „gelebt", und wie sollen sich diejenigen zu ihr verhalten, die nicht „leben", und zu denen nicht ein Luftzug dringt von dem Sturmflug unserer großen Zeit.

Mahler zögert, weiter in Erinnerungen zu wühlen. Solche geistige Recherchen verlangen viel Kraft und Energie, und sie fehlen ihm. Nach einer Atempause beginnt er doch zu graben. Es gab doch auch manches Grübchen, welches ihn zu seinem idealistischen Höhenflug motivierte. ›Wie dunkel und aussichtslos wäre die Welt ohne solche Persönlichkeiten wie Richard Strauß‹. Am 13. Dezember 1895 konnte mit seiner Unterstützung die zweite Symphonie ungekürzt unter meiner Leitung uraufgeführt werden.

Bruno Walter war von dem Werk so angetan, dass ihm ab jetzt meine Arbeit zu unterstützen Freude machte: *Man kann sich von diesem Tag an Mahlers Aufstieg als Komponist im Gedächtnis eingravieren.* In Berlin hatte ich im Grunde mein künftiges Schicksal als Komponist unter schweren Bedingungen auf eine Karte gesetzt. Aufführungen meiner Symphonien wurden nach dem Berlin Erfolg häufiger. Im November 1896 dirigierte Arthur Nikisch den zweiten Satz der Dritten Symphonie in der Berliner Philharmonie. Und in Hamburg führte Felix Weingartner im gleichen Jahr das gleiche Stück mit solchem Erfolg auf, dass man es im gleichen Konzert noch wiederholte. In Leipzig und Dresden setzte sich die Welle der Sympathie für die neuen Klänge fort.

Ich wollte meine Kompositionen gerne selbst dirigieren, um sicher zu sein die larvierten Geheimnisse in den Partituren werden lebendig genug pointiert. Wir Musiker sind nicht in der glücklichen Lage der Dichter – Lesen kann jeder. Aber eine gedruckte Partitur ist ein Buch mit sieben Siegeln. Selbst die Dirigenten, die enträtseln können, bringen es mit ihren verschiedenen Auffassungen durchtränkt vor das Publikum. Da gilt es, eine Tradition zu schaffen, und das kann doch nur ich selber. Wer und wo ist der Gott, wenn nicht in Mensch und Weltall. Wenn das Weltall und Gott unsterblich sein sollen, dann ist der Mensch erst recht unsterblich. Es gibt genügend Beweise für die Unsterblichkeit des Menschen: seine Kunst und Musik.

Mozart und Beethoven, die Komponisten des 18. Jahrhunderts haben mit ihren Werken eine pantheistische Philosophie ohne das Dogma der Konfessionen hinterlassen. Hören wir doch die *Zauberflöte*, die *Pastorale*, den *Egmont* und viele andere ihrer Werke. Wir vernehmen, dass Gott und Weltall identisch sind.

Was für ein Jahrzehnt! 1897 starb Johannes Brahms, ein halbes Jahr nach Anton Bruckner. Sie alle sind gestorben, aber nicht tot. Arnold Schönberg, 1874 geboren, bringt seine ersten Lieder zu Papier. Die Kunst lebt, also der Mensch lebt und wirkt.

Mahler grübelt weiter. Er befindet sich zwischen zwei Ewigkeiten – auf der einen Seite die Erinnerungen „noch nicht gestorben", aus der er – kaum entlassen – mit Sicherheit ausgestrichen würde. Auf der anderen Seite ewige Sehnsucht. Ewig wie das Universum, Sterne, Milchstraße. Die Unsterblichkeit der Kunst heißt im Grunde die Unsterblichkeit des Künstlers. *Wer sich durch die Kunst seines Nächsten Freude verschafft, hat an der kommenden Welt einen Anteil.*

Ich habe mein ganzes Leben gebraucht, um herauszufinden, wie diese Unsterblichkeit ist. Es war im Sommer 1892 die Aufführung Beethovens >Fidelio< in London, der bisher nur auf Italienisch gegeben worden war. Für Künstler wie Rosa Sucher, Katharina Klafsky, Max Alvary und Theodor Reichmann und Orchester wurde es eine triumphale Belohnung. Ich hatte mich zuvor in die englische Sprache eingeübt. Das ganze Haus brüllte solange bis ich erschien. In diesem Moment, genau in dieser mystischen Szene, habe ich gespürt: Beethoven ist auferstanden! Beethoven steht da. Er wird bejubelt, nicht Mahler. Das Publikum hat mir durch einen wahren Beifallsorkan für die Auferstehung Beethovens seine Absolution erteilt. Mahler ahnt nicht, dass achtzehn Jahre später noch von dieser Aufführung geschwärmt wird. Der französische Komponist Paul Dukas schwärmt noch achtzehn Jahre später von „diesem *Fidelio*": *Eine der großen musikalischen Erinnerungen meines Lebens ist eine Aufführung des Fidelio in London, in deren Verlauf [Mahler] die dritte Leonoren-Ouvertüre dirigierte, den Genius Beethoven auf so wunderbare Weise erfassend, dass ich die Empfindung hatte, bei der Urschöpfung dieses erhabenen Stückes anwesend zu sein.*

>Wie lange dauert dieser Zustand noch?< fragt er sich, ohne dafür eine Antwort zu finden. Seine Stirn liegt in Falten, wie bei jemandem, der sich einem unlösbaren Rätsel gegenübersieht. >Was ich wissen will: Wie lange lebe ich noch, um meine Erinnerungen aufzuarbeiten?< Den müden Blick zu Boden gesenkt, streckt er die Brust, um leichter die Luft in die Lunge aufzunehmen. >Gott wie denkt der große „verrückte" Nietzsche in solchen unumkehrbaren Stunden des Lebens? »*Nach Liebe suchen – und immer die Larven, die verfluchten Larven finden und zerbrechen müssen!*« Erst in meinen letzten Stunden, begreife ich, dass er auf mein Leben und Denken

großen Einfluss nahm: »Verbrennen musst du dich wollen in deiner eigenen Flamme: wie wolltest du neu werden, wenn du nicht erst Asche geworden bist.« Also sprach Zarathustra. Mahler ringt mit sich. Er staunt, wie klar sich sein Bewusstsein für Nietzsches philosophische Welt entscheidet. Er kämpft gegen die einschläfernde Müdigkeit, ist noch in vollem Bewusstsein. Dieser Einfluss Nietzsches war und ist mir bis zu dieser Stunde willkommen: Gott, wenn ich ihn nicht hätte! Wen könnte ich in meiner Not als moralische Instanz, als Beichtvater und Kompagnon nehmen? Doch im gleichen Moment der Bewunderung tönen noch andere inhomogene Sequenzen in seinem Gedächtnis, als reiße ein unsichtbarer Faden, der ihn bisher mit Nietzsche verbunden hat. Er zögert erst, als ob er das heiße Eisen nicht anfassen wollte. Dann doch die seit langem ihn beschäftigte Ambivalenz: Nietzsche und Wagner. Hier ist Mahler, wie immer in seinem Leben, der entschiedene Gegner des Antisemiten, aber seine Musik bewundert er. >Kein Beweggrund<, sagt er sich, den großen Nietzsche, der Dichter und Philosoph Zarathustras im gleichen Atemzug mit Wagner zu nennen; mit dem herrischen Musiker und Verführer des inkonsequenten sensiblen Königs Ludwig von Bayern. Gewöhnlich meide ich solche Urteile kundzugeben, aber in diesem Fall dürfen die Eloquenz und Ethik nicht verstummen.

Mahler fühlt sich leichter, atmet mehrfach durch und dreht den Kopf zur schlafenden Alma. Den Blick zu ihr geworfen, reibt er sich müde und kraftlos die Augen. Einmal bin ich schon in meiner Seele gestorben. Am 12. Juli 1907 trug ich meine liebste Tochter Maria Anna zu Grabe. Ihren qualvollen Erstickungstod trage ich seither als Mahn und Schreckensfluch mit mir. Daher schmerzte mich die Diagnose des Arztes Dr. Carl Blumenthal aus Viktring: >*Sie sind herzkrank mit einem schweren Herzfehler*< nicht sonderlich, denn wenn mein Kind vor Vollendung des 5. Lebensjahres stirbt, dann hat der Vater sich nicht so wichtig zu nehmen. In dieser Nacht des 18. Mai 1911, kurz vor der Vollendung des vierten Todesjahres, folge ich dir Maria, meinem ewigen Schatz und >Putzi<. Ich freue mich darauf, dann sind wir zusammen, und du nicht mehr allein. Mahler weint zum ersten Mal in dieser Nacht. Glaubst du, Alma allen Ernstes, ich würde – sollte ich behandelt werden und gar wieder gesund werden – weiter leben und arbeiten und überall herumposaunen, ich, Gustav Mahler, sei der glückliche Komponist und Ehemann der Alma Schindler? Glaubst du, ich könnte jemals Maria vergessen? Mahler schüttelt den Kopf. Nein! Nein! Er gibt mit einer für ihn typischen Handbewegung den Auftakt zum vierten Satz – meditiertem Schicksal, der 3. Symphonie frei.

Eine Altstimme beschwört die Menschen mit den Worten aus Nietzsches „Zarathustra":

O Mensch! Gib acht!
Was spricht die tiefe Mitternacht?
Ich schlief, ich schlief!
Aus tiefem Traum bin ich erwacht!
Die Welt ist tief!
Und tiefer als der Tag gedacht!
Tief ist ihr Weh!
Lust tiefer noch als Herzeleid!
Weh spricht: Vergeh!
Doch alle Lust will Ewigkeit!
Will tiefe, tiefe Ewigkeit!

Über schwebender Harmonie entfaltet sich die Solo-Altstimme zu einem freien Rezitativ, dessen Deklamation langsam zerbröckelt.

Der fünfte Satz steigt auf zu den >Engeln<. Mit lustigem und keckem Ausdruck setzt ein Knabenchor ein, von vier Glocken begleitet. Ihn kontrapunktiert ein dreistimmiger Frauenchor mit dem >Wunderhorn<-Lied. Es singen drei Engel einen süßen Gesang, während die Altstimme Bibelworte Petrie vorträgt.

Als die sphärenhaften Klänge erlöschen, scheint Mahler zufrieden. Sichtlich beglückt, fragt er sich: >Ist es so, dass alles, was wir tun aus erlebten Erlebnissen und dadurch ausgelösten Emotionen getan wird? Ist es so, dass ein Komponist über außergewöhnliche Sentimentalität verfügen muss, um in die Fußstapfen der Großen Mozart und Beethoven zu treten? Das Gefühl lebend im Jenseits, in der metaphysischen Welt der großen Musiker zu sein, hat mich schon als Kind von Visionen getragen und zur Vollendung der 4. Sinfonie geführt. *Aber ich habe es Dir doch geschrieben, dass ich an einem großen Werke arbeite<*, schrieb ich an Anna von Mildenburg. *>Begreifst Du nicht, wie das den ganzen Menschen erfordert, und wie man da oft so tief drin steckt, dass man für die Außenwelt wie gestorben ist* [...]

Meine Symphonie wird etwas sein, was die Welt noch nicht gehört hat! Die ganze Natur bekommt darin eine Stimme und erzählt so tief Geheimes, das man nur im Traume ahnt! Ich sage Dir, mir ist manchmal selbst unheimlich zumute bei manchen Stellen, und es kommt mir vor, als ob ich das gar nicht gemacht hätte.<

Plötzlich, wie von leidenschaftlichen Empfindungen ergriffen, wendet er sich wieder an Alma: Du hast es nicht leicht gehabt mit mir, weil Du mich nie so richtig verstanden hast! Ich war für Dich ein Abstraktum, nicht mehr und nicht weniger. Aber wie denkt und handelt so ein „Abstraktum" in einer verlogenen und trügerischen Welt? Welche Gedanken und Motive entspringen aus diesem „Abstraktum", und zwingen ihn zu einem Fatalisten? Welche Beweggründe und welcher Drang zwang mich denn zu meinen, wie Du sie nennst, naive egoistische Handlungen? Mahler kämpft mit sich. Gründe? Er staunt, wie erbittert sein Bewusstsein erst jetzt in dieser Stunde dieser Frage nachgeht.

So sehr die Position eines Wiener Hofoperndirektors meine Fantasien beflügelt, verkannte ich doch von Anfang an nicht die Schwierigkeiten, die mir aus der Berufung erwachsen würden. Gesetzt, ich käme nach Wien, was würde ich mit meiner Art, die Dinge anzufassen erleben? Ich brauchte nur einmal zu versuchen, dem berühmten vom biederen Hans Richter ausgebildeten Philharmonicum meine

Auffassung einer Beethovenschen Symphonie beizubringen, um sofort auf den widerwärtigsten Kampf zu stoßen. So kann ich das erklären: die konservative Gesellschaft mit ihren vielfältigen Konzessionen verhindert jegliche wirkliche Erneuerung und schürt das Feuer des Antisemitismus. Und ich bin ein Mitglied dieser opportunen Gesellschaft und setzte alles daran nach Wien zu ziehen! Vielleicht gerade deshalb, um sie, diese verschworene Kumpanei in der Musikwelt zu bekämpfen. >Eine wagemutige Haltung! Will der jüdische Musiker unsere Gesellschaft erneuern<, fragen sich die Wiener Nationalisten.

Flucht vor drohenden Obsessionen

Ich ging zunächst auf Konzerttournee, die mich nach Moskau, St. Petersburg, Budapest, Warschau und München führte. War es eine Flucht? Ich weiß es nicht, ich weiß es bis heute nicht. Aber es war eine Rettung aus seelischen Tiefen und aus der Resignation. Meine Eindrücke der russischen Städte, Menschen mit ihrer Lebendigkeit und ihrem südlichem Temperament, aber auch deren Bigotterie, die mich sehr berührte… Ich habe nie wieder solche Menschen erlebt, die so ehrlich ihren Gefühlen freien Lauf lassen.

Meine Berufung nach Wien hat zunächst nur eine unerhörte Unruhe und Kampferwartung in mein Leben gebracht … In allen Fällen musste ich mich auf ein Jahr der erbittertsten Gegnerschaft aller Elemente, die nicht wollen oder können – was gewöhnlich zusammen fällt –, gefasst machen.

Immer diese existenzielle Angst und seelische Unruhe. Mit dem Abschied aus Hamburg begann ein neues, bedeutendes Kapitel in meinem Leben, dachte ich jedenfalls: Ich ziehe in die Heimat ein und werde alles daransetzen, um meine Wanderschaft für dieses Leben zu beenden. Die Wanderschaft beenden? Die Rückkehr in die Vereinsamung und introvertierte Lebensweise? War Beethoven auch einsam? Nicht hören können, macht einsam, vor allem wenn man die eigenen schöpferischen Klänge nicht wahrnehmen kann, macht fassungslos. Aber ich bin nicht der göttliche Beethoven!

Mahlers Augenlider zucken als Alma sich einmal zu ihm dreht. Das engelhafte Antlitz spiegelt ihre innere Zufriedenheit wider, unberührt von unruhigen Lebensjahren, wochenlangen schlaflosen Nächten und der Pflege eines Mannes, von dem sie nicht weiß, ob sie ihn liebt oder nur verehrt!

Von ständigen Obsessionen überfallen, beobachtet er seine Frau, als ob er sich für alle seine Versäumnisse in den letzten Jahren entschuldigen will. Ein Gefühl der Entfremdung von der Ehefrau verfolgt ihn schon seit langem, und dann diese vernichtende Eifersucht, die ihn bis heute Nacht nicht loslässt – Alma und ihre Liebhaber Gropius, Klimt, Kokoschka und, und ... Die Liste wird endlos, wenn er nur daran denkt!

In Todesfantasien zwischen Realität und obsessiven Gedanken das Mittelmaß zur Sachlichkeit zu finden, ist kein leichtes Unterfangen. Ich habe genug Enttäuschungen und schlechte Erfahrungen in meinem Leben, um ein Melancholiker zu sein, der von einer immer tiefer in die Seele greifenden Manie verfolgt wird. War das, was ich mit dir zu teilen versucht habe, zu viel für dich, gar eine Bedrohung?

26. August 1910 Leiden (Holland)

Noch liegen ihm die väterlichen Worte von Freud in den Ohren. »Erinnerungen beleben den Geist, sprechen befreit von Obsessionen.« Mit der Ruhe, die von Natur aus so wenig im Charakter Mahlers liegt, ist es nun aus. Er formt wieder voll Angst und ohne an etwas anderes zu denken, den Wunsch, Professor Freud möge ihm helfen, seine Ehe und Familie zu retten.

>Alma, die Hoffnung wird heute in meinem Elend geboren. Seit Jahren von Heimweh in deiner Nähe geplagt, doch nicht nahe genug, um deine Liebe zu erfahren. Eine innere und vertrauensvolle intime Beziehung zwischen uns hat es nicht gegeben, um vom seelischen Leid des anderen zu erfahren. Schwieriger ist jedoch unsere Sprache. Sie kann nicht mehr unsere Liebe, unsere Sehnsüchte und Nöte vermitteln, sie teilt nur Zorn und Unmut mit.<

Gustav Mahler sinniert vor sich hin, er weiß aber nicht, wo und wie er beginnen soll. Wie Alma steht auch er am Scheideweg seiner Existenz. Wenn ich so oder so handle, wird einerseits alles gerettet, andererseits alles verloren sein. Verloren bin ich so oder so. Entweder wir finden einen Ausweg, können neu beginnen, oder wir warten bis ich meinem Leid erlegen bin. Aber bis es soweit ist, musst du dich um etwas mehr Solidarität bemühen. Mahler denkt nicht mehr daran, gegen das gewaltige Gefühl anzukämpfen, das ihn zwischen Verlangen und Zorn schwanken lässt. Also? Gropius muss weg, der Störenfried! Es darf ihm nicht gelingen, mit Alma fortzugehen! Unmöglich. Es gilt, den Einfluss Gropius in Almas Geist zu bekämpfen. Mit welchen Mitteln? Die Lust zu schüren, wäre schlecht. Aber an ihre Vernunft zu appellieren, ihre gemeinsamen Erinnerungen heraufzubeschwören, an die schöne harmonische Zeit am Wörthersee in Maiernigg 1899 wäre das hilfreich? Mit moralischen Grundsätzen gegen die schmählichen Gelüste vorzugehen – ein schweres Unterfangen. Ich muss ihr ins Gewissen reden, wie entsetzlich es ist, wenn man die Ehre der Treue aufs Spiel setzt. Ich muss ihr deutlich machen, wie vergänglich das Leben und wie verwerflich die Leichtlebigkeit ist. Ich schwöre ihr, sie zu lieben, solange ich lebe.

Gustav Mahler, der sich mit Mühe zum Selbstgespräch zwingt, atmet mehrmals durch, fühlt sich ein wenig erleichtert, seufzt tief. Dann:

>»Vater, sieh' an die Wunden mein!
Kein Wesen lass' verloren sein!«*

>Gib es nur gleich zu!< denkt Mahler. >Sprich es aus! In Wahrheit bist du bei diesem Mann besser aufgehoben, Gustav. Freud bekommt eine Antwort auf jede Frage, er ist der Meister der Überredung.<

»Ich habe noch viele Lieder zu singen. Mein Geist geht schwanger mit Melodien, und meine Seele ruft, was mir Gott erzähl! Das Gespräch ist nicht mein Metier. Gleichwohl muss die Seele befreit werden, also erst spricht die Liebe und dann ist das Leid da, muss erduldet, ertragen werden. Leiden und Sterben ist meine Bestimmung.

*»Die Sonne sinkt
Nicht lange durftest du noch
Verbranntes Herz!
Verheißung ist in der Luft,
aus unbekannten Mündern bläst mich an,
große Kühle kommt...
Meine Sonne stand heiß über mir im Mittage:
Seid mit gegrüßt, daß Ihr kommt,
Ihr plötzlichen Winde,
Ihr kühlen Geister des Nachmittags!
Die Luft geht fremd und rein.
Schielt nicht mit schiefem
Verführerblick
Die Nacht mich an?...
Bleib stark, mein tapferes Herz!
Frag nicht: warum? –«*
[...]

Nietzsche! Nietzsche, du sprichst aus meiner Seele.«

Freud schnellt wie von magischen Kräften dieser Worte emporgedrückt von seinem Sitz am Schreibtisch hoch. Nie zuvor hat er sich Gustav Mahler als solch soliden Feingeist vorgestellt. Ein Mann, der mit einigen Sätzen das Drama des Lebens zu erklären versucht.

»Meine Gebieterin empfahl, dass ich Sie aufsuche«, sagt Mahler fast untertänig »von Sünden und Leid, von Not und Wunden will ich erzählen. Lasse die Lava fließen, die mein Herz verwüstet hat. Ich atme den Qualm der blutroten Glut und das betäubende Gift der Schmach. O leises Lied meiner Seele! Sie ist traurig, ich bin traurig: Mein Kind ist tot! Wie soll ich ihr helfen? Wer kann wem helfen? Die vereinsamte Seele aufmuntern? Woher kommt so viel Leid? Wie lange soll ich es ertragen? Wie lange kann ich ertragen? Warum soll ich alles erdulden? Wollt ihr was von mir hören? Ich habe euch viele Lieder zu singen von Kinderparadies, Glück, Spiel und Tanz: Was mir das Kind erzählt.

Gustav Mahler, Sigmund Freud, Alma Mahler und Marie Mahler, Gustav Mahlers Mutter.

Alma ist traurig! Alma ist unglücklich! Ich bin unglücklich! Ist jemand auf dieser Welt glücklich?

Das Kind erzählt: *»Wir genießen die himmlischen Freuden,*
Drum tun wir das Irdische meiden,
kein weltlich Getümmel
hört man nicht im Himmel!
Lebt alles in sanftester Ruh'.«

Die Kinder machen es leicht, sie machen uns vor, wie man das Leben überwindet. Sie ergötzen sich in ihrer rührenden Naivität am Schlaraffenland mit all seinen lieblichen Genüssen, wie man das Leid überwindet, wie man mit leiblichen Trieben die Seele verführt:

»Der Wein kost' kein' Heller
Im himmlischen Keller,
Die Englein, die backen das Brot.«

Mit welcher feierlichen Musik werden die Kinder begleitet, sie erklingt sehr zart und geheimnisvoll! Ich höre sie immer noch. Nichts gleicht dieser Musik, die diese Kinder mit ihren Liedern begleitet:

»Kein Musik ist ja nicht auf Erden,
Die unserer verglichen kann werden...
Cäcilia mit ihren Verwandten
Sind treffliche Hofmusikanten!
Die englischen Stimmen
Ermuntern die Sinnen,
Das alles für Freuden erwacht.«

Seither habe ich zwei glückliche Augenblicke erlebt. Alma hat mich geheiratet, und mir zwei Kinder geschenkt...«

Freud, dessen Taktgefühl ihm gebietet, Mahler ungestört aussprechen zu lassen, winkt ihm, ob er ihn beim Spaziergang begleiten, sich sammeln und aussprechen will. »Bei mir brauchen Sie kein Pult, hier dirigiere ich, und mein Solo-Tenor heißt Maestro Gustav Mahler!«

Mahler mit einem zaghaften Lächeln nimmt das Angebot dankbar an. Nach einer kurzen Pause: »Von einer schweren Krankheit erholt, bin ich nach der Uraufführung von >Das klagende Lied< in Wien und der vierten Symphonie in München von der Leitung der Wiener Philharmonischen Abonnementkonzerte zurückgetreten. Die Sommermonate habe ich in Maiernigg am Wörthersee verbracht. Im November habe ich die göttliche Alma Schindler kennen und lieben gelernt. Das Kennenlernen ereignete sich am 7. November 1901. Auf einer Abendgesellschaft im Salon Berta Zuckerkandl bin ich mit einundvierzig Jahren der einundzwanzigjährigen, in der ganzen Stadt gefeierten Schönheit, Alma begegnet. Flüchtige Kontakte, eher Blickkontakte gab es schon früher. Sie warf schon vor dieser Begegnung immer wieder einen liebenswürdigen Blick auf den zurückhaltenden einsamen Mahler!«

>Wie ein Wilder fuhr er herum im Zimmer. Er ist furchtbar nervös. Der Kerl besteht nur aus Sauerstoff. Man verbrennt sich, wenn man an ihn herankommt<, erinnert sich Freud an Almas Äußerungen.

»Am 12. Dezember 1901, schrieb ich ihr, meiner angebeteten Geliebten, in höchster Verehrung: Ich möchte die Ehre machen und die Früchte meiner schöpferischen Arbeit opfern. Ich suchte in einer Frau nicht in erster Linie die schöne vorzeigbare Frau, sondern den >guten Kameraden<, die Frau, die mich versteht, die heiligen Respekt vor der Ehe und vor meiner Arbeit hat, die keine Ansprüche an mich stellt, mir die Unannehmlichkeiten des Lebens fern hält, vor Konzertreisen die Koffer packt, die Steine aus dem Weg räumt und die Finanzen in Ordnung hält.«

»Dafür war ja Ihre Schwester Justine gut genug, ohne jene emotionellen Gegenansprüche, die eine Ehepartnerin geltend macht«, wirft Freud sachte ein.

»Ja, Sie haben vollkommen Recht, denn eine Ehefrau hat selbst Ansprüche und Vorstellungen, die sie erfüllen will. Meine Schwester Justine hat sich als einzige Frau nach dem Tod unserer Mutter um mich gekümmert ohne jegliche Ansprüche einer Ehefrau, die das Leben und Wirken eines Mannes stark beeinträchtigen könnte.

Einer früheren Freundin, der Sängerin Anna von Mildenburg, die später Hermann Bahr, den führenden „Kopf" der Wiener Moderne heiratete, schrieb ich einmal auf ihre Klagen >ich vernachlässige die Freundschaft, ich schreibe ihr nicht mal so oft, wie es bei Liebenden der Fall ist<. »Ich arbeite derzeit nun einmal an einem großen Werk« Die Dritte Symphonie war gemeint. »Begreifst du nicht, wie das den ganzen Menschen erfordert und wie man da oft so tief drinsteckt, dass man für die Außenwelt wie abgestorben ist. Nun aber denke Dir ein so großes Werk, in welchem sich in der Tat die ganze Welt spiegelt – man ist sozusagen selbst nur ein Instrument, auf dem das Universum spielt. Ich habe es Dir doch schon so oft erklärt – und Du musst es akzeptieren, wenn Du wirklich Verständnis für mich hast. Sieh, das mussten alle lernen, die mit mir leben sollen. In solchen Momenten gehöre ich nicht mehr mir...«

»Aber Herr Mahler, daran zweifeln wir ja gar nicht. Die einzige gültige Autorität ist die Vernunft; und meine Zustimmung stützt sich auf diese. Ich weise Sie aber gleichzeitig auf die Emotionen und Begierden einer Frau hin, die mit ihrem ganzen Wesen, angefeuert durch erotische Triebe, den Mann völlig für sich zu vereinnahmen sucht. >Gepriesen sei Gott, der zur größten Lust des Mannes die Frau geschaffen hat und zur größten Lust der Frau den Mann<, heißt es in einem alten arabischen Buch. Die Frau sucht erst Zärtlichkeit, und darüber hinaus ist sie bereit Sex anzubieten, wenn erforderlich, lebenslang, aber nicht bedingungslos, nicht umsonst, sondern für ihren Besitz- und Herrschertrieb.«

»Herr Professor, ich glaube Sie können mir wirklich helfen. Sie sprechen viele bedenkenswerte und elementare Aspekte an, an die ich nie gedacht habe, weil ich sie nicht kenne.«

»Nach der Elementar-Psychologie gibt es fünf verschiedene Liebesarten, die sich in der >Liebe< beteiligen können: 1. Der eigentliche Sexualtrieb mit den Urgefühlen der sinnlichen Begierde und der Wollust. 2. Das Gefühlspaar: Zuneigung und Abneigung, auch als Sympathie und Antipathie, in starker Reaktion als Liebe und Hass bekannt. 3. Das Gefühl der Sehnsucht, das uns wie ein Magnet zum Partner zieht, aber auch als Heimweh zurück ins Elternhaus. Die

Lust die man Wiedersehensfreude nennt. 4. Der Fürsorgetrieb, bei Tieren als Mutter- oder Brustinstinkt bekannt. Auch männliche Wesen besitzen ihn. Seine Gefühle erleben wir beim Schenken, Umsorgen, Helfen, Zärtlich sein. Seine Unlust ist die Sorge. 5. Ein elementarer Trieb, den wir beim Tier Herdentrieb nennen. Er reagiert mit dem Unlustgefühl der Einsamkeit und einem Lustgefühl in der Zweisamkeit, in der Gesellschaft und bei der Geborgenheit. Sie, Herr Mahler, sehnen sich nach der Geborgenheit, die in der Familie und durch die Mutter gesichert war. Sie vermissen die bedingungslose Liebe und Fürsorge Ihrer Mutter und suchen sie als allererstes bei jeder Frau, die ihnen gefällt!«

Freuds Worte sprudeln wie aus einer Quelle von unermesslicher Tiefe. »Überrascht Sie meine letzte Bemerkung? Vielleicht denken Sie etwas sorgfältiger nach. Graben Sie im Schatz ihrer Erinnerungen, und Sie werden fündig werden, dass es sich nicht nur um die schöne und intelligente Frau handelt, die Sie lieben oder lieben wollen. Was Sie lieben wollen, ist die angenehme Empfindung, die eine solche Liebe an der Seite Ihrer Mutter immer gegeben hat. Man liebt zuletzt seine Begierde. Und die Liebe zu Ihrer Mutter ist der integrale Bestandteil Ihrer Begierden.«

»Professor Freud! Glauben Sie allen Ernstes, ich habe meine Mutter im Kopf, wenn ich mit einer Frau eine Familie gründen will? Warum heirate ich denn, warum ziehe ich vor den Altar und verkünde meine Liebe und ewige Treue vor dem großen Gott?«

»Ich habe die Verliebtheit in die Mutter und die Eifersucht gegen den Vater auch bei mir gefunden und halte sie für ein allgemeines Ereignis früher Kindheit [...]. (Ähnlich wie den Abkunftsroman der Paranoia – Heroen, Religionsstifter.) Wenn das so ist, so versteht man die packende Macht des König Ödipus [...]. Jeder war einmal im Keime und in der Fantasie ein solcher Ödipus, und vor der hier in die Realität gezogenen Traumerfüllung schaudert jeder zurück mit dem ganzen Betrag der Verdrängung, der seinen infantilen Zustand von seiner heutigen Realität – Wunscherfüllung, aus diesen Gegensätzen sprießt unser psychisches Leben. Und dieses Gegensatzpaar ist auch die Achse, auf der die Traumdeutung errichtet wurde.«

Gustav Mahler ist sonderlich zumute, als hätte er einen Schwächeanfall. Freuds Erklärungen und analytische Gedanken sind ihm absolut fremd. Kann man solch sonderbare Gedanken zum Prinzip in der psychoanalytischen Therapie modellieren? Ist ihm bewusst, was er mir heute anvertraut hat? Oder steckt in dieser Selbstdarstellung eine von vielen seiner analytischen ›Tricks‹ Methode? Siehe, ich habe auch meine Probleme! Jeder hat seine.

»Nun, Maestro Mahler, weshalb widersetzen Sie sich jetzt meinem Vorgehen? Haben Sie einen anderen Vorschlag?«

Mahler schüttelt den Kopf. »Nein, bei reifer Überlegung halte ich den eingeschlagenen Weg doch für den Besten. Es ist mir klar geworden, dass Sie nur auf diese Weise von den tiefsten, dunkelsten und innersten Belangen meines Wesens erfahren können, um mir ein guter Wegweiser zu werden.«

»An was haben Sie als Erstes gedacht, als Sie Alma Schindler zum Altar führten? Nach der heimlichen Verlobung, haben Sie am 9. März 1902 in der Wiener Karlskirche geheiratet.«

»Ach! Wenn meine Mutter dabei gewesen wäre ...!«

»Schließen Sie die Augen, erzählen Sie im Detail, wie Sie diesen Tag erlebt haben«, fordert ihn Freud in väterlichem Ton auf.

Mahler folgt und schließt die Augen. Nach einer Weile: »Wir betreten die Karlskirche. Ich habe Angst, nein, ich habe keine Angst. Warum zittere ich am ganzen Leib? Warum ist mir auf einmal so kalt? Das Licht draußen blendet. Hier ist auf einmal alles dunkel, die Kerzen brennen, sie geben aber keine Wärme, ein schwaches Licht, es ist schwarz und rot im Inneren des Gotteshauses. Ich bin hier, was suche ich hier, bin ich auf der Flucht hier angekommen? Man flieht vor der Verantwortung, oder dem schlechten Gewissen hierher, aber ich bin mit guter Absicht hier. Ich will heiraten – will ich wirklich? Was würde wohl meine Mutter sagen? Diese gütige Frau, die viel gab, weniger bekam, die mich liebte, mich schützte, verwöhnte... Erst vor den Lichtern des Altars sehe ich wie schön und blühend jung Alma ist. Niemand beachtet mich. Menschen kommen durch alle Türen herein. Vor dem mit viel Gold und Prunk ausgestatteten Altar komme ich mir winzig klein vor. Die Menschen sehen aus wie Ameisen, jeder trägt sichtbar oder unsichtbar seine Last, jeder schiebt irgendetwas vor sich her. Nur der Priester scheint erhaben von irgendwelchen Lastern zu sein, die den Menschen klitzeklein machen, in die Knie zwingen. Unser Herr hängt am Kreuz, das Kreuz mit goldenen Fäden am Himmel aufgehängt, ich suche, suche den Davidstern. Ich schäme mich, warum trat ich zum Katholizismus über? Ach diese Sphären der katholischen Mystik, sie hat mich verführt, meine Mutter wäre nie damit einverstanden, aber Alma Schindler hätte nie einen Juden geheiratet, und ich wäre nie als Jude Wiener Hofoperndirektor geworden. Sie hätte einem namenlosen Musiker nie die Hand gereicht. Nun stehen wir beide hier. Ich trage einen schönen Frack, anliegend in der Taille, einen Stehkragen und auf meinem Frack die Auszeichnungen aller Herren Länder, wo ich mal fungierte. Sie ist weiß, wie ein Engel über den Wolken, sie schwebt. Alle reißen die Augen auf, weil sie ein junges Mädchen sehen, das mit mir vor dem Altar steht. Ich komme mir sehr alt vor, viel älter als ich bin. Wo bleibt meine Mutter? Sie kann nicht kommen, weil sie schon lange tot ist! Niemand ist in diesem Moment so einsam und allein, wie ich es bin: Warum tust du mir das an, warum liebste Mutter?

>Aber mein Sohn, das ist deine Hochzeit, die Hochzeit des Hofoperndirektors Gustav Mahler mit ... mit ... der Heiligen! Jungfrau? Alma Schindler, die die Juden hasst! Ja, ja! Ihretwegen, ihre Schönheit hat dich, mein Sohn erblindet, verfängt und verführt, nun sieh, dass du damit fertig wirst.<

Die Orgel setzt ein, die schwarze Luft vibriert. Ich friere, ich muss mich überwinden, ich muss sie zum Altar führen, eine Rückkehr gibt es nicht. Ich werde alle Hindernisse überwinden, ich werde glücklich sein, ich werde Alma für immer ein guter Ehemann sein, ich werde mich ihr zu Füßen werfen! Die Luft ist schwer, das Atmen ist mühsam, Mutter ... Mutter lass mich los!

Die Orgel tobt, es ist vollbracht, es ist zu Ende. Geht nun fort, lasst mich allein, lasst mich in Ruhe, sie ist nun mein, die junge schöne Frau, lasst mich nun mehr in Ruhe! Ich gehe, ich renne, ich werde gejagt, diese Blicke, diese neidvollen, unsanften, unfreundlichen, gehässigen Blicke, mir schwindelt. Wir sind zu Hause, nichts ist passiert, was unsere Freude beeinträchtigen, unser Glück kratzen konnte, ich umarme meine Frau, wir umarmen uns.

>Maria ... Maria ... Ja, Vater komm, lass mich nicht allein! Ich kann nicht ohne dich sein!<

O Vater, o Mutter, warum tut ihr uns das an.«

Mahler macht die Augen auf. Es hat ihm wohl getan, sich Freud zu öffnen, Tränen schießen ihm in die Augen; er ist nicht darum bemüht dies zu verbergen, es sind Tränen der Befreiung.

»Fahren Sie ruhig fort, von da an, wo Sie aufgehört haben zu träumen!«

»Es ist mir zum ersten Mal bewusst geworden, dass wir beide mit einem Problem zu kämpfen haben. Nach der katastrophalen Hochzeitsnacht, meinem beschämenden Versagen, fühlte ich mich nicht mehr imstande den Mann mit Autorität zu stellen, den eine Frau wie Alma gebraucht hätte. Ich kann es nicht in Worte kleiden. Ich kam mir verloren vor. Nur die Arbeit hält mich bis heute am Leben. Ich fürchte, ich werde diese Schande, diese Katastrophe nie überwinden.«

Freud sieht einen Wendepunkt erreicht, wo er intervenieren muss. >Heute haben wir in kürzester Zeit die Berge von Hindernissen überwunden. Der Schlüssel zum Erfolg liegt in der Deutung vieler seiner Äußerungen. Die Angst vor dem neuen Versagen ist lediglich ein Hinweis, der auf die Turbulenzen im Unterbewusstsein weist und immer wieder vor der gleichen Situation auszubrechen droht! Tief verwurzelte Verdrängungen sind nicht verarbeitet: Versagen im Ehebett, verlorene Ehre, Unterdrückung der Sehnsüchte, Verlust der Mutter. Seine Konzession: Übertritt zum Katholizismus. Der Tod der

Lieblingstochter Maria. Dies sind alles nicht verheilte Wunden, die ihn vielmehr belasten als ihm bewusst ist. Ihm bei der Verarbeitung seiner seelisch-moralischen Konflikte guter Partner und Berater sein, könnte heißen: Ihn aus der Gefangenschaft der Obsessionen zu befreien.‹

Freud ist sich der Bedeutung der Begegnung mit dem großen Komponisten bewusst. Er weiß von Alma Mahler, dass er bei langen Spaziergängen sehr gesprächig ist, und viel von sich und seiner Arbeit erzählt.

»Ich dachte mir, wir machen heute einen erholsamen Ausflug ans Meer und kehren dann vielleicht in der Stadt ein und … Einmal in der Woche wandere ich am Sabbat zum Meer und versuche so viel wie möglich von der feuchten, salzigen Luft in die Lunge zu pumpen; sie befreit die Bronchien vom Teerbelag. Wenn Sie mich heute begleiten wollen? Leiden ist eine kleine, im Vergleich zu Wien, eine übersichtliche, schöne Stadt. Am Sabbat halte ich keine Sprechstunde. In Wien besuchte ich an diesem Tag das Grab meiner Eltern. Hier versuche ich am Friedhof vorbeigehend ihrer zu gedenken.«

Mahler erklärt seinerseits wie gerne er bei Wind und kaltem Wetter wandern geht, aber warm gekleidet will er gerne sein, um sich vor einem Fieberanfall zu schützen. Als sie schon nach einigen hundert Metern den Rapenburg Kanal erreichen, fragt Mahler warum Freud immer wieder aus der Heimatstadt Wien flüchtet, und sich nach so viel Weltruhm in dieser kleinen Stadt aufhält. Freud will nicht über die brisante Stimmung gegen die Juden in der Heimat und die wachsende Gefahr des Faschismus sprechen; er sagt beschwichtigend: »Leiden ist praktisch meine zweite Heimat. Außerdem das Klima und die Meeresluft tun mir gut. Ich bin, wenn Sie wollen, ein Wanderer. An manchen Tagen verbringe ich mehr Zeit unterwegs und am Wasser als in der Wohnung.«

»Warum gerade Leiden? Warum nicht Hamburg, Lübeck, Kiel oder Rostock?«

»Weil in Deutschland die Luft mit dem unsichtbarem Gift des Antisemitismus verschmutzt ist!« Dann fragt er leise: »Was war Ihre Mutter für eine Frau?«

Mahler schiebt zwei Finger unter den dicken Wollschal, um sich den Kragen zu lockern. »Meine Mutter Marie, geborene Hermann, war eine liebevolle, gütige Frau. Ich kam als zweites von insgesamt zwölf Kindern am 7. Juli 1860 im böhmischen Kalischt zur Welt. Die zahlreichen Geburten, ihr Herzleiden, die Behinderung eines Beines und schließlich die Rücksichtslosigkeit des Ehemannes machten ihr das Leben nicht gerade leicht. Sie stammte aus einer gut bürgerlichen jüdischen kaufmännischen Familie, während mein Vater, Bernhard Mahler, aus ärmlichsten Verhältnissen kam. Als Sohn einer jüdischen Hausiererin, die noch mit achtzig Jahren, den Korb auf dem Rücken, über Land zog. Mit Ehrgeiz und Fleiß konnte er sich bald ein eigenes Fahrwerk leisten und nach und nach mit zäh Erspartem kaufte er ein Haus und wurde mit einer kleinen Schnapsbrennerei zu einem kleinen Unternehmer. Als die Habsburger 1860 in einem Erlass „Oktoberdiplom" den Juden mehr Freizügigkeit gewähren ließen, übersiedelte die Familie noch im Dezember desselben Jahres nach Iglau, der neben Brünn zweitgrößten Stadt in Mähren. Sein Ehrgeiz war nicht eigennützig, er wollte seinen Kindern das gleiche Schicksal ersparen. Wir sollten die richtige Schulbildung bekommen. Er war, wenn die Dinge nicht so liefen, wie er es sich gedacht hatte, unberechenbar, ja gewalttätiger Natur und machte das Leben meiner zartfühlenden Mutter zur Hölle. Im Grunde passten sie gar nicht zueinander, wie Feuer und Wasser. Er war der Starrsinn, sie die Sanftmut selbst. Schon als Kind lernte ich die Welt der Gewaltherrschaft kennen und wollte die Mutter in Schutz nehmen, aber gegenüber der Gleichgültigkeit des Vaters war ich machtlos.«

»Daher die große Liebe zu Ihrer Mutter?«

»Ja, weil sie viel ertragen hat und sich nie beklagte. Leidgeprüft war sie auch aus einem anderen Grund, denn nicht weniger als fünf meiner Geschwister raffte der Tod schon in frühen Jahren hinweg. Der Tragischste, das sechste, mein jüngerer Bruder Ernst, starb im Alter von dreizehn Jahren, und gerade der Tod meines Lieblingsbruders hat mich und mein Leben gezeichnet. Tagelang bin ich am Krankenbett gesessen und habe ihm Geschichten erzählt.«

»Ist das, das erste böse Erlebnis in Ihrer Kindheit?«

»Ja, damit habe ich erfahren, wie grausam das Leben ist. Ich schrieb an Josef Steiner, meinen Schulfreund: *Da ziehen die blassen Gestalten meines Lebens wie der Schatten längst vergangenen Glücks an mir vorüber ... und dort steht der Leiermann, und hält in seiner dürren Hand den Hut hin. Und in den verstimmten Tönen hör' ich den Gruß Ernsts von Schwaben, und er kommt selbst hervor und breitet die Arme nach mir aus und wie ich hinsehe, ist's mein armer Bruder ...*«

»Heißt Ihre Jugendoper nicht >Herzog Ernst von Schwaben<?«

Nicht im Entferntesten hatte Mahler mit dieser Frage gerechnet. Überrascht wendet er sich zu Freud. »Doch, was bleibt sind nur Erinnerungen. Alles ist nicht mehr von Belang. Ich sagte schon, mit dem Tod meines Bruders starb vieles auch kindlich-romantisches in mir. Bei allem Drang zur Musik, wurde ich neugierig auf die Philosophie. Ganze Tage verbrachte ich mit meinen Büchern – soweit ich sie in die Hände bekam. Meine Zeit auf dem Gymnasium in der „goldenen Stadt" Prag war für mich langweilig und für meinen Vater ein Misserfolg. Ich versagte sowohl in der Schule, wie auch im Haus der Familie Grünfeld, wo ich bescheiden untergebracht war. So holte mein Vater mich im März 1872 wieder nach Iglau.«

»Weshalb sollten Sie in der Familie, deren beide Söhne musikalisch begabt waren und später berühmte Musiker wurden – nicht so weltberühmt wie Sie es sind – versagt haben? Das verstehe ich nicht ganz!«

»Das ist auch nicht leicht zu verstehen! Ich war zwölf Jahre, erlebte einmal in meinem dunklen Zimmer sitzend, ungewollt eine brutale Liebesszene zwischen dem Stubenmädchen und einem der Söhne des Hauses. Ich machte mich bemerkbar und wollte dem Mädchen helfen, sie vor der „Gewalttat" schützen. Ich wurde von beiden, nicht nur von Alfred, sondern auch von dem Mädchen beschimpft und zum Schweigen gezwungen. Solche Erlebnisse bleiben in der dunklen Kammer der Erinnerungen ob man will oder nicht. Keine bewussten Erinnerungen«, erläutert Freud »doch der Großteil unserer Erinnerungen lebt im Unbewussten fort. Was haben Sie gerne in der Zeit Ihrer Jugend gelesen?«

Mahler seufzt wieder tief, drückt sich den Hut in die Stirn. »In meiner Jugend und später, ja bis heute, lese ich gern Dostojewskij. Seine Seelenlandschaft und humanistische Weltanschauung begleiten mich bis heute. *Wie kann ich denn glücklich sein, wenn irgendwo ein anderes Geschöpf noch leidet?* Dann Eduard von Hartmann und immer wieder Nietzsche. Die seltsamen russischen „Aufzeichnungen aus dem Untergrund" sind für mich authentischer denn je. Dostojewski sagt es gebe Dinge, die gestehe man nur Freunden zu; andere nicht einmal diesen, und dann gebe es noch die Dinge, die man nicht einmal sich selbst gestehe! Es müssen eben diese Dinge sein, die man einem, und zwar nur diesem gesteht: dem großen Sigmund Freud, sage ich.«

Freud kann seine Freude über diesen letzten Satz nicht verbergen. Er versucht einzulenken. »Sie kennen doch gewiss Von Hartmanns *Philosophie des Unbewussten*?«

Mahler nickt. »Ja, ich kenne das Werk gut. Aber ich konnte und kann mir daraus nichts für mich und mein Leben zunutze machen. Gegen meine Obsessionen finde ich dort kein Mittel!«

»Du lieber Himmel!« ruft Freud überlaut. »Nein, gewiss nicht. Ich bitte Sie, Herr Mahler, was erwarten Sie von einem Dilettanten namens Von Hartmann, der sich die Gedanken von Goethe, Schopenhauer und Schelling anverwandelt und vermarktet! Aber meinen Respekt vor dem Verleger Duncker! Aber um zu unserem Thema zurückzukehren: Von Hartmann bearbeitet gut zwei Dutzend gesonderte Aspekte des Unbewussten und lässt schließlich keinen Zweifel daran, dass der Großteil unserer Gedächtnis- und Denkvorgänge sich außerhalb des Bewusstseins abspielen. Ich stimme dieser Auffassung zu, nur geht er mir nicht gründlich genug vor. Nach meiner Auffassung und empirischer Erfahrung lässt sich kaum überblicken, in welchem Maße das Leben – das wirkliche Leben – vom Unbewussten bestimmt wird. Das Bewusstsein ist nicht mehr als eine Glaskugel, welche das Dasein beherbergt. Das geschulte Auge sieht durch das hindurch – nimmt die „Inhalte" unseres Bewusstseins wahr. Alles, was unser Bewusstsein „festhalten" und damit alles, was der Mensch erleben kann, sind Empfindungen, Wahrnehmungen, Vorstellungen und Gefühle.«

An einer Weggabelung am Kanal vorbei, macht Freud erst Mahler auf den Buttermarkt und das Rathaus aufmerksam, dann zeigt er auf den schmalen Pfad, auf dem sie die Stadtmitte verlassen.

»Was Empfindungen angeht«, nimmt Freud den Gesprächsfaden wieder auf, nachdem sie außer Hörweite des Trubels der Stadt sind, »sie sind Sinneseindrücke unseres Geschmacks, Geruchs und der Hautsinne für Berührungen, Wärme, Kälte, Schmerz. Wahrnehmungen hingegen sind Bewusstseinsbilder, die wir über das Auge und den Gesichtssinn sowie über unsere Ohren und den Gehörsinn erleben. Wir können sagen, Vorstellungen sind die Bewusstseinsbank, wo wir unser Inneres, unser Unbewusstsein und unser Gedächtnis deponieren und bei Bedarf in das Bewusstsein herausholen können.«

»Wo bleiben die Gefühle? Was ist eigentlich ein Gefühl?«

»Alle Gefühle lenken unser Tun. Nur sie erfüllen unser Glück und unser Leid. Alle unsere Erlebnisse, angenehme oder unangenehme im Leben, sind Gefühle, nichts und nie etwas anderes als unsere Gefühle. Die ganze Zivilisation, Kultur, Kunst und Musik wird uns nur über unsere Gefühle zum wirklichen, erlebbaren Reichtum. Alle Gefühle werden von spezifischen, psychischen Reizen ausgelöst und hervorgerufen, die wir in der Elementar-Psychologie „Signale" nennen. Jeder elementare Trieb hat seine eigenen spezifischen Signale. Gefühle können als Elemente der Psyche erklärt werden. Sie sind wie die chemischen Elemente unveränderlich und feste „Bestandteile" der Psyche. Sie sind uns angeboren, wie unsere Organe, wenn sie auch etwas Psychisches sind und nur zeitweise in Aktion treten, wie ein Licht – ein und aus. Manche Menschen leiden lebenslang, weil sie ihren Gefühlen unterlegen sind. Dostojewski oder Mozart und Beethoven, auch der Komponist >Des Knaben Wunderhorn< sie alle sind Gefühlsmenschen.« Freud ist sich bewusst, wie sehr Mahler die erwähnten Großen vergöttert. Ihn in gleichem Atemzug zu nennen, heißt Mahlers Selbstbewusstsein zu polieren.

»Mein ganzes Leben ist ein großes Heimweh.«

Bisher hatte Freud bei Mahler keine solche klare Äußerung gehört. In jedem Wort klingt tiefe Enttäuschung mit.

»Lassen Sie uns doch auf die Phänomene Heimweh und Sehnsucht konzentrieren. Die Sehnsucht, das Heimweh, der Abschied- oder Verlustschmerz zieht uns als unsichtbares, psychisches Band und als Anziehungskraft stets wieder dahin, wo wir unsere Heimat, unser Heim, unsere Geliebten und unsere Familie haben. In den Gefühlen Heimweh und Abschiedsschmerz ist die Unlust der Sehnsucht enthalten. Die geliebte Alma kann das Objekt der Lust, der Freude, aber auch der Unlust, der Sehnsucht, der Enttäuschung, des Schmerzes und des Hasses bedeuten, Herr Mahler! Sie betrachten sich und Alma als untrennbare Geschöpfe und Ihre Liebe als unvergleichbar innige, intime Leidenschaft – ist es nicht so?«

Mahler nickt.

»Dennoch«, erklärt Freud »bin ich der festen Überzeugung, dass Sie und Alma ganz unterschiedliche Charaktere sind. Diesem Faktum zu folgen haben Sie unterschiedliche Vorstellungen von Liebe, Treue und Ehe. Ich glaube vielmehr, dass Ihre Obsession, welche Sie sich auf Grund Ihres Alters gegenüber Ihrer viel jüngeren Frau eingeredet haben und auch Ihre Ängste sich in Nichts auflösen werden, wenn Sie erfahren: Ihre Frau liebte ihren Vater und kann nur den Typus suchen und lieben. Ihr Alter, das Sie so fürchten, ist gerade das, was Sie ihrer Frau anziehend macht... Und Sie, Sie lieben Ihre Mutter, haben in jeder Frau deren Typus gesucht. Ihre Mutter war vergrämt und leidend. Dies wünschen Sie sich unbewusst auch bei Ihrer Frau.« Freud nach kurzer Atempause: »Sie hängen sehr an Ihrer Schwiegermutter und ihrem Mann Karl Moll, habe ich recht?«

»Ich verstehe Ihre Frage nicht, Dr. Freud.«

»Es liegt doch auf der Hand, dass Sie deren Generation näher als Ihrer Frau stehen. In der Ehekrise haben Sie beide die Mama zur Hilfe gerufen. Dies ist eine aufschlussreiche Besonderheit, die auf latente Mutterliebe hinweist. Es herrscht bis heute in Ihren Fantasien das Idealbild einer schönen Frau wie Alma. Sie heißt Erlösung und Befreiung. Unzählige jüngere Männer werden von Ihnen im Kampf um Almas Gunst besiegt. Dazu zählen Gustav Klimt, Alexander von Zemlinsky, Walter Gropius und Oskar Kokoschka. Alle Frauenbildnisse Kokoschkas aus den Jahren der Beziehung zwischen ihm und Alma Mahler tragen ihre Züge. Wenn man das berühmte „Doppelbildnis" betrachtet, das beide, Kokoschka und seine Geliebte zeigt, nimmt man die leidenschaftliche Beziehung zwischen beiden wahr. Schon der erste Fächer Kokoschka zeigt im Zentrum seiner Bildformation den Maler, der vor seiner Angebeteten kniet und sich die Hand aufs Herz legt. Sechs weitere Fächer folgen noch.«

Mahler nickt und schweigt. Dann, als ob er zu einer neuen Erkenntnis gelangt ist: »Es ist seltsam, Herr Dr. Freud, welch beruhigende Wirkung diese Gespräche auf mich ausüben. Ich schätze Ihr Urteil sehr und fühle mich von Ihnen verstanden. Seit längerer Zeit glaube ich das Scheitern meiner Ehe nicht mehr verhindern zu können, suche öfter Trost bei den Toten. Die Gräber meiner Mutter, Brüder und meiner Tochter erleichtern mir in gewisser Weise die Last der Schwermut besser zu tragen. Doch woher kommen dieses Heimweh und das Verloren sein, die mich ständig begleiten?

Freud hört aufmerksam zu.

Das Jahr 1907 wurde zu einer Lebenswende in vielerlei Hinsicht. Es war abzusehen, dass die Zeit meiner Tätigkeit als Operndirektor wegen zunehmender Aktivitäten und Verpflichtungen und vor allem der Komposition eigener Werke, aber auch vieler Schwierigkeiten und Enttäuschungen zu Ende ging. Als meine Tochter Maria Anna am 5. Juli starb, war die Welt für mich nicht mehr die gleiche. Wir waren tief betroffen. Ich verlor mit ihrem Tod den Rest meines Lebensmutes. Mein Kontrakt mit der Metropolitan Opera in New

York war für mich, aber auch für Alma, eine Flucht. Ich konnte in Ruhe meine Pension verzehren und mich ganz meiner Kompositionsarbeit widmen, doch ich brauchte eine Ablenkung praktischer Art, ein Mittel gegen die ungeheuren Obsessionen. Die Schwermut am Abend, Unruhe, Herzrasen, Schmerz und Fieber in der Nacht, die Gereiztheit während des Tages, weil Alma und ich uns immer mehr voneinander entfremdeten, und schließlich die niederschmetternde medizinische Diagnose meiner Herzkrankheit.

Ich fühlte mich schlecht, glaubte am Abgrund zu stehen und war tief verzweifelt. Ich wünschte eine lange Reise in Begleitung einer Prinzessin anzutreten ohne Ziel, ohne Wiederkehr, träumte von einem Engel, durch Wälder und Gras zu gehen oder mein armes Kind Maria wieder auf den Arm zu nehmen. Ein anderes Mal dachte ich mir ein viel wahrscheinlicheres Wunder aus: irgendwo zu Hause zu sein und da zu leben und zu arbeiten und mich nicht mehr andauernd gegen die Hetzkampagnen der Wiener Faschisten wehren zu müssen. Doch das Haus am Semmering, rund 30 Kilometer von Wien entfernt, wurde nicht zu diesem erträumten Domizil. Ich nahm wieder die Arbeit auf, die mich wenigstens vor unerträglichen Tagesverfolgungen und nächtlichen Alpträumen schützen sollte. Die eigentliche Verarbeitung des Erlebten und vor allem die Auseinandersetzung mit den Themen wie Sinn des Daseins, Grauen des Leidens und schließlich Abschied vom Leben,

Tod, Erlösung und Leben nach dem Tod geschah bei mir, wie immer, in meiner Musik.«

»Wie seltsam, dass Sie es erwähnen, Herr Mahler. Vor wenigen Minuten, bevor Sie von der Verarbeitung Ihrer Emotionen und Ihrem Erlebtem sprachen, dachte ich an ›*Das Lied von der Erde*‹!«

»Das ›*Trinklied vom Jammer der Erde*‹, das ich von Hans Bethges Nachdichtung der chinesischen Flöte entnommen habe, teilt meine Resignation, die aus der Einsamkeit, aus Unerfüllbarkeit von Lebenssehnsucht, aus dem Wissen um den Tod erwächst, ist aber auch ein Zeugnis erneuten Lebensdursts das Leben so weit wie möglich zu genießen. In einem Brief an meine Frau versuchte ich einmal Goethes Faustschluss zu deuten. Ich übersetzte ihn gleichsam in Prosa. Also direkt mit Anknüpfung an die Schlussszene spricht Goethe persönlich seinen Hörer an und sagt: „Alles Vergängliche (was ich Euch da an den beiden Abenden vorgeführt habe) sind lauter Gleichnisse; natürlich in ihrer irdischen Erscheinung unzulänglich – dort aber, befreit vom Leibe der irdischen Unzulänglichkeiten, wird es sich ereignen und wir brauchen dann keine Umschreibung, keinen Vergleich – Gleichnisse – dafür. Dort ist eben getan, was ich hier zu beschreiben versuchte, was aber doch nur unbeschreiblich ist, und zwar was? – Ich kann es Euch wieder nur im Gleichnis sagen: Das Ewigweibliche hat uns hin angezogen – wir sind da. – Wir ruhen. – Wir besitzen, was wir auf Erden nur ersehen, erstreben könnten. – Der Christ nennt dies die „ewige Seligkeit", und ich musste mich dieser schönen und zureichenden mythologischen Vorstellung als Mittel für meine Darstellung bedienen – der adäquatesten, die dieser Epoche der Menschheit zugänglich ist. Ach, da gibt es noch mehr Gründe zu resignieren, oder soll ich lieber Beichten sagen?«

»Keiner von den Begriffen, die Sie verwenden, trifft zu!« Freud verlangsamt den Schritt und streift mit der Hand Mahlers Schulter. »Wir unterhalten uns, wie zwei Menschen sich gerne unterhalten. Sie sind wie kein anderer Komponist unserer Zeit empfindlich für kollektive Erschütterungen. Die Versuchung, die daraus aufsteigt: Das Kollektiv, das Sie durch sich hindurch tönen fühlen, unmittelbar zum Absoluten zu erhöhen und zu glorifizieren, ist fast nicht mehr in Ihrer Macht. Dass Sie ihr alles überlassen, was Sie fühlen und empfinden, wird zum mystischen Evangelium. In der Achten, ja gerade da, wo Sie sich zu Ihrer innigsten Liebe zu Ihrer Frau besinnen, verleugnen Sie Ihre bisherige Idee der radikalen Säkularisierung der metaphysischen Worte... Ihre Achte ist – soweit ich mir als Nichtfachmann ein Urteil erlauben darf – ein Abschluss, wie Sie sich entschiedener bisher nicht äußerten. Sie machen eine Krise durch, dann versuchen Sie Ihr Leben neu zu gestalten. Nicht nur das, Ihr Schaffen erreicht eine neue Stufe der kompositorischen Entwicklung. Ihr Spätstil ist Ausdruck von Emotionen, die Sie schon lange im tiefen Herzen tragen. Die Grundstimmung im >Lied von der Erde< ist Resignation, die aus der Einsamkeit, aus unerfüllter Liebe und aus der Angst vor der unbesiegbaren Herzkrankheit erwächst, ist Ihr letzter Schrei nach Erbarmung. Dann kommt der Abschied. Ein Gesang des >Lied von der Erde<, der nach den Episoden melancholisch, mystisch klagenden Charakters, versöhnen und vergeben will. Die vorausgehenden Sätze dieser Symphonie – wenn ich mich wieder über den Tellerrand meiner Kenntnisse hinaus wage – bereiten die Reise nach dem jenseitigen Leben vor. Aus solcher Perspektive, die einen Rückblick und die Erinnerungen an das Leben auf der Erde wiedergibt. >Das Lied von der Erde< wird allgemein als signifikanter Kontrast zu Ihrer Achten und als Beginn einer neuen musikalischen Ära in Ihrem Komponieren aufgefasst, die dem Abschied gewidmet ist.

»Schon winkt der Wein im gold'nen Pokale,
doch trinkt noch nicht, erst sing' ich Euch ein Lied!«

So hebt >Das Lied von der Erde< an und mündet dreimal in die Zeile:

»Dunkel ist das Leben, ist der Tod!«

Sie geben auf, das ist mehr als Resignation: >Das irdische Leben< ist vom Grund auf ein anstrengender, sinn- und zweckloser Kampf gegen eine unbesiegbare höhere Macht über die Kreatur Mensch.

Dann nach Überwindung des Lebens, die ersehnte Heimreise in die Unendlichkeit, bis es, immer mehr verhallend, erlischt.«

»Ihr Interesse an meiner Arbeit überrascht mich, Herr Dr. Freud. Ich konnte nicht ahnen, dass der Prophet der Psychoanalyse über so viel Kenntnisse in der Musik verfügt.«

»Ohne Gefühle, keine Musik. Alle Inspirationen werden von „spezifischen, psychischen Reizen" hervorgerufen, welche die Elementarpsychologie „Signale" nennt. Gustav Mahler ist ein Mensch vollgepackt mit solchen psychischen Reizen. Er reagiert auf jedes der Lebenssignale mit einer eigens dafür komponierten Reaktion. Die Umwandlung aller emotionalen Ereignisse in Musik ist keine leichte Aufgabe!«

Auffallend: Freud ist mehr an den tieferen Ebenen von Mahlers Musik interessiert als an seiner psychoanalytischen Gesprächsführung! Er ist ihm vertrauter. Gern wäre er Arm in Arm mit ihm spaziert, denn er ist ein sehr einfühlsamer, aber einsamer Mensch. Er verfügt über übermenschliche Emotionalität. Freud denkt zugleich an seine Aufgabe, er könne ihn vielleicht von der Zwangsjacke der Obsessionen befreien, die ihm kaum Luft zum Atmen lässt. Das bisherige Gespräch hat beide Männer ermutigt, sich zu öffnen, nicht nur als Arzt und Patient. Während sie schlendern, geben sie sich mehr Reminiszenzen als der Psychoanalyse hin. Freud erzählt von Schönbergs Rezension Mahlers Neunter und noch nicht vollendeter zehnter Symphonie.

Freud rezitiert Schönberg: »In ihr spricht der Autor kaum mehr als Subjekt. Fast sieht es aus, als ob es für dieses Werk noch einen verborgenen Autor gebe, der Mahler bloß als Sprachrohr benutzt hat. Dieses Werk ist nicht mehr im Ich-Ton gehalten. Es bringt sozusagen objektive, fast leidenschaftslose Konstatierungen, von einer Schönheit, die nur dem bemerkbar wird, der auf animalische Wärme verzichten kann und sich in geistiger Kühle wohlfühlt. Was seine Zehnte, zu der, wie auch bei Beethoven, Skizzen vorliegen, sagen sollte, das werden wir so wenig erfahren, wie bei Beethoven und Bruckner. Es scheint, die Neunte ist eine Grenze. Wer darüber hinaus will, muss fort. Es sieht aus, als ob uns in der Zehnten etwas gesagt werden könnte, was wir noch nicht wissen sollen, wofür wir noch nicht reif sind. Die, die eine Neunte geschrieben haben, standen dem Jenseits zu nahe. Vielleicht wären die Rätsel dieser Welt gelöst, wenn einer von denen, die sie wissen, die Zehnte schriebe. Und das soll wohl nicht so sein.«

Sichtlich beeindruckt, fragt er: »Ist die Lösung dieser Rätsel überhaupt möglich? Oder denkbar?«

»Nein, wir Sterbliche können die Rätsel dieser Welt nicht lösen!« sagt Mahler verlegen. »Ich habe keine Erklärung. Lange Zeit graute mir vollem Übernatürlichem, und ich bete mit Inbrunst. Doch in den letzten Jahren kämpfe ich nur zwischen vielen Fronten meines Schicksals: Der Tod meiner Mutter und meiner Brüder, dann vor allem meiner Tochter Maria und dann die bedrohte Liebe zu Alma.... Mahler weint. Nach dem Tod meiner Tochter erloschen alle Lichter der Welt für mich. Meine Tage wurden zur Nacht und die Nächte höllisch. Ich erinnere mich an meinen letzten Traum sehr gut. Ich stehe vor dem Marias Grab. Die Grabplatte öffnet sich, und es entsteigt demselben meine Tochter im weißen Kleid. Sie nimmt zärtlich, wie sie es im Leben tat, meine Hand. Ich steige mit ihr ins Grab. Die Erde schließt sich über uns, die Grabplatte gleitet über die Öffnung. Das Sonderbare daran war, dass kurz darauf die Ärzte mir die tödliche Endokarditis als Ursache meiner Herzschmerzen diagnostizierten.«

»Grauenvoll!« ruft Freund. »Wie entsetzlich, diese Diagnose zu erfahren! Ich habe keine Erklärung. Ich kann diesen Traum nur als ein Ventil für Ihre Ängste deuten, die Sie seit langem mit sich tragen.«

»Ob dieser Traum Ausdruck meiner Ängste vor dem Tode ist? Ob meine Tochter mich von der Qual befreien will?«

»Ihre Tochter kann nicht mehr wollen, sie ist tot! Sie sehnen sich danach. Nach einer Befreiung von Ihrer Qual, von keiner anderen, als von Maria!«

Mahler schweigt. Und Freund lässt die Sache auf sich beruhen. Langsam lernt er, sich Mahlers Denkweise zu nähern: In den Skizzen zur Zehnten Symphonie hat Mahler vorweg höchst merkwürdige Ausrufungen eingetragen, die nicht leicht zu deuten sind, aber doch ein Fenster zu seinen seelischen Erschütterungen öffnen: *Erbarmen! O Gott, warum hast du mich verlassen? Der Teufel tanzt es mit mir! Wahnsinn fasst mich an, Verfluchten! Vernichte mich, dass ich vergesse, dass ich bin!*

Mahler sieht sich im Traum ein neues Leben beginnen, zusammen mit seiner Tochter. Sie für ihn und er für sie, im Himmelreich. Dann findet er Kraft und Ehrgeiz in sich wieder. Er fühlt sich imstande, die Zehnte zu vollenden und nicht nur diese. Gustav Mahler, der Gottesfürchtige, glaubt tief daran und niemand kann ihn daran hindern, dass er im Jenseits glücklicher sein wird als in der für ihn kalt und fremd gewordenen Welt. Er spricht immer wieder: Meine Werke sind ein *Antizipando des kommenden Lebens.* In diesem Satz steckt eine doppelte Bedeutung: Seine Musik ist „Antizipando" der zeitlichen Zukunft, die in seine Musik einzudringen versucht; und sie ist es im überzeitlichen, jenseitlichen, endzeitlichen Sinne. Aber warum kämpft er mit allen noch vorhandenen Kräften um seine Alma? Ist sie der letzte Strohhalm, an den er sich klammert? Nein, nicht voreilig! Gustav Mahler kämpft nicht um seine Alma, er kämpft um seine Ehre mit einer unbezähmbaren Eifersucht; seine Frau ist so schön und vollkommen, dass er, wenn er dirigiert, an sie denkt, den Rücken strafft und den Hals streckt. Aber es ist geraume Zeit her, dass er aufgehört hat Alma, mit der er wie ein Priester lebt, zu lieben. Dass eine Frau wie Alma keine heilige Madonna ist, die man anbetet, vielmehr eine Diva aus Fleisch und Blut und Hormonen im Überfluss, die mit animalischen Trieben nach mehr sexueller als mütterlicher Befriedigung sucht, kann einen Gustav Mahler, der asketisch wie ein Mönch lebt, nicht verstehen. Doch als Therapeut muss Freud wieder einlenken.

»Ich genieße den Spaziergang sehr, Herr Mahler, doch wir dürfen nicht den Sinn und Zweck unseres Zusammentreffens vergessen: Ihre Sorge um Ihre Frau Alma.«

»Ich dachte soeben«, sagt Mahler, »unsere Gespräche, zwanglos wie sie geführt werden, doch stetig ein Ziel verfolgen. Meine Hoffnung, dass es Ihnen gelingen wird, mich aus dem aussichtslosen seelischen Labyrinth zu befreien, ist inzwischen gewachsen.«

Freud nickt und ist im Begriff freundlich einzuwenden, dass allein derlei intellektuelle Konversation mit Andeutungen und höfliche Mutmaßungen keine Abhilfe für das eigentliche Dilemma schaffen.

Mahler spricht weiter: »Es ist mir bewusst geworden, dass mein größter Fehler darin besteht, eine Frau geheiratet zu haben, die zwei Jahrzehnte jünger ist, dass ich weder der Vitalität noch den sexuellen Bedürfnissen solch einer exzentrischen Frau gewachsen bin.«

»Und warum nicht?« fragt Freud etwas provozierend.

»Sie wissen es, Dr. Freud! Warum zwingen Sie mich, darauf zu antworten?«

»Sie leiden unter Obsessionen unterschiedlicher Herkunft und Ursache. Von Anbeginn frage ich mich unentwegt: Wie ertrugen Sie es, dass Ihre Frau Sie im Orientexpress mit Walter Gropius betrog? Wie verkraften Sie solche Schmach bis heute?«

»Möglich, dass die Stunde der Wahrheit geschlagen hat, es Ihnen zu sagen«, sagt Mahler in untertänigem Ton. »Bisher hielt ich es nicht für wichtig, davon zu sprechen.«

Freud, neugierig auf Mahlers Offenbarung, zieht es jetzt vor, ihn nicht mehr zu unterbrechen.

»In einer von mir ersehnten Lebensgefährtin suchte ich nicht nur die Schönheit, sondern die ›gute Kameradin‹, die Frau, die mich versteht, die Respekt vor meiner schöpferischen Arbeit hat, die ihre animalischen Ansprüche nicht in den Vordergrund stellt, die ich nicht erfüllen kann! Mir die Unannehmlichkeiten des Lebens fern hält, mein Leben und das unserer Kinder gestaltet, die Steine aus dem Weg räumt und die Finanzen in Ordnung hält.«

›Diese Ansprüche des Genies an die Ehefrau – ein bisschen erinnern sie auch an das Verhältnis Johann Wolfgang Goethes mit seiner Lebensgefährtin Christiane Vulpius. Auch sie räumt ihm die Steine aus dem Weg, hat aber keinerlei Gegenansprüche zu stellen, wenn der geliebte Mann sich zwecks ungestörter schöpferischer Arbeit oft monatelang von Weimar nach Jena zurückzieht und sie ihrer Einsamkeit überlässt‹, denkt Freud. ›Aber Gustav Mahler ist kein Goethe, der dem Eroberungswahn verfallen, in jedem vornehmen Garten, die schönste Knospe pflückt. Mahler hatte doch seine Schwester Justine, die ihm seit Jahren den Haushalt führte, und als unverheiratete Frau alle seine Ansprüche und oft egozentrischen Wünsche erfüllte. Die Suppe war schon serviert, wenn der Hofoperndirektor zur Mittagspause nach Hause kam. Mahler hasste Zeitverschwendung, stand unter Strom, immer aktiv, immer unterwegs und was die alltäglichen Bedürfnisse betrifft, war er hilflos. Eine Ehe einzugehen bedeutete für ihn das Risiko, die Schwester als Kameradin zu verlieren.‹

»Ihre Schwester Justine hat doch alle Ihre Erwartungen erfüllt! Warum heirateten Sie dann eine Frau, die in jeder Hinsicht Ihren Bedürfnissen nicht entspricht? Hat ihre Schönheit Sie so verblendet, dass Sie alle Ihre Prinzipien über Bord warfen?«

»Was heißt das nun wieder?« stöhnt Mahler sehr überrascht.

»Fragen Sie sich selbst, Herr Mahler. Haben Sie die Probleme einer solchen Ehe unterschätzt?«

»Sie beantworten Fragen mit Fragen, Herr Dr. Freud!« Mahler schweigt eine Weile. »Sie stellen Fragen, deren Antwort Sie kennen!« sagt er dann ziemlich genervt.

»Wenn es so wäre, wozu sollte ich noch fragen?«

»Um Ihre Diagnose zu begründen!«

Mahler schweigt wieder. Er weiß, dass Freud Recht hat. Er fühlt, wie in seinem Inneren der Druck unerträglich wächst. Freuds berechtigte Fragen dringen tief in ihn ein. Er muss doch wissen, warum er sie stellt. Er ist ein erfahrener und souveräner Wissenschaftler. Er muss wissen, was er macht. Es wird wieder eng für ihn. Mahler bekommt kaum noch Luft zum Atmen. Ihm brennt das Herz, wie ein heißes Eisen in der Brust. Er bleibt für einen Augenblick stehen und atmet mehrmals tief durch, ehe er sich traut zu sprechen. »Ihre Fragen – Sie kennen doch die Antwort! Sie haben Recht! Und zwar in jedem Punkt! Ich war verliebt, verblendet und innig zugetan, als ich sie sah! Alle anderen sachlichen Aspekte des Lebens waren vernebelt, nicht ersichtlich und wichtig! Ich wollte wieder leben! Aber mit dieser Entscheidung habe ich mir das Leben zur Hölle gemacht, noch höllischer als es war. Vielleicht ist es mein Schicksal, nie glücklich leben zu dürfen! Ich bin den heiligen Bund der Ehe eingegangen ohne zu ahnen, dass für meine Frau dieser Begriff nicht existiert. Ich habe das Gefühl, ein ständiges Gefühl, dass ich nie mehr einen hellen, sonnigen Tag erleben werde, dass jede meiner Sorgen und Ängste, jedes Leid, welches mir widerfährt sich bis in alle Ewigkeit immer wieder erneut wiederholen wird.«

»Was reden Sie für einen Unsinn!« ruft Freud aus tiefer Kehle.

»Die ewige Wiederkehr des Ertragens, heißt für Sie die Unsterblichkeit! Haben Sie mal auch daran gedacht?«

»Nein!« ruft Mahler. »Ich habe gelernt, dass das Leben für mich, und zwar nur für mich, Ertragen heißt. Meine einzige Hoffnung ist das jenseitige Leben.«

Freud fröstelt etwas. Als ihm die grausige Tragweite von Mahlers Äußerungen bewusst wird, zögert er nicht mehr. »Herr Mahler, ich fordere Sie erneut auf: Lassen Sie sich von solchen nihilistischen Gedanken nicht überwältigen. Und ich frage Sie: Wollen Sie, oder können Sie, die Wahrheit ertragen? Oder ist Ihnen das Gehör dafür abhandengekommen?«

»Die Wahrheit?« fragt Mahler perplex. »Dafür habe ich lebenslang alles geopfert. Für nichts anderes habe ich gelebt als für die Wahrheit und für die wahre Liebe! Diese habe ich aber bis zum heutigen Tag nicht erfahren!«

»Dann müssen Sie sich fragen: Warum eigentlich nicht? Jeder hat ein Recht auf ein geordnetes Leben, warum ich nicht? Dann müssen Sie so leben, dass Sie Ihre Vorstellung vom Leben erfüllt sehen!«

»Alles, was ich mir heute wünsche, Dr. Freud, ist der tröstliche Gedanke, dass ich stets meine Pflicht gegenüber die Anderen erfüllt habe.«

»Pflicht? Wie wollen Sie mit solcher Argumentation und Ihrem Streben ständig der gute Mensch zu sein, eine begehrte Frau wie Alma für sich gewinnen, wenn Sie nicht wissen, was ihr fehlt. Was Ihre junge exzentrisch exzessive Frau von Ihnen erwartet!«

Mahler ist im Begriff die Andeutungen von Freud zu verstehen und versucht sich ein letztes Mal zu rechtfertigen. »Es gibt sehr wohl eine Liebe, eine wahre Liebe für einen älteren Mann, wie für mich und eine viel jüngere Frau, wie Alma! Dass es in letzter Zeit nicht mehr funktioniert, und ihre Existenz bedroht ist, muss ich wohl meinem Alter zuschreiben! Die Erklärung liegt auf der Hand: Ich, der vielbeschäftigte Narr, kann den Ehepflichten nicht nachkommen! Ich bin aber zu keinerlei Konzession bereit, nicht mehr! Dann mache ich Schluss, drehe mich heim (sich heimdrehen = Selbstmord auf österreichisch)!«

Freud ist sehr überrascht.

Der Therapeut hat die Aufgabe der „Turmuhr". Hoch über die Patienten erhoben zeigt sie einem Jeden unmissverständlich die Stunde an, die immer auch ein neuer Anfang ist.

»Ich kenne Ihre Frau. Sie liebte ihren Vater und kann nur den Typus lieben. Ihr Alter, Herr Mahler, das Sie so fürchten, ist gerade das, was Sie ihrer Frau anziehend macht...«

»Aber ich komme den Pflichten meiner Ehe nicht nach!« fleht Mahler. »Ich bin den heiligen Bund der Ehe eingegangen. Ich habe Pflichten gegenüber meinen Kindern und meiner Frau. Gerade diese Pflicht habe ich wohl vernachlässigt.«

»Die Ehe ist etwas Großes. Und doch... Freuds Ton ist nicht mehr nur belehrend eher sanftmütig. ... nicht so heilig, dass Sie sich dafür opfern wollen. Dass Sie in Ihrer Frau stets die heilige Madonna sehen wollen, liegt daran, dass Sie in ihr Ihre Mutter sehen. Sie lieben Ihre Mutter. Für Sie würden Sie sich jederzeit opfern. Sie haben in jeder Frau deren Typus gesucht. Ihre Mutter war vergrämt und leidend, dies wollen Sie unbewusst auch bei Ihrer Frau!«

Mahler schließt die Augen und versinkt in Gedanken.

Freud zündet erneut seine Pfeife, holt seine Uhr aus der Tasche. »Fast acht Stunden unterwegs. Wir haben einen schönen Spaziergang miteinander, finden Sie nicht, Herr Mahler?«

Mahler nickt.

Freud hatte seine Erinnerungen an Alma mit Hilfe von Gustav Mahlers ausgesprochenen Problemen aufgefrischt. Keiner von beiden spricht ein Wort während sie zurückkehren.

Ernst, mit der Sanftheit und Zuversicht eines erfahrenen Therapeuten, wendet sich Freud an Gustav Mahler mit diesen letzten Worten: »Gottes Bild und die Gestalten der Engel und Heiligen, die entscheidenden Vorgänge im Leben haben mit der Heilsgeschichte nichts zu tun; hier steht Alma, will auf jeden Preis ihr Leben leben und ihren unstillbaren Bedürfnissen und Trieben freien Lauf lassen. Dort steht Gustav Mahler und appelliert an Ehre, Treue und Würde! Alma schwimmt voller Leidenschaften und Gelüsten in fernen Gewässern. Die Stimme, die Sie, Herr Mahler zu hören glauben, „die Jenseitsstimme" sagt ihnen, dass Sie von jener Nacht an – die Nacht Ihres „Versagens" voneinander getrennt leben. Alma versucht sowohl ihre sexuellen Defizite als auch ihren Minderwertigkeitskomplex mit immer wechselnden Liebhabern zu kompensieren. Sie kann und will die heile Welt Gustav Mahlers nicht verstehen, geschweige denn darin leben.«

Freud verabschiedet den ethisch-mystischen Patienten Gustav Mahler, in Gedanken immer noch bei seiner Patientin Alma Mahler.

Alma Mahler auf der Couch

›Es lag nicht nur in der Zeit, es lag in mir. Ich war schwer zu erobern‹, erinnert sich Freud an Alma Mahlers Bekenntnis. Sprechen ist eine Art Therapie, denkt Freud. Das ist mit dem Beichten vergleichbar. Der Therapeut hört zu und der Beichtende verlässt sich auf die Schweigepflicht des Paters. Wenn ihm geholfen wird, nur in diesem Falle, hören wir einen sagen: ›Ich wusste, dass mein Gespräch mir helfen würde‹ Ist es wirklich so? Wird einem in der Tat geholfen? Ist das alles Einbildung und scheinheiliges Gefasel?

Freud ist nicht überrascht von der scheinbar sehr selbstbewussten und robusten schönen Frau, die den Liebhaber erst zu verkindlichen, dann zu versklaven sucht, um ihre Macht auszuüben. Sie liebt nicht nur Mahlers kindliche Naivität, vielmehr sucht sie in ihm und ihren Liebhabern, ob Oskar Kokoschka das ungezogene, störrische Kind oder in Walter Gropius und auch in Franz Werfel ihr „Mannkind" ein Mütterlichkeitsverhalten, das als Kennzeichen einer frigiden Frau zu deuten ist? Freud versteht es meisterhaft seine psychoanalytischen Gedanken an Äußerungen und Gesprächen mit der Patientin anzuknüpfen. Er lässt Alma genügend Zeit sich auszusprechen, stellt hier und da provokante Fragen und lenkt die Patientin in die Welt ihrer Fantasien, Wünsche und Träume.

»Gustav, warum hast du mich flugfrohen Vogel an dich gekettet, wo dir doch mit einem grauen, schweren besser geholfen wäre!«

»Was meinen Sie bitte mit einem „grauen, schweren..."?«

»Herr Professor, leben Sie mit Ihrer Frau, wie Bruder und Schwester? Oder zeigen Sie ihr immer wieder, was die männliche Potenz bewerkstelligen kann, wo Sie nackt in ihren Leib eindringen, wo sie kaum Luft zum Atmen bekommt und im Glück der Ekstase zum Himmel schreit? Nur so kann eine befriedigte Frau Dienerin ihres Eroberers sein.«

Freud ist von der hemmungslosen Offenheit der Patientin überrascht, lässt es sich aber nicht anmerken und hört aufmerksam zu. Ihm entgeht nichts, was sie angesichts ihrer sexuellen Bedürfnisse zu erklären versucht. Eines steht fest, Alma Mahler ist eine Frau von besonderer Schönheit, groß, langes Haar, eine Haut wie Elfenbein und von ungemein erotisierender, wohlproportionierter Figur mit schmaler Taille und anderen aphrodisischen Merkmalen, die keinen Mann in ihrer Umgebung unbeeindruckt lassen.

Freud ist bei der Lektüre ihrer Tagebücher aus der Schul- und Teenagerzeit, die sie ihm vorweg zur Verfügung gestellt hat auf Aporien und komplexe Paradoxien gestoßen, die den erfahrenen Analytiker verblüffen. Sie ist die Tochter von Emil Jakob Schindler, dem anerkannten Landschaftsmaler. Nachdem er gestorben ist, heiratet die Mutter Carl Moll, den Mitbegründer der Wiener Sezession. Aber es bleibt dabei: Ich bin die Tochter eines großen Monuments namens Emil Jakob Schindler. 1878 verliebte sich mein Vater, inzwischen sechsunddreißigjährig, in die junge Sängerin und Schauspielerin Anna von Bergen aus Hamburg, die er am 4. Februar 1879 heiratete. Schon sechs Monate später wurde ich geboren! Sechs Monate nach Eheschließung, also vorher gezeugt. Ich hatte eine glückliche Kindheit, obwohl ich, die voreheliche Zeugung, wie es bei meinen Eltern der Fall war, ablehne.«

»Haben Sie Ihre „jungfräuliche Reinheit", wie Sie es mir so schildern, bis zum Tag der Eheschließung mit Gustav Mahler bewahren können?«

»Nein, und dafür bin ich genug bestraft worden!«

»Wie meinen Sie das?«

»Ich habe mein Ideal, das ganze herrlich heilige Mysterium der Ehe beschmutzt und dafür bin ich mit dem frühen Tod meiner Tochter Maria bestraft worden.«

»Lieben Sie Ihre Mutter?«

»Meinen Vater liebte ich und ich liebe ihn über alles, solange ich lebe.«

»Aber ich wollte doch von Ihrer Mutter etwas erfahren, was ist sie für eine Frau?«

»Zwei Jahre nach meiner Geburt, bekam ich eine Schwester, ohne zu ahnen dass Grete - so hieß sie, eine Zeugung meiner Mutter mit einem Liebhaber ist. Ich erfuhr viel später, dass sie meine Halbschwester ist. So habe ich auch von Anfang an empfunden. Ich bin ein Vernunftmensch, ohne sentimentale Empfindungen zu einer, die zu meinem Glück nicht von meinem Vater stammt! Außerdem wurde sie geisteskrank und später von den Nationalsozialisten im Rahmen der praktischen „Euthanasie" von ihrem Leiden erlöst.«

Freud schüttelt entsetzt den Kopf. »Euthanasie! Was für eine Schande für die Menschheit! Ein Hirngespinst, das der Stirn des Teufels entspringt. Barbarische Tat – wo bleibt die menschliche Vernunft? Wer gibt dieser selbstherrlichen „Herrenrasse" das Recht über Leben und Tod anderer zu entscheiden? Wer ist geisteskrank, wenn nicht die Nationalsozialisten selbst.«

Alma versteht Freuds Echauffieren nicht. Ein Mann von hohem Geist sollte doch wissen: Solche nutzlosen Geisteskranke dürfen nicht selbst Kinder gebären, oder? Ein Teil von ihr spielt mit dem Gedanken an Freuds Judentum, doch der bewusste Teil hält sie fern, davon zu sprechen. Sie wendet den Kopf und mustert ihren Therapeuten respektvoll. Sie hat eine gelassenere Reaktion erwartet, doch Freud bleibt vollkommen ernst. Sie dreht sich mehrmals auf der Couch hin und her.

»Grete war nicht lebensfähig! Warum sollte sie sich und die Menschen um sich unnötig belasten? Das war eine Befreiung für sie, oder?«

Freud entgegnet ungewohnt entschieden: »Und eine Befreiung für Sie! Sie haben Grete weder als Schwester noch als vollwertigen Menschen akzeptiert. Diese Last kann ich Ihnen nicht nehmen! Also sprechen wir nicht mehr davon.«

»Herr Professor, kann ich mit meinen Gedanken fortfahren?«

Freud zieht seine Uhr aus der Tasche. »Bitte, wir haben noch genug Zeit, um von Ihren Ängsten und Ihrer Unfähigkeit, dem Partner treu zu bleiben zu erfahren.«

»Uns ging es gut und mein Vater hat seinen größten künstlerischen und finanziellen Erfolg im Frühjahr 1892 gefeiert. Carl Moll, mein späterer Stiefvater, hat ihm sehr geholfen. Schindlers Bilder wurden bei der Jahresausstellung des Künstlerhauses vorgestellt und erfuhren großen Erfolg. Auch Kaiser Franz Josef erstand eines seiner Werke. Das Tragische geschah im Sommer gleichen Jahres auf Sylt, wo wir alle gemeinsam Urlaub machten. Mein Vater starb an den Folgen einer verschleppten Appendizitis. Damit war das eigentlich frohe, glückliche Leben für mich vorbei. Mit dreizehn Jahren stand ich allein auf dieser Welt, ohne geliebten Vater, meinen Helden und genialen Künstler. Die Schuld trägt meine Mutter, die ihn nie richtig geliebt hat, und nie richtig besorgt um seine Gesundheit war. Mein Vater war ein Künstler, verstand nichts als seine Kunst. Vielleicht deshalb, gerade wegen seiner Weltfremdheit, liebte und liebe ich ihn so sehr.«

Freud vermerkt wieder, wie immer, wenn es ihm im Gespräch mit den Patienten etwas sonderlich erscheint, ein paar Sätze in sein Notizheft. In diesem Falle, wenn Alma unbewusst den weltfremden Vater als ihren Gott auf Erden darstellt.

»Wir lebten in Plankenberg sehr glücklich. Er verwöhnte mich wie eine Prinzessin. Stundenlang schaute ich ihm beim Malen zu. Er erzählte mir dabei von Goethes „Faust", sehr zum Zorn meiner Mutter. Sie konnte mit ihrer hanseatischen Vernunft, die schwärmerische Wiener Liebe zwischen Vater und Tochter nicht verstehen, und ich stand zwischen diesen gegensätzlichen Erziehungsvorstellungen der Eltern. Verstehen Sie jetzt, warum ich nach seinem Tod so allein und einsam war? Noch schlimmer wurde meine Heimatlosigkeit als sie nach dem Tod meines Vaters, seinen ewigen Schüler Carl Moll heiratete. Ein Perpendikel von einer Wesensuhr.« Freud entgeht Alma Mahlers süffisantes Lächeln nicht. »Sie sind, was Carl Moll betrifft, anderer Meinung! Ich spüre es!«

»Sie spüren ausnahmsweise richtig, Frau Mahler. Der junge Künstler Moll, der sich schon als zwanzigjähriger Schindlers Schule anschloss und sein treuester Schüler und Biograf wurde, ist selbst ein bedeutender Maler und mehr noch, er förderte die Kunst der Zeit und löste sich relativ früh vom traditionsbehafteten Wiener Künstlerhaus. In seinem Haus in der Theresianumgasse, in das Carl Moll kurz nach seiner Hochzeit mit Anna Schindler, Ihrer Mutter, und den Kindern gezogen ist, fanden jene konspirativen Treffen statt, die bald zum Auszug der Avantgarde aus dem Künstlerhaus führten. Die „Vereinigung bildender Künstler Österreichs (Secession)", die sich 1897 konstituierte, ist auch Carl Molls Werk. Präsident wird Gustav Klimt. Ihn werden Sie doch gut „kennen" und Carl Moll wird Vizepräsident...«

Alma Mahler hat mit großer Aufmerksamkeit zugehört. »Ich wüsste gerne, warum er immer an mir herumzog. Er wollte mit seinem erzieherischen Ehrgeiz aus mir eine Madonna mit Keuschheit und Tugend seiner Träume machen, die ich nie werden wollte. Er sah aus wie ein mittelalterlicher holzgeschnitzter „Heiliger Joseph", war ein Alt-Bilder-Monomane und störte meine Kreise in der aufdringlichsten Weise.«

»Er war mit Ihrer ersten großen Liebe zu Gustav Klimt nicht einverstanden?«

»Nein! Doch der Schock, von dem ich mich nicht mehr erholte: Ich erfuhr, dass meine Mutter wieder schwanger ist. Im Sommer 1899 gebar sie von dem ungeliebten Mann, dem Stiefvater, eine Tochter Maria. Mit dem Tod des geliebten Vaters zum ersten Mal heimatlos geworden, wurde ich es durch die Geburt der Halbschwester zum zweiten Mal: Seitdem die Kleine auf der Welt ist, sind wir zwei Familien: Carl, Mama, das Kind, Grete und ich.«

»Sie wurden doch alle von ihm gut versorgt, ohne Ausnahme? Oder?«

»Carl tat alles, um uns diesen Zustand nicht fühlen zu lassen, aber gegen die Naturgesetze kämpfen selbst Götter vergeblich an. Er hatte mehr Interesse für sein eigenes Kind.«

›Wie verführerisch ist es doch, hier auf dieser Couch! Erst seit heute kenne ich diesen Mann, den weltbekannten Psychoanalytiker, und packe alle meine Geheimnisse hemmungslos und unverhüllt aus. Ich glaube er findet im Gespräch mit mir immer mehr Interesse für meine intime Lebensweise, und mein Versuch ihn trotz seiner strengen Art auf mich als Frau aus Fleisch und Blut aufmerksam zu machen, ist nicht umsonst gewesen. Er ist auch nur ein Mann. Er hält sich für Gott der Psychoanalytik, hat vielen Persönlichkeiten mit ihren Problemen geholfen. Wie ist es mit ihm selbst? Hat er keine Probleme mit Frauen? Die Anfechtung seiner Theorien über psychoanalytische Gedanken der Weiblichkeit von Seiten der Abraham-Schülerinnen Karen Horney und Melanie Klein, die ihrerseits in Ernest Jones, den bewanderten Sprecher, der in seinen Arbeiten über die weibliche Sexualität die Theorien Freuds in Frage stellt, machen deutlich, dass er nicht die unantastbare psychoanalytische Instanz ist. Er tritt enthusiastisch für die Bedeutung der Klitoris ein und später spricht er vom ›tyrannischen‹ Mythos des vaginalen Orgasmus. Er stellt also die Vagina in den Mittelpunkt, obwohl er ihre Bedeutung in der Kindheit in Abrede stellt. ›Die letzte Frage ist also, ob man zur Frau geborgen oder gemacht wird‹ erklärte Jones. Freud war nicht gewillt, eine angeborene Weiblichkeit oder Männlichkeit anzunehmen, obwohl er eine angeborene, praktisch inhaltlose Bisexualität postulierte. Bis der gegenteilige Nachweis erbracht wäre, wollte er bei seinen Forschungen weiterhin davon nicht abrücken, dass bis zur Vorherrschaft des Ödipuskomplexes kein grundlegender Geschlechtsunterschied besteht: Junge wie Mädchen konstituieren ihre erste Gentialorganisation um das phallische Organ – den Penis oder die Klitoris.<

Alma Mahler sinniert über Freuds Gegner und Befürworter, insbesondere seine Gegnerinnen nach.

>Freud weigert sich die biologischen Dispositionen und Neigungen in Betracht zu ziehen. Er trennt eindeutig die Psychoanalyse von der Biologie, wie die Anatomie ohne Physiologie. Ausgehend vom Triebbegriff, findet Freud seine Meinung immer wieder bestätigt, denn „Trieb ist einer der Begriffe der Abgrenzung des Seelischen vom Körperlichen". Er zieht also eine klare Trennlinie zwischen Psychoanalyse und Biologie und behauptet die Biologie könne beim Aufbau der Psychoanalyse völlig außer Acht gelassen werden. Eine Orientierung an der Biologie könne die psychoanalytische Theorie vielmehr in die Irre führen. In einem Brief an Carl Müller-Braunschweig (Berliner Institut für Psychoanalyse) äußert er sich eindeutig: >Die Sexualbiologie scheint zum gegenwärtigen Zeitpunkt zu zwei Substanzen hinzuführen, die einander anziehen. Es gibt nur eine Libido, und sie ist männlich.<

Karen Horney beschreibt unter dem Einfluss von Karl Abrahams Darstellung der weiblichen Psychologie, die Entdeckung der Vagina, die den Eintritt der Frau in das wahre Frausein und den Eintritt des Jungen in das Mannsein bezeichnet: >Der Mann erreicht die endgültige Stufe, indem er die Vagina in der Außenwelt entdeckt und sadistisch erobert. [...] Das weibliche Individuum muss dieses neue Sexualorgan am eigenen Körper entdecken, und zwar vollzieht sich diese Entdeckung im Akte des masochistischen Bewältigtseins durch den Penis, der zum Wegweiser zu dieser neuen Lustquelle wird.<

Es steht fest, Alma Mahler ist nicht nur belesen, sie ist neugierig. In einem Zustand zwischen Traum und Wachsein wühlt sie den Schatz ihrer Erinnerungen durch und erzählt.»... Ich halte ihn für „heilig", fügt niemandem Schaden zu, außer sich selbst und seiner Gesundheit! Ich muss ihn davon abbringen, sich von dieser Frau tyrannisieren zu lassen, ihre Krallen spüre ich schon lange. Er ist bescheiden und sittsam, von artiger Höflichkeit. Er hat seine ganze Lebensenergie für die Familie verausgabt. Alle darauf vergessen, seinen Todestag. Ich bin wohl die Einzige, die daran gedacht hat. Na – freilich, ich glaube, nie hat jemand Papa lieber gehabt als ich. Wenn ich doch meinen lieben Papa hätte, ich bin überzeugt, dass er mich verstehen würde. Gretel ist durch und durch Vernunftmensch, und Mama ... liebt mich nicht. Ach, wenn er doch lebte. Ich bin überzeugt, ich wäre ein ganz anderes Wesen geworden. Denn er war der einzige Mensch, der mich wahrhaftig und uneigennützig liebte. Sterbetag Papas. Geburtstag Marias. Wenn ich das niederschreibe, überkommt mich ein tiefer Groll gegen das arme kleine Kind, das doch nichts für seine Existenz kann.

Erschrecken Sie meine Worte, Herr Professor? Es muss doch erschreckend sein, wenn jemand so trotzig und feindselig von der eigenen Mutter spricht, wenn ich in solch tadelloser Erscheinung einherkomme, meine vornehme Garderobe ablege und hier auf der Couch Ihnen die nackte, erschreckende Wahrheit darstelle. Aber glauben Sie mir, dieser äußere Schein trügt. In Wahrheit ist meine vornehme Äußerlichkeit einschließlich meines sicheren Auftretens nichts anderes als eine Maskerade. Das Besessen sein von Begierden gleicht einem Mahlstrom in meinem Hirn, jeder erotische Gedanke wird verschlungen. Sie können es sich kaum vorstellen!«

»Machen Sie sich keine Sorgen, sprechen Sie ruhig weiter. Mich würde stören, wenn Sie die Bahn Ihrer Erzählweise immer wieder durch diese Mutmaßungen unterbrechen.«

»Ganz recht, wie Sie meinen. Ich habe ihn geliebt. Ich habe ihn immer geliebt. Die Liebe zu meinem Vater war das einzige Gefühl meines ganzen Lebens. Ja, sie hat ihn getötet. Getötet. Mein sanfter Geliebter, mein ein und alles! Ich träume. Du wirst wach werden und mich umarmen. Verzeih mir das Leid, das ich Dir zugemutet habe. Ich höre eine schreckliche Stimme, die schreit ›Mörderin! Du hast mein Herz zerbrochen‹, aber es ist meine eigene Stimme, weißt

Du, mein liebster Papa, meine eigene Stimme. Du bist tot. Du hast gar nichts gehört. Das ist mein Trost.

Und Du, mein Gustav, zürne mir nicht, ich flehe Dich an, vergib mir meine Schuld und den Betrug an Deiner Liebe. Die Hölle erwartet mich. Der Himmel vergibt einer wie mir, voller Lust und Sünden nicht, bleibt ewig finster. Er, der Schöpfer hat mich geschaffen, hat mich zu einem Weib gemacht, Tollweib, unbändig, untreu, unsittlich mit unstillbarer Lust. Was sollte eine Frau wie ich also tun, die ihr glanzvolles Leben als Scheinleben, ihr Wesen als Halbnatur empfindet? Sich unterordnen – das Weib. Zu herrschen – der Mann. Ach – nur ein Mann sein! Was ich eigentlich möchte: doch eben ganz Weib sein. Das Wesentliche ist, dass ich Gustav Mahler nie verlasse. Er muss wissen, ich bin vielleicht vom Teufel besessen! Die Sehnsucht nach dem starken Mann hat mit meiner Liebe zu Dir nicht im Geringsten zu tun. *Mich dürstet nach Vergewaltigung! – Wer immer es auch sei!«* Alma, wie aus einem tiefen Schlaf erwacht, stößt einen Seufzer aus, sie macht die Augen auf, blickt scheu und zögernd um sich. Ach Gott, was haben Sie mit mir gemacht? Was werden Sie nun von mir denken? Ich habe ihn betrogen! So oft ich die Gelegenheit dazu hatte. Nun sind wir am Ende. Ich muss mich schämen, einen Herzkranken zu Tode quälen. Gerade sein Herz braucht mehr Liebe und Zuwendung. Alma ändert ihren Ton und spricht wie vor einem Spiegel: Närrin! Das ist nicht mehr nötig. Er stirbt auch ohne deine Liebe. Es dauert nicht mehr lange. Was werden die Leute von mir denken? Ich habe ihn nicht nur betrogen, ich habe ihn buchstäblich getötet. Nicht mit irgendeinem Gift oder einer Kugel, nein mit der Gier meines Narzissmus. Oh, oh, oh, gütiger Gott, Herrscher über mich und meine Begierden. Du hast mir dieses Organ, Vagina geschenkt, sie ist wahrhaft die mütterliche Herberge des phallischen Narzissmus. Also nicht zum Behälter des Penis, sondern zum Behälter des Kindes. Aber was soll ich tun, wenn dieser Behälter immer wieder vom Feuer der Begierden erfasst wird. Wer soll, wer kann dieses Feuer löschen, wenn nicht der Feuerlöscher, der Penis des starken Mannes. Alma Mahler ist bestürzt. Was geschieht mit meinem Leben? Wer kann mir helfen? Wenn nicht der große Mann aller Geister der Wissenschaften? Ich kann nicht mehr. Ich bin zum Zerreißen angespannt, seit Monaten finde ich Tag und Nacht keine Ruhe, wie eine überdehnte Feder!«

»Von der Hartnäckigkeit Ihrer Obsession gefesselt«, sagt Freud: »schließen Sie wieder die Augen und versuchen Sie zu beschreiben, was Sie hinter den Augenlidern sehen. Lassen Sie Ihren Fantasien die Oberhand – ganz frei und ungestört.« Freud zündet sich erneut eine Zigarre an.

Alma gefällt, wenn man in ihrer nächsten Nähe den Duft eines guten Tabaks verbreitet, wie es ihr Vater stets getan hat, wenn er malte. Sie fängt langsam an, zerstückelte Gedanken zusammenzuflicken: »Leben ohne Gustav – grausames Leben, ohne Rückhalt, ohne moralische Instanz? Ich habe nicht die rechte Liebe für irgendjemanden, nicht mal für mein Kind. Alles in mir gehört Gustav. Dann doch diese meine Mutterrolle. Auf einmal wusste ich wieder, warum ich auf der Welt bin: meine Kinder brauchen mich! Alles wird vergehen, ein und für allemal – Er in seinem von Marmor beschützten Grab – ich hier, hier an diesem Ort vortreten, immer, immer wieder! Auf dieser Couch, mit dieser oder anderer Garderobe, immer tiefer die Falten im Gesicht, das von Tag zu Tag älter und hässlicher werden wird.«

Alma weint, atmet tief durch, spürt eine innere Kälte. Sie zittert am ganzen Leib vor dem, was sie erzählt. »Ich habe meinen Mann betrogen. Mein Betrug war und ist bewusst, immer neu, nicht mit einem, mit einigen, immer neu entdeckten Liebhaber, das ist das schwerste, gefühlloseste Vergehen gegen die Pflicht der Ehre und Würde des Ehemannes. Mein Mann hat mir immer sein volles Vertrauen und seine Liebe bewahrt. Und jetzt, nachdem ich weiß, dass er schwer herzkrank ist, musste ich endlich begreifen und aufhören zu sündigen. Die näheren Umstände so vieler unterschiedlicher Zusammenkünfte, mal im Orientexpress, mal in Italien oder in der Kur und sonst wo, lassen nun das Ausmaß der Niedertracht meines verübten Vergehens ermessen, dessen Einzelheiten ich bisher niemandem gebeichtet habe. Ich war so verwirrt, als sie sagten ›Lassen Sie ihren Fantasien die Oberhand ...‹, dass es mir nicht einfiel. Ich war plötzlich sehr traurig, das war die Traurigkeit meines Vergehens. Und was macht der ewig gütige Mann zum Finale des Chorus mysticus? Gustav Mahler singt persönlich für seine ewig weibliche Liebe – für Alma – die ewig Untreue – die ewige Verführerin – und ewige Verführte – keine Klage – wie ein Hauch vom Abschied setzt er ein:

>»*Alles Vergängliche*
> *Ist nur ein Gleichnis,*
> *Das Unzulängliche,*
> *Hier wird's Ereignis,*
> *Das Unbeschreibliche,*
> *Hier ist's getan;*
> *Das Ewig-Weibliche*
> *Zieht uns hinaus.*
> ---
> *Die Ewig-Untreue*
> *Führt uns ins Grab.*«

Freud ist von der Art und Weise wie Alma Mahler sich von Obsession zu befreien versucht sehr angetan. »Weiter«, fordert er sie auf. »Weiter mit Ihrer Deutung, mit dem „Chorus mysticus", was Ihnen auch einfällt.«

Alma schließt wieder die Augen. »Ich sehe Gustav laufen, vor mir weg. Vor mir, vor seiner ewigen Liebe. Ich bin Pandora, die ihm alles Unheil, alles Übel und Leid bringt. Ich bedeute Schmäh, Schmach und Schande. Ich sehe uns beide laufen. Davonlaufen. Ich bedeute für ihn: das Feuer, die Gefahr – gefahrenvolles Entkommen!«

»Wer kann entkommen? Und wie?« wirft Freud ein.

»Er, der große Komponist und Mystiker, der Anbeter von Beethoven und Mozart, der im >Lied von der Erde< seine Liebe zu den Menschen verkündet: >*Schon winkt der Wein im gold'nen Pokale, doch trinkt noch nicht, erst sing' ich Euch ein Lied!*<« Alma weint.

»Weiter«, ruft Freud väterlich »weiter mit dem >*Lied von der Erde*<, in dem kann die Befreiung von Obsessionen verborgen sein!«

»Befreiung? Für wen?«

»Für Sie beide.«

»Vor meiner Bekanntschaft mit Gustav Mahler habe ich mich öfter verliebt und vieles ausgetauscht, was man mit achtzehn oder zwanzig so erfährt. Das nennt man doch Erfahrung! Aber ich habe meine Keuschheit nur für ihn bewahrt! Ich, Fräulein Schindler mit dem Hofoperndirektor Gustav Mahler, da kamen verwirrende Widersprüche auf. Ich schwankte zwischen meinem Wunsch, selbst in der Musik etwas zu leisten oder meinem Bedürfnis, ganz Weib zu sein. Auch meine Gefühle waren und sind bis heute zwischen extremen Gegensätzen hin- und hergerissen. Ich bin nur neugierig, welche von meinen beiden Seelen siegen wird. Meine liebende Seele – oder meine berechnende Seele?«

»Und doch siegt Ihre berechnende Seele!«

»Alles in mir schwankt in zwei Extreme: Kühn und Kalkül – liebevoll und jähzornig, mal gesellig, mal Einzelgängerin, mal schwach und anlehnungsbedürftig, mal stark und herrschsüchtig, mal stolz auf meinen Erfolg bei den Männern, mal selbstkritisch gegenüber meiner Koketterie, dann auch wieder narzisstisch über alle Grenzen der Toleranz hinaus, mal sinnlich und liebebedürftig, dann auch der Backfisch im Teich, frigide und prüde, mal Humanist und Philanthrop bis Kosmopolit, dann wieder zum extremsten antisemitischen Weib.«

»Welche Heroen Ihrer Jugendzeit haben Sie am meisten beeindruckt?«

»Nachdem mein Vater tot war, galten für mich Johann Wolfgang von Goethe, Richard Wagner und Friedrich Nietzsche als gute Vorbilder.«

»Wer Richard Wagner mit anderen großen Dichtern und Denker als Vorbild nimmt, hat die Gefahr des Antisemitismus des Einen und die Bedeutung des Humanismus der Anderen nicht verstanden.«

»In der Musik ist Wagner non plus ultra mein „Gott". Vor seinem Bild lege ich weiße Rosen nieder. Sie sind so schön, dass ich sie Wert finde, vor seinem Bild zu verwelken, zu vergehen. Auch Schönbergs nüchterne Zwölftontechnik finde ich gut, neu und interessant. In der Philosophie ist Nietzsche nicht zu überbieten. Seine apodiktische Redeweise, das Elitäre seiner Lehre: Man muss den schlechten Geschmack von sich abtun, mit vielen übereinstimmen zu wollen. „Gut" ist nicht mehr gut, wenn der Nachbar es in den Mund nimmt. Es ist keine gute Zeit: Bismark ist todt. So stirbt ein Held nach dem anderen fort, Ersatz kommt keiner.«

»Und manch anderer unter Ihren Helden könnte die Menschheit zum Abgrund führen, Frau Mahler, bedenken Sie!«

»Zum Abgrund? Ich weiß es nicht. Darauf habe ich keine Antwort, weil ich diese Gefahr nicht erkannt habe. Ich liebe die Gefahr nicht! Wenn mir jemand imponiert, dann nicht die Gefahr – eher die Kunst, die Musik und die Poesie. Vielleicht habe ich zu sicher gelebt! Vielleicht hat mein Vater mich doch zu arg verwöhnt!«

»Vielleicht! Wer weiß Frau Mahler, ob ein sicheres Leben nicht in der Tat gefährlicher sei.«

Nach einer Wendung in seinem Stuhl, sagt Freud wie bisher in väterlicher Manier: »Frau Mahler, begehen Sie nicht den Fehler zu glauben, Gustav Mahler wäre allein und einzig die Ursache Ihrer Frustration. Er hätte Sie härter für Ihre Untreue bestrafen, Ihnen nicht so viel Freiheit lassen müssen. Er liebt Sie. Er kann Ihnen, seiner Liebe, nicht abschwören. Die Liebe lässt sich nicht zähmen; darin liegt die menschliche Bürde. Diese Verantwortung ein Leben lang zu tragen, ist kein leichtes Unternehmen. Darin liegt auch der menschliche, allzu menschliche Mythos. Und eine noch größere Herausforderung besteht darin, mit und trotz dieser schweren Last, als Mensch mit Anstand und Würde zu leben. Bi- und Polygamie im Tierreich soll uns nicht auf die wilden sexuellen Triebe lenken. Auch unter denen gibt es Ausnahmen. Es gibt Partnertreue! Ich will nicht die Partnertreue als Maßstab des Glücks im Leben bezeichnen, aber ethisch und romantisch ist Monogamie allemal.«

Langsam fängt Alma an die Worte des Therapeuten ernst zu nehmen, dass er sich in seiner monotonen Analyse an eine Reihe von Fakten hält, die ihr zwar nicht geheuer sind, aber sie spürt, sie bewegen sie zum Nachdenken.

»Ich kann Sie beruhigen«, sagt sie in gewohnt sanfter Stimme, »ich bin nicht polygam veranlagt. Alexander von Zemlinsky, der jüdische Komponist, war einmal ein neuer Stern an meinem Fantasiehorizont. Zemlinsky, 1871 in Wien geboren, ist der Komponist mit modernen Akzenten, übt insbesondere Einfluss auf die Wiener Schule aus. Zu seinen Schülern und Freunden gehören Arnold Schönberg und Alban Berg. Zemlinsky ist der erste und der einzige, der mich verstehen kann.«

»Haben Sie ihn geliebt? Was hat Ihnen an ihm so imponiert, sein Aussehen, seine Manier oder seine Musik?«

Almas erneut süffisantes Lächeln entgeht Freud nicht, aber er übt sich in Geduld.

»Er ist mir als Mensch und Künstler besonders aufgefallen. Von seinem Aussehen will ich nicht viel reden – hässlich ist er bis zum Wahnsinn. Als meine Familie sich über ihn, den kleinen Gnom lustig machte, entgegnete ich entschieden: Ich finde ihn nicht komisch – und nicht hässlich, denn die Intelligenz leuchtet ihm aus den Augen – und ein solcher Mensch ist nie hässlich.«

»Hat er sie geliebt?«

Wieder einmal befindet sich Alma im Wechselbad der Gefühle. Einerseits wollte sie den unbestechlichen Musiklehrer heiraten – denkt an den *leidenschaftlichen Austausch der Küsse, so dass die Zähne schmerzen*, andererseits dachte Sie an Ihren Spaß, den Liebhaber grausam zu quälen. Den kleinen Juden mit sonderbarer Hässlichkeit.

»Ja, er hat mich geliebt. Aber nicht bedingungslos oder kritiklos. Er erkannte meine wahre Natur: *leidenschaftslos. Ein ganz gemeines, oberflächliches, gefall-, herrschsüchtiges und egoistisches Weib.*«

»Stimmen Sie seiner Rezension zu?«

»Aber ja. Recht hat er – nur zu Recht. Es ist mein größter Kummer, dass ich eine Halbnatur bin.«

»Was meinen Sie mit „Halbnatur"?«

Keine Antwort auf diese Frage. Ignoriert sie diese Frage oder hat sie sie nicht gehört? Alma Mahler leidet nämlich unter einer Schwerhörigkeit, die sie nicht eingestehen will.

»Ich hätte Zemlinsky geheiratet, wenn nicht ein anderer Jude, Gustav Mahler an meinem verwirrten Firmament erschienen wäre. Andererseits schreckte mich der Gedanke an die Ehe, denn dann müsste ich kleine, degenerierte Judenkinder zur Welt bringen. Noch mehr allein der Gedanke an eine Ehe mit Zemlinsky kam mir grotesk vor, neben einem so hässlichen, nackten, mit beschnittenen Penis. Er so klein – ich so schön, so groß. Einerseits reizte mich die Aussicht, Kinder zu bekommen, die von mir die Schönheit, von ihm die Intelligenz erbten, sein und mein Blut. Andererseits stieß mich die Vorstellung ab, meine schöne arische Rasse zu erniedrigen.«

Viel Geduld und übermenschliche Toleranz muss ein Mensch aufbringen, um von solchen ethnischen Attacken unbeeinflusst nur die Eloquenz und Fachkompetenz walten zu lassen. Freud entgeht kein einziges Mal, wenn Alma Mahler immer wieder ihre antisemitische Gesinnung explizit verkündet. Er kann diesen „arischen" Hochmut der Mitte Zwanzigjährigen allenfalls als dummes Nachplappern des in Wien endemischen Antisemitismus erklären. Er ist sich sicher, dass der Rassenwahn nicht nur virulent in Österreich und vor allem in Deutschland tobt und wühlt, sondern pandemisch, über diese Grenzen hinaus die Kulturlandschaft der Völker Europa umwälzen wird, und die Juden und ihre Kultur zu vernichten droht.

»Und in wem, in welchem idealen Mann fanden Sie die große Erlösung? Wer hat Sie nach dem Verlust des Vaters von den Obsessionen des großen Verlustes befreit?«

»Was meinen Sie wieder mit Obsessionen?«

»Ihre Angst und Zwangsvorstellungen durch den Verlust des Vaters und den Rassenwahn!«

Alma schließt erneut die Augen und denkt nach. Es ist richtig, sich einem Menschen wie Freud anzuvertrauen, der sich nur vom Sachverstand, nicht von Emotionen leiten lässt. Vielleicht habe ich ihm zu viel aufgetragen, denn einem Juden, auch wenn er noch so intelligent und eloquent ist, dauernd seine minderwertige Existenz hervorzubringen, wird der Kragen platzen. Tränen schießen ihr in die Augen. Sie täuscht einen Hustenanfall vor, um den Kopf von ihrem Therapeuten abzuwenden. Nur keine Schwäche zeigen!

»Nun, Frau Mahler können Sie noch fortfahren? Oder möchten Sie sich im nächsten Termin zu Ende äußern?«

»Nein, wir machen weiter. Der einzige Mann, der rassisch zu mir gepasst hat, ist Walter Gropius, sonst haben sich immer kleine Juden in mich verliebt, wie Mahler.«

>Ein idiopathisch kranker Geist, der mit Hass erfüllt ist, behält diesen Charakter lebenslang. Sie wird sich auch nicht schämen, nach dem Tod ihres jüdischen Mannes, Gustav Mahler – der nur Gott weiß aus welchem Grund zum Katholizismus übergetreten ist – mit ihrem nächsten jüdischen Ehemann Franz Werfel ins amerikanische Exil fliehen, und in Flüchtlingskreisen für ihre nationalsozialistische Gesinnung die starke Frau spielen und die Existenz von Konzentrations- und Judenvernichtungslagern als Erfindung und Hirngespinst von „Euch Emigranten" abtun.<

Freund setzt seine Brille wieder auf und tritt näher an die Couch heran, um seine Patientin genauer zu betrachten. Alma, von Kopf bis Fuß blau gekleidet, trägt ein Kostüm. Die Jacke sitzt eng und betont den stattlichen Busen. Zwei Reihen runder Knöpfe verlaufen vom kurzen Schoß der Jacke bis zum Hals. Alma hat eine beeindruckende Ausstrahlung. Sie liegt auf der Couch, wie eine Primaballerina im letzten Akt in *Romeo und Julia*; Julia ruht mit geschlossenen Augen, um dem Tod durch das Gift gerecht zu werden. Gut gespielt Alma! Eine imposante, bildhübsche Frau. Ihr böser Geist steuert alles zu einem erotischen Wesen bei, das nun hier liegt. Schönheit und Erotik, das sind die Machtinstrumente dieser Frau, womit sie den Männern ihrer Wahl, möglichst klein, hässlich, noch dazu jüdisch, den Kopf verdreht. Nur so kann sie ihren eigenen Minderwertigkeitskomplex übermalen. Mehr als diese Männer, glaube ich, Schönheit ist ein Phänomen, welches sich durch ein harmonisches Zusammenspiel der Beschaffenheit von Haut, Haaren, Gesicht, Augen, Nase, Ohren, Mund und Lippen... auszeichnet. Die Haltung der Augen und ihre Aura ist genauso, wie die Form der Lippen entscheidend – bezaubert einen der Blick –, verschlägt einem die Sprache! Eine Frau mit solcher Physiognomie und dazu noch ihr schauspielerisches Talent, kann in jeder Rolle ihr Bestes geben. Dann ist es kein Wunder, dass Alma sowohl als liebevolle Mutter und Ehefrau, als auch als die antisemitische Emanze ihre Hauptrolle am ehesten in Pandora sieht. Pandora, das erste Weib, das von den Göttern geschaffen wurde, um die Menschheit zu strafen. Diese Strafe hatten die Menschen nach Ansicht von Zeus vor allem deswegen verdient, weil Prometheus ihnen das Feuer gebracht hatte und sie sich das nicht zunutze machten, sondern es löschten. Warum Alma Mahler gerade die Juden bestrafen will, ist Freud nicht ganz klar. Weil sie Nachkommen von denen sind, die Jesus „verraten" und „kreuzigen" ließen oder weil sie überdurchschnittlich, ja fast beängstigend tüchtig und begabt sind, Intelligenz und Fachkompetenz besitzen? Motive und Gründe für ihre feindselige Einstellung und ihr bösartiges Verhalten gegenüber den Juden zu suchen, erscheint Freud aussichtslos, solange die Kausalität solcher psychosozialer Deviationen nicht geklärt sind. Was führte die Deutschen und Österreicher zu ihrem Rassenwahn? In solche Gedanken versunken kann Freud vermuten, dass Alma Mahler die eheliche Untreue als Heilmittel gegen die aus der Ehe mit Gustav Mahler entspringende Unzufriedenheit sieht; je unzufriedener eine Frau in ihren sexuellen Bedürfnissen ist, je strenger sie erzogen ist, je bewusster sie sich der Kulturforderung der Gesellschaft unterworfen hat und schließlich je tiefer sie ihren erotischen Fantasien verfallen ist, desto mehr ist sie geneigt ihre sexuelle Befriedigung in der Unterwerfung der von ihr besessenen Männer zu suchen.

Die polymorphe Kausalität Alma Mahlers pervertierter Sexualität steckt in ihrer Frigidität und die dadurch entwickelte Neurose ist sozusagen das Negativ der Perversion. Der Sitz dieser abnormen Sexualität ist die Ansammlung von Partialtrieben, von denen jeder an eine erogene Zone, also an ein erregbares Organ gebunden ist. Musterbeispiele für diese Zonen und Triebe sind die oralen und analen Körperöffnungen und die Haut. Die Neurosen und Perversionen des Sexuallebens des Erwachsenen decken sich genau mit der infantilen sexuellen Aktivität der Kindheit.

Freud nimmt die Moleküle der Gefühle Alma Mahlers unter die Lupe. Alma Mahler ist der Meinung, dass es sich bei ihr eher um einen Kompensationszwang handele, der infolge defizitärer sexueller Bedürfnisse durch die Impotenz des Ehemannes verursacht ist. Ihr Drang die Befriedigung bei Liebhabern zu suchen, geschehe nur zum Wohle des Familienfriedens!

»Ah, Herr Professor, ich bin auch noch da. Haben Sie mich vergessen?«

»Aber nein, doch nicht Sie! Ihretwegen habe ich eine Denkreise in die Welt der Psychoanalyse unternommen.«

»Und was haben Sie mir als Souvenir mitgebracht?«

»Ein Bildnis Ihres Vaters, den Sie abgöttisch geliebt haben! Überdies Leidenschaft, Mysterium und Magie seiner Liebe, die Ihre Lebensliebe bedeutet. Sie ist die Erlöserin, die den kleinen, hässlichen Juden begnadigt. Ihre eigenen, ungesättigten sexuellen Bedürfnisse zu kompensieren, suchen Sie in befreienden Seitensprüngen; Sie sind zur Wiege Ihres Lebens geworden. Die Vaterliebe macht Sie zur Beichtmutter und Selbsterlöserin. Sie vergeben sich selbst die Wildheit und Ihr tierisches Verhalten. Sie gewähren sich als der Emanze in der leichtlebigen Gesellschaft der High Society alle Schranken der Ethik zu durchbrechen, indem Sie sich als Sprecherin der Gleichberechtigung und den Mann als Sexobjekt zu Ihrem Untertan machen. Vaterliebe ist das Schild gegen die Reißwölfe der „sittlichen" Gesellschaft, Schutz vor dem eigenen Schuldkomplex. Der Vater ist und bleibt die Nadel in Ihrem Lebenskompass, welche Sie magisch bis zum Lebensende ins ewige Glück führen soll! Der Vater ist und bleibt Ihre erste Liebe. Sie können sich nur mit seinem Typus ein Liebesleben vorstellen.«

»In der Tat, ich habe immer den kleinen, untersetzten Mann mit Weisheit und geistiger Überlegenheit gesucht, als den ich meinen Vater gekannt und geliebt hatte.«

Freud ist zwar von der Bestätigung seiner psychoanalytischen Diagnose erfüllt, es bleibt aber immer noch im Dunkeln, was wirklich hinter der zarten und engelhaften Maske dieser Frau steckt. Doch wer schützt die Männer, denen sie mit ihrer Schönheit und ihrem Sex-Appeal den Kopf verdreht? Wer warnt sie vor ihrer Knechtschaft, welche kein anderer so treffend beschreibt wie Elias Canetti: >Eine ziemlich große, allseitig überquellende Frau, mit einem süßlichen Lächeln ausgestattet und hellen, weit offenen, glasigen Augen. Ihre ersten Worte klangen so, als hätte sie schon lange auf diese Begegnung gewartet, dann was hatte sie nicht alles von einem gehört. >Annerl hat mir erzählt<, sagte sie gleich und verkleinerte damit ihre Tochter vom ersten Wort an. Keinen Augenblick ließ sie einen darüber im Zweifel, wer hier, wer überhaupt das Wichtige war. Sie ließ sich nieder, mit einem vertraulichen Blick wurde einem bedeutet, dass man sich neben sie setzen sollte. Ich gehorchte zögernd. Nach dem ersten Blick auf sie war ich entsetzt. Man sprach überall von ihrer Schönheit, als das schönste Mädchen Wiens. Es hieß, sie habe den viel älteren Mahler so sehr beeindruckt, dass er um sie anhielt und sie zur Frau nahm und das Gerücht von ihrer Schönheit hatte sich nun mehr als dreißig Jahre weitergetragen. Jetzt aber stand sie da und ließ sich schwer nieder, eine angeheiratete Person, die viel älter aussah, als sie war und alle Trophäen um sich versammelt hatte.<

Wie es um diese Schönheit wirklich steht, wird Freud zum ersten Mal bewusst, als sein Blick auf den roten Apfel auf dem Schreibtisch fällt, den letzte Woche Martha, seine Frau ihm geschenkt hatte und heute: schrumpelig, eingetrocknet und faltig, nicht mehr genießbar!

»Das größte Geschenk, das Sie mir machen könnten, wäre es: mir die Angst vor dem Altwerden zu nehmen«, sagt Alma kleinlaut.

Freud überspielt seine entstandene Nervosität durch diese Fragestellung meisterhaft: »Ich glaube, dass die entscheidende Hilfe schon im Erkennen dieses Vergehens zu finden ist. Sobald Sie erkennen, dass Sie es mit einem normalen Prozess der Zeit, dem Verfall, dem Altern, dem Schönheits- und Vitalitätsverlust zu tun haben, leuchtet Ihnen ein, dass Gustav Mahler Sie weder wegen Ihrer Schönheit noch Ihres Sexappeals, sondern einzig und allein als eine Weggefährtin sieht, welche mit ihm den Lebenskreis abschreitet. Auf eine mir erst jetzt erklärbare Weise hat er in Ihnen von Anfang an primär seine Mutter gesehen, gesucht, gefunden ...«

»Jetzt leuchtet mir ein, warum Mahler mich von Anbeginn mit meinem zweiten Vornamen Maria anreden will, weil seine Mutter auch Maria hieß.«

»Er wünschte sich«, sagt Freud zustimmend, »dass seine junge zweiundzwanzigjährige Frau mehr Leidenszüge in ihrem schönen verführerischen Gesicht hat, denn im Gesicht der Mutter sah er nur die Spuren ihres Leidenswegs mit vierzehn Schwangerschaften. Einige Kinder starben kurz nach der Geburt, Gustavs Lieblingsbruder Ernst in seinem vierzehnten Lebensjahr, sein Bruder Otto beging mit zweiundzwanzig Jahren Selbstmord. Die Mutter ist und bleibt für ihn die Immanenz in allen Dingen des Lebens!«

»Jetzt wird mir auch dies klar«, sagt Alma, wie aus tiefem Schlaf gerissen. »Er sagte mir einmal: ›*Wenn Du doch plötzlich durch Krankheit entstellt würdest, zum Beispiel Blatternarben bekämest (seine Worte), dann erst, wenn Du niemand anderem gefallen kannst, dann erst könnte ich Dir zeigen, wie ich Dich liebe.*‹ Gustav Mahler ist doch nicht normal, wenn er, um seine Liebe zu beweisen, mir so was Schreckliches wünscht! Oder wie meinen Sie, Herr Professor?«

»Normal! Was ist das? Sind Sie normal? Bin ich normal? Das ist nicht von Belang. Es ist viel wichtiger, diesen Begriff nicht als Maßstab in unsere Erörterungen zu nehmen, denn der Begriff Normalität ist so dehnbar, wie Abnormalität unmessbar ist. Lernen Sie Ihre eigenen Gefühle zu entdecken, um zu erfahren, was Ihr Partner, Gustav Mahler fühlt, wenn er sich solche ketzerischen Gedanken ausmalt. Nur wer die Gefühle kennt, weiß, was das Leben wirklich ist, was es bieten und verbieten kann und welchen Sinn oder Unsinn unser ganzes Wünschen, Wollen und Streben hat. Wissen Sie welche Gefühle Sie haben oder haben können, wie und wodurch Sie ausgelöst werden? Warum der Philanthrop Mahler seiner von ihm abgöttisch geliebten Frau so etwas Schreckliches wünscht? Angst ist eine Realität in unserem Bewusstsein. Angst macht viele krank. Mahlers Angst ist die Angst vor dem Verlust. Er lebt im Wahn, seine Frau zu verlieren. Die Angst ist eine Realität in unserem Bewusstsein. Mit den Worten des Philosophen Kierkegaard können wir sagen ›weil ich Angst habe, muss ich und muss etwas, vor dem ich Angst habe, sein‹, Diese Auffassung vertrete ich auch.«

Alma wischt sich die Tränen ab. »Das größte Geschenk, das Sie uns machen könnten, wäre uns den Weg zeigen, wie wir solche Ängste überwinden.«

»Ich glaube«, sagt Freud väterlich, »wie das Tier besitzt der Mensch einen Fluchttrieb. Sein Unlustgefühl ist die Angst. Signale für die Angst sind Empfindungen, Wahrnehmungen und Vorstellungen einer Gefahr für unser Leben, unseren Besitz und das, was wir lieben und begehren. Gefahr ist für Gustav Mahler die Bedrohung seiner Existenz. Und seine Existenz sind Frau und Familie.

Wenn wir die Ursachen unserer Ängste analysieren, stoßen wir auf viele Hindernisse, die nicht nur das Erkennen der einen oder anderen Ursache nicht erleichtern, sondern deren Beseitigung erschweren. Hier frage ich Sie: Kann Alma Mahler ihr Fremdgehen unterlassen? Anders formuliert: Kann sie ihre sexuellen Triebe beherrschen? Hier wird die Stimme des Gewissens laut: Das Gewissen gilt immer als „die Stimme Gottes" in uns Menschen. Alles andere sind mehr oder weniger egoistische Triebe und Wünsche. Das Gewissen allein soll uns als ein ethischer Kompass durchs Leben führen; durch Signale der Wahrnehmungen uns vor schlechten und bösen Taten schützen. Empfänglich für diese Signale sein, heißt Wahrnehmung von guten Taten. Was bleibt, sind Worte und Werte wie Unschuld, reines Gewissen und guter Mensch. Was als Gut und was als Schlecht gewertet wird, ist nicht mehr als Geschmackssache zu sehen, sondern ist einerseits in angeborenem „Wissen" des Gewissen diesem bekannt, andererseits auch noch von dem abhängig, was die Familie, Erziehung, Kultur, Religion, Tradition und soziopolitische Gesellschaft in die Begriffe von Gutem und Bösem in uns hineingelegt hat. Das Gewissen führt uns so etwa in ethisch normales Leben: >*Einen guten Menschen müssen wir lieben und ihn uns stets vor Augen halten, damit wir so leben, als würde er uns zuschauen, und alles so machen, als würde er es sehen.*< Seneca, ep. 11,8.«

Freud ist sich darüber im Klaren, dass Alma Mahler sehr nahe davor steht, ihre eigenen Ängste und vor allem die ihres Mannes zu verstehen. Vielleicht hätte ein letzter vorsichtiger Anstoß genügt. Als ihn jedoch Alma Mahler wieder auffordert: »Glauben Sie mir! Sie sollen mir bitte glauben, dass mein schlechtes Gewissen nicht erst seit heute in mein volles Bewusstsein eingedrungen ist und mein Leben zur Hölle macht!«, setzt er etwas erleichtert seine analytischen Gedanken fort: »Ich versuche den ästhetischen Sinn oder Schönheitstrieb zu erklären, welcher uns Menschen zu schönen Dingen anzieht, und vom Hässlichen abstößt. Das Gefühl der Hässlichkeit ist eine unangenehme Wahrnehmung und die Vorstellung von etwas Unharmonischem, Unruhigem, Ungeordnetem, Missgebildetem, Grauslich-Gräusigem, Krankem, Abstoßendem. Im Gegensatz zu diesem, sind wir für Signale empfänglicher, die uns die Wahrnehmungen von schönen Dingen vermitteln: von schönen Farben, Tönen, von vollendeten „perfekten", gesunden Formen, Gestalten, Gesichtern, Körperkonfigurationen und von solchen Dingen, die nach den Gesetzen der Harmonie gestaltet und geordnet sind. Gustav Mahler, der große Ästhetiker und Komponist weiß sehr gut, was Schönheit ist. Warum will er auf einmal Sie, dieses von ihm über alles geliebte Ideal: schön, intelligent, intellektuell und musikalisch begabt, zerstören? Warum ändert er seine ästhetische Wertvorstellungen: hässlich, unordentlich, schlampig, disharmonisch, schrill und abstoßend? Wie kommt es zu dieser Gefühlswandlung? Er sieht die Gefahr, die Bedrohung seiner Existenz. Das ist der elementare Ärger und Zorn, mit dem er sich und seine Liebe zu einer von ihm abgöttisch geliebten Frau zu schützen versucht. Der Zorn ist eine emotional entstandene Wut, eine Wut mit der Vorstellung wie und auf welche Weise er seinen Besitz erhalten will. Jeder weiß, dass wir im Zorn und in der Wut einen oft unbezähmbaren Trieb verspüren, etwas kaputt zu schlagen. Manche ballen die Fäuste, fletschen die Zähne oder beißen sie aufeinander, formen die Hände zu Krallen, wie ein Monster. Der Zorn führt zu unterschiedlicher Reaktion oder Überreaktion. Den Vernichtungswillen des Zornes erleben wir nicht nur in unseren geballten Fäusten und zusammengebissenen Kiefern und Zähnen, sondern auch in Überreaktionen, wie Vernichtung des Störenfrieds. Unbeherrschte, intolerante und gehetzte Menschen sind immer leichter gereizt, zornig, wütend und rachsüchtig. Ein Gustav Mahler ist keiner von diesen. Er ist besonnen, ruhig, ein friedlicher Mensch. Sein Zorn ist „heilig" und umgibt damit die Lust am Vernichten mit einer Gloriole der Macht. Seine Reaktion ist Passivität. Warten auf ein Wunder, das ihm seine Glückseligkeit wiederbringt. Auf welche Weise auch immer, er selbst wird niemals und niemandem etwas antun; dafür ist er nicht rachsüchtig genug. Die messianische Krankheit soll es tun. Alma soll nur die Schönheit nach außen verlieren. Für ihn bleibt sie immer und ewig schön, wie sie auch aussehen mag!«

Es entsteht eine lange Pause. Alma reißt den Kopf hoch, um zu sehen ob Freud sich noch im Raum befindet. »Heute konnte ich, als wäre ich dem Gewölk höchster Gefahr entkommen, die Umstände meines triebhaften Lebens mit sexueller Übertreibung, seitdem ich mit Gustav Mahler vermählt bin ins Auge fassen. Als ich klein war in Schloss Plankenberg, ein wunderschönes, verwunschenes Schloss, jenseits des Wiener Waldes, zwischen Neulengbach und Tulln, hatte ich nichts anderes als Reinheit und Anstand im Kopf. Wie konnte ich, die eine Madonna sein wollte, die Stolze in den Abgrund ehebrecherischer Ausschweifung und sexueller Sucht stürzen und so lange Gefallen daran finden? Mein Gott! Nicht genug damit. Nicht mit Einem und Diesem, mit Jedem und besser mit Vielen! Die grenzenlose Begierde, die Ohnmacht der Männer, die unstillbare Lust auf Eroberung, die Feigheit, die Falschheit des Charakters, die Begehrlichkeit erneuerten die Sünde, faschistische und antisemitische Gesinnung, noch mehr ich wurde zu einer Chauvinistin, die sich Männern überlegen fühlt, die ein übertriebenes Selbstwertgefühl besitzt und überzeugt ist, Männer sollten sich den Frauen unterwerfen. Heute erkenne ich mit Hilfe meines Gewissens, was ich verbrochen habe, war böse und schlecht. Doch die Signale auf diese Gefühle kamen von innen, Professor Freud, die in mir die Begriffe „gut" und „schlecht" erwecken. In diesen liegt doch, was der Mensch tut. Daher gehört auch alles dazu, was man ihm als gut oder schlecht angelegt hat. Kreuzritter fanden die Ermordung der Araber gut, ohne Gewissensbisse, und diese wiederum durch die Wertung ihrer Religion ermutigt, die Ermordung von Christen. Wenn Verbrecher ein zu schwaches Gewissen besitzen, muss die Bedrohung mit anderen Unlustgefühlen nachhelfen, wenigstens einigermaßen das zu ersetzten, was ihr Gewissen versäumt hat zu bewirken. Mein Verbrechen ist nicht die physische, nein die psychische Ermordung meiner Liebhaber, das ist meine Befriedigung. Das ist viel schlimmer noch als die fleischliche Umarmung und sexuelle Befriedigung. Ich wollte zugleich die Unterwerfung des Mannes, die meinen Sinnen schmeichelte als auch den Dackelblick meiner Sklaven. Selbst dem lieben Gott wollte ich mit List meine Reue vortäuschen, um der himmlischen Strafe zu entkommen, noch im Rausch der Unterwerfung jedes Geliebten. Als Ehebrecherin und Luder empfing ich Jesu Leib und wollte ihn entjungfern! Meine Schamlosigkeit war so ungeheuerlich, und ich verstand sogar die heiligen Gebote zu umgehen und Psalmen zu manipulieren...« Alma Mahler weint bitterlich. »Was ich eben erzählt habe, stimmt nicht. Ich bin eine gottesfürchtige Frau. Das Wesen meiner Sünde ist fleischlich, und ich weiß, Gott findet in solchen Wesen, wie in meinem, ein teuflisches Werk, das nicht von ihm geschaffen ist!«

»Das Gewissen also«, wirft Freud ein, »gehört untrennbar zu unserem Wesen. Ein dem Gewissen ähnlicher, jedoch elementar anderer Trieb arbeitet mit den Gefühlen der Reue und der Befriedigung. Oft wird das Gewissen mit diesem Trieb gleichzeitig durch gemischte Signale ausgelöst, wenn der Trieb sogar gegen das Gewissen die Oberhand gewinnt. Dies beweist, dass wir den verschiedenen elementaren Trieben unterworfen sind. Signale, die wir als Gefühl der Reue wahrnehmen, vermitteln uns, dass unsere Tat oder ihre Unterlassung schlecht für uns oder für die Anderen war. Signale für das lustvolle Gefühl der Befriedigung sind Wahrnehmungen und Vorstellungen, die uns vermitteln, dass die eine oder andere Tat von uns gut oder schlecht war. Ich glaube, dass wir in allen unseren Trieben eine Aufgabe und einen Zweck zu erkennen haben. Selbst die Vernunft ist ein Trieb, womit wir uns im Leben sicherer fühlen sollen. Was wir fühlen, ist nie sinn- und zwecklos. Die Gefühle sind Warnsignale für unser Tun und Handeln, schlecht für uns und andere nachteilige Taten nicht nochmals zu tun. Das soll eine Art Unlust der Reue bewirken. Und die Lust der Befriedigung soll uns für die gute Tat, für uns und für die Allgemeinheit belohnen, und sie soll uns dazu stimmen, sie, die gute Tat zu wiederholen. Eine Frau wie Sie, fühlt und empfindet die Zweckmäßigkeit ihrer Handlungen. Die Signale der Vernunft führen uns dazu, das Zweckmäßige zu wählen und zu tun, das Unzweckmäßige zu unterlassen. Die Vernunft lässt uns das Gute von Schlechtem, das Genießbare von ungenießbarer Nahrung ebenso wie gegengeschlechtliche Partner unterscheiden. Monogame oder polygame Triebe werden vom Sexualtrieb gesteuert. Die Vernunft, je nachdem wie die spezifischen Signale sind, nämlich Wahrnehmungen und Vorstellungen von Sexualität, löst eine Lust aus. ›Es gelüstet mich nach Sex, nach Vergewaltigung, vergewaltigt zu werden‹, das sind doch Ihre Worte!« Freud wirft einen flüchtigen Blick auf die Couch, um sich der Aufmerksamkeit der Patientin zu vergewissern. »Die Vernunft handelt, wählt, gebietet oder verbietet. Der Verstand spielt dabei keine Rolle. Er kann etwas verstehen, die Gefahr erkennen, jedoch nicht handeln. Denn selbst der Antrieb zu verstehen oder zu erkennen wird durch einen anderen Trieb angeregt. Also Frau Mahler, wir werden von Trieben, nicht von der Vernunft geführt!«

»Das heißt, zum Teufel mit der triebhaften Alma. Ich war, ich bin durch diese fleischlichen Triebe gezwungen, das Opfer anzusehen, während der Körper meine ganze Sünde trägt und meine Seele den Schmerz. Ich habe es getan. Ich tue es immer noch. Schon als Kind habe ich eigentlich als einzige Befriedigung meines Ehrgeizes nur den „verstehenden Blick" in den Augen meines Vaters gekannt, und diesen „verstehenden Blick" suche ich in den Augen meiner väterlichen Liebhaber oder Lehrer. Den fünfundzwanzig Jahre älteren Max Burckhard, der mir den Weg zur Philosophie zeigt, oder Gustav Klimt, den siebzehn Jahre älteren Präsidenten der neulich gegründeten Sezession.«

»Können Sie zu diesen noch mehr erzählen?«

»Ja, es genügt mir, dass jeder mich gern hat, oder wahnsinnig in mich verliebt ist. Dass der eine oder andere selbst unglücklich ist, bleibt ihm überlassen. Den guten Charakter suche ich nicht! Ein Künstler hat selten Charakter.«

»Haben Goethe und Nietzsche, die Sie ja über alles schätzen, also keinen Charakter?«

»Sie sind Heroen meiner Jugendzeit: mein Vater Emil Jakob Schindler, der Klassiker Johann Wolfgang von Goethe, der Komponist Richard Wagner und der Philosoph Friedrich Nietzsche. Ach Gott, was doch diese modernen Dichter für Grasaffen sind.«

»Meine Frage bleibt ohne Antwort!« beharrt Freud. »Sie schüttelten bereits den Kopf, ehe ich die Frage ganz ausgesprochen hatte. Suchen Sie einfach weiterhin den Begriff Charakter in ihrem geistigen Gedächtnis und warten Sie ab.«

Alma Mahler hat von Kindheit einen Makel: Sie hört nicht gut. Etwas beunruhigt dreht sie den Kopf. Mit einem fragenden Blick und bewusster Dreistigkeit, versucht sie ihre Schwerhörigkeit zu kaschieren. Sie schüttelt erneut den Kopf: »Ich sagte schon, welche und warum diese Großen meine Idole sind.«

»Es ging nicht um Ihre Idole, als solche, es ging um Ihren Charakter«, betont Freud leicht gereizt.

Alma schließt erneut die Augen und zitiert Nietzsches ›*Die Geburt der Tragödie und unzeitgemäßen Betrachtungen ...*‹:

»Wenn es Götter gäbe – wie hielte ich's aus, kein Gott zu sein! …
Also gibt es keine Götter!
Wo zog ich den Schluss: nun aber zieht er mich.
Schaffen – das ist die große Erlösung vom Leiden, und des Lebens
leichter werden.
Aber, was wäre denn zu schaffen, wenn – Götter da wären?«

»Und weiter? Vergessen Sie nicht den Charakter des von Ihnen so sehr verehrten Philosophen?«

»Das Apodiktische seiner Redeweise, das Elitäre seiner Lehre, sie weisen auf einen großartigen Charakter hin. Oder?«

Freud ist sich darüber im Klaren, dass Alma Mahler bei allen ihren Erläuterungen ehrlich ist, dass sie kurz davor steht, ihre eigenen Probleme offenzulegen. Vielleicht reicht ein letzter vorsichtiger Anstoß. Er fordert sie abermals auf: »Hören Sie, es geht nicht darum, wie fabelhaft Ihre Idole sind, es geht um Ihren Charakter!«

›In einer Zeit, in der wir Psychoanalytiker den Durchschnittsbürger zur Seite rücken und die Psychopathologie seines Alltagslebens zu durchleuchten versuchen, verachtet sie den „Dutzendmenschen" und huldigt dem Geniekult und einem erhabenen elitären Künstlerverständnis. Auch darin ist sie ganz Erbin ihres Vaters. Denn der kleinen Alma hat sich eine Episode tief und fürs ganze Leben eingeprägt‹, bedenkt Freud.

»Seit meiner Kindheit habe ich ein Doppelleben, ein geheimes Leben geführt, und doch ist es mir nicht immer gelungen. Das äußere Leben des Durchschnittsbürgers ist für mich tödlich – zu durchsichtig und plausibel, allzu leicht durchschaubar. So verrückt es klingen mag, das Doppelleben ist ein zweifach geschenktes Leben. Es verspricht mehrfache perspektivische Lebensweisen.«

Freud nickt. »Sie meinen, wir sollten möglichst gegen den Strom schwimmen, um nicht in der Masse unterzugehen? Die Masse bleibt von der elitären Lebensweise unberührt, wohingegen die arische Hochmut alle minderwertigen Rassen überlebt?«

»Ja, so etwa meinte ich, – und dies ist mein wichtigstes Lebensprinzip – das Elitäre kann man sich nicht kaufen, das ist der weißen Rasse von Geburt an zugeteilt. Sonderbar ist nur, dass die Neger jetzt sehr antisemitisch sind. Sie fühlen sich den Juden überlegen. Das ist eigentlich eine Frechheit!«

»Daher Ihre Liebe für den Herrenmenschen Nietzsche, an dessen Maximen Sie Ihre Sonderstellung in der Gesellschaft sehen?«

»So ist es. Ich habe zwei Lebensregeln und handle stets danach: Wer fällt, den soll man auch noch stoßen. Wer Mitleid braucht, der ist es nicht wert.«

»Nehmen Sie für sich selbst irgendwelches Mitleid in Anspruch?«

»Nein. Ich hasse es schon in der Jugend, wenn meine Mutter oder der Stiefvater mich während eines Liebeskummers mitleidsvoll ansahen. *Ich stieß noch an ihrem Sterbebett meine Tochter Maria Anna zu Boden, als sie mich umarmen wollte.*«

»In Ihrem Tagebuch berichten Sie vom Fall eines achtjährigen tuberkulosekranken Jungen, dem ein Pfarrer gnadenlos gesagt haben soll, dass er bald sterben müsse und sich in Gotteswillen ergeben sollte. Seither weinte der Knabe ununterbrochen und wollte nicht mehr essen. Da waren Sie entrüstet und riefen: *Dieses Thier von einem Geistlichen! Es ist die lautere Lust am Wehethun. Kenne ich ihn, ich würde ihm die Wahrheit sagen, dass er genug hätte. Das arme Kind! Ich mag Kinder nicht, aber so einer That wäre ich nie und nimmer fähig*!«

Die Rollenhaftigkeit und unverbindliche Reaktion auf Geschehnisse machen aus ihr eine begabte Schauspielerin. Aber auf die Dauer kann kein Mensch in immer schwerer werdende Rollen eintauchen ohne sich selbst zu verlieren, er stürzt in seelisch-moralisches Chaos und Depression. Freud schweigt und wartet auf Almas Erklärungen.

»Seit meiner Kindheit habe ich Angst vor mir, weil ich immer in eine andere Rolle eintauche und mir selbst sogar vorzumachen versuche, zwei Wesen zu besitzen. Die eine Alma, die schön, verführerisch ist, unehrlich, selbstherrlich, deren Sinne so heftig sind, und die Leidenschaft, die in ihrem Inneren brennt, mein Gott, diese böse und süße Leidenschaft, wie werde ich ihr standhalten, wie werde ich sie los? Wenn Selbstmord nicht so wehtäte, ich hätte es längst getan. Alle Leute schütten mir ihr Herz aus, und ich bin doch so falsch, katzenartig. Und die andere Alma will die Last der Verantwortung tragen, stöhnt, nur mühsam hält sie sich aufrecht, alles erregt sie, selbst der frierende Vogel im Herbst macht sie melancholisch. Sie will den voll in Blüte stehenden Zweig des aufgehenden Frühlingsbaumes sehen, will die Reinheit, die Harmonie, die Tugenden, die Ehrfurcht, die Vereinigung mit der unendlichen Liebe Gottes, ohne Bedingung, ohne Gestalt, ohne Wirklichkeit, nur glauben und im Glauben gefesselt, sich von nichts, nicht einmal vom innigen Triebe der sexuellen Leidenschaften irren lassen.

Oh, großer Gott, ich will diese Andere in mir verbannen, verstoßen und vernichten, und hoffen, dass Du, der Gütige Dich der Ehrfürchtigen erbarmst. Nur sie verdient zu Dir im Himmel, in Dein Reich zu gelangen, auch wenn sie im Grunde eine Sünderin ist, denn sie hat sich dem Schönen genähert und ihm gedient, und sich der Wollust unterworfen, der körperlichen Liebe, der Sexualität und den pervertierten Trieben. Wenn ich heute nur wüsste, dass der gütige Gott mir trotz aller dieser meiner Sünden verzeiht, würde ich für den Rest meines Lebens Buße zahlen und dem Ehemann ein treues Weib bleiben.«

»Sie haben von Ihrer gespaltenen Persönlichkeit gesprochen, Frau Mahler, von einer Frau, die Sie in Wirklichkeit sind, und einer anderen, die Sie gerne sein möchten. Es besteht nicht der geringste Zweifel, dass Sie an einer gespaltenen Persönlichkeit leiden. Dass Gott dabei eine wichtige Rolle spielt, weist auf Ihre Ängste und fromme Erziehung hin. Sie sind bereit zu büßen. Sie sehen ein, Sie sind bereit alles wieder gut zu machen. Die Frage ist nun: wer ist bereit? Alma, die ihren Vater liebt! Oder Alma, die ein ungeheures Talent hat, Sklaven zu machen. *Und wenn jemand nicht Sklave geworden ist, war es nicht wert.* Ist Gustav Mahler Ihr letzter oder einer von vielen Sklaven? Weshalb schwören Sie gerade in diesem Moment ihm eine treue Ehefrau zu sein, Frau Mahler? Um ihn zu beschützen? Oder damit er Sie beschützt?«

Es entsteht wieder eine lange Pause. Mehrmals wechselt Alma ihre Lage auf der Couch, schlägt ein Bein über das andere als würde sie nach einer Antwort suchen.

»Ich will ihn wirklich beschützen. Ich will ihm so lange er lebt treubleiben. Er ist mein Musikeridol. Er hat der Musik einen ganz neuen Wert gegeben, nämlich die ethisch-mystische Bedeutung. Er hat die Dostojewski-Frage an das Leben musiziert: >Wie kann ich denn glücklich sein, wenn irgendwo ein anderes Geschöpf noch leidet?< War ich oft in den letzten Jahren verzweifelt gewesen über mein verfließendes Leben, so hätte ich mir doch ein Leben ohne Mahler nie und nimmer vorstellen können. Am wenigsten mit einem anderen Mann. Ich hatte wohl manchmal daran gedacht, fortzugehen, allein, irgendwohin, neu anzufangen, aber immer ohne Wunsch nach irgendeinem Menschen. Mahler war und bleibt mir der Zentralpunkt meines Daseins.«

>Seltsam, warum gelobt sie die ewige Treue, die sie in ihrem ganzen Leben nie halten kann? Noch etwas Seltsames. Warum nur erwähnt sie ihre „Opferbereitschaft", die jedem imponieren soll, wie selbstlos sie ist? Sie betrügt doch den *Zentralpunkt ihres Daseins* auch weiterhin mit Gropius, trotz ihrer Entscheidung, den Ehemann nicht zu verlassen. Und wie soll man ihre glühenden Liebesbriefe an Gropius verstehen: ... *Wann wird die Zeit kommen, wo du nackt an meinem Leib liegst, wo uns nichts trennen kann – höchstens der Schlaf?* Und weshalb sagt sie in vollem Bewusstsein: Entweder Mahler oder keiner? Während sie in ihrem unbewussten Wesen sich nach einem Kind von Gropius sehnt: ein Kind von dir – *unser beider Vollendetes muss einen Halbgott entstehen lassen.* Und fragt Gropius – während sie den bereits todkranken Mahler pflegt, ängstlich – ob er sie noch liebe: *Ich will Dich! Aber Du?? – Du – auch – mich?*<

Zweifellos verstehen sich Sigmund Freud und Alma Mahler von Beginn an sehr gut. Sie sucht in der Tat eine befreiende Hilfe und schöpft Hoffnung in tieferen Gesprächen. Sie hat vieles von dem schon vergessen, was sie debattierten. Etwas bleibt aber unvergessen, sie hat ihm wahrheitsgemäß alles erzählt, was sie bisher in der Schatzkammer ihrer gespaltenen Persönlichkeit verborgen hielt.

1902 und 1904 kommen die Kinder Maria Anna und Anna Justina zur Welt. Die Sommermonate verbringt die Familie regelmäßig am Wörthersee, wo Mahler sich in Maiernigg 1899 eine Villa gebaut hat und in einem sogenannten ›Komponierhäusl‹, wie schon am Attersee, die Skizzen seiner Symphonien vier bis acht und Lieder entwirft. Dieses scheinbare Glück ist nicht von Dauer! Der Tod von Maria Anna, seiner über alles geliebten Tochter und die eigenen Herzbeschwerden, führen zu einer larvierten Depression. Die Ärzte erklären Alma, er sei schwer krank, seine Fieberschübe weisen auf eine unheilbare Endokarditis hin er sei verloren.

In der Tat hatte sich Alma ihr Leben mit der aufgehenden Sonne in der Welt der Musik anders vorgestellt, aber sie verzichtet auf eigene Kompositionsarbeit, kümmert sich um Haushalt und Familienzusammenhalt. Während der ersten Ehejahre und der Geburt der Kinder war sie häufig bei Freud zur Konsultation, um ihre ständig drohende Depression loszuwerden. Sie war nie eine ausgeglichene Natur, eher scharfzüngig und intellektuell. Man kann sich bei ihr nie auf eine, sondern auf eine „Mehrfacettenpersönlichkeit" einstellen. In jeder will sie glänzen, imponieren und überwältigen. Die Sehnsucht nach einem „wirklichen" Mann steigt. Wenn der Ehemann auf Konzertreise ist, arrangiert sie eine heimliche Liebesnacht im Orient-Express.

Freud erkennt in Alma Mahler eine Person von vielschichtiger Persönlichkeit und teilweise ungewöhnlichem Charakter. Ihre autobiografisch behauptete Identifikation mit ihrer Musenrolle und ihre künstlerische Begabung stellt nur einen letzten verzweifelten Versuch dar, als das zu erscheinen, was sie wünschte, nicht das, was sie wirklich ist. Freund notiert im Verlaufsbericht: >Schönheit! Alma Mahlers Schönheit spielt eine wichtige Rolle im Mysterium ihres Wesens. Eine beeindruckende Erscheinung einer komplizierten Persönlichkeit! Die Psychopathologie: Eine gespaltene Persönlichkeit! Die mit zwei Wesenszügen untrennbar voneinander, sich gegenseitig zu übertreffen versuchen: das narzisstisch-feministische, herrische, antisemitische Wesen mit Minderwertigkeitskomplex. Alma Mahler ist und bleibt ein treibendes Wesen mit Vaterkomplex auf der Jagd nach der Erfüllung ihrer sexuellen Triebe, so lange sie lebt.

Der erschütterte Geist kehrt ins Krankenzimmer zurück

Gustav Mahler fiebert und fantasiert, durchwühlt in allen dunklen Ecken und Nischen seiner Erinnerungen nach Licht, nach Alma.

Mein Gott, stärke mich in dieser Einsamkeit. Ich bete. Ich gehorche. Oh mein Allmächtiger, erbarme Dich Deines Sünders. Wohin führst Du mich? Was ist Dein Wille, er soll meiner sein. Habe ich einen Willen? Verdiene ich Deine Erbarmung? Ich verlasse mich auf Dich, den Gütigen, Großen und Barmherzigen. Ich gehe Dir entgegen durch die Pforte des unabwendbaren Todes. Dies ist beschlossen, die Heimreise ohne Rückkehr, dies ist Gustav Mahler. Und du Alma? Wo bleibt deine Ehrfurcht? Wo finde ich deine Liebe?

»Strahlend erstiegst Du
Durch Triebe und Leidenschaft
Den Gipfel deines Glücks,
Du erobertest und bezwangst
Jeden Liebhaber zum Knecht,
Wurdest zur Königin der Nächte
Wiens mächtige Emanze erklärt.
Seitdem bist du die Gebieterin deiner Verehrer,
Ohne Angst vor Verleumdung,
Ohne Furcht vor göttlicher Bestrafung,
Bleibst du die Herrin im irdischen Haus der Gelüste.
Und ich? Ach ich
Ich bin bald nimmer da
Ist keiner, der Dich so liebte als ich
Und keiner den Stürmen des Lebens,
Den Schmerzen Vertrauter
Im unwiderruflichen Fortgang.«

Mahler lässt seiner Seele keine Ruhe, er strengt sich an. Er will alles noch einmal erleben, wenn auch nur in Bruchstücken seiner Erinnerungen. Aber jede Anstrengung scheint Alma nur noch weiter zu entfernen. Er hat nicht mehr zu wählen, er muss sich fügen. Er sucht keinen Beichtvater, um niemanden in seine Gespräche mit Gott einzuweihen. Er will bis zum letzten Atemzug so gottergeben bleiben, wie er immer war. Aber in dieser Nacht, in der Dämmerung seiner Fantasien, hat Gott sich zurückgezogen. Kein Sterblicher kann seinem brennenden Herzen einen Bruchteil seiner Qualen abnehmen. Mahler ist lebenslang ein frommer Mensch gewesen, heute Nacht erst recht. Wieder wendet er sich mit einer verzweifelten Leidenschaft Gott zu. >Komm, komm, komm lass mich in der Not des Leidenden, mit dem Schmerz der Einsamkeit nicht allein. Ich habe immer zu Dir gehalten. Ich bin Deiner nicht unwürdig geworden, hoffe ich, wünsche ich mir so sehr in dieser letzten Heimsuchung.<

Gerade in dieser Nacht verdichtet sich eine neue Gewissheit; was einmal zerstreut war, das sammelt sich nun um Bar Mizwa: Wenn ein jüdischer Knabe dreizehn Jahre alt ist, wird er Bar Mizwa, das heißt: ein Sohn der Pflicht, ein Gebotspflichtiger; er tritt in alle Rechte und Pflichten eines jüdischen Mannes ein, hat fortan Tefillin zu legen und zählt im Minjan beim Gottesdienst mit. Es ist schwer, Jude zu werden. Es ist leicht Jude zu bleiben. Das jüdische Haus, an dessen Pfosten die Bibelworte vom einzigen Gott geschrieben sind, und das jüdische Familienleben sind es, die dem Judentum immer erneut Freunde und Bewunderer gemacht haben. Es geht ganz und gar nicht um Bekehrung, vielmehr um Begeisterung. Der Tag des Juden fängt am Abend an. Der Abend und die Nacht unterbrechen den jüdischen Tag nicht, der Abend ist ein Teil des Tages, die Nacht gehört zum Tag wie der Schatten zum Licht, und sie ist von den Nächten der anderen vielleicht darin verschieden, dass sie auch in nördlichen Breiten noch ganz südlich hell und reich ausgestirnt bleibt ...

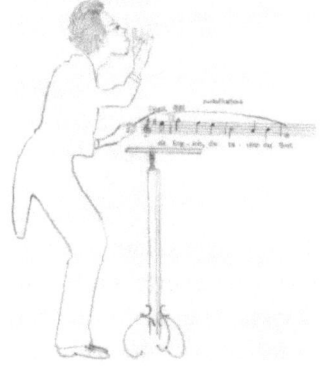

Gustav Mahler ist derjenige, der Gottes lenkende Hand in dieser Nacht erkennen will. Die Einsamkeit und der Schmerz haben mich verlassen. Einige Male habe ich mich in meinem Leben geirrt. Die Liebe hat mich verwirrt. Ich bin ein Mensch, der Fehler begangen hat. Erst auf dumme Weise, dann mit großer Leidenschaft. Ja, ich habe alles, alles getan. Zuletzt empfand ich tiefe Scham. Dann kehrte meine Entschlossenheit zurück, die Er mir schickte, ihm zu vertrauen. Oh, ich habe viel zu viel gelitten! Mein Gott, komm mir zur Hilfe, dass ich gotteswürdig werde im Schatten seiner milden Vergebung.

Mahlers Nacht ist erfüllt von Halluzinationen, Ängsten und Träumen von Katastrophen und Bränden. Er liegt im Koma. Wieder brechen Klage und Selbstanklage hervor, ein „Häufchen Elend", aber er will knien und glauben, er hat die Brände, auch sein brennendes Herz gelöscht. Er glaubt, weil Gott ihm diesen Glauben verkündet hat, jetzt und in dieser Nacht, und ihn als seinen Vollzieher und Verkünder berufen hat. Dieser himmlische Auftrag, Zeuge des in Todesnot sich behauptenden Glaubens zu sein, stellt ihn in die verwobene Welt, ja in das Weltall, ja in eine neue Lebensgemeinschaft, die er mitgestalten soll. Es wird eine Gemeinschaft der Einsamen, die die Kälte eines frevelnden und verlogenen Jahrhunderts erlebt haben, und daran zugrunde gegangen sind.

Er fantasiert in der Erfüllung seiner Wahrnehmungen Bilder seiner Erinnerungen, Klänge seiner Musik, Gesang vom >Lied von der Erde<:

>»Schon winkt der Wein in gold'nen Pokalen,
doch trinkt noch nicht, erst sing' ich Euch ein Lied!
Ach, Dunkel ist das Leben, ist der Tod!«*

Er spürt den Dämon in sich, mit dem die „jenseitige Stimme" widerspricht, wie vor Jahren das Auferstehen seiner zweiten Symphonie:

>»Das Firmament blaut ewig und die Erde
Wird lange fest steh'n und aufblüh'n im Lenz.«*

Die Stationsschwester ist besorgt, wie Mahler die Dosis des Medikaments vertragen würde. Aber der Chefarzt hat angeordnet, und sie muss die Verordnung durchführen. Im Laufe des Abends war sie ein paarmal beim Patienten und blieb auch länger nach Dienstschluss. Sie hätte nicht so häufig zu kommen brauchen, wenn wenigstens Frau Mahler bei ihrem schwerstkranken Mann geblieben wäre, aber sie ist seitdem ihr Mann stationär aufgenommen wurde, nicht mehr erschienen.

Mahler hat die erste Spritze Morphium schlecht vertragen. Gleich nach der Spritze bekommt er ein Schlafmittel, wacht aber immer wieder auf, schläft sehr unruhig, wirft sich herum, zuckt zusammen und stöhnt. Jedes Mal bleibt die Schwester an seinem Bett stehen, beobachtet ihn, fühlt den Puls. Bald greift er mit verkrampften Händen zur Brust, bald krümmt er sich zusammen, bald streckt er sich. Sein Gesicht ist ergraut, die Wangen und Lippen rot-blau unterlaufen, trotzdem strahlt er eine sonderbare Würde aus. Sein dunkles Haar schimmert bläulich im Schweiße des Fiebers.

Schon am ersten Abend seiner stationären Aufnahme wurde es Gustav Mahler nach wenigen Stunden im Krankenhaus unheimlich zumute. Das bis in die letzten Fasern infizierte Herz – das von Streptokokken verseuchte Organ ohne Lebenskraft, mit viel Schmerz – hat ihn hierher geschleift, wie der Angelhaken einen Fisch ins Schlepp nimmt, und ihn auf dieses Eisenbett geworfen – ein kaltes, einsames, erdrückendes Gestell mit unnachgiebig harter Matratze. Er war in Begleitung seiner Frau zum Krankenzimmer hinauf getragen worden, und bald hatte sich Alma von ihm verabschiedet und ihn in Gottes Hand, und in die der Ärzte und Krankenschwestern gegeben; schon war er von der Außenwelt und dem „geordneten" Leben abgeschnitten und hier in eine grässliche neue Bleibe hineingestoßen worden, die ihm noch mehr Grauen einjagt als das Herzleiden selbst. Er kann sich nicht mehr aussuchen, was er will, sondern muss sich den Verordnungen unterwerfen, welche von den Ärzten kommen und von den „Untertanen" durchgeführt werden.

Der schwerstkranke Mahler legt sich ein hartes Gesetz auf: Hinnehmen und Beten! Mit welch anderen Bußen kann er sonst seine Seelenruhe finden? Nur ein allmächtiger, gütiger Gott kann ihm den Werdegang des Todes erträglicher machen. Warum also an einem solch grausamen Leben noch hängen. Nein, es ist die Seele, die mich noch begleitet, der Geist, der mir Geschichten zur Nacht, dem ewigen Schlaf erzählt. Ja, die Erde ist schön, meine Seele will aber nicht mehr; sie hat sich schon längst aus der Welt zurückgezogen. Immerhin hat Gustav Mahler den großen Gott.

Das Morphium hat die durchwachte Nacht nach einem melancholischen Sonnenuntergang schauderhaft gestaltet, in der die Dinge reden, in der eine neue Dimension der Wahrnehmung sich entwickelt: es ist, als geht ein Licht vom Körper des Kranken aus, als machten seine überhellen Sinne fassbar, was bisher im Dunkeln gefangen ist, den Geisterlaut, für Lebende kaum hörbar heulende Sirene der Ozeandampfer, wo er sich in seiner letzten Überfahrt von Amerika nach Cherbourg befand. Er hat sich einmal von Dr. Fraenkel erklären lassen, warum der kranke Leib empfindsamer ist, und warum das Morphium Halluzinationen auslöst. Er fantasiert solche realitätsferne Wahrnehmungen, Stimmen, Bilder, Szenen und Gestalten erblühen nur im Übergang oder Durchgang, wenn man bald nicht mehr da ist, wo man war. Nur der Dämon ist sein Begleiter, mit dem er sich am besten austauschen, sich nur auf ihn verlassen kann. Mahler hätte keine Erinnerung, wenn dieser Dämon ihn nicht ermutigt hätte. Er fühlt sich regelrecht inmitten der Geschehnisse versetzt, er erfährt die Angst seiner Tochter, die sich in Panik in ihrem fieberhaften, zarten Körper mit dem Tod auseinandersetzte. Er fühlt, als wäre es seine eigene Angst, sein eigener Schmerz, ja als Schmerz allen Lebens. Er spürt den Rest der ihm noch verbleibenden Zeit, die fiebernde Maria mit dem Tode ringen; und dieses ganz unermessliche Leiden, aber auch alles, was andere Menschen leiden. Er liegt hier im kalten und dunklen Zimmer allein, um zu erfahren und auszutauschen, was alles bisher in seinem Leben geschah. Dass es einzig und allein der Mensch ist, der alles Leid in die Schöpfung gebracht hat, dass er einsehen muss, dass er an aller Qual, die er erfährt, selbst schuld ist. Wenn von Sünden und Schuld die Rede ist, dann kann die Klage des Schöpfers gegen den Menschen lauten:

> *»Seht dort hinab! Im Mondschein auf Gräbern*
> *Hockt eine wild-gespenstische Gestalt –*
> *Ein Aff' ist's! Hört Ihr, wie sein Heulen*
> *Hinausgellt in den süßen Duft des Lebens!*

Jetzt nehmt den Wein! Jetzt ist es Zeit, Genossen!
Leert Eure gold'nen Becher zum Grund!
Dunkel ist das Leben, ist der Tod!«

Mahler verwandelt die Verse des chinesischen Dichters Li-Tai-Po zu wilder und resignierender Dämonie.

Die unendliche Wasserstraße endet im Himmel und der ist schwarz. Es herrscht Windstille, alles ist ruhig. Die Welt ist still. Mahler zittert am ganzen Leib. Es fröstelt ihm nach einem Fieberanfall. Ihm ist mit einem Mal kalt, dann wieder kochend heiß. Die Welt zittert. Er hört das große Gewitter. Dann ist er doch noch auf dieser Welt. Am Horizont das große Gewitter. Ohne Gewitter keine Atmosphäre, kein Leben. Er befindet sich im Spannungsfeld der Empfindungen, mal im Kalten, mal im schauderhaften Frieren, mal in Mitten des kochenden Kessels der Ozeandampfer.

Gott der Erlöser sagt: *Ich bin Dein Gott, der Dich führte aus dem Land Ägypten aus dem Dienstfrönerhaus. Habe Mut, hier auf Erden ist kein Platz für solche Demütigen wie Dich. Ich belohne Dich für Deine unermessliche Liebe zu Menschen, für Deine Geduld im Leiden und Schweigen, für Deine Arbeit für Frieden einen ständigen Platz in meinem Paradies unter anderen demütig liebenden Seelen, wie die Deine. Deine Augen erlöschen nicht, wenn du Deinen Körper verlassen hast. Deine Augen sind zwei Lichter der Tugend, zwei Leuchtfeuer der Menschlichkeit.*

Mahlers Herz, das sonst auch im Schlaf brennt und schmerzt und heftig pocht, steht jetzt nicht im Vordergrund. Mahler sieht im Gesicht der Krankenschwester in ihren rot unterlaufenen Augen, eine mitleidsvolle Erregung. Das, was ihm seine Angst noch bewusster macht, soweit man von Bewusstsein in seiner Lage sprechen mag, das, was seine ganze Abscheu erregt, wenn es vollkommen fremde Menschen tun, erscheint ihm zum ersten Mal nicht als falsches Mitleid, sondern als Ausgleich und Solidarität für alles Hässliche auf der Welt.

>Und du, Alma?< fragt er sie, die ihn schon für tot erklärt hat.

>Du hast bis heute noch niemals ...Liebe schöne Frau, du warst noch nie imstande mir ein liebevolles Mitleid entgegenzubringen, du hast noch nie ...<

Mahler steigt das Blut in die Ohren, ins Gesicht, in die Stirn, als hätte man ihn bei einer sündhaften Tat ertappt. In diesem dunklen Krankenzimmer hat die Krankenschwester ihn von allem abgelenkt, was er sich in Jahren zurechtgedacht hatte. Und mit trockener Kehle, wie um Vergebung bittend, fragt er wieder: >Und du, Alma?<

Es ist nichts als Sehnsucht, die er fantasiert, wenn die Krankenschwester ihn mitfühlend ansieht ohne ein Wort zu verlieren. Niemand, nicht einmal diese pflichtbewusste Frau, kann ahnen, was sich alles im Kopf Gustav Mahlers abspielt. Das Krankenzimmer ist für ihn zwar eine ruhige und abgeschiedene Oase, in Wirklichkeit jedoch befindet er sich auf einem Weg, der höllischer ist als die Hölle selbst. Keiner kann im Geringsten ahnen, was ein Sterbender wie Gustav Mahler für eine Macht besitzt, die ihn über alle Grenzen des Todes hinaus in den leidvollen, aber auch heroischen Szenen seines Lebens zurückversetzt. Es ist die Macht der Fantasie und die Kraft der Menschenliebe, die er bis zum letzten Atemzug besitzt. Aber das kann man sich hier nicht vorstellen! Hier im Krankenhaus geht es zu wie auf einem Kriegsschauplatz – um Leben und Tod. Und so sinnt Gustav Mahler: >Ich bekomme bald wieder die Spritze. Ich will vor der Spritze noch rasch hinaus in die große weite Welt.< Er blickt mit halbgeöffneten Augen durchs Fenster hinaus. Alles ist dunkel, keine Sterne, die er zu sehen wünscht. >Sterne in meiner ewigen Finsternis? Gustav, selbst im Sterbebett suchst du nach Lichtern der Hoffnung! Du bist durchs Leben mit deiner Fantasie nicht weiter gekommen und nun glaubst du immer noch an ein Wunder? Ein unverbesserlicher Optimist!< Die Hoffnung ist für ihn eine Religion, eine Offenbarung, die er immer noch im Herzen trägt. Sie weilt mit ihm auf dem Sterbebett hier in diesem dunklen Zimmer. Und eben deshalb muss Mahler von dieser Hoffnung zehren, wenn er noch mehr leiden muss. Aber diese Hoffnung hat einen anderen Charakter bekommen. Sie ist schlimmer als sein Leiden.

Und so denkt Gustav Mahler nur: >Ich bekomme doch gleich die Morphiumspritze. Ohne diese Spritze kann ich nicht in die weite Welt meiner Erinnerungen fliegen.< Er streckt den Kopf, wie die Schildkröte kurz übers Wasser hinaus, um Luft zu schnappen. Schon fällt der schwere Kopf wie ein Riesenwal auf das Kopfkissen zurück. Vier Schläge, dumpf und entschieden wie das Pochen des Schicksals in Beethovens >*Fünfter*<. Doch niemand im Krankenzimmer hört sie. Auch die Krankenschwester wird sie wohl niemals hören. Was würde Alma sagen? Würde sie diese Schläge wahrnehmen? Würde sie Edgar Allen Poe hören, der meinen Zustand so treffend formuliert: >Ja! War auch der lange Traum nur hoffnungsloses Leid, war er doch besser als die kalte Wirklichkeit!< Wie ist es mit dem Arzt und Dichter Gottfried Benn, der wie kein anderer meine nächtliche Verfassung und vielleicht diese Schicksalsschläge hören konnte?

> *»O Nacht! Ich nahm schon Kokain,*
> *und Blutverteilung ist im Gange,*
> *das Haar wird grau, die Jahre fliehen,*
> *ich muss, ich muss im Überschwange*
> *noch einmal vorm Verhängnis blühn.*
> *[...]*
> *O still! Ich spüre kleines Rammeln:*
> *Es sternt mich an – es ist kein Spott-:*
> *Gesicht, ich: mich, einsamen Gott,*
> *sich groß um einen Donner sammeln.«*

Aber Mahler bekommt keine Antwort. Ihm ist wieder kalt. Er greift in das Dunkel der Nacht. Sucht er irgendeine Abhilfe? Der Kopf und das Gesicht in Schweiß gebadet. Er zittert am ganzen Körper, lallt vor sich hin: „O still! ... Es sternt mich an ... mich, einsamen Gott ..." Er zittert am ganzen Körper. Die Schwester trocknet ihm abermals das Gesicht, den Kopf und den Nacken vom Schweiß. Erst jetzt kommt er zur Ruhe mit den wirren Gedanken und Ängsten! Ruhe?

»Die Spritze.« Die Krankenschwester steht vor seinem Bett mit der Spritze.

»Bitte. Ja, bitte!« murmelt Mahler flehentlich.

»Es wird Ihnen gleich besser gehen, wenn Sie die Spritze bekommen.«

»Was reden Sie da, mir und besser gehen!? Geben Sie sich am besten auch die gleiche Spritze, dann werden wir in Zweisamkeit diese höllische Welt für eine Weile verlassen. Aber das eine sollten Sie schon vorher wissen, bevor Sie uns die Spritze verpasst haben: Sie werden alleine in Ihre kalte Welt zurückkehren. Ich verabschiede mich schon vor unserer Reise.«

Gerade hat Gustav Mahler seine Spritze bekommen, schon fängt er an sich mit Novalis >Hymnen an die Nacht< bei der Krankenschwester zu bedanken:

»*Du scheinst nur furchtbar –*
Köstlicher Balsam
Träuft aus deiner Hand,
aus dem Bündel Mohn.
In süßer Trunkenheit
Entfaltest du die schweren Flügel des Gemüts.
Und schenkst uns Freuden
Dunkel und unaussprechlich,
heimlich, wie du selbst bist,
Freuden, die uns
Einen Himmel ahnen lassen.«

Nach New York

Am 18. Oktober 1910 reist Gustav Mahler von Bremen nach Cherbourg. Alma reist über Paris, um sich unbemerkt mit Gropius treffen zu können, bevor sie mit Mahler von Cherbourg die Überseereise antritt. Schon zu Beginn der Reise klagt er über sein altes Leiden. Die Anginen, die ihn seit Jahren plagen, werden mit starken Medikamenten eingedämmt, aber nicht geheilt. Niemand ahnt das Ausmaß der Folgen. Und er selbst ignoriert die zunehmenden Herzbeschwerden, denn das Programm in New York steht schon fest: 65 Konzerte will er im Winter 1910/11 dirigieren. Davon viele außerhalb von New York. Und Alma, wie immer unternehmungslustig, kann es kaum abwarten. Schon auf dem Schiff ist sie berauscht von den Partys in der Hauptstadt der Welt. Am 25. Oktober kommen Gustav Mahler und Alma in New York an. Sie kann die Gefahr des Leidens ihres Ehemanns nicht richtig einschätzen. Es gilt auch für sie, seinen Ausspruch >*Ich kann nichts als arbeiten, alles andere habe ich im Laufe der Jahre verlernt*< zu akzeptieren.

Das 48. Konzert dieser Saison, am 21. Februar 1911, ist sein letztes. Mit hohem Fieber dirigiert er Ferruccio Busonis >Berceuse éléqique<. Alma ist froh, dass er durch die Arbeit abgelenkt wird! Seine Psyche ist derart desolat, dass jeder, der ihn kennt, annehmen muss, die Depressionen stecken hinter allen seinen Leiden. Der ethische Mensch Mahler ist und bleibt ein Märtyrer, ein Kind in seiner mystischen Welt verborgen. Die Kunst, seine Musik ist ihm sein Heiligtum. Dies bezeugen vor allem seine Lieder. Auch seine Verehrung für Dostojewski, dessen Leitsatz: >Wie kann ich denn glücklich sein, wenn irgendwo ein anderes Geschöpf noch leidet?< er sich zu eigen gemacht hat.

Nach dem berauschenden Silvesterabend, den er nur Alma zu Liebe mit Freunden, unter ihnen auch Dr. Joseph Fraenkel, verbracht hat, kehren sie in ihre Suite zurück.

Ein kalter Windhauch weckt Alma auf. Es ist halb vier. Sie hat kaum eine Stunde geschlafen. Sie hat etwas Furchtbares geträumt: Gustav lag tot neben ihr. Aber nachdem sie nun wach ist, dreht sie sich auf die Seite. Er ist nicht da. Die Balkontür steht offen. Gustav Mahler sitzt verkrampft im Sessel, versucht die ernste Lage, in der er sich befindet zu beschwichtigen. Er bekommt kaum Luft. Die Zunge fühlt sich im ausgetrockneten Mund wie ein Fremdkörper an. Ein vernichtendes Gefühl vorne auf der Brust. Im Kopf ein Sausen und Schwindeln. Er zwingt sich, Alma mit der Sanftheit seiner Stimme zu beruhigen und hat Mühe sich auszudrücken. Das Gesicht kreideweiß, die Lippen blau, die Tränen rinnen die Wangen hinunter. Dann das Husten, das Herzrasen, und seine verdickten Halsvenen, ein Flimmern vor den Augen und dazu noch Gesichtsfeldeinschränkungen. Er kann Alma nicht richtig sehen. Sein Gesicht ist durch Schmerz und Angst verzerrt. Er versucht sich zu beherrschen. Offenbar glaubt er nicht, dass die Lage bedrohlich ist.

»Es war doch so nett. Ich habe mich besonders wohl gefühlt – gefährlich wohl. Ruhe vor dem Sturm, wie uns die Erfahrung lehrt«, flüstert er vor sich hin.

In Angst und Panik versetzt, ruft Alma Dr. Fraenkel an. Direkt aus dem tiefem Schlaf gerissen, will er gleich wissen, ob er kommen soll. Sie erzählt ihm von dem Herzanfall: »Und das Herz rast, als spränge es aus dem Brustkorb. Dann wird das Herz ruhiger und sanfter bis es aufhört zu schlagen, dann schlägt es wieder im Galopp weiter. Die Nacht ist erfüllt vom Kampf zwischen Leben und Tod. Er atmet schwer ...«

Knapp vierzig Minuten nach dem Telefongespräch erscheint der besorgte Freund, der erfahrener Arzt und Neurologe. Es bietet sich ihm ein trauriger Anblick. Die chronische Endokarditis scheint sich in ein septisches Krankheitsbild entwickelt zu haben. Nach einer eingehenden körperlichen Untersuchung erklärt er: »Das Krankheitsbild ist typisch bei einer chronischen Endokarditis. Die lang anhaltenden Temperatursteigerungen beeinträchtigen das Wohlbefinden und die körperliche Aktivität, dazu die Herzattacken mit den beängstigenden Schmerzen. Ich höre fast über allen Herzklappen pathologische Geräusche. Ich vermute und befürchte, dass die Mitral- und Aortenklappe sehr stark beschädigt sind. Daher die allgemeine Schwäche, Leistungsminderung und die Lippen- und Wangenzyanose. Das Herz kann den notwendigen Sauerstoff im Blut nicht mobilisieren. Dazu kommt noch, dass die anderen Organe wie Lunge und Nieren in Mitleidenschaft gezogen sind.«

›Alma, diese Verführerin! Sie hat mich in diese geschichtliche Verantwortung gezogen‹, denkt Fraenkel. ›Nun das gehört jetzt nicht hierher. Vor mir liegt ein Patient, der zwischen Leben und Tod schwankt, ihm muss mein uneingeschränkter Dienst gelten.‹

»Herr Mahler, wie war Ihr Wohlbefinden in den letzten Wochen? Soviel ich weiß, haben Sie die letzten Konzerte dieser Saison sogar mit Fieber absolviert.«

»Das 48. Konzert war am 21. Februar. Danach verschlimmerte sich mein Zustand über viele Wochen hin, und ich verlor mehr und mehr an Kraft. Ich weiß, ich bin nicht der Einzige, der leidet und sterben muss.«

›Kein leichtes Unterfangen, dieser Einsicht zu widersprechen‹, denkt Fraenkel. »Dann, Herr Mahler, lassen sie uns ohne Umschweife über den heutigen Kenntnisstand Ihrer Krankheit und weitere diagnostische und therapeutische Möglichkeiten reden.«

»Vielleicht wäre es Ihnen dienlich, wenn sie meine Unterlagen und Arztbriefe studieren.« Und mit diesen Worten bittet Mahler seine Frau ihm aus seiner Dokumententasche die Mappe mit dem Vermerk „Arztsache" zu überlassen.

»Ich bin wohl schon mein ganzes Leben krank! Wer bin ich denn, dass ich mich beklagen wollte, wenn der große Mozart noch mehr zu ertragen hatte!«

Fraenkel nickt. Alma schlägt die Mappe auf, damit er die Briefe und Laborbefunde studieren kann. Fraenkel überfliegt die Berichte vom renommierten Dr. Carl Blumenthal aus Viktring, deutschen und niederländischen Kollegen einschließlich auch einer diskreten, psychoanalytischen Stellungnahme von Sigmund Freud.

»Einige der Kollegen sind mir bekannt. Alles großartige Ärzte. Bei Freud brauchen wir uns nicht den Kopf zu zerbrechen, denn er sieht vieles, was der Mensch zu leiden hat in der „Ödipus"-Legende, vieles an Übel, das der Mensch zu ertragen hat, rührt von der Psyche her. Aber mein lieber, hochgeschätzter Mahler leidet an einem hochgradig infizierten Herzen. Diese Infektion beeinträchtigt nicht nur die Herzkreislauffunktion, sie kann auch seelische Folgen haben.«

Fraenkel untersucht den Patienten erneut: Körpertemperatur 39 Grad Celsius, Puls unregelmäßig 90/Minute, Blutdruck instabil um 100/60 mmHg. Mit dem hölzernen Stethoskop versucht er sich über die Herztöne ein Bild von den Herzklappen zu verschaffen. In der Sternummitte, in der Höhe 4. bis 5. Intercostalraum und zwischen den 3.,5. bis 7. Zwischenrippenräumen rechts und links hört er: Der erste Herzton klingt sehr laut. Dem 2. Herzton folgt ein frühdiastolischer Extraton zur Zeit der Mitralklappenöffnung, ein kennzeichnender Befund für eine Mitralstenose. Die beiden Herztöne über der Aorta sind abgeschwächt, ein helles systolisches Austreibungsgeräusch ist abhörbar, auch ein helles diastolisches Dekrescendogeräusch im Anschluss an den zweiten Ton. Daneben ein leiseres frühsystolisches „Begleitgeräusch". Er hat doch gelernt, dass dieses „Begleitgeräusch" durch das vergrößerte Schlagvolumen bei einem sogenannten Pendelblut „relative Aortenstenose" bedeutet. Während dieser akribischen Untersuchung verliert Fraenkel kein Wort.

Mahler und seine Frau warten auf die Stellungnahme des Arztes.

›Umso besser‹, denkt Fraenkel, ›Mahler soll sich ruhig darauf verlassen können, dass ich ein Arzt anderen Schlages bin. Ich lasse mich nicht beirren, mache in der Kunst der Ursachenfindung keinen Kompromiss.‹

»Gründlichkeit ist auch meine Lebensphilosophie«, sagt Mahler, »die Kunst ist mir ein heiliges Unternehmen.« Mit einem bitteren Lächeln ergänzt er, »man mag über meinen „Märtyrer" gerührt lächeln, aber ein Talent für die Selbstaufopferung kennzeichnet das Leben aller großen Künstler, ohne mich mit den Großen – Beethoven und Mozart – vergleichen zu wollen.«

»Von Ihrer inneren Bewegtheit, Nächstenliebe und kosmopolitischen Einstellung war ich schon immer überzeugt, Herr Mahler. Und Ihre Nähe hat nicht nur für Busoni etwas Reinigendes und Verjüngendes, sie ermutigt jeden von uns an das „Gute" in den Menschen zu glauben.«

»Aber Grund zu trüben Gedanken gibt es in meinem Leben genug. Im Februar 1895 hat mein liebster Bruder, ein außergewöhnlich begabter, sehr sensibler, liebenswürdiger Junge mit zweiundzwanzig seinem Leben mit einer Kugel ein Ende gesetzt. Die nächste Tragödie, die mich bis heute fassungslos macht, ist der Tod meiner Tochter Maria. Sie war vor ihrem 5. Geburtstag an Scharlach und Diphtherie erkrankt und starb am 12. Juli 1907 einen qualvollen Erstickungstod. Seit dieser Tragik bin ich nicht mehr fähig frei zu atmen, geschweige denn sorglos zu leben.«

»Aber Sie haben nicht resigniert! Im Gegenteil, Sie haben schöpferisch gearbeitet, viele symphonische Werke, Lieder und weitere geniale Neuheiten der modernen Musikwelt geschenkt.«

»Was erreicht man damit? Wenn die Gesellschaft sich weigert einen Juden zu tolerieren, geschweige denn zu akzeptieren. Aber, keine Sorge, ich arbeite weiter, um mich von meinen Obsessionen zu befreien. Auch vor Rassenwahn und Faschismus kann man sich nur mit den humanistischen Ideen eines Beethoven schützen.«

Sie schweigen eine Weile, bis Mahler sich beruhigt hat.

»Die Schmerzen! Sie sind unerträglich, aber ich bin im Ertragen ein Meister und im Erdulden ein Mönch.«

›Doch woher kommt dieses Gefühl der Schwermut, das sich wie ein Dieb zwischen all die unterschiedlichen Zustände seines Geistes schleicht?‹ denkt Fraenkel. ›Da ist noch etwas anderes als das

Verlangen nach der Vergangenheitsbewältigung. Mahlersche Schwermut, mit den sanften, müden und traurigen Augen voller Tränen beim Erzählen von Erfolgen und Enttäuschungen, die Gereiztheit und Frustration während der Unterhaltung, weil er mit seinen Kräften am Ende ist? Ich weiß es nicht. Das Leiden wird seinen Willen brechen, weiter zu kämpfen, um zu leben. Er sieht keinen Sinn mehr darin in einer Welt voller Hass und Gewalt zu leben. Er träumt von einer größeren, friedlicheren ewigen Welt. Nach dem Tod verändert sich alles, das Leben hört auf hässlich, grausam und unerträglich zu sein.‹

»Laibach – kennen Sie diese Stadt, sie hat mir trotz einiger Schwierigkeiten am Anfang viel Freude bereitet«, versucht Mahler das Gespräch fortzusetzen. »Laibach ist die Hauptstadt des österreichischen Herzogtums Krain, hat rund 30000 Einwohner, ist Bischofssitz und die Sprache überwiegend slowenisch. Zentrum des Laibacher Kulturlebens ist neben der ehrwürdigen „philharmonischen Gesellschaft" das „landschaftliche Theater", dessen Direktor zugleich als Oberregisseur und Charakterkomiker fungiert. Der Spielplan umfasst Oper, Operette und Schauspiel. Das alles wurde von achtzehn Musikern, einem starken Orchester und einem Chor von vierzehn Mitgliedern bewältigt.«

Zu Tränen gerührt, lächelt Mahler zum ersten Mal. »Ich musste also an diesem kleinen, wohl auch mit einigem Notbehelf gelungenen Theater etwas Großes vollbringen. Die erste Oper, die ich einstudierte, war ›Der Troubadour‹ von Verdi. Ich war von 1881 bis 1882 gut beschäftigt, Verdis ›Ernani‹, ›Der Troubadour‹, ›Die Lustigen Weiber von Windsor‹, ›Martha‹ und auch eine Johann Strauß Operette gehörten zu meinem Programm. Ich wurde langsam immer freundlicher vom Publikum belohnt. Im März 1882 konnte ich die Musikliebhaber in der „Philharmonischen Gesellschaft" als Pianist begeistern. Auch die Lokalpresse widmete mir einige Zeilen wie: ›ein tüchtig geschulter Musiker, der es wirklich ernst nimmt mit seiner schwierigen Aufgabe.‹ In Laibach konnte ich beweisen, dass weder eine künstlerische noch eine organisatorische Hürde mich daran hindern konnte die Musik zu perfektionieren.« Deutlich spürbar hat Mahler sich durch das Gespräch beruhigt. Denn er vergisst alles, auch den Tod, wenn er von seiner Erfolgsetappe erzählt.»In der Kunst darf man auf keine falschen Kompromisse eingehen, niemals«, beschwört er.

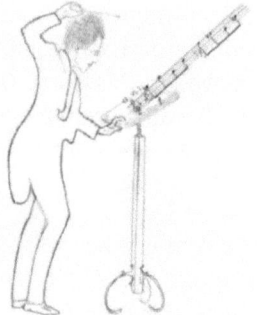

Und wie haben Sie die Wiener Szene erobert, Herr Mahler?« Fraenkel will, dass er weiter spricht und erzählt, damit er abgelenkt wird. Und in der Tat Gustav Mahler hat seine Erinnerungen mit Hilfe von Dr. Fraenkel gestellten Fragen aufgefrischt.

»Ich bin lebenslänglich auf Wanderschaft gewesen«, fängt Mahler erneut an zu erzählen.»Mitten im Winter 1882 ergab sich ein erneutes Engagement in Olmütz. Ich nahm das Angebot an und war ab Mitte Januar Kapellmeister am königlich-städtischen Theater in dem Städtchen in Mähren, dessen im Jahre 1830 erbautes Theater immerhin 1000 Zuschauern Platz bot. Die Freude war kurzlebig. >Ich bin wie gelähmt, wie einer der vom Himmel gefallen ist... Ich wage fast nicht, vor Dich zu treten... so beschmutzt fühle ich mich< schrieb ich an Fritz Löhr, meinen alten Freund. Mein Idealismus, meine über alles heilige Vorstellung von der Arbeit an der Musik fand keine Zustimmung bei den Musikern. >Oft, wenn ich so mitten im Feuer bin, und sie mitreißen möchte zu einem höheren Schwung – und sehe die staunenden Gesichter dieser Menschen, wie sie sich gegenseitig verständnisvoll anlächeln – da sinkt wohl mein schäumendes Blut auf eine Weile zusammen und ich möchte für immer davonrennen.< Eine Kompromissbereitschaft hat auch die Hartgesottensten zeitweise überzeugt, sicherlich mit einer spezifischen Art Mitleid – >leider nur eine Art Mitleid mit diesem >Idealisten< – dies ist nämlich eine sehr verächtliche Bezeichnung – denn das können sie nicht fassen, dass ein Künstler ganz aufgehen kann in seindem Kunstwerk.< Mein Engagement in Olmütz dauerte nur bis Mitte März 1883, da die Spielzeit wegen finanzieller Schwierigkeiten abgebrochen werden musste. Ich fand gleich als Chordirigent am Wiener Carltheater neue Beschäftigung, wo eine italienische Opernstagione bis Anfang Mai gastierte. Ende Mai 1883 unterschrieb ich einen Vertrag als zweiter Kapellmeister für die „Musik- und Chordirektorstelle" im königlichen Theater zu Kassel. Gustav Lewy, der Wiener Künstleragent, der auch für Johann Strauß arbeitete, hat mir diese neue Stellung vermittelt. Die Sommermonate verbrachte ich in meiner Heimatstadt Iglau, wo meine Eltern und Geschwister in Not und Sorge lebten.« Lautlos weinend schüttelt Mahler den Kopf. »Und ich konnte nicht viel helfen. Mit großartigem Geschick und liebevollen Worten versuchte meine Mutter die Familie aus der Misere zu führen. Ich höre sie immer noch. Nichts gleicht jener Selbstopferung, jenen liebevollen Worten. Seither sehe ich in dem Glück des anderen mein Glück. Seither empfinde ich jeden Schmerz, den jeder andere Mensch ertragen muss. Ich war dreiundzwanzig als Wagner am 13. Februar 1883 starb. Ich war erschüttert, schrieb an Fritz Löhr: >Als ich, keines Wortes fähig, aus dem Festspielhaus hinaustrat, da wusste ich, dass mir das Größte, Schmerzlichste aufgegangen war, und dass ich es unentwegt mit mir durch mein Leben tragen werde. Ich habe mich aber vom Wagner-Kult in all seinen lächerlichen Auswüchsen distanziert.«

»Wie fühlte sich ein Gustav Mahler mit so viel Herz und Liebe zur Musik in Kassel, wo der Intendant Emil Freiherr von und zu Gilsa, königlicher Kammerherr und Ritter des St. Johanniterordens, ein straffes Regiment führte?«

»Mein lieber Dr. Fraenkel, ich fühlte mich wie in einem Strafvollzug. Als zweiter Kapellmeister wurde ich nicht an Aufgaben herangelassen, nach denen mein jugendlich-ingeniöser Tatendrang verlangte. Der Hofkapellmeister Treiber, der wohlgemuteste 4/4-Schläger, der mir je vorgekommen ist, nannte mich >den bockbeinigsten jungen Menschen, der für größere Aufgaben noch nicht reif genug ist<. Ich hatte in Kassel keine Freude mehr. Als Hans Guido Freiherr von Bülow in Kassel zu einem Gastkonzert weilte, schrieb ich ihm in einem Brief: >Lassen Sie mich Ihr Schüler werden, und wenn ich das Lehrgeld mit Blut bezahlen sollte.< Ich bekannte mich als Musiker, der mit aller Sehnsucht und Liebe an die Kunst glaubt und sie auf die unerträglichste Weise aller Orten misshandelt sah.«

Fraenkel ahnt wie es Mahler zumute ist, sich bei solchen Erinnerungen zu beherrschen. »Hat von Bülow den Ernst ihrer Lage verstanden?«

Mahler schüttelt den Kopf und seufzt. »Bülow reagierte nicht, er händigte den Brief meinem Vorgesetzten aus, der ihn zu den Akten legte. Ich war als zweiter Kapellmeister in Kassel mehr als unglücklich, ich war frustriert und suchte im Heilbad der Freundschaft meine Seelenruhe. Wem konnte ich sonst mein Herz ausschütten, wenn nicht Fritz Löhr: >So blickst Du also mit Deiner unerschütterlichen Liebe durch die wüste Hülle der Gegenwart so tief in mein Herz und glaubst an mich, der ich es selbst schon verlernte.< Löhr war ein Freund, der mir immer wieder Mut und Hoffnung machte. Stundenlange Spaziergänge mit ihm waren sehr heilsam. Für ihn musizierte ich auch viele Stunden am Klavier. >Auf der ganzen Welt bist Du der Einzige, den ich liebhabe, und der mich doch noch nicht verwundet.< Auch in jener unglücklichen Zeit in Kassel gab es eine andere unerfüllte Liebe zu der Sängerin Johanna Richter. Mir fehlte es in jener kalten Periode meiner Unerfahrenheit, an Liebe und Wärme in einer zwischenmenschlichen Beziehung. Ich hatte keine Ahnung von Frauen. Ich wusste nicht einmal wer ich selbst bin. Ich sagte immer wieder: >Gott helfe mir!< Schöpferische Arbeit half mir den aufwühlenden und oft frustrierenden Erlebnissen besser zu widerstehen. Der >*Liederzyklus eines fahrenden Gesellen*<, der im Ton meine eigene Seelenbeschaffenheit spiegelt, jedoch in meinem Weltschmerz über meine Erlebnisse hinaus als Stimme der leidenden Menschheit klingen möchte, versetzte mich in die Lage die Erste Symphonie vorzubereiten.«

Dr. Fraenkel weiß aus Erfahrung, dem Patienten Aufmerksamkeit und Interesse entgegen bringen, ist die beste Therapie gegen Obsessionen und eine reaktive Melancholie. Abgesehen davon ist er wirklich sehr interessiert. >Wie eine Mutter, die das schlafende Kind an ihre Brust legt, ohne es zu wecken, verfährt das Leben lange Zeit mit der noch zarten Erinnerung an Kindheit, Jugend und Erwachsen werden, aber es bleibt nicht immer bei den zarten und schönen Erinnerungen‹, denkt er für sich.

Fraenkel ist mit dem Verlauf des Gesprächs sehr zufrieden. Er ist auf dem besten Wege, Mahler davon zu überzeugen, dass er seinem Arzt und Freund mehr Vertrauen schenken kann. Es dürfte jetzt der richtige Zeitpunkt sein, ihm reinen Wein einzuschenken, dass er sich in einer sehr kritischen Phase seines Lebens befinde.

»Unbeliebt? Keine Frage! Ich konnte nicht mehr! Die unerträgliche Einsamkeit. Mein Interesse, meine Musik, die mich bedrängte, konnte ich mit niemandem teilen. Kein Mensch, mit dem ich nur einiges, sei es gemeinsam Erlebtes oder Erschautes oder Erhofftes gemein hätte. Meine gute Beziehung zu meiner jungen Freundin, der Sängerin Anna von Mildenburg, half mir ein wenig. Doch wäre ich bei guter Gesundheit in Hamburg geblieben. Wenig später schrieb ich an den Berliner Musikschriftsteller und Komponisten Max Marschalk: In Wien braucht man einen Direktor, ich finde, ich wäre der geeignete Mann für diesen Posten. Aber das Hindernis aller Hindernisse – mein Judentum – liegt im Wege.«

»Also Sie waren selbst davon überzeugt, dass Sie es schaffen würden, Wien zu erobern?«

»Ja, aber ja! Ich trat zum Katholizismus über, um den eigentlichen religiös-ethnischen Streitpunkt aus der Welt zu schaffen, dachte ich damals.«

›Und heute?‹ denkt Fraenkel ohne ein Wort zu verlieren. Es entgeht ihm keineswegs, dass Mahler dieser Streitpunkt unangenehm ist, dass er nicht aus Überzeugung, sondern aus taktischen Gründen diesen Weg gewählt hat. Wie ist er mit seinem Gewissen zu Recht gekommen? Mahler ist ein zutiefst gläubiger Mensch, von einer bis zur Erschütterung fähigen Kraft des Mitleidens mit der Kreatur Mensch, ein „Märtyrer". Das bezeugt jeder Vers seiner Lieder ebenso, wie die Verehrung für Dostojewski. Ein Märtyrer und eine solche Konzession? Konvertierte er zum Katholizismus aus Überzeugung oder aus Liebe zur Musik?‹

»Menschlich machte ich jede, künstlerisch keine Konzessionen. Die entsetzliche Tretmühle des Theaters presste meine Seele zusammen. Sollte es unmöglich sein, irgendwo an einem Konzertinstitut unterzukommen? Mein Judentum verwehrte mir, wie es um die Dinge in der Welt stand, den Eintritt in jedes Hoftheater. Weder Wien, Berlin, Dresden oder München standen mir offen. Immer grübelte ich. Käme ich nach Wien, was würde ich mit meiner Art, die Dinge anzufassen in Wien erleben? Ich brauchte nur einmal zu versuchen, dem berühmten vom biederen Hans Richter ausgebildeten Philharmonicum meine Auffassung einer Beethovenschen Symphonie beizubringen, um sofort auf den widerwärtigsten Kampf zu stoßen.«

»Und doch Sie waren es selbst, der alles daransetzte, Wien zu erobern!«

»Für die Kunst wollte ich nicht nur Wien, sondern die Weltseele mit meiner Musik erobern. So musste ich lernen mich den Hindernissen zu stellen, obgleich es mir nicht immer gelang zu warten.«

Liegt in Mahlers Äußerungen eine Rechtfertigung? ›Sei vorsichtiger Fraenkel!‹, mahnt sich der erfahrene Arzt im Stillen. ›Das Vertrauen des Patienten, vor allem eines so sensiblen und schwerstkranken muss er bewahren. In einer konstruktiven Konsultation wird es gerade darauf ankommen, das gegenseitige Vertrauen zu sichern.‹

»Ja, Ihre Krankheit …« Er zeigt auf eine inzwischen angefertigte Skizze, auf der man Herzräume und Herzklappen angedeutet erkennen kann. »Eine chronische Endokarditis durch Bakterien hat fast alle Herzklappen beschädigt. Hinzu kommt die fortschreitende thrombotische Vegetation, mit bakterienhaltigen Ablagerungen, die den Prozess der Destruktion der betroffenen Herzklappen beschleunigt – das eigentliche Dilemma.« Er versucht in der Zeichnung auf die betroffene Mitral-, Aorten- und Trikuspidalklappe aufmerksam zu machen. »Die Krankheit ist charakterisiert durch septische Streuung mit Mikro- und Makroembolien. Und Ihr seit Jahren bekanntes Rachenangina-Leiden ist wahrscheinlich die Haupteintrittspforte für die Streptokokken.«

Alma, verfolgt Fraenkels Erläuterungen sehr aufmerksam und unterbricht ihn immer wieder, wenn sie den einen oder anderen Begriff nicht versteht. Der Arzt, der seine Verehrung für sie nicht mehr verbergen kann oder will, blickt zu ihr auf, als ob er endlich eine Liebeserklärung aussprechen möchte. Aber die ernste und lebensbedrohliche Lage des Patienten hindert ihn daran, seine hypokratische Pflicht zu vernachlässigen, und in Schwärmereien zu versinken. Fraenkel kehrt zurück zu seinen Erklärungen. Vorher aber hört er  abermals die Herztöne, die Atemwege und die Lunge ab. Dann macht er den Versuch Mahler zu einem konstruktiven Gespräch zu bewegen. Erst vor einer Woche hatte er in Mahlers Rachenabstrich und auch in Blutproben Streptokokken festgestellt. Es war ihm gelungen, handfeste Fakten zusammen zustellen. Jetzt kommt es darauf an, beim Patienten vor jeder Entscheidung die Akzeptanz der Krankheit zu erreichen. Dafür lenkt er das Gespräch auf Wolfgang Amadeus Mozart, Mahler verehrt Mozart sehr, umso mehr will er vom Leiden und Sterben seines Idols hören. Fraenkel ist bisher behutsam vorgegangen. Er fragt sehr interessiert: »Haben Sie eine Ahnung gegen welche Krankheiten der große Mozart zu kämpfen hatte?«

Mahler blickt nach einer Verzögerung zu ihm auf. Offenbar glaubt er damit rechnen zu müssen, dass ihm ein ähnliches Schicksal, ein qualvolles Ende bevorsteht. »Es ist verständlich, dass Mozarts Todeskrankheit die diagnostische Fähigkeit seiner Ärzte überforderte. Aber in dieser unserer Zeit sind Sie, Herr Dr. Fraenkel und Ihre Kollegen, viel weiter gekommen, oder?«

»Das trifft zweifellos zu. Herr Mahler, unsere diagnostischen Möglichkeiten sind heute mannigfaltiger als damals, aber wir haben nicht immer das adäquate Heilmittel zur Hand! Und wir machen weniger Fehler!«

»Sie geben also zu, dass Sie sich auch irren können?«

»Aber nicht solche Fehldiagnosen, wie die Hypothese der Vergiftung bei Mozart. Wenn wir nicht weiter kommen, ergreifen wir eine neue Initiative.«

»Hätten Sie mit Ihrem heutigen Wissen Mozart helfen können, Herr Dr. Fraenkel?«

Jetzt wird es eng für ihn. Er muss erneut einen verbalen Ausweg suchen. >Mahler hat offenbar nicht die geringste Absicht alles hinzunehmen, was er hört. Er will von seiner Verzweiflung ablenken. Doch vielleicht täuscht sich seine Frau. Mahler spricht wie einer, der psychisch in der Lage ist, alle Schicksalsschläge zu überwinden. Er ist physisch am Ende, spricht aber von seiner Vision Beethovens >Neunte< und Mozarts >Zauberflöte< neu zu dirigieren, und gleichzeitig erzählt er vom >Lied von der Erde<, dessen sechs Gesänge von Hans Bethge übersetzter Sammlung >Die chinesische Flöte< entstammen >Das Trinklied vom Jammer der Erde<, >Der Einsame im Herbst<, >Von der Jugend<, >Von der Schönheit<, >Der Trunkene im Frühling< und vor allem das letzte Lied >Der Abschied<. Er bezeichnet sie als Symphonie für eine Tenor- und eine Alt- (oder Bariton-) Stimme und Orchester. Dann die makabre Zahl >Zehnte Symphonie< mit sehr seltsamen Bemerkungen und ehrfürchtigen Ausrufen:

> »Erbarmen! O Gott, warum hast Du mich verlassen?
> Der Teufel tanzt es mit mir! Wahnsinn fasst mich an,
> Verfluchten! Vernichte mich, dass ich vergesse, dass ich bin!«

Es bleibt dabei, lediglich das Adagio in Fis-Dur ist über die Skizzierung hinaus fertiggeschrieben. Er ist sehr behutsam, fast abergläubisch vor der Zahl, da er weiß, dass weder Beethoven noch Schubert oder Bruckner, deren Tradition er immer treu geblieben ist, über die Neunzahl hinausgekommen waren. Das Grundgefühl im >Lied von der Erde< ist Resignation. Führt diese Resignation nicht zu der Verzweiflung, von der Alma besorgt spricht, aus der Unerfüllbarkeit der Lebenssehnsucht, aus der Frustration: Wie konntest du das tun? Einmal Jude, immer Jude! Wenn der Charakter versagt, macht der Mensch solche Konzessionen. Kein Wunder, dass die Menschen seinen Katholizismus nicht ernst nehmen, und ihn, den Juden lieber heute als morgen tot sehen wollen! Aus allen diesen zerstörerischen Gedanken erwächst nur eine Befreiung, und die ist der Tod! Aber wie steht es um Alma selbst? Wenn Thomas Mann in seinem Tagebuch die von Alma veröffentlichten Briefe Gustav Mahlers an sie „peinlich" nennt, so bezieht er sich doch auf eben diese Briefe aus seinem letzten Jahr. Mahler will in Alma seinen „Heiland" empfangen, schickt ihr Liebesgedichte, fühlt sich mit „Wollust" gefangen und voll Verlangen nach „ewige[r] Sklaverei". Alma ist nun von einer anfangs freudig, dann zunehmend lustlos Unterworfenen zur Herrscherin geworden, und sie findet an dieser Rolle zunehmend Gefallen.

Fraenkel sinniert weiter: Ein Mann kämpft buchstäblich um seine Existenz, und was macht seine frustrierte Frau? Sie betrügt ihn unaufhörlich. Und mir erzählt sie: >*Was mich am meisten frustriert, ist das Gustav mich in unserer Ehe kaum wahrzunehmen scheint. Das habe ich ihm auch mehrmals vorgeworfen, als er sich über meine Untreue beklagte. Endlich durfte ich alles aussprechen: Wie ich mich jahrelang nach seiner Liebe gesehnt hatte und wie er in seinem ungeheuren Missionsgefühl, mich einfach übersehen hatte.*<

»Herr Dr. Fraenkel, habe ich Sie mit meiner Frage etwa in Hypnose versetzt? Oder befinden Sie sich in Ihrem wissenschaftlichen Labyrinth und finden keinen Ausweg?«

»Doch, doch, den Ausweg kenne ich schon, den einzigen. Sie müssen dringend einen Bakteriologen in Paris aufsuchen!«

»Mozart war in Paris, was hat ihm die Reise außer Strapazen gebracht? Nichts! Er kehrte zurück nach Wien und starb einsam und allein. Das Sterben in der Heimat ziehe ich auch vor, anstatt durch die Welt zu reisen und um Hilfe zu betteln.«

Fraenkel setzt so viel Überredungskunst als möglich in seine Sprache. »Es ist verständlich, dass Sie Mozart als Beispiel für das ärztliche Versagen nennen, aber in einer anderen Zeit und Epoche. Heute kann sich die Medizin solche Fehler nicht leisten. Wollen Sie über die genaue Todesursache des Genies wirklich mehr wissen?«

Mahler nickt. Der Patient scheint sich mit der Krankheit von der Welt abzukapseln, quasi zu verbarrikadieren. »Herr Dr. Fraenkel, Sie dürfen mein volles Vertrauen in Ihr ärztliches Können nicht verspielen. Bedenken Sie meine Lage; mein Herz hat viel zu viel durchmachen müssen, als Sie je in Ihrer ärztlichen Tätigkeit von Patienten erfahren haben. Bedenken Sie meine Schicksalsschläge, Rückschläge in meiner Lebenskarriere und Familie, über die Fehlschläge in der Liebe will ich jetzt nicht mehr reden. Wenn manche Freundschaften, welche ich erleben durfte, nicht wären, wäre ich schon längst in der metaphysischen Welt von Beethoven und Mozart. Also erzählen Sie mir, was mit ihm geschah, dass er auf einmal wie ein Habenichts in Einsamkeit verstarb. Wie konnte nur ein Salieri, dem man vieles nachsagt, dem jungen Genie der Klänge das Gift verabreichen? Und warum diese Feindseligkeit, warum dieser Neid, weshalb dieser giftige Hass der Wiener?«

Fraenkel ist wie vor den Kopf gestoßen. Wie konnte er sich nur so verhalten? Mit seiner unprofessionellen Gesprächsführung hat er Mahlers fatalistische Gedanken geweckt, so dass er nicht mehr bereit zu sein scheint auf seinen medizinischen Ratschlag einzugehen.

Es sind inzwischen einige Stunden vergangen. Die Sonne scheint den Wolkenkratzern zu trotzen und der Tag verspricht den New Yorkern einige schöne Stunden.

»Ich denke Herr Mahler, es war zu viel für heute. Wir können vielleicht morgen weiter diskutieren, wenn Sie mögen. Ich stehe Ihnen jederzeit zur Verfügung. Nichts könnte mich davon abhalten, einem großen Mann der Kunst zu dienen.«

Mahler seufzt so tief, dass es ihm selbst auffällt. Er schüttelt den Kopf. »Aber Sie wollten doch die Geschichte mit der Vergiftung aus der Welt schaffen, habe ich Recht?«

»Ja, selbstverständlich gern. Bei Mozart imponierte die chronische Nephritis mit nephrotischem Einschlag, die fahle Gesichtsfarbe einhergehend mit einer Aufgedunsenheit, also Merkmale, die man bei chronisch Nierenkranken beobachten kann und gerade sie wurde der zunehmenden „Korpulenz" Mozart zugeschrieben. Dann der erhöhte Reststickstoff im Blut, ein erhöhter Blutdruck und pathologische Befunde im Urin waren den Ärzten entweder nicht aufgefallen oder es wurde nicht danach gefahndet. Außerdem konnten ihnen die lebensbedrohenden Herzsymptome entgangen sein. Die schnelle Dekompensation mit Schwellungen der Glieder und ein Lungenödem, ein Exanthem und nervöse Zuckungen, dazu noch hohe Fieberschübe überraschten alle Ärzte, dem Schein nach auch Dr. Closset, den Hausarzt. Alle diese Symptome werden einem infektiösen und nicht einem toxischen Prozess zugeschrieben. Guldner von Lobes erinnerte sich nach 34 Jahren in Lettera a Carpani, Biblioteca Italiana 9, 262, 1824: Die Diagnose „Rheumatisches Entzündungsfieber" ist rein akademisch und lässt sich nicht im Sinne unseres heutigen Rheumabegriffs verwenden. Der Leichenschaubefund „Hitziges Frieselfieber" und die Laiendiagnose „Nervenfieber" sind für uns heute aufschlussreicher als die posthum niedergelegte Diagnose der Ärzte Mozarts. Die Diagnose der Vergiftung geht davon aus, dass Mozart in seinen Mannesjahren in Wien vollkommen gesund gewesen sei, dass er aus heiterem Himmel in Prag im August/September 1791 erstmals erkrankt sei, sich in Wien vorübergehend erholt habe, dass er aber nach einer im Oktober neu verabreichten Dosis, einem akuten toxischen Nierenversagen Anfang Dezember erlegen sei.«

»Und wie lautet nun Ihrer Diagnose, Dr. Fraenkel?«

»Die Verdachtsdiagnose berücksichtigt die Lebensgeschichte des jungen Meisters nicht. Der Leidensweg des Genies begann schon im Kindesalter. Er hatte dauernd mit Angina und fieberhaften Erkrankungen rheumatischer Genese zu tun.«

»Warum meiden Sie die These der Vergiftung, Dr. Fraenkel?« fragt Alma neugierig.

»Dass Antonio Salieri sich in geistiger Verwirrung in einer Lebensbeichte des Mordes an Mozart bezichtigt haben soll, ist und bleibt eine Legende, worauf ich nicht eingehen kann. Für die Behauptung, der Täter hätte das Gift im Weinglas seinem Opfer kredenzen lassen, existiert keine Spur eines Beweises. Es ist weder historisch noch faktisch haltbar. Salieri war als Vorgesetzter Mozarts sehr erfolg- und einflussreich am Hof des Kaisers. Er hatte nicht im mindesten jemanden zu fürchten. Der Intrigant Salieri und der Einfluss der Italiener in der Musikszene in Wien waren so mächtig, dass er den jüngeren „Rivalen" in Schach halten konnte. Ob er den Schüler Mozart als Rivale sah, bleibt fraglich, denn Salieri war so arrogant und von sich überzeugt Lehrer aller dieser Jünglinge zu sein: Mozart, Beethoven, Schubert u.v.a. Salieri war als Höfling zu allen Intrigen fähig und warum sollten, wenn nicht Salieri, dann die Freimaurer Mozart umbringen? Weil er ein Abtrünniger war und sich mit dem Plan trug, einen eigenen Geheimorden unter dem Namen „Die blaue Grotte" zu gründen? Das wäre Hochverrat, und darauf stand nach Satzungen dieses Geheimordens der Tod. Oder eine andere Legende des Logenmordes an Mozart, er habe die Geheimnisse der Freimaurer mehr oder minder unverhüllt preisgegeben.«

»Aber das Gegenteil ist doch richtig«, wirft Mahler ein. »Die >Zauberflöte< ist das Hohelied auf die maurerische Humanität, deren Text und Komposition unter den Auspizien des ebenso gelehrten wie integren Wiener Meister der Loge, Ignaz von Born, eines Gelehrten von hohem Rang, entstand. Die >Zauberflöte< ist eine Verherrlichung, kein Verrat an der Freimaurerei; das beweist u.a. auch der Umstand, dass Emmanuel Schikaneder, der Textdichter...«

»...und Freimaurer«, Zwischenruf von Fraenkel.

»...und Freimaurer, weder zur Rechenschaft gezogen noch umgebracht wurde.«

»Wollte Mozart in der Tat einen eigenen Orden gründen?«

»Liebste! Meine Göttin, Alma!« sagt Mahler bescheiden. »Nehmen wir einmal an, Mozart hätte solche Pläne gehabt, so bewiesen sie nur, dass er das Maurertum ernst nahm und bestrebt war, das Unzulängliche, das sich auch in der Loge einschlich – in der Mozart eine Provinz geläuterten Menschentums suchte – zu verbessern.«

Fraenkel erfreut über die entfachte harmonische Debatte, hört mit der Sorgfalt eines Mediziners zu, dem jeder aufklärende Satz von Fachkompetenz willkommen ist. Sein Patient liebt Alma in der Tat, wie eine Göttin. Und Mahler entgehen die schwärmerischen Blicke des Arztes zu dieser Göttin keineswegs.

»Mozarts Pläne gehen übrigens um einige Jahre zurück«, fährt Fraenkel fort, »und es wäre kurios, wenn er dafür erst später, vor allem erst nach seiner Verherrlichung der Maurerei in der ›*Zauberflöte*‹ zur Rechenschaft gezogen worden wäre. Gerade die Uraufführung seiner Freimaurerkantate ›*Laut verkünde unsere Freude*‹ in der Loge, und sein öffentliches Bekenntnis in der ›*Zauberflöte*‹ machen ein Zerwürfnis mit seinen Oberen sowie plausible Gründe für seine Beseitigung unglaubhaft. Dann die ebenso kuriose These: Mozart habe die erste Dosis Gift in Prag im August/September 1791 erhalten. Mozart war vielleicht in Wien nicht mehr gefragt, aber in Prag war er ein Abgott und stand auch dort in der Loge hoch in Ehren. Es ist unmöglich, dass in diesem Kreis die erste Hand an ihn gelegt worden wäre. Nach Mozarts Tod fanden in Logen in Prag und in Wien Trauerfeiern für den Toten statt. Wie auch immer, es geht um die Wahrheitsfindung, aber auch um die Frage: warum musste der Schöpfer der himmlischen Klänge in solch eine erbarmungslose Not geraten, dass niemand sich mehr dafür interessierte, wann und wie er verstarb! Ich bin kein Medizinhistoriker, aber es soll unsere Pflicht sein, Anderen Wahrheiten zuzumuten, von welchen vor allem die Wiener nichts wissen wollen?«

»Wer will entscheiden, was ein Anderer wissen oder nicht wissen soll?« wirft Mahler ein.

»Unser Gewissen«, appelliert Fraenkel, »und das Gewissen der Nachwelt soll durchleuchten, was bei Mozarts Tod vor sich ging.

Dass er sich selbst vergiftet wähnte, kann mit der endogenen Verstimmung seiner Nierenkrankheit und Urämie in Zusammenhang stehen. Auch die Äußerungen von Constanze tragen eher zur Verwirrung als zur Klärung bei. Die Ärzte seien nicht nur in der Diagnose uneins gewesen, sondern sie hätten ihren Mann auch nicht adäquat behandelt. Nach Mozarts Tod war unter anderem ein verhängnisvoller Satz gedruckt: *Da sein Körper nach dem Tode anschwoll, glaubte man gar, man habe ihm Gift gegeben.*«

»Dann die Legende der Quecksilbervergiftung! Wie beurteilt die Fachwelt diese Mutmaßung?« fragt Mahler unnachgiebig.

»Für diese Theorie fehlen wichtige uns bekannte toxikologische Symptome. Es ist unmöglich, dass die Ärzte, die gerade im Falle einer Quecksilbervergiftung über große Erfahrung verfügten, sich bei Mozart geirrt hätten. Die erfahrenen Ärzte, unter ihnen Dr. Thomas Franz Closset (1756 – 1824) und Dr. Mathias von Sallaba (1764 – 1797), dieser war später ab 1797 Primärarzt am Allgemeinen Krankenhaus und Mitglied der medizinischen Fakultät. Beide Ärzte waren Schüler von Maximilian Stoll, dem berühmten Kliniker und Vertreter der älteren Wiener Schule. Sallaba war darüber hinaus gerichtsmedizinisch aktiv. Bei der Leichenbeschau, die möglicherweise von dem „Infektions-Wunderarzt" H. Berner durchgeführt wurde, ist nichts Auffälliges an Mozarts Leiche festzustellen gewesen. Auch hier ist undenkbar, dass eine Verkennung oder Vertuschung möglich gewesen wäre. Wegen drohender Seuchen, Angst vor Scheintod und bei der Pflicht zur Suche nach möglicherweise abnormalen oder kriminellen Todesursachen, waren die Bestimmungen der Leichenschau und der Bestattung außerordentlich streng. Von der Behandlung bis zur Bestattung in einem Gemeinschaftsgrab gab es keine Lücke, einen Fememord oder eine kriminelle Handlung zu verstecken.«

»Also doch die Streptokokken!« ruft Mahler wehmütig.

Vom peniblen Eifer der Mozart Legende ergriffen, hat Fraenkel fast vergessen, dass Mahler sich in einer höchst gefährlichen Phase der

Streptokokken Endokarditis befindet – und sie diskutieren über historische Fehl- oder sachliche Interpretationen.

»Es ist meine Pflicht wieder zur Tatsache zurückzukehren, dass es heute um Ihre Krankheit geht, und dass wir nicht mehr so viel Zeit dafür verwenden sollten, was die Ursache für Mozarts Tod war!«

»Aber, mein lieber Doktor, für eine vertretbare Todesursache Mozarts und von Ihrer annehmbaren Abschlusserklärung haben wir doch noch Zeit, oder denken Sie ich überlebe den heutigen Tag nicht mehr?«

Wärmende Sonnenstrahlen drängen durch die Scheiben. Fraenkel tritt ans Fenster und blickt hinaus. Er schüttelt den Kopf. »Je länger wir uns unterhalten, desto mehr wird mir bewusst, Herr Mahler, dass Sie sich mehr für Mozarts Tod als für Ihr eigenes Leben interessieren. Es scheint mir, Ihnen ist immer noch nicht die höchst bedrohliche Situation Ihrer Gesundheit bewusst!«

»Doch! Doch!« Die Erregung lässt Mahlers Stimme eine Oktave höher gleiten. »Sie, Doktor, haben Sie Hans Bethges Omar Khayyam gelesen? Nicht! Dann hören Sie bitte zu:

> *»Ist es nicht sonderbar, dass von den Vielen,*
> *die schon das dunkle Tor durchschritten haben,*
> *nicht einer rückkam, um uns zu erzählen,*
> *wie wir am besten unsere Straße wählen?*
> *Blind tastend müssen wir ins Ewige wandern*
> *Einsame Pfade, keiner weiß vom Anderen.«*
> Omar Khayyam

»Aber wie soll man es verkraften, wenn man von so viel Leid auf der Welt erfährt, man steckt doch selbst tief im eigenen!«, sagt Fraenkel.

»Mein ganzes Leben ist ein großes Heimweh, ein Märtyrertum, das Leiden zu ertragen. Ich gebe mich in Gottes Hand. Sie können mir nur Beistand leisten.«

Fraenkel weiß nichts zu erwidern, denn sein Patient ist viel zu weit ins Reich der mystischen Emotionen eingedrungen. ›Im Grunde hat er Recht, ich kann ihm nicht helfen, niemand kann ihm helfen.‹

»Sterben«, fährt Mahler fort,

> »Wenn ich einst tot bin, waschet mich mit Wein,
> bringt mir am Grab aus weingenäßten Kehlen
> als Totensang ein frohes Trinklied dar!
> Wenn Gott am jüngsten Tage nach mir fragt, -
> Sucht meine Reste in dem Staub der Schenke,
> wo einst der Lebende so glücklich war!«
>
> Omar Khayyam

Fraenkel erkennt, dass Mahler sich sehr eindringlich in die metaphysisch-mystische Welt der großen Dichter stürzt, um seine Todesängste zu verbergen. Er sucht nach der Befreiung! Welche Befreiung gibt es für ihn, wenn nicht der Tod selbst! Der „Märtyrer" wendet sich an seinen Gott, den er eigentlich verfluchen müsste, dass er ihn in der Stunde der Not alleine lässt. Vielleicht ist dieses Vertrauen auf Gott doch seine Erlösung!

»Lassen Sie uns für einen Moment vom mystischen Imperium Khayyams auf die reale Welt der Geschehnisse zurückkehren. Sprechen wir nicht über metaphysische Elemente, die wir nicht kennen«, lenkt Fraenkel ein, »sondern über die nackte Wahrheit des Todes. Kehren wir zurück zum göttlichen Mozart. Er litt, er flehte, bat den Allmächtigen um seine Befreiung! Wer befreite ihn? Befreite ihn der gütige Gott oder die unheilbare Krankheit, die zum Tode führte?«

»Vorausgesetzt er wusste, dass er todkrank war. Wusste Mozart, dass er sterben musste?«

Fraenkel von der Wendung im Gespräch mit dem Patienten Mahler überrascht, versucht ihm entgegen zu kommen, denn der wartet immer noch auf seine Stellungnahme, woran Mozart wirklich starb.

»Mozarts Leben war von Beginn an ein ständiger Kampf gegen viele Krankheiten, die direkt oder indirekt durch die Streptokokken verursacht waren, wenn er auch andere schwere Krankheiten wie

Abdominaltyphus und Pocken überstand, allein die Streptokokken hinterließen gravierende Multiorganschäden an Gelenken, Nieren und Herz. Er litt lebenslang unter Erthema nodosum (= Hautrötung mit Knötchenbildung) und fortschreitender Glomerulonephritis (= Nierenparenchymentzündung), die schließlich zur Urämie (= Harnvergiftung) führte. Mozarts Ärzte erkannten erst einige Tage vor seinem Tod, dass ihr Patient nicht zu retten war.«

»Diesen Fehler wollen Sie nicht begehen, Sie wollen mir rechtzeitig mitteilen, dass ich nicht mehr zu retten bin? Habe ich Recht, Dr. Fraenkel?«

»Die Medizin hat viele Fortschritte gemacht, Herr Mahler! Das dürfen Sie nicht unberücksichtigt lassen.«

»Lassen Sie dieses Übel aus dem Spiel, mir die unberechenbare Hoffnung zu verkünden, die von A bis Z trügerisch ist! Hoffnung und Glauben an eine Wende sind bösartiger als die Krankheit selbst, weil keiner, weder der große Mozart noch ich, sein Bewunderer, sich der göttlichen Bestimmung entziehen kann, wodurch wir auch letzten Endes sterben mögen.«

Fraenkel ist erleichtert. Das Gespräch scheint Früchte zu tragen, denn sein Patient spricht selbst sehr offen von dem Werdegang seiner Krankheit und dem Tod, ohne auf die Einzelheiten eingehen zu wollen.

»Wir tun also gut daran, den Tod und das Begräbnis Mozarts ohne Mythen zu sehen. Es war nicht nur der Geist Mozarts, der der Welt die Wunderwerke der Musik beschert hat. Gemessen an der langen Kette von Krankheiten, die ihm seit seiner Kindheit auferlegt waren, hat sein Körper auch fast ein wahres Wunder vollbracht, mit dem Todeskeim noch 25 Jahre diese Wunderwerke zu vollbringen und sich nicht nur in der Welt der Musik unsterblich zu machen.«

»Aber so einsam und verlassen zu sterben, war einem großen Mozart unwürdig und beschämend für die Wiener!«

»Wolfgang Amadeus Mozart starb knapp zwei Monate vor der Vollendung des 36. Lebensjahres. Am 12. Dezember 1791 erschien ein Nachruf von elf Zeilen Länge auf der Titelseite von Hübners Staatszeitung, der bereits in der Wiener Zeitung vom 7.Dezember zu lesen war: *In der Nacht vom 4. zum 5. d.[ieses] M.[onts] verstarb allhier der K.K. Hofkammerkompositor Wolfgang Mozart. Von seiner Kindheit an durch das seltene musikalische Talent schon in ganz Europa bekannt, hatte er durch die glücklichste Entwicklung seiner ausgezeichneten Naturgaben und durch beharrlichste Verwendung die Stufe der größten Meister erstiegen; davon zeugen seine allgemein beliebten und bewunderten Werke, und diese eben das Maß des unersetzlichen Verlustes, den die edle Tonkunst durch seinen Tod erleidet.*

Die Eintragung in das Sterberegister der Domkanzel von St. Stephan zeigt an, dass Mozarts Begräbnis für den 6. Dezember 1791 angesetzt war. Sein Leichnam blieb einen Tag lang in seiner Wohnung in der Rauhensteingasse aufgebahrt und wurde dann in die Kathedrale überführt, wo die Leichenschau stattfand und ein neuerlicher, genauer Eintrag in das Totenbuch erfolgte.«

»Warum dann solch beschämendes Desinteresse an seinem Begräbnis? Bei strahlend sonnigem und fast warmem Wetter – nicht bei Schneetreiben, wie es eine von den vielen Legenden über Mozart verkündete – wurde er allein zu Grabe getragen und ohne eine Grabtafel in einem Gemeinschaftsgrab versenkt. Seine liebste Constanze war, wie sonst in einer Kur, um sich von den Strapazen des Alltags zu erholen!«

Das Gespräch ist sehr ernst und traurig, und doch scheint Mahler sehr gefasst die Geschichte Mozarts nach seiner Vorstellung und Empfindung zu beenden.

»Sein Leben der Musik zu widmen, sein Herzblut in seine Opern fließen zu lassen und dann eine solche Ungeheuerlichkeit in der Wiener Gesellschaft – das ist bitter! Das hat der große Mozart nicht verdient!«

»Das war in der Tat beschämend!« sagt Fraenkel, »Mit der „Aussegnung", die im Stephansdom stattfand, war die offizielle „Feierlichkeit" der Beisetzung abgeschlossen. Die Grablegung wurde durch die Totengräber vollzogen, denn am Grab fand keine Zeremonie statt. Was haben jene Totengräber empfunden, als sie den kalten Körper des großen Mozarts in gewöhnlicher Art der Routine in die Grube warfen? Nichts! Nie habe ich mir vorstellen können, wie kalt und emotionslos die Menschen sein können.«

Fraenkel ist nicht mehr zu Mute über die Tragik um Mozarts Tod zu sprechen. >Welche Ironie<, denkt er, dass der Untergang seines großen Vorbilds Mahler ihn so erschüttert, dass es sich nunmehr noch tiefer in seine fatalistische Lebensphilosophie stürzt.

»Die letzten Nächte waren ein Gräuel, Dr. Fraenkel. Das verkrampfte Atmen, die Unruhe, die den ganzen Körper anspannt und dazu sein Herzrasen machen mir Sorgen, und ...«

Fraenkel ist sich Almas Sorgen bewusst. Hier kann er nicht nur die Angst einer besorgten Frau, die er bewundert, mindern. Er kann dem Patienten mit seiner pharmazeutischen Kunst gute Hilfe leisten.

»Verzeihen Sie, wenn ich Sie unterbreche, machen Sie sich diesbezüglich keine Sorgen, sofern es sich um die Unruhe und das Schlafen handelt, können wir etwas tun.« Er verordnet umgehend Chloralhydrat, ein Beruhigungsmittel. »Geben Sie es ihm gleich, dann jeden Abend fünfhundert Milligramm. Bei Bedarf können Sie die Dosis auf das Doppelte steigern. Also, Sie können ihm auch ein Gramm geben, Frau Mahler.«

»Und wenn er nicht schlafen kann?«

»Dann können Sie ihm eine Tablette Veronal geben, aber nur für den Fall, dass er nicht schlafen kann!«

>Was ist mit meinem eigenen Schlaf<, denkt Alma, ohne ein weiteres Wort zu verlieren.

Mit einer Geste der Verehrung und mit einem Handkuss tritt Fraenkel zur Tür hinaus. Mahler beobachtet über die ganze Zeit, wie seine Frau den angesehenen, gutaussehenden, jungen Arzt verabschiedet. >Wie bei jedem jungen Mann, dessen Begegnung sie fasziniert, zeigt sie sich charmant und schlüpft in die Rolle der Verführerin.<

Alma lauscht Mahlers ruhigem Atem. Sie ist seit Tagen nicht aus ihren Kleidern gekommen. Vor ihr liegt ihre größte Sorge! Sie hat ihn zum Mittelpunkt ihres Lebens gemacht – einen liebenden Mann, den fürsorglichen Vater ihrer Kinder, auch wenn er hin und wieder verbittert ist, wegen Gropius und anderen. Wer konnte es ihm verdenken? Er hat allen Grund verbittert zu sein. Sie betrachtet ihren schlafenden Mann. >Ach Gott, ich will ihn behüten wie mein Kind. Da liegst du mein Schmerzensgemahl, mein Lamm. Der große Musiker mit dem brennenden Herzen, Gemahl der mir verzeiht, wie oft!? Du bist und wenn du nicht mehr bist, mein Erster und Bester.<

Als sie ihn geheiratet hat, war er schon 41 Jahre und sie 22. >Die Bedenken in meinem und seinem Freundeskreis und auch bei meiner Mutter Anna waren groß, ob eine solche Ehe gut gehen kann. Dazu noch die kindliche, eifersüchtige Äußerung seiner Schwester Justine: »Eines freut mich, ich habe ihn jung gehabt und du hast ihn alt!«

>Warum hält er den Mund offen, will er mir etwas sagen? Kriegt er nicht genug Luft? Weshalb das schlechte Gefühl? Warum diese Angst, die mich seit Wochen, Monaten, schon Jahre begleitet?< Sie beobachtet ihn im dämmrigen Licht. Es ist inzwischen wieder zwei Uhr nachts und an den eigenen Schlaf will sie nicht denken. Und so schreibt sie an Walter Gropius, den „richtigen" Mann, mit dem sie ihr sexuelles Defizit immer wieder zu kompensieren sucht. Sie stellt ihn sich leibhaftig vor: die starke Muskulatur, und wie sein Glied sich sofort aufrichtet, wenn er sie nur in den Arm nimmt. Sie konnte jedes Mal vor Wollust aufschreien. >Und er mein treuer Mann? Es liegt nicht in ihm, es liegt in mir. Ich bin schwer zu erobern.<

Alma versucht sich den Werdegang des Todes vorzustellen: die grau-gelbe Haut faltig, spröde, tief eingedrungene Augen, eingefallene Wangen bei offenem Mund. Ihr Blick bleibt auf den Brustkorb gerichtet und sie stellt die regelmäßige Bewegung der Rippenbögen fest. Sie erschrickt so sehr, dass sie sich insgeheim schämt. Sie wirft die Feder aus der Hand und will nicht glauben, dass gerade sie, die pflichtbewusste Frau, ihren Ehemann schon im Geiste für tot erklärt und es nicht abwarten kann! Wo kommen bloß solch teuflische

Gedanken her? Freud hatte Recht: es muss ein Reservoir komplexer Gedanken im Gehirn geben, außerhalb des Bewusstseins, immer Abruf bereit, damit der Mensch sich wenigstens in seiner Fantasie befriedigt. Freud war es auch, der behauptete, dass Gustav Mahler in mir von Anfang an primär seine Mutter gesucht hätte. Gustav wollte mich von Anbeginn mit dem zweiten Vornamen der Mutter Maria anreden. Er wünschte sich, dass seine junge zweiundzwanzigjährige Braut mehr Lebens- oder Leidenszüge in ihrem Gesicht habe, denn in den Zügen seiner Mutter hatten vierzehn Schwangerschaften tiefe Spuren hinterlassen. Er sagte oft: >Wenn du plötzlich durch Krankheit entstellt würdest, zum Beispiel Blatternarben bekämest, dann erst, wenn du niemand anderem gefallen kannst, dann erst könnte ich dir zeigen, wie ich dich liebe<. Alma blickt kurz in den Spiegel. >Das sind doch Hirngespinste, mein lieber Gustav!< Sie wirft wieder einen verständnisvollen Blick zu ihm. >Damals habe ich nicht verstanden, aber heute weiß ich, dass die Liebe blind macht, und die Eifersucht affektiv! Ich habe dich, den großen Komponisten geheiratet, nicht weil ich in dich vernarrt war, sondern in dir mein Monument, meinen Helden, meinen über alles geliebten Vater suchte.<

Sie hört noch ihren Mann: »Dann bis morgen, Dr. Fraenkel, möglichst früh am Vormittag.«

»Ja, bis morgen, Herr Mahler, aber ich habe noch einiges für Ihre Rückfahrt bei der französischen Linienschiffgesellschaft zu erledigen, daher könnte es etwas später werden!«

>Kann Gustav Mahler ahnen, dass ich mich in Alma verliebt habe?< denkt der pflichtbewusste Arzt. >Was würden meine Kollegen und Patienten von mir denken? Auch meine Freunde würden sich wundern, wie ein vielbeschäftigter Arzt durch seine verantwortungsvolle Arbeit voll in Anspruch genommen, auf einmal alles fallen lässt, um einen Patienten bei der Überfahrt nach Paris zu begleiten! Darf ich mich in die Frau eines Patienten, der mir sein volles Vertrauen schenkt, Hals über Kopf verlieben? Darf ich nur für dieses eine Mal Meinen Begierden nachgeben und etwas Unrechtes tun? Aber wenn ich überlege, seitdem wir uns hier in New York kennengelernt haben, ist es doch sie gewesen, die keine Gelegenheit unterlassen hat,

mich zu verführen! Ist dies nun ein Grund, dass ich mich gehen lasse und darauf spekuliere, auf den nicht entfernten Tag, wo Gustav Mahler tot ist? Kann ich hoffen? Wer von uns beiden kann hoffen – der schwerstkranke Ehemann oder der verliebte Arzt und Freund? Kann ich mir eine solche Affäre leisten? Kann ich hoffen, dass ich keinen Fehler begehe und mich ein Leben lang zum Sklaven einer verführerischen Frau wie Alma Mahler mache? Ach, diese Hoffnung und jene Ängste!<

»Halte still und warte ohne Hoffnung,
denn Hoffnung wäre hoffen auf das Falsche;
warte ohne Liebe,
denn Liebe wäre Liebe für das Falsche ...
warte ohne Gedanken, denn du bist zum Denken nicht bereit ...«

T.S. Eliot

Alma sucht ihre Seelenruhe bei Dostojewskis >*Schuld und Sühne*<: [...] »*Sie wollten einander wohl etwas sagen, aber sie konnten es beide nicht. Tränen standen in ihren Augen. Beide waren sie bleich und abgemagert; aber in diesen kranken und bleichen Gesichtern leuchtete schon die Morgenröte einer neuen Zukunft, die völlige Auferstehung zu neuem Leben. Die Liebe hatte sie erweckt, das Herz des einen enthielt unerschöpfliche Lebensquellen für das Herz des anderen.*«

>Papa, lieber Papa! Wie oft denke ich an dich, wie oft sehne ich mich nach dir, wie oft muss ich an deinen Tod und meine bis heute unstillbare Sehnsucht nach der Geborgenheit bei dir denken, fast immer. Ich habe mit deinem Tod alles verloren, auch die Heimat. Ich war gewohnt gewesen, alles zu tun, um dir zu gefallen, meine ganze Eitelkeit und Ehrsucht hatte als einzige Befriedigung den Blick deiner verstehenden Augen gehabt. Und dann kam die Ehe meiner Mutter mit Carl Moll, fünf Jahre nach deinem Tod. Du warst nicht mehr da, ich war vaterlos und wurde nun heimatlos. Immer, wenn ich in Not bin, denke ich erst an meinen lieben Vater, dann an den lieben Gott. Was sollte ich sonst tun, wenn ich mit meinen noch

nicht dreizehn Jahren, den Vater, meinen Helden verlor? >Sie schreibt in Fettschrift: Ich bin die Tochter eines großen Monumentes, namens Emil Jakob Schindler, dem bedeutendsten österreichischen Landschaftsmalern der zweiten Hälfte des 19. Jahrhunderts. Und meine Mutter, die junge Sängerin und Schauspielerin Anna von Bergen aus Hamburg hat sein Herz erobert, wurde am 4. Februar 1879 seine Frau. Schon sechs Monate später wurde ich geboren. Zwei Jahre später, 1881, kam meine Schwester Grete zur Welt. Erst später habe ich erfahren, dass Grete meine Halbschwester war, dass meine Mutter sie mit einem Liebhaber gezeugt hat. Ich war ungerecht zu meiner Schwester, habe sie verachtet. Grete war ein trauriges Schicksal bestimmt: Sie wurde zunächst depressiv, dann geisteskrank, musste in die geschlossene Anstalt. Und ich konnte und wollte den ewigen Schüler meines Vaters, Carl Moll nicht akzeptieren. Er zog immer an mir herum. Dann kam dazu noch, Anna Moll, meine Mama schenkte dem Stiefvater noch eine Tochter Marie. Meine Toleranz war damit erschöpft. Seitdem die Kleine auf der Welt ist, waren wir zwei Familien: Carl, Mama und das Kind, Gretl und ich. Carl thut alles, um uns diesen Zustand nicht fühlen zu lassen. Aber gegen die Naturgesetze kämpfen selbst die Götter vergeblich an. Er hat nur mehr Interesse für sein eigenes Kind. Und an meinen Papa denkt wohl kaum jemand außer mir! Ach Walter, wenn ich doch meinen lieben Papa hätte, ich bin überzeugt, dass er mich verstehen würde. Gretl ist durch und durch Vernunftmensch und Mama ... mag mich nicht. Ach wenn er doch lebte. Ich bin überzeugt, ich wäre ein ganz anderes Wesen geworden. Denn er war der einzige Mensch, der mich wahrhaftig und uneigennützig liebte. Sterbetag Papas - Geburtstag Marias. Wenn ich das niederschreibe überkommt mich ein tiefer Groll gegen das arme kleine Kind, das doch nichts für seine Existenz kann. Mein einziges Vergnügen wurde das Komponieren meiner Lieder: Nichts gleicht der Freude, wenn ich mir mein eben fertig gewordenes Lied vorspielte. Ich spielte es immer und immer wieder und fühlte mein Eigenes mir entgegenklingen. Das waren andere romantischere Zeiten als die meiner Ehe mit Gustav, denn ich musste nur seine Frau sein, und das Komponieren ihm überlassen! Kein Wunder, dass ich in den jüngeren Jahren den Verlust des Vaters mit großen und kleineren Liebesabenteuern kompensieren wollte. Es war fast selbstverständlich, dass ich mich in Alexander von Zemlinsky verliebte oder in den russischen Pianisten Ossip Gabrilowitsch, der aber später Clara Clemens, die Tochter des Samuel Langhorne Clemens alias Mark Twain heiratete. Ich wollte nicht geheiratet werden; meine Leidenschaften waren unerklärlich und unbegrenzt. Dann kam meine große Liebe zu Gustav Klimt, die mich vor seelischem Zusammenbruch rettete... Wir küssten uns, dass die Zähne schmerzten. Es ist kein Wunder, wenn ein spätpubertäres Mädchen außer Rand und Band gerät! Mutter und Stiefvater erzählten mir klar und brutal von Klimts notorischer Untreue und dem Verhältnis zu seiner Schwägerin. Meine Antwort war, wie denn sonst: Ja, es genügt mir, ich weiß, dass er mich gerne hat, dass er selbst unglücklich ist, und dass ich ihm alles verzeih', weil er ein Künstler, ein echter Künstler ist. Ein Künstler hat selten Charakter.

Müde und besorgt beobachtet Alma ihren schlafenden Mann. Sie seufzt tief. Er macht eine große Ausnahme. Sie wischt sich die Tränen. Während sie ihn beobachtet, reist sie wieder in die jüngste Vergangenheit. Es liegt, findet sie, ein Zauber, eine mystische Stimmung in der Luft – in dieser Stille der Nacht liegt der große Moralist Gustav Mahler wie ein Kind, hilf- und schuldlos da. Ist er das, was er schon als Kind sein wollte: Ein Märtyrer? Eigentlich ja, könnte man meinen, denn er blickt bis heute unverändert in eine verborgene, manchmal zutage tretende Schicht seines Wesens und seiner Werke (dritte und vierte Symphonie). Alma muss an Ferruccio Busoni denken. Was für ein seltsamer Mann! Was für anregende Gespräche sie geführt haben! Gustav liebt solche Gespräche. Er fühlt sich dabei in seiner Welt verstanden. Wie lautete noch Busonis Brief an ihn im letzten Jahr: ›Ihre Nähe hat etwas Reinigendes und verjüngt das Gemüt dessen, der zu Ihnen tritt. Deswegen wird meine Sprache hier fast kindlich.‹ Man könnte meinen, Mahler und Busoni hätten sich gegenseitig entdeckt. Vor allem, wenn beide, wie überwältigt von Nietzsche sprechen. Ich denke öfter an die Unerschrockenheit Nietzsches, die am meisten den sonst zutiefst „ethischen" Menschen Mahler fasziniert: Die Hoffnung sei das Übelste der Übel! Oder Gott sei tot! Ich frage mich: Was ist die Wahrheit? Wonach sucht der Mensch, wenn nicht nach Wahrheit? So auch die Weltanschauung von Mahler. Und so würde Nietzsche antworten: Die Wahrheit ist eine Art Irrtum, ohne die wir nicht leben könnten! Die Feinde der Wahrheit sind nicht Lügen, sondern Überzeugungen! Aber Busoni, diese faszinierende Musikerpersönlichkeit, geistreich, humorvoll und ausblickend ist nicht immer Nietzsches Meinung, vor allem dann nicht, wenn Nietzsche die Überzeugungen als Feinde der Wahrheitsfindung sieht. Dazu noch: Das Vorrecht der Toten sei es, nicht mehr sterben zu müssen! Ärzte hätten kein Recht, den Menschen den eigenen Tod vorzuenthalten! Das sind doch böse und fatalistische Gedanken! Ja, Busoni ist, wie ich ihn empfunden habe, ein positiver Jasager zum Leben, ein Humorist, ein Pianist höchsten Formats, ein Komponist mit schöpferischer Natur.

Alma kehrt nach dem kurzen Gedankenausflug in den Raum zurück, wo sie sich mit ihrem kranken Mann aufhält. Alles Schöne und Böse in ihrem Innersten gibt Nietzsche Recht. Und wie stehe ich mit meinen Gedanken zu Gustav Mahler und zu seinem Tod? Wie frei kann ich denken, um zu sagen, dass der Tod für ihn eine Befreiung ist! Die Befreiung von dem, was man nicht mehr Leben nennen kann! Warum können solche großen Menschen, wie Mahler und Busoni sich frei äußern und ich, die Frau des kranken Virtuosen nicht? Busoni nimmt mit Humor nicht nur das Leben, sondern auch die Freiheit zum Leben ja zu sagen und Gustav Mahler nicht? Alma seufzt leise. Leidet er viel? Ist er enttäuscht? Wünscht er im Schlaf, das Leben möge sein Ende finden? Sein Verhalten in den letzten Tagen in New York erweckt diesen Eindruck. Er hat keine Lust mehr. Seine kämpferische Natur, und sein widerstandsfähiger Geist sind durch morbide Gedanken gelähmt. Habe ich das Recht, ihm die Wahl zu nehmen, wie er seinem Tod begegnen will? Denke ich zu sachlich und schamlos, wenn ich das Ende improvisiere? Mag sein. Dr. Fraenkel weiß genau, wie es um ihn steht. Er kann nicht mehr helfen. Ist die Empfehlung so schnell wie möglich nach Paris zu reisen, ein echter Ausweg oder möchte er die Verantwortung loswerden, der Arzt zu sein, der dem von ihm so verehrten Komponisten nicht helfen kann, und sein Sterbezeugnis signieren zu müssen? Alma holt tief Luft. Fraenkel will nicht der Verkünder der unverhohlenen Wahrheit sein! Er ist ein sentimentaler Mensch. Ich glaube, das ist er wirklich! Er will die Verantwortung loswerden!

Alma möchte sich befreien, und ihre Sorgen dem geliebten Gropius mitteilen: >*Mein lieber Walter, seit Wochen bin ich im Sinne des Wortes die Mutter eines schwer kranken Kindes. Er isst nicht mehr allein, jeden Bissen stecke ich ihm in den Mund. In der Nacht schlafe ich angezogen in seinem Zimmer. Zu meinem größten Staunen konnte ich Unmenschliches leisten. Ich bin buchstäblich 12 Tage nicht aus den Kleidern – und bin Nurse – Mutter – Hausfrau – alles und über allem voll von Leid – Angst und Sorgen. War ich oft in den letzten Jahren verzweifelt gewesen über mein verfließendes Leben, so hätte ich mir doch ein Leben ohne Mahler nie und nimmer vorstellen können. Am wenigsten mit einem anderen Manne. Ich hatte wohl manchmal daran gedacht, fortzugehen, allein, irgendwohin, neu anzufangen, aber immer ohne Wunsch nach irgendeinem Menschen. Mahler ist und bleibt der Zentralpunkt meines Daseins. Dann kamst du und hast diesen Zentralpunkt meines Daseins erschüttert, umwälzt! Mich wie mit einer Droge berauscht, hypnotisiert! Ich war wie besessen von der Droge deiner Zärtlichkeit... Wann wird die Zeit kommen, wo du nackt an meinem Leib liegst, wo uns nichts trennen kann – als höchstens der*

Schlaf, dachte und wünschte ich mir. Meine Liebe zu dir ist, was in meinem Leben gesund ist. Und wünsche ein Kind von dir – unser beider vollendetes muss einen Halbgott ersehen lassen. Ich will dich!! Aber du?? – Du auch mich? Meine Mutter ist hoch erfreut über unser Verhältnis! Kannst du dich noch an unsere Liebesnacht im Orient-Express erinnern? Walter glaube mir, wir müssen Geduld haben bis diese kritische Zeit vorbei ist. Ob man ihm in Paris helfen kann, bleibt offen. Die

Frage über uns kann nur Gott beantworten, denn in Not rufen wir alle, auch die Juden nach ihm! Walter, lass mich in dieser kritischen Phase meines Lebens nicht allein! Wenn ich alles überstanden habe, und dazu brauche ich deine Unterstützung, werden wir beide in absehbarer Zeit eins sein!< Alma, den Kopf auf die Brust gelegt, stößt einen Seufzer aus. Sie kann sich von dem verwirrenden Gedanken nicht befreien.

Mit solch einer inneren Unruhe fertig werden, und noch dazu den äußeren Schein bewahren, ist kein leichtes Unterfangen, murmelt sie vor sich hin. Ein schlechtes Gewissen gegenüber dem betrogenen Ehemann macht sie traurig. Sie steht auf, um nach ihm zu schauen. Er schläft sehr ruhig, mit offenem Mund. Plötzlich kommt ihr der fürchterliche Gedanke: >Lebt er noch? Gott! Atmet er noch?< Während sie ihm die Stirn vom Schweiß befreit, spürt sie die Wärme seines fiebernden Kopfes und doch ein ruhiges Atmen. >Bin ich leichtsinnig und gegenüber meinem Verlangen zu schwach? Alma wehrt sich nicht; und in ihrem Inneren lassen sich zwei Stimmen vernehmen, von gleicher Stärke, doch im Wechsel, so dass sie sich nie treffen. Sie widersprechen einander und sind sich doch nicht feind. Ein Pakt verbindet sie in Almas tiefer Seele. Die eine stammelt Gebete nach und demütigt sich, in der Hoffnung, dass Gott sie erhöre. Die andere, von Erinnerung zu Erinnerung gleitend, erzählt eine Liebesgeschichte nach der anderen; und Alma seufzt, von dem Gefühl durchdrungen, dass sie trotz allem das Glück besitzt. Und dieses Glück will sie behalten, solange sie lebt, solange sie liebt: Dem Biologen Paul Kammerer konnte ich nicht widerstehen. Er hat mich verführt, er war verheiratet, wusste gut Bescheid, wie man eine Frau wie mich überwältigen kann! Ja, richtig überwältigt hat er mich! Es ist jetzt unwichtig, wer wen verführt! Wer wen überwältigt! Kann eine Frau so schamlos sein, wie ich es bin? Wohl keine. Auch Dr. Joseph Fraenkel konnte ich nicht widerstehen, aber seinen Heiratsantrag lehnte ich ab. Fraenkel weiß genau, wie es um Gustav Mahler steht, sonst hätte er mir keinen Antrag gemacht! Alma grübelt tiefer. Ich habe mich immer nach einem Mann gesehnt, denn ich hatte keinen, doch ein Abstraktum. Gustav, warum hast du mich flugfrohen, farbenfrohen Vogel an dich gekettet, wo dir doch mit einer grauen Schwester besser geholfen wäre! Du weißt schon, was ich meine, Gustav. Sie möchte ungern den Namen seiner Schwester, Justine, aussprechen. Für alles würde sie Verständnis aufbringen. Für den Mann, der in der Welt draußen das Pfauenrad zu schlagen hat, während er sich zu Hause „ausruhen" will. Das ist das Los der Frau. Einer, wie deine Schwester. Aber nicht das meine! Alma merkt wohl, dass sie durch ihre Verstocktheit eine Rechtfertigung für ihre Untreue sucht. Und sie will ihren Frust loswerden! Denke an die viele Zeit, welche ich stets deiner Karriere geopfert habe, Gustav! Ich fühle mich sexuell und sonst im Leben frustriert. Mein Schiff ist im Hafen. Aber leck! Ich habe das Gefühl, von meinem Weg abgewichen zu sein, kein geistiges Leben zu führen, nur dahin zu vegetieren! Als der russische Pianist Ossip Gabrilowitsch mir gestand, er sei im Begriff sich wahnsinnig in mich zu verlieben, dachte ich: Also bin ich doch liebenswert, nicht alt, nicht hässlich! Du hast nichts von den sexuellen Bedürfnissen deiner jungen Frau geahnt, oder doch?

Es wird ihr langsam unheimlich hier im Dunkeln zu sitzen, über den todkranken Mann zu wachen und am eigenen Garn zu spinnen. Alma versinkt noch tiefer in ihre verworrene Vergangenheit als sie wollte. Sie hat sich bisher egozentrisch nur mit ihrem eigenen Leben auseinandergesetzt, aber wie ist es mit ihrem Mann, wie denkt und beurteilt er, der Mann der mystischen Melodien über die Lebenskarriere seiner Frau mit solchen Wirren und Verwirrungen? Er, der große Komponist, verkörpert eine große Autorität in meinem Leben und ich erkenne und bewundere seine Persönlichkeit schon immer. Gleichzeitig fühle ich mich von seiner Macht über mich erdrückt und kann es im Grunde nie verwinden, dass er mir gleich zu Beginn verboten hat zu komponieren, denn ich hatte schon mit gerade zwanzig Jahren Lebenserfahrung neun Klavierlieder nach Gedichten von den von mir geliebten Heinrich Heine, Rilke und Demel vertont. Was mir blieb, war zu gehorchen, ihn zu lieben und selbst frustriert zu sein. Du hast keine Ahnung vom Liebesleben und der Erotik gehabt. Und ich dachte, ein Mann in deinem Alter hat genügend Manneskraft und Erfahrung, um eine liebesdurstige junge Frau zu befriedigen. Falsch gedacht Alma! Deine Beziehung zu Anna von Mildenburg war eher platonisch als sexistisch und erotisch. Dein

Leben verlief ethisch, moralisch, fast asketisch und egozentrisch, wie bei anderen Künstlergrößen wie Beethoven, dein Gott im Himmel. Und ich? Ich entfloh dieser „splendid Isolation" und dem Gefängnis der Askese so oft ich konnte, in die Freiheit der Seitensprünge. Trotzdem alle Jahre, alle Zeit unseres Lebens bis hier in New York bist du das Zentrum meines Lebens, das Zentrum meiner lebendigen Gegenwart.

Sie betrachtet wieder mit der Sorgfalt einer „Mutter" das Kind, Gustav Mahler. Sein Antlitz, das trotz der Spuren des Alters und der Krankheit – gewissermaßen hinter ihnen – in diesem Moment erhaben schön ist, spricht von seinem Wunsch, für immer in jene Zeit zurückkehren zu dürfen, die Ewigkeit jener glücklichen Jahre nicht verlassen zu müssen.

Alma, im Geiste Mahlers unvollendeter zehnten Symphonie, murmelt vor sich hin: >Erbarmen! O Gott! O Gott! Warum hast du mich verlassen? Warum hast du uns verlassen?<

Inzwischen ist Alma mit dem Schreiben zu Ende gelangt und ergänzt: >Lebe wohl, lebe wohl. Wir werden in unserer göttlichen Liebe zurückkehren, wo wir früher uns bis zum Verbrennen liebten. Ach, ach, wann! Ach, wann?< Sie steckt den Brief an Walter Gropius in einen Umschlag. Dass sie bald nach Europa zu ihm, dem heißgeliebten Liebhaber reist, spornt sie an, die Rolle der guten und besorgten Ehefrau weiterzuspielen.

Der Moment des Erwachens ist nicht mehr weit. Gustav Mahlers Hände prüfen mit ungezielten Bewegungen sein Gesicht und den Kopf, dann erneut die Augen und den Mund, ob alle im Organgebilde seines Antlitzes noch vorhanden sind. Er öffnet die Augen. Der Glanz der Augen ist erloschen, sie sind müde und träge, die schlaffe Haut des leiderprobten Gesichts ist in sich zusammengesackt, die überlegene und ermutigende Aura der großen Persönlichkeit ist dahin. Die unermessliche geistige Vitalität mit der Aura eines Mystikers ist entwichen. Nun kämpft die Psyche um die Existenz der noch lebendigen Würde des Märtyrers Gustav Mahler. Er schließt wieder die Augen und atmet mehrmals tief ein und aus. Dann herrscht wieder

Ruhe. Alma legt die Hand auf seine fiebernde Stirn. »Schlaf mein Lieber, schlaf. Ich werde dich, wenn es hell wird wecken. Es ist alles vorbereitet. Dr. Fraenkel hat alle notwendigen Papiere für die Überfahrt nach Paris arrangiert.«

Kaum ist Alma mit ihrem Satz zu Ende, schlägt Mahler die Augen auf und ihre Blicke begegnen sich. Sie ist erstaunt zu sehen, wie ruhig, geradezu liebenswürdig er sie ansieht. Keine Spur von Leiden und Verbitterung. Vielleicht ist es auch die Erschöpfung, jedenfalls nimmt er ihre Hand, führt sie zu seinem halb geöffneten Mund, küsst sie in der Haltung von einem, der gerade eine schwere Krise überstanden hat und seiner geliebten Frau die ewige Treue kundgeben kann, will. Doch er schließt wieder die Augen und schlummert.

Wie vorhin, als Alma noch in ihren Gedanken grübelte, verdeckt sie mit den Händen das Gesicht und weint. ›Gott hat mir wie jedem lebenden Wesen die Schuld der Erbsünde gegeben. Und ich bin dem großen Schöpfer dankbar, denn da er mir die Sünde gab, gab er mir die Vergebung. Gott verzeiht dem Einsichtigen, bin ich so eine? Was hätte ich, Niederträchtige, Besseres verdient? Dann hat Gott eine besondere Frau aus mir gemacht. Er hat zugelassen, dass ich eine besondere Sünde auf mich nehme, die mir allein gehört, den Betrug des Ehemanns und jedes anderen auserwählten Liebhabers mit einem Neuen, eine Sünde voller Leidenschaft, aber verabscheuungswürdig zugleich. Von heute auf morgen sträubt sich jedes Haar meines Körpers vor Grauen und Entsetzen, ich flehe dich an, ich werde nur dir, meinem einzigen Mann gehören. Verzeih, wenn du noch kannst, vergib, wenn du noch Kraft zu vergeben hast. Aber verstoße mich nicht aus deiner mystisch heiligen Welt. Ich liebe dich. Ich habe dich immer geliebt. Ich werde dich immer lieben‹. Alma weint. Wie immer in solch kritischen Situationen greift sie nach eisernen Reserven im Schatz ihrer Erinnerungen:

»*Nachtschatten sind verweht an einem mächt'gen Wort.*
Verstummt der Qualen nie ermattend wühlen.
Zusammenfloß zu einem einzigen Akkord
Mein zaghaft Denken und mein brausend Fühlen.«

Ein Gedicht von Gustav Mahler im Sommer 1910 nach einem Gespräch mit Dr. Sigmund Freud im niederländischen Leiden, wonach er erleichtert auf der Rückfahrt wieder hoffnungsvoller in die Zukunft mit Alma blickte. Doch alle diese schönen und weniger schönen traumwandlerischen Versuche können nicht darüber hinweg täuschen, dass sie tiefer in Sorge und Angst um ihn versunken ist, als sie eigentlich wollte. Sie sieht, wie sich Gustavs Schultern mit schweren Atemzügen heben und senken.

>Gott, lass ihn nicht im Stich, er ist ein guter Mensch, eine eloquente, eine ethische Person, ein ...< Sie schweigt wieder und betet für ihn.

Sie fantasiert noch einmal durchlebte Episoden ihres Lebens mit ihm. In ihrem Gesicht zuckt es, doch Tränen bleiben ihr erspart. Sie geht hinüber zum Waschbecken und lässt das kalte Wasser über das Gesicht fließen. Langsam, wie verträumt, hebt sie den Kopf mit dem langen Haar, fährt sich mit dem Handtuch über die Augen, Wangen und Mund. Sie blickt in den Spiegel. Mit einem zaghaften Schritt schreckt sie zurück, wendet den Kopf hin und her, will sich nicht so herunter gekommen, alt und verbraucht sehen, gealtert, ohne Vitalität der schönsten Frau auf jeder Cocktail Party in New York.

>*Alles ist brüchig, alles ist vergänglich*<, sinniert sie vor sich hin.

Nachdem sie sich vergewissert hat, dass bei dem Patienten wieder eine gewisse Ruhe eingekehrt ist, begibt sie sich zum Schreibtisch, wie immer in solchen Situationen, um sich mit dem Schreiben aus der tiefen Grube der Depression zu verhelfen. Sie nimmt einen neuen Bogen Papier mit ihren Initialen und schraubt den Füllfederhalter auf. Es passiert nichts. Kein einziges Wort kommt zustande. Das ist das Schlimmste für einen Menschen, der sich in jeder Situation mit Schreiben zu helfen weiß. Sie sitzt da, wie in einem Beichtstuhl und der Beichtvater hat sie vergessen oder etwas Wichtigeres zu tun.

>Ich hätte ihn gerne in den Arm genommen, aber wie soll ich das bewerkstelligen? Jede Art von Bewegung ist für ihn sehr anstrengend, vor allem wenn der kranke Körper unter der Wirkung von

Beruhigungsmitteln und dem Einfluss von Fieber so kraftlos ist. Selbst beim Berühren seiner Hände fühle ich als brenne er am ganzen Körper und ich mit ihm.<

In der Morgendämmerung wacht sie auf, immer noch am Schreibtisch sitzend. Sie war kurz eingenickt. Die gespenstige Stille im Raum versetzt sie in Panik. Zum ersten Mal ist sie sehr einsam in ihrer Welt. Die Verlassenheit, die Angst einen treuen großen Mann, wie Gustav Mahler, der hilflos wie ein Kind vor ihr im Bett liegt, für immer zu verlieren, sind kaum noch zu ertragen, beim schlechten Gewissen, das sie in tiefe Depression gestürzt hat. Sie scheint um Jahre gealtert und will keinen Spiegel um sich dulden. Verloren blickt sie auf das Bett, wo zu ihrer Freude ihr Mann die Nacht mit mörderischen Fieberattacken überlebt hat. Andächtig und leise singt sie aus >*Die chinesische Flöte*< von Hans Bethge:

»*Der Trunkene im Frühling*
Wenn nur ein Traum das Leben ist.
Warum denn Müh' und Plag'!?
Ich trinke, bis ich nicht mehr kann,
den ganzen lieben Tag!
Und wenn ich nicht mehr trinken kann,
weil Kehl' und Seele voll,
so tauml' ich bis zu meiner Tür
und schlafe wundervoll!«

Mahlers Augen weiten sich. Er scheint überrascht. Zu der gespenstigen Morgenstimmung kann keine andere Hymne so treffend passen. »Gut meine Liebste« und er singt mit bebender Stimme weiter:

»*Was hör' ich beim Erwachen? Horch!*
Ein Vogel singt im Baum.
Ich frag ihn, ob schon Frühling sei –
mir ist als wie im Traum.«

Alma lächelt und erwidert:

»*Der Vogel zwitschert: Ja! Ja!*
Der Lenz ist da, sie kommen über Nacht!
Aus tiefstem Schauen lauscht' ich auf,
der Vogel singt und lacht!«

Gustav Mahler: »*Ich fülle mir den Becher neu*
und leer' ihn bis zum Grund
und singe, bis der Mond erglänzt
am schwarzen Firmament!
Und wenn ich nicht mehr singen kann,
so schlaf' ich wieder ein.
Was geht mich denn der Frühling an!?
Laßt mich betrunken sein!«

Nach dieser mystischen Romanze hat sie das Gefühl als zersplittere etwas in ihr. Jetzt will sie erst recht der Endokarditis, die Mahlers Leben bedroht, den Kampf ansagen. Irgendwie, aber wie, weiß nur Gott. Sie denkt nicht mehr an das, was sich in der vergangenen Nacht in ihrem Kopf umwälzte. Dass sie mit dem Brief an Gropius, bewusst oder unbewusst, den Werdegang des Todes Gustav Mahlers eingeleitet und sich mit dem neuen Leben an der Seite des Liebhabers auseinander setzte, wird im Hinterkopf aufgehoben.

Er ist wach. Nach einer höllischen Nacht, wach und lebendig in gewohnter Manier. Was Alma jetzt tut und sagt, ist der Anschein von Gegenwart und nicht die Wirklichkeit. Sie weiß, dass sie ihre letzte Rolle im Leben mit Gustav Mahler am besten spielen muss. Denn eins ist gewiss, es steht schlecht um ihn. Aber was soll sie tun, um die Stimmung des schwerstkranken Mannes und damit vielleicht auch ihre eigene zu heben? Doch Gustav Mahler ist nicht der Mensch, den man mit falscher Hoffnung beruhigen kann. Er mag auch kein falsches Mitleid. Im Gegenteil hierzu unverhüllte Wahrheit einer aufrechten, menschlichen, wie die unsere mit Leiden und Tränen erkämpften Liebe. Er wird es verstehen und der Alptraum wird zu Ende sein.

»Die Menschen meinen, der Tod sei furchtbar«, sagt er, wie immer in sanftem und bedachtem Ton. »Was ist er, wann kommt er?«

›Na, nu‹, denkt Alma, ›also doch, er ist in seinen Gedanken nicht ferner als ich!‹

»Ich habe nichts gegen ihn einzuwenden, wenn er mir diese Schmerzen nimmt. Was ist die Wahrheit? Wonach würden wir dann streben, wenn wir sie hätten? Gewöhne dich daran zu glauben, dass die Wahrheit der Tod ist, und der hat keine Bedeutung für uns Menschen. Denn alles, was gut ist – das vermeintliche Leben – und alles was schlecht ist – der hässliche Tod –, ist Sache der Wahrnehmung. Und gerade der Verlust dieser Wahrnehmung ist der Tod. Daher hat der persische Dichter und Philosoph Omar Khayyam Recht, wenn er schreibt:

> »*Komm setz dich zu mir, lass die Weisen reden,*
> *das Leben ist verrückt, doch süß der Flieder.*
> *Nur eins bleibt Wahrheit, und der Rest ist Unsinn:*
> *verwelkte Rosen blühen niemals wieder.*«

»Darum strapaziere nicht mehr deinen Kopf mit philosophischen Thesen über Leben und Tod«, sagt er in sanftem Ton, »sondern höre deinem dich ewig liebenden und noch lebenden Gustav zu: Machen wir uns nichts mehr vor, mir kann man nicht mehr helfen. Ich habe keine Chance mehr, der Invasion der Streptokokken zu widerstehen.«

Keineswegs ermutigt, reagiert Alma doch vorsichtig. »Du erwägst fatalistische Abstrakte, während es mir zufällt, dem leibhaftigen Ehemann beizustehen, und diesen großartigen Geist zum Widerstand zu bewegen. Ich weiß, dass du schwerstkrank bist und unter Qualen und Schmerzen leidest. Aber es gibt immer noch die Hoffnung auf eine Heilung, die will ich nicht aufgeben. Und meine Hoffnung ist: Ärzte in Paris werden dir helfen.«

»Ich bin aus dem Schlaf aufgeschreckt und hatte Angst vor dem Tod«, sagt Mahler in einem Atemzug, »und auch jetzt noch befinde ich mich in dieser Panik.«

Es ist kurz vor Sonnenaufgang. Seine Stimme klingt anders, als Alma sie kennt, wenn sie sich unterhalten, wenn er ihr etwas erzählt oder sie um etwas bittet, oder wenn er sagt: ›Hoffnung? Hoffnung ist das Übelste der Übel!‹ Man kann nicht sagen, dass die Stimme bebt, aber sie ist belegt, wie eine Stimme hinter den großen Sehnsüchten, nur mühsam beherrscht, mit einem Ausbruch droht. Mahler hatte geträumt, dass er auf der Bühne an der Wiener Hofoper auf seinem Dirigentenpult steht und den Takt zur Neunten Symphonie frei gibt, und das Orchester verweigert zu spielen. Es kam in letzter Zeit immer wieder vor, dass er von noch verrückteren Sachen träumte, und davon kaum jemandem erzählte, weil er sie vergaß oder sie einfach wie Fieberträume verschwanden. Aber diesmal: »Als ich aufwachte, wusste ich zum ersten Mal alles im Detail. Auch von meinem Tod! Auch vom Tod meiner Tochter Maria und meines Bruders Ernst, meiner Schwester und meiner Eltern. Und zu meiner Überraschung auch von deinem Tod«. Verlegen stolpert er in diesem Moment über seine Worte. »Sicher denkst du jetzt, das sind doch nur Träume! Das sind doch Hirngespinste eines ins Schwanken geratenen febrilen Körpers mit erschütterter Seele. Und irgendwie wusste ich es natürlich: Fieber, Hypnotika und Schmerzmittel. Aber höre zu, als ich aufwachte, wusste ich zum ersten Mal wirklich, wovon ich geträumt hatte. Und nun habe ich solch panische Angst.«

Alma versucht ihn zu beruhigen. Sie streichelt ihm über den Kopf und die Wangen, wie die Mutter das Kind, küsst, hegt und pflegt. Jetzt weint sie bitterlich.

Ein mühsames Lächeln huscht über Mahlers Gesicht. ›Wenn meine sonst disziplinierte Alma weint, muss es doch sehr ernst um mich stehen. Sonst ist immer sie es, die mich zu Widerstand und Härte drängt und ihre Gefühle hinter dem kühl kalkulierbaren Verstand verlagert. Furcht vor dem Tod und die Angst vor dem schauderhaften Ende, vor körperlichem und geistigem Verfall kann also jeden, auch eine Lebenskünstlerin wie Alma aus dem Gleichgewicht bringen‹, denkt er und sagt: »Die Träume, meine Träume von heute Nacht haben mir klar und deutlich Dinge vorgeführt, die ich nie wieder tun werden kann. Stell dir vor, ich sitze vor dem Flügel, kann keine Taste berühren!« Er schließt die Augen und weint. »Es geht um Dinge, die ich gerne vor meinem Abgang tun und erwirken würde, weil ich noch vieles empfinde, das sonst in mir und mit mir sterben würde. Mein ganzes Leben ist ein großes Heimweh. Eine Sehnsucht nach Elysium. Auch ein Märtyrer Gustav Mahler will nicht die Welt ohne einen würdigen Nachlass für Frieden, Solidarität und Liebe unter den Mitmenschen verlassen.«

Zur gleichen Zeit empfindet Alma ein Gefühl höchster Angst, ihrem Mann etwas Falsches zu sagen. Doch woher kommt dieses Gefühl der Schwermut, das sie überfällt, wie ein Blitz aus heiterem Himmel ihrer widersprüchlichen Gefühlen. »Du musst tapfer sein, wir werden auch diese Krise überleben, auch den scheinbaren Augenblick des Todes.«

»Aber, meine Liebste, verstehst du denn nicht, vom Augenblick des Todes an bin ich aber gar nicht mehr da, nicht mehr imstande meine Wünsche zu äußern?«

»Ja, aber jetzt, jetzt lebst du noch und musst viel Schmerzen ertragen, aber du lebst!«

Mahler schüttelt den Kopf. »Bitte sprich nicht mehr von der in die Ferne gerückte, unnahbare Hoffnung. Was mich in diesem Augenblick zermürbt, ist die in mir bestehende Unabgeschlossenheit, die mich zu einem unglücklichen Menschen macht, nicht die unheilbare Krankheit!«

»Warum sollte man nicht für seine innere Abgeschlossenheit im Leben, gegen die Willkür einer heimtückischen Krankheit kämpfen?«

»Weil ein Kampf gegen Goliath nicht zu gewinnen ist!«

»Und David trat zu dem Philister und nahm sein Schwert und zog's aus der Scheide und tötete ihn und tötete ihn und ...«

Mahler schüttelt wieder den Kopf. »Ich wäre gern ein David gewesen, der vom Propheten Samuel auserwählten unter acht Söhnen Isais, der zum König Israels berufen wurde. Ich bin aber kein Kämpfer, meine Natur ist weich, kann keiner Härte widerstehen, sonst wäre ich als Jude nie zum Katholizismus übergetreten, um zum König des Südens und Musikdirektor in Wien zu werden! Für die Musik bin ich geboren, für die Musik will ich sterben. Ich wäre gerne doch einer geworden, konsequent und ohne Konzession, der den würdigen Weg von Mozart und Beethoven bestreiten konnte, aber ich habe mit meiner religiösen Konzession diese Würde nicht mehr verdient. Ich bin traurig, dass ich nicht erneut die >Zauberflöte< und >Fidelio< inszenieren kann. Bis vor einigen Tagen habe ich, so scheint es, mit einem undefinierbaren, unerschöpflichen Optimismus gelebt, dass ich noch die Zeit haben werde es zu schaffen, die Welt mit noch mehr Enthusiasmus für Beethovens Friedensbotschaft zu bewegen. Erst das Erwachen aus diesem erschütternden Traum, lässt mich erkennen: Mein Leben wird ohne diese Inszenierungen, ohne meine Botschaft für Frieden und Brüderlichkeit zu Ende gehen.«

»Nun, wenn du es so genau weißt, und dich für das Ende deines irdischen Daseins vorbereitest, warum dann diese Angst, die du vorher geleugnet hast? Warum nicht einfach Trauer und Enttäuschung? Oder auch meinetwegen Zorn und Verbitterung?«

»Das ist ein Missverständnis, meine Liebe, die Angst von der ich gesprochen habe, galt nicht der Gewissheit meines Sterbens, sondern jener unvollendeten Arbeiten, die ich hinterlassen werde. Daher machte mir deine ernst gemeinte Hoffnung Angst!«

Alma, die fleißige Leserin Nietzsches >Menschliches. Allzu menschliches<, frohlockt innerlich. Sie ist bisher sehr sorgfältig mit ihren Worten umgegangen, und jetzt würde sie die Früchte ihres Vorgehens ernten wollen. Das Gespräch bewegt sich genau in die von ihr gewünschte Bahn.

»Die Hoffnung, über welche Nietzsche so entsetzlich schreibt: >Hoffnung? Hoffnung ist das Übelste der Übel!< hat keine besondere philosophische Geschichte. Als Pandora das Fass öffnete und die Übel, welche Zeus hineingelegt hatte, in die Welt der Menschen ausgeflogen waren, blieb, von allen unbemerkt, ein letztes Übel zurück – die Hoffnung. Seit dieser Zeit betrachten die Menschen das Fass und seinen Inhalt, die Hoffnung, irrigerweise als Schatz, als das größte Glücksgut. Dabei haben wir vergessen, dass Zeus den Menschen wünschte, sie möchten sich weiterhin quälen. Die Hoffnung ist das Übelste der Übel, weil sie die Qual der Menschen verlängert.«

»Demnach könnte es heißen, um dieser Verlängerung zu entkommen, dürfte man sein Ende beschleunigen, wenn man es wünschte?«

Alma ist entsetzt von seiner Folgerung, versucht vom Thema abzulenken. »Man muss nicht jedes Wort des Fatalisten Nietzsche als bare Münze nehmen. Jedem Menschen gehört eine Portion Hoffnung. Ohne sie wäre das Leben unerträglich.«

»Aber sich von der Qual einer unheilbaren Krankheit befreien zu dürfen, ist auch eine Art Hoffnung!«

»Du sprichst ohne zu zögern vom Freitod? Du meinst der Selbstmord soll regelrecht jedem zur freien Disposition stehen?«

Zu Almas erstaunen, erwidert Mahler sehr gelassen und unsentimental. »Der Tod ist jedem Menschen sicher und eigen. Jeder sollte auf eigene Art und Vorstellung sterben dürfen. Wir haben kein Recht einem anderen dieses Recht zu verweigern. Das ist weder Liebe noch Trost, das ist Willkür und Tyrannei!«

Alma will eigentlich das Gespräch auf die bevorstehende Überfahrt nach Europa lenken, aber sie will auch erfahren, was er wirklich mit diesem letzten Satz gemeint hat. »Sterben ist ein Phänomen, mit dem wir uns so lange es gut geht, nicht auseinandersetzen. Das schöne Leben betäubt sozusagen unser Empfinden für den unweigerlichen Prozess des Sterbens. Sterben ist schwer, aber Leben und Sterben sind untrennbar. Wer will schon freiwillig und hemmungslos auf das Leben verzichten. Eigene Empfindungen und Reaktionen auf bestimmte Lebensereignisse rekonstruieren, kein leichtes Unterfangen. Sie sind die Schatten unseres Daseins – immer verschwommen, undeutlicher als dieses. Niemand begeht Selbstmord, wenn er glücklich ist; es gibt keinen Grund. Bist du je glücklich gewesen?«

Mahler wird unruhig, atmet mehrmals schwer tief ein und aus. »Ich und Glück?!« Er blickt so traurig und hilflos zur Decke, als ob er in dem Raum, wo sie sich befinden, keine Hilfe findet. Nach Sekunden langem Schweigen: »Ich könnte sagen, ich bin glücklich, wenn der Würgeengel meiner Konzessionen mich nicht ständig verfolgen würde.«

»Welche Konzessionen?«

»Ethische, ethnische, religiöse, gesellschaftspolitische ... selbst für meine Liebe zu einer Frau namens Alma Schindler musste ich auf mein jüdisches Glaubensbekenntnis verzichten und zum Katholizismus übertreten!«

»Und für die Direktion der Wiener Hofoper!«

»Meine Berufung nach Wien hatte zunächst nur eine unerhörte Unruhe und Kampferwartung in mein Leben gebracht... In allen Fällen musste ich mich auf ein Jahr der erbittertsten Gegnerschaft aller Elemente, die nicht wollten oder konnten – was gewöhnlich zusammenfällt – gefasst machen. Dieses Gefühl der schändlichen Konzession habe ich seither in mir getragen. Ich dachte, mit dem Abschied aus Hamburg kehre ich in die Heimat zurück und werde mit Familie und Arbeit alles daran setzen, um die Wanderschaft in meinem Leben zu beenden. Aber so richtig glücklich war ich nirgends, auch in Wien nicht!«

Alma zögert, und dann sagt sie es doch: »Du hättest ein robusteres Nervenkostüm gebraucht, um diese Umstände im Leben besser zu überwinden. Etwas gelassener, nicht so ernster Natur. Etwas positiver und egoistischer wie ich.« Alma, die wohl der Drache sein konnte, das Fabelwesen in der Art eines Beschützers, der sich wie ein Schild vor Gustav Mahler stellen will, ist selbst hilflos wie noch nie im Leben und in dieser heiklen Situation, in der sie sich befindet. Der Ausweg ist, dass sie von schöneren Zeiten in ihrem gemeinsamen Leben spricht und von den großartigen Erfolgen im Berufsleben, den Kompositionen und den Sommeraufenthalten als die Familie sich fortan von den anstrengenden Konzertsaisons in Amerika zu erholen pflegte. Die Villa, in der sie alles an den Tod Marias, seiner Lieblingstochter erinnerte, wurde verkauft. Dann die Erinnerungen an ihre Sommer mit der zweiten Tochter Anna von 1908 bis 1910 in Toblach (Dobliaco) in den Dolomiten. Und die Amerika-Aufenthalte, wenngleich strapaziös, brachten Mahler große Erfolge und Anerkennung. Dazu die Leitung eines eigenen Konzertorchesters war schon lange Mahlers Traum gewesen. Und dieser Traum wurde in New York erfüllt: Im März 1909 dirigierte Mahler zum ersten Mal sein >New Yorker Philharmonie Orchestra<. Als seine Wiener Freunde, die ihn gern in Österreich hätten, argwöhnten Alma habe ihren Mann aus Geldgier dazu gedrängt, das Angebot aus Amerika anzunehmen, um ein luxuriöseres Leben führen zu können, verteidigt er sie rückhaltlos. Einem seiner besten Freunde, dem Musikwissenschaftler Guido Adler, schreibt er einen Brief, der belegt, dass Mahler durchaus wusste, was er an seiner praktisch veranlagten Frau hatte.

»Du kannst es mir aufs Wort glauben, dass sie nichts anderes im Auge hat als mein Wohl. Und wie sie acht Jahre lang in Wien an meiner Seite sich weder von dem äußeren Glanz meiner Stellung blenden ließ, noch trotz ihres Temperaments [...] sich zu irgendwelchem, selbst unserer sozialen Stellung gemäßen Luxus verleiten ließ, so ist auch jetzt nichts anderes ihr ernstes Bestreben, als meine Anstrengungen (die übrigens, ich wiederhole es, keine Überanstrengungen sind wie in Wien) für meine Unabhängigkeit, die mir das Schaffen erst recht ermöglichen soll, ein baldiges Ziel zu setzen.«

Schweigende Minuten vergehen. Er streckt die Beine und greift zur Tasse Tee, den Alma ihm zubereitet hat. Es beschäftigt ihn, wie immer in solchen Engpässen im Leben nur ein Thema: >Liebt sie mich oder tut sie es aus Mitleid, weil ich so hilfsbedürftig geworden bin?< Er hat einmal in einem Buch von Pierre Jean Jouve eine mystische Passage gelesen: >Wenn es nun aber Gottes Wille wäre, dich in die Hölle zu stoßen – mich in die Hölle zu stoßen? Möge seine Güte ihn davor bewahren. Wenn er mich aber wirklich in die Hölle stieße, so hätte ich zwei Arme, ihn zu umfassen. Der eine Arm ist die wahre Demut, mit dem ich ihn umschlänge, um mich derart seiner heiligen Menschheit zu vereinen und mit dem rechten Arm der Liebe, der mich seiner heiligen Gottheit vereint, umfasste ich ihn so eng, dass er mit mir in die Hölle hinab müsste.<

Wieder ist er von Gewissensbissen heimgesucht, den jüdischen Glauben verleugnet und verraten zu haben, um sich den gesellschaftlichen Aufstieg zu ermöglichen! Obwohl er eigentlich selbst und alle seine Geschwister unorthodox als weitgehend assimilierte >Drei-Tages-Juden< nur die drei höchsten Festtage begingen, wahrten sie respektvolles Schweigen, während die Eltern – die einzigen praktizierenden Juden in der Familie – ihre Gebete über Brot und Wein sprachen. Gustav und Justine hielten nicht die alltäglichen jüdischen Gebote ein, doch um der Eltern, vor allem Mutters Willen, tischte Justine an keinem Tag Schweinefleisch auf.

Mahlers Gesicht macht zunächst Staunen durch den Ausdruck einer Liebenswürdigkeit, die noch auf den Zügen des Leidenden zu wohnen scheint. Erst dann sieht man das Gesicht mit tiefen Falten um den Mund, unter dem Mehrtagebart verborgen, die Haut aschfahl, blaue Lippen, die Augen eingesunken, müde ohne Glanz, der ganze Körper fiebert und friert in kaltem Schweiß gebadet. Er muss immer wieder den Schlafrock wechseln. Jetzt atmet er ruhiger als in der Nacht, aber der Puls ist schwach und rasend um Hundert bis Hundertzwanzig. Immer wieder fröstelt er, doch als Alma ihm die Wolldecke überzieht, stöhnt er und beklagt sich über so viel Schweiß.

»Mein Lieber! Gustav, du musst mehr trinken, du verlierst sonst zu viel an Substanz!«

Almas Hauptsorge ist, dass das Herzrasen nicht wieder dramatisch wird. Ihr gelingt es nicht Dr. Fraenkel zu sprechen, sein Telefon ist besetzt. Da er versprochen hat vor der Abreise zu kommen, wird er bald erscheinen, beruhigt sich Alma. Gerade ist sie mit dem Austausch des durchnässten Schlafrocks und der Unterwäsche fertig geworden, klingelt es an der Tür. Dr. Fraenkel tritt ein. Er macht sich gleich, ungeachtet der Umstände, an seine Untersuchung: Der allgemeine Zustand hat sich nicht wesentlich geändert. Mahlers Gesicht, voran die Lippenzyanose, die Pupillen angedeutet erweitert und beide Halsschlagadern so gestaut, dass sie sich wie dicke bläuliche Schnüre anfühlen. Die Herzfrequenz ist zu hoch. Er streichelt sanft die rechte Halsschlagader und sagt: »Carotismassage«, und fordert den Patienten auf tief und ruhig zu atmen. Langsam beruhigt sich das Herz und der Puls geht auf Neunzig zurück. Fraenkel überprüft nochmals die Herztätigkeit. Die Herzgeräusche im Thoraxraum ähneln eher Maschinengeräuschen, hochgradige Mitral- und Trikuspidalinsuffizienz, beginnende Aortenläsion! Er misst mit Sorgfalt den Blutdruck, der mit 100/60 mmHg eher niedrig ist. »Herr Mahler, haben die Nitroglyzerin Pastillen geholfen?«

»Seitdem ich sie für die Nacht nehme, habe ich kaum mehr Schmerzen. Ich muss aber gestehen, ich nehme sie öfter als Sie verordnet haben!« sagt Mahler dankbar.

»Und wie ist es mit dem Schlafen?«

»Unter Einnahme von Chloral-Hydrat, schlafe ich einigermaßen, aber diese fürchterlichen Träume, die mich überfallen, kenne ich sonst nicht!«

»Ich habe Chloral nur in geringer Dosis verordnet, damit Sie etwas beruhigter die Überfahrt über den Atlantik hinter sich bringen. Sie dürfen nicht verschwenderisch damit umgehen! Chloral ist wie alle Arzneimittel ein Gift, wenn man die Dosis missachtet! Und Ihre Träume, Herr Mahler, sind durch die halluzinogene Nebenwirkung von Morphin wahrscheinlich in Kombination mit Chloral bedingt; also bitte geben Sie Acht mit Ihren Einnahmen. Das Herz schafft so viel Drogen nicht!«

Alma schüttelt einsichtig den Kopf. »Wir werden Ihren Verordnungen folgen und streng die Dosis einhalten, Dr. Fraenkel.«

Fraenkel senkt die Stimme. »Für die lange Überfahrt benötigen Sie noch die Nitroglyzerin Pastillen, die er bei Herzschmerzen unter die Zunge verabreicht bekommt.«

Mahler hebt den Kopf. »Glauben Sie denn, ich komme lebend in Paris an?«

»Hätte ich sonst solch strenge Disziplin verordnet? Ich kämpfe nicht nur gegen die Krankheit. Ich will Ihr Leben schützen! Verstehen Sie – Ihr Leben!«

»Leben? Was ist das? Diese Hölle, die ich durchmache, nennen Sie Leben?«

»Sie haben auch schöne Zeiten erlebt, daran müssen Sie Ihre Hoffnung knüpfen, an ruhmreiche Perioden Ihres künstlerischen Wirkens. Ein großer Komponist, wie Sie lebt nicht für sich. Er trägt eine große Verantwortung gegenüber seiner Kunst. Er lebt und arbeitet für sie. Ein Grund mehr sich fürs Leben zu entscheiden.«

Mahler weint und streckt mit einer dankbaren Geste die Hand zu Dr. Fraenkel. »Ein Arzt mit Ihrem Eifer ist ebenfalls ein großer Künstler, denn er versucht in die seelisch-körperliche Disharmonie des Menschen einzugreifen, und die bedrohte Gesundheit mit Harmonie wieder herzustellen.«

Fraenkel ist gerührt. Es dauert eine Weile, ehe er das dankbare Lächeln des Patienten wahrnimmt, um dies mit einem Lächeln zu erwidern.

»Von einem Künstler Ihres Formats gelobt zu werden, ist kein tägliches Brot. Danke, danke für Ihre weisen Worte. Mit fällt gerade Novalis >Das allgemeine Brouillon< ein, das ich gestern Abend las: >Jede Krankheit ist ein musicalisches Problem – die Heilung eine musicalische Auflösung. Je kürzer und dennoch vollständiger die Auflösung – desto größer das musicalische Talent des Arztes.«

»Na also, Herr Doktor!« sagt Mahler. »Sie müssen einen Anfang machen.«

›Einen Anfang machen! Wie könnte ich das?‹ sinniert Fraenkel, ›Und doch muss ich. Dies ist der einzigartige Augenblick, in dem der Keim der Hoffnung gelegt werden kann. Aber die Kunst in die Psyche eines hochsensiblen, schwerstkranken Menschen einzudringen, um die seit Jahren angesiedelte Schwermut zu vertreiben, ist ein schweres Unterfangen.‹ Unvermittelt, ohne irgendeinen Vorwand unterbricht Mahler das kurze Schweigen. »Mit welchem Talent hat er sein eigenes Leiden kürzen können?«

»Wer - ?«

»Na eben, Georg Philipp Friedrich Freiherr von Hardenberg, alias Novalis?«

»Was meinen Sie mit ›das Leiden kürzen‹?« fragt Fraenkel. »Wer hat das Leiden gekürzt? Wie kommen Sie auf eine solche Idee?«

»Der große Mozart, der viel hat ertragen müssen, war froh sterben zu können. Nicht anders war es bei Novalis. Beide sind doch in jüngeren Jahren, Novalis nicht mal 30jährig, Mozart 35jährig, gestorben. Sie, nenne ich Künstler im Sterben! Ich will kein Meister des Ertragens sein, nicht mehr!«

Im Augenblick, in dem er mit seinem Satz zu Ende kommt, wird es im Raum still, wie nach dem letzten Satz seiner 9. Symphonie. Alles ist ergriffen von diesem Satz, alles ist traurig. Alles an Fraenkels Körper und Seele, wird in diesem Augenblick zu trauriger Musik:

> *»Weil du selbst die Musik bist,*
> *solange sie forttönt«*   T.S. Eliot

Doch Fraenkel versteht es sehr gut zu handeln, wenn der Patient von Endzeitstimmung ergriffen ist.

»Wie geht es Ihnen jetzt?«

»Mein Herz drückt noch in der Brust, als ob es durch die Mangel gezogen wird, aber die Schläge sind ruhiger, kein Poltern mehr. Der

Magen dreht sich mir allein beim Gedanken ans Essen um. Ansonsten geht's mir bescheiden und mies.«

»Herr Mahler, lassen Sie mich noch einmal ohne Polemik sagen, *dass wir in Paris durchaus mit anderen Möglichkeiten im Kampf* gegen die Streptokokken rechnen können, wo man endlich kausal eingreifen kann. Das ist das Allerdringlichste. Das andere betrifft Ihre Stimmung, die mir überhaupt nicht gefällt. Fatalistisches Denken, macht es dem kranken Herz nicht gerade leichter in Ruhe zu schlagen, geschweige denn zu funktionieren, um das notwendige Blut in die Adern zu pumpen. Bei solcher Disharmonie muss die Seele zur Ruhe kommen. Als Ihr Arzt muss ich Ihnen sagen, dass Ihre Agonie mich sehr betroffen und traurig macht.«

»Verzeihen Sie, Doktor Fraenkel.« Mahler spricht einsichtig und ruhig. »Ich wollte Sie weiter sprechen hören, doch mein Geist arbeitet nicht mehr so frisch, um die Lage richtig wahrzunehmen. Ich schätze Sie sehr, als Arzt und Mensch, aber ich kann mich nicht mehr konzentrieren, und wenn die geistige Konzentration nachlässt, das wissen Sie besser als ich, dann gewinnen die chaotischen Gedanken die Überhand, dann ist der stärkste Mensch konfus. Und was Chloral und Morphin betrifft: Sie haben vollkommen Recht, das ist purer Leichtsinn, und ich hätte Ihrer Anordnung folgen müssen, denn diese Halluzinationen will ich nicht noch einmal erleben. Ich werde Ihre Verordnung einhalten, am besten überlasse ich alles meiner lieben Alma. Ich gebe zu, nach der Einnahme von einer Tablette hatte ich keine Geduld mehr auf die Wirkung zu warten, oder bin ich schon benommen gewesen und schluckte eine zweite oder dritte... unwissend und leichtsinnig. Das wird nicht mehr vorkommen, ich verspreche es Ihnen Dr. Fraenkel.«

Die durchaus einsichtige Erklärung nimmt Fraenkel beruhigt zur Kenntnis. Nicht immer kann er die Erklärung eines Patienten in solcher Situation ernst nehmen, denn allein die Angst vor Schmerzen, die einen ständig bedrohen, hindert jene Willenskraft, mit der man sich vor den Folgen der Überdosierung, nämlich Toleranz (Dosiserhöhung), Kumulation, Vergiftung und Organschädigung bewahren kann. Denn der Drogenabhängige stirbt nicht an seinem Grundleiden, vielmehr an durch die Medikamente verursachte Organschaden, wie zum Beispiel Nierenversagen.

»Gut Herr Mahler, dann wissen Sie wie Sie sich während der Überfahrt zu verhalten haben. Nur im Falle einer dringlichen Notwendigkeit, können Sie selbstverständlich die gewohnte Medikamentendosierung ändern. Nur in dem Fall, wenn die Schmerzattacken oder die Schlafstörung Ihr Wohlbefinden noch mehr zu beeinträchtigen drohen!«

»Von welchem Wohlbefinden sprechen Sie, Doktor Fraenkel, diesen Begriff kenne ich nicht mehr. Ich weiß schon lange nicht mehr, was ein heiteres, schmerzfreies Leben ist. Sie Doktor trifft keinerlei Schuld an meinem grausamen Schicksal. Ich wusste schon lange vor unserem Gespräch im Herbst vor einem Jahr, wie es um meine Krankheit und meine Überlebenschancen steht. Offen gesprochen, glaube ich, das heißt, ich ahnte schon auf der Reise nach New York, dass diese meine letzte Fahrt sein wird.«

Fraenkel ist sehr betroffen. Doch er will kein Wort mehr verlieren, keinen Widerspruch mehr, er wäre nicht ehrlich, vor allem dem Mann nicht würdig, den er so sehr schätzt, der seit längerer Zeit die Hölle durchlebt. Er lässt es dabei bleiben. Mehr gibt es nicht zu sagen. Mehr gibt es nicht zu tun. Was ihm zur Verfügung steht sind Worte, nicht mehr als Worte, und sie sind inzwischen ausgesprochen. Es entsteht eine Pause. Er packt die Instrumente in die Arzttasche und wartet geduldig ab, lauscht im Hinterkopf immer noch dem 4. Satz der 9. Symphonie im Schlafzimmer des Patienten. Wie oft hat er Mahler auf dem Dirigentenpult belauscht und bewundert, aber hier ist keine Bühne, kein Pult, kein Orchester. Der Dirigent schwebt über alle diese Umstände in seinem ersehnten Himmel.

Mahler atmet ruhig, er scheint wieder in einen kurzen Schlaf, einen Erschöpfungsschlummer versunken zu sein.

Dann spricht Alma sehr vertrauensvoll. Ihr Ton ist sanft, mit sehr dankbarer Gestik. »Wir stehen tief in Ihrer Schuld. Glauben Sie mir, er schätzt Sie über alle Ihre wissenschaftlich medizinische Kunst, vor allem als einen liebenswürdigen Menschen, den man nicht so oft im Leben trifft. So einen Menschen kann man nur lieben und verehren.«

>Zumindest haben meine Empfindungen für Alma, die Frau meines Patienten nichts damit zu tun, dass ich erleichtert bin, für ihn alles getan zu haben. Als Arzt habe ich meine Pflicht vor jegliche persönlichen Leidenschaften gestellt. Ich habe keinen Grund mir etwas vorzuwerfen. Welcher Kollege hätte denn so lange mit seinem Gewissen Krieg geführt und sich einer unwiderstehlich schönen Frau nur mit Vernunft und Anstand abgeplagt?<

Was immer die Gründe sein mögen, Fraenkel fährt nicht mit seinem Patienten, in Begleitung seiner Frau, die ihm sehr gefällt, nach Paris.

Als Fraenkel sich verabschieden will, sagt Mahler in freundschaftlichem Ton: »Machen Sie sich keine Sorgen um mich, Doktor! Wenn wir Ihrem Rat, Ihren fürsorglichen Verordnungen und Anweisungen nicht immer gefolgt sind, lässt mich die Demütigung umso bitterer empfinden, wenn Sie mich nicht als dankbaren Patienten in Erinnerung bewahren. Bitte...«

Mahler wendet den Kopf wieder ab, atmet mehrmals tief ein und aus. »Ich sollte mich jetzt langsam auf meine lange Reise einstellen und Sie in Ihre Heimkehr entlassen.«

>Wie ist es möglich<, denkt Mahler, >dass er von einer langen Reise und dem Heimkehren in einem und dem gleichen Atemzug spricht.< Es hat den Klang von endgültigem Abschied, als er sich mit Dankbarkeit von Dr. Fraenkel verabschiedet. Nur er und sein Arzt wissen, was mit seiner „langen Reise" und Fraenkels „Heimkehr" gemeint war. Der eine geht nach Paris, dann nach Wien, um nach langer Reise heimzukehren, zu sterben, der andere hat diese Reise noch vor sich.

Die Überfahrt von New York nach Cherbourg am 8. April 1911

>Seht mir an! Sagte der alte Steuermann, da fährt Zarathustra zur Hölle!<
>Zur Hölle geht, wer deine Wege geht!< -
>Wohlan! Zu meiner Hölle
Will ich den Weg mir mit guten Sprüchen pflastern.<
Friedrich Nietzsche

Beim Abschied weiß Dr. Fraenkel als einziger, wie es um Gustav Mahler wirklich steht, dass es zu spät ist, dass die Krankheit Endokarditis lenta soweit fortgeschritten ist, dass ihm niemand mehr helfen kann, auch in Paris nicht.

Seit sie New York verlassen haben versucht Ferruccio Busoni, der sich ebenfalls auf dem Schiff befindet, für eine bessere Stimmung des Kollegen Mahler zu sorgen. Mit dem Erzählen von kontrapunktischen Anekdoten versucht er ihn, und vielleicht auch sich selbst von der langen Seereise abzulenken. Alma Mahler, die sonst reiselustige Frau ist nicht in bester Stimmung. Noch nicht!

Mahler mit Gehstock und festem Filzhut, Busoni mit einem Strohhut, beide entsprechend der langen Seereise sportlich gekleidet, steigen von der Brücke hinunter an Deck, blicken wehmütig auf die Lichter der Weltstadt New York zurück, die sie gerade verlassen haben. Dieser Anblick verstärkt die melancholische Abschiedsstimmung. Mit dem Blick auf den unendlichen Ozean atmet Mahler bewusst mehrmals die feuchte salzhaltige Luft ein und aus. Sie scheint ihm wohlzutun, denn er wiederholt immer wieder die von Dr. Fraenkel empfohlenen Atemübungen. Busoni macht ihm nach als er sieht, wie Mahlers gelbgraues Gesicht sich allmählich rosig färbt und seine müden glasigen Augen vitaler werden.

Nun verfolgen sie die durch gewaltige Umwälzung des Wassers entstehende Straße, die der Ozeandampfer hinterlässt, und bald in die Dunkelheit eintaucht.

»Die große breite Straße, die der Dampfer fährt, verschwindet hinter uns im Nichts, als wären wir gar nicht dagewesen!« sagt Mahler.

»So sind auch die Ereignisse in unserem Leben, wenn sie auch noch so gewaltig und groß erscheinen, sie kommen und verschwinden, als ob sie nie existiert hätten!« erwidert Busoni.

Gustav Mahler ist von der Antwort des Kollegen überrascht.

»Sterben und Vergehen wie Morgentau. Verschwinden im Nichts, das ist der beste Tod, den man am Festland nicht findet, weil man dort immer gefunden wird, und damit rechnen muss, jemandem aufs Gemüt zu schlagen. Hier dagegen kann man gar nicht gefunden werden, sofern man den richtigen Moment wählt und ohne Aufsehen über Bord verschwindet!«

Es ist nicht überraschend für Busoni. Er weiß, dass Melancholie und krankhafte Schwermut nicht dasselbe sind: doch wenn er den schwermütigen Freund so reden hört, muss er etwas unternehmen. Mahler ist kein gewöhnlicher Reisender, er ist krank, wie schwer, weiß Busoni nicht. Was auch geschehen mag, er will auf dieser Reise dem kranken Mahler ein guter Freund bleiben. ›Dr. Fraenkel mag in seinen körperlichen Diagnosen immer treffsicher sein, er ist Neurologe, und wenn er es mit einem Patienten wie Gustav Mahler zu tun hat, und dazu noch seine Frau kennenlernt, die ihn überwältigt und er sich in sie verliebt, ist er nicht mehr sachlich genug, um sich um die desolate Lage der Psyche des Patienten zu kümmern. Solchen Typen von Frauen wie Alma Mahler sind die Männer schnell verfallen, Fraenkel macht keine Ausnahme. Er will den schwer kranken Freund loswerden, bevor er einen kardinalen Fehler begeht und die Frau seines Patientenverführt! Wer verführt wen?‹

»Der Tod durch Verschwinden von Bord!« Dieser Satz Gustav Mahlers beschäftigt Busoni mehr als er will. ›Diese Frau treibt ihn zum

Wahnsinn. Er ist nicht mehr Herr seiner Sinne. Was ist Alma Mahler für eine Frau? Die Männer sind ihr verfallen, ihrer Schönheit, ihrer Bildung und ihrem Verstand. Das Bild der Femme Fatale, die von Affäre zu Affäre, von einem Seitensprung zum nächsten Liebhaber taumelt, ist perfekt für eine Frau, die immer wieder von sich behauptet: Ich bin das Gegenteil einer Exhibitionistin, scheint nicht zu stimmen, denn aus Angst, die berühmte Muse berühmter Männer könne unweiblich wirken, lässt sie keine Gelegenheit aus, ihre erotisierende Weiblichkeit noch mehr zu exponieren.<

Nach einem Drink mit der Familie Mahler, hoffte Busoni auf einen guten Schlaf. Stattdessen liegt er in seiner Kabine und grübelt. Bis vor wenigen Tagen schwärmte übrigens Signore Busoni auch noch für Alma Mahler. Er hatte öfter Gelegenheit gehabt sie nach Konzertveranstaltungen bei einer Cocktailparty etwas näher kennen zu lernen. Auch ihre Sorge um die Gesundheit ihres Mannes beeindruckt ihn sehr. Was ihn verwundert, sie plant schon ihre Rückreise nach Amerika, will möglichst schnell in Los Angeles ein Haus kaufen. Sie weiß doch nicht, wie lange die Behandlung und Genesung des kranken Patienten und Ehemannes Zeit in Anspruch nehmen wird, oder hat sie ihn schon abgeschrieben?

Busonis Sorgen um den Freund nehmen zu, je mehr er an die Frau an seiner Seite denkt. Er hat einmal Alma Mahler ungezielt beobachtet als sie eine Cocktailbar betrat, eine Frau mit üppiger Oberweite und lieblichem Mund. Sie trug einen weitkrempigen Hut und eine schmalgeschnittene figurbetonte Bluse. Ihre festliche Garderobe war streng, erregte aber wegen ihrer Besonderheit die Aufmerksamkeit. Mit solchen Auftritten hat sie sich eine große Anhängerschaft gemacht. Sie war optisch dominant, ihr schmächtiger, untersetzter, liebenswürdiger Mann wurde kaum wahrgenommen, denn die Frau in großer Aufmachung, mit dem großen Hut, verführerischen Augen und sinnlichen Lippen bestimmte sofort die Szene. Sie hat ein ungeheures Talent, die Blicke der Männer auf sich zu lenken. Sie spricht lange nicht und dann nur kurze, knappe Sätze. Busoni grübelt weiter: Alma nutzte die Spannung im Raum, den sie betrat, auf magische Weise, indem sie nichts anderes tat als eine erhabene Gestik einzusetzen – ihre Waffe. Die Kleidung diente dazu, ihre

Gegenwart außerordentlich zu machen. Sie wirkte dadurch erhaben und mysteriös. Jede Person im Raum, jede noch so attraktive Frau verschwand im Schatten ihrer enormen – aber nicht aggressiven – Gegenwart. Sie muss im Besitz von Magie oder einer besonderen Kraft sein, mit der sie die schwärmerischen Männer sich untertan macht. Gustav Klimt beschreibt sie: >*Alma ist schön, klug, geistreich, sie hat Alles, was ein anspruchsvoller Mann von einem Weib verlangen kann, im reichen Maße, ich glaube, wo sie hinkommt, hinschaut in die Männerwelt, ist sie Herrin, Gebieterin.*< Das Urteilsvermögen von Männern schwankt zwischen Schwärmerei und Faszination, das ist nie objektiv. Frauen sind oft Gegenstand vieler mystischer Gestalten, weil sie das Geheimnis des Lebens in und mit sich tragen. Die Kraft dieses Geheimnisses ist viel mehr als die Potenz der Männlichkeit mit Herrschaftssucht und patriarchischem Besitzdrang. Die Frauen werden als angebetete Figuren wie die Jungfrau Maria, Mutter Gottes, Mutter Natur, Göttinnen der Erde, Madonna auf idealisierte Weise beschrieben, aber auch als Pandora, die alles Übel über die Menschheit bringt. Jeder benutzt, was seiner Natur entspricht. Der Vogel den Schnabel und der Fuchs die Standarte. Sie sind wie Himmel und Erde, leben nie nebeneinander, dort, wo sich Fuchs und Hase gute Nacht sagen. Gewöhnlich leben Männer und Frauen friedlich miteinander und benutzen ihre Waffen nur, um zu überleben: Geld, Macht und Position aber auch die männliche Potenz und Überzeugungskraft, Humor und Dynamik der Worte. Die Frau sucht erst nach den Schwächen des Mannes. Hierbei ist Alma Mahler besonders talentiert >Es lag nicht nur in der Zeit, es lag in mir. Ich war schwer zu erobern<. Sie will mit dieser Waffe nicht nur Gustav Mahlers Schwäche zum Ausdruck bringen, sondern vor allem die Schwäche des Mannes überhaupt. Alexander von Zembinsky verliebte sich in seine schöne Schülerin. Alma erwidert diese Liebe leidenschaftlich und denkt sogar ans Heiraten, tauscht mit dem Verehrer leidenschaftliche Küsse aus, „so dass die Zähne schmerzen", aber gleichzeitig quält sie den Liebhaber grausam; stichelt über seine äußere Erscheinung, lässt ihn ihre antisemitischen Vorurteile spüren, geht eines Tages sogar soweit, ihm jene Seiten ihres Tagebuchs zu zeigen, auf denen sie gnadenlos die Hässlichkeit seiner Physiognomie notiert hatte. Trotzdem hätte Alma ihn geheiratet, wenn kein anderer Jude in ihr Netz gegangen wäre, dem sie mehr sozial-gesellschaftlichen Aufstieg zutraute. >*Er, Zembinsky, hässlich – so klein, ich so schön – so groß*<. Einerseits wollte sie Kinder bekommen, aber keine kleinen, degenerierten Judenkinder, andererseits sagt sie: >*Sein und mein Blut, vermischt: von mir die Schönheit, von ihm den Geist.*< Im Allgemeinen stößt sie die Vorstellung ab, ihre schöne „arische" Rasse zu erniedrigen. Dazu kommen die fürsorglichen und warnenden Worte der Mutter: >*Du bist nicht der Mensch, Opfer zu bringen – und er auch nicht. Bei Wasser und Brot vergeht die große Liebe. Ich hätte nichts gegen von Zembinsky – aber ein bisserl Geld müsste er doch haben*<. Alma ist und bleibt ein ganz gemeines, oberflächliches, gefall- und herrschsüchtiges und egoistisches Weib, vor dem jeder, der an ihr Gefallen findet, gewarnt werden muss.

Busoni grinst, steht auf, läuft in seiner Kabine herum, lässt sich auf das Bett fallen. Die nächsten Opfer, das sind viele, nur einige, die mir im Moment einfallen: Max Burckhard, der eigenwillige und unkonventionelle Burgtheaterdirektor, der schon die Fünfzehnjährige mit Literatur versorgte und sich ihres *irrlichternden Geistes* angenommen hatte, der Andere, der Architekt Joseph Maria Olbrich, der Erbauer des Wiener Secessionsgebäudes. Alma würde ihn am liebsten sofort heiraten, er besitzt Genialität, Stolz, Eitelkeit, Egoismus, eiserner Wille, maßloses Selbstbewusstsein. Sein Glück ist, er hat noch Verstand und lässt sich von einer selbstsüchtigen Schönheit nicht vereinnahmen. Derjenige, der dann an seine Stelle kommt, der mystische Komponist und gefeierte Dirigent Gustav Mahler, gerät in Almas Falle und kann sich nicht mehr befreien.

Als Ferruccio Busoni das Klopfen an seiner Kabinentür hört, springt er von seinem Bett auf und ist froh vom schwarzen Netz des Grübelns über Alma Mahler befreit zu werden. >Habe ich mir das Klopfen an der Tür gewünscht? Oder mir eingebildet, jemand möge zu mir kommen?< Männer wie Busoni haben Angst vor Frauen, vor allem vor solchen wie Alma Mahler. Busoni begrüßt diese Angst, weil sie ihn wachsam hält. Der Erfolg einer Frau wie Alma Mahler beruht nicht darauf die Männer mit schwachem Charakter zu wählen, im Gegenteil ein Mann wie Gustav Mahler öffnet ihr das Tor zur High Society, nicht nur in New York. Und er ist nicht nur eine große

Charakterpersönlichkeit, gleichwohl ein großer Komponist. Je stärker solche Frauen wie Alma in den Genuss einer gesellschaftlichen Position gekommen sind, umso mehr wollen sie ihre Stellung erhalten, deswegen schließen sie mit Männern Frieden. Das bedeutet, dass Alma jeden erfolgreichen und bedeutenden Mann als Verbündeten für die eigenen Zwecke instrumentalisieren will. Die Liebe spielt bei ihr eine untergeordnete Rolle. Sie weiß, dass die Stellung an der Seite eines erfolgreichen Mannes für die Liebe und das Privatleben oft keinen Platz hat. Sie nimmt diese Stellung ein, aber ohne Verzicht auf ihr sexuelles Verlangen, das sie bei anderen Liebhabern nachholen kann.

Gustav Mahler steht vor Busonis Kabine. Er kann auch nicht schlafen, daher sucht er bei dem guten Freund die lange Nacht, die dunkle See und die beängstigende Stille mit einem Gespräch zu verkürzen. Mahler seufzt. Wenn er ganz allein ist, braucht er sich nicht zu beherrschen. Manchmal ist ihm zum Weinen zumute, aber er unterdrückt solche Emotionen vor allem, wenn Alma oder andere anwesend sind. Sie wollen den starken Mann an ihrer Seite sehen. Sterben ja, aber tapfer und stark bleiben. Er hat große Angst, er spürt sie nachts mehr, besonders hier auf hoher See, auf dem Luxusdampfer, wo man außer dem monotonen Geräusch aus dem Maschinenraum nichts hört. Vor der Reise nach Amerika, beim Abschied, hat die Schwiegermutter ihn mehrmals so kritisch und merkwürdig angesehen, dass es ihn heimlich fror, wie jetzt, wenn er daran denkt. Warten sie auf meinen Tod? Glauben sie, Alma und ihre Mutter nicht mehr auf eine Genesung des armen Teufels Gustav Mahler? Abermals klopft er an die Kabinentür und ist sehr erleichtert, als ihm Busoni endlich öffnet. »Mi dispiace, Freccio, la disturbatione in questa tarda hora, entschuldige, Freccio die Störung zu dieser späten Stunde!« sagt Mahler leise, gerade noch hörbar. Nicht das beängstigende Herzrasen und die Schmerzen, vielmehr die Einsamkeit und Kälte in seiner engsten Umgebung sind es, die ihn noch trauriger machen als er ist. Dass er als Mensch auf die Zuwendung und Fürsorge der anderen, ihm nahe stehenden Personen angewiesen ist und dass die Krankheit ihn von ihnen abhängig macht, treibt ihn in Frustration. Nun sitzt er still in Busonis Kabine und fühlt sich langsam durch eine unsichtbare Geborgenheit sicherer. »Lieber Busoni, ist es so, dass alles, was wir tun, aus Angst vor dem Tod getan wird?« unterbricht er sein Schweigen. »Ist es deswegen, dass wir auf all' die Dinge verzichten, die wir in der Stunde der Not bereuen werden? Ist es meine Schuld, mich blind in eine attraktive junge Frau zu verlieben, mit dem Glauben an die Liebe, in Frieden leben zu können? Ist das der Grund, weshalb wir nie wagen zu sagen, was wir wirklich empfinden, was wir wirklich denken? Weil wir blind gehandelt haben, weil wir die Wirklichkeit nicht sehen wollen? Weshalb sonst halte ich an meiner zerrütteten Ehe, verlogenen Familie und falscher Schwiegermutterliebe fest? Warum werde ich dieses Gefühl nicht los, dass sie alle auf meinen Tod warten? Warum? Je älter und kränklicher ich werde, umso intensiver spüre ich die Angst vor dem einsamen Tod. Warum soll ich Angst vor dem Tod haben, denn im >Lied von der Erde< heiße ich ihn willkommen und feiere das Auferstehen:

[...]
»Still ist mein Herz und harret seiner Stunde!
Die liebe Erde allüberall blüht auf Lenz und grünt
Aufs neue! Allüberall und ewig blauen Licht die Fernen!
Ewig ... ewig ...«

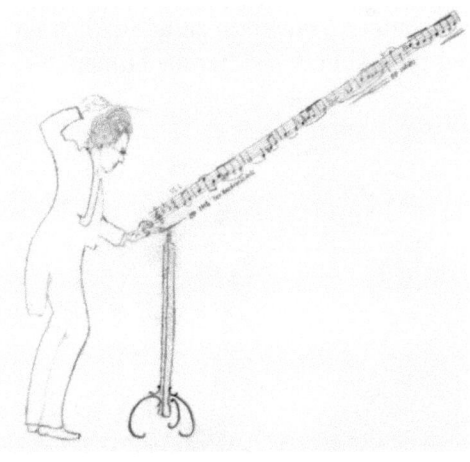

Gänzlich erstrebend schwindet das Bild der Erde in die Unendlichkeit, bis es immer mehr verhallend erlischt. Nein, meine Angst ist nicht vor dem Tod, sie ist vor der Einsamkeit. Eine Angst, die mich seit der Kindheit begleitet, und seitdem ich verheiratet bin mich in den Wahn zu treiben droht!«

Busoni hört mit Interesse zu, nickt immer wieder verständnisvoll, den Blick stier von gesammelter Aufmerksamkeit. Als er denkt, Mahler sei zum Schluss gekommen, versucht er ihn von dem Thema abzulenken. Er hat wohl vom Herzleiden des Kollegen erfahren, aber nie von solch desolater psychischer Verfassung.

Er schweigt und Mahler scheint in Ruhe nach einem Ausweg zu suchen. Einen Ausweg? Nein, er sucht keinen Ausweg, denn er weiß zu gut, dass es für ihn keinen gibt! Nicht mehr! Weder ein Entkommen aus dem Morast des Herzleidens, noch eine Rettung aus der Hölle der Heuchelei. Die freundschaftliche Zuwendung, die Busoni ihm wie ein Rettungsring zugeworfen hat, scheint ihm nicht mehr zu nutzen, denn er ist tief in Melancholie versunken. Die Scherben der großen Enttäuschung sind nicht mehr zu fegen, ihm ist viel zu viel Leid zugetragen.

>Nun Gustav Mahler sitzt in der Falle: wie und auf welche Weise kann ich dem Freund in der Not helfen, sein Leiden in der Gefangenschaft lebenslustiger Frauen zu mindern?< fragt sich Busoni und bringt immer noch kein Wort über die Lippen.

Gustav Mahler, Alma Mahler und Ferruccio Busoni.

»Ich wünschte mir immer in Ruhe und Frieden unter den Menschen leben zu können.« Mahlers Stimme klingt traurig, voller Sehnsucht. Sein tiefes Seufzen bringt Busoni wieder zu Bewusstsein, dass er etwas sagen muss. Vielleicht eine Parodie oder Anekdote, die ihn ablenkt, vielleicht! Busoni ist sich nicht sicher.

»Ungeachtet dessen, dass wir uns immer nach dem inneren Frieden sehnen, mein lieber Gustav, möchte ich betonen: Friede bedeutet nicht die Abwesenheit von Krieg. Gypsy Rose Lee schreibt den äußerst bemerkenswerten Satz: >*Mein Herz ist wie eine chinesische Vase; es hat viele Risse, aber es bricht nie.*< In vielen Erzählungen, Märchen und Mythen kommen Friede, Ruhe und Resignation mit dem Tod, wenn der Kampf oder die Notwendigkeit zu kämpfen völlig aufgegeben werden. Medusa fällt, nachdem Perseus sie enthauptet hat, auf den Strand. Der Blick, der töten konnte, und das Haar aus Schlangen, die sie zu einer gefürchteten Kriegerin machten, kommen mit dem friedlichen Wasser in Berührung. In diesem Moment wird ihr Haar zu einer rosafarbenen Koralle. Die Botschaft lautet, dass Medusa, als sie zur Ruhe kommt, zu immerwährender Schönheit gelangt. Friede kann immer wieder in voller Trübsal inmitten einer Katastrophe entstehen. Friede bedeutet nicht Ruhe und Abwesenheit von Turbulenzen und Krieg. Friede ist der Augenblick zwischen Schlachten des Narzissmus und der Toleranz. Der Friede, der eine Frau gedeihen lässt, ist ein wilder Friede. Es ist das Gefühl des Überdrusses oder der narzisstischen Sicherheit, wenn alle Sorgen der Welt von ihr abfallen und die Schönheit wie ein müder weißer Dunst aufsteigt, um ihren Platz einzunehmen, für den sie gekämpft hat und kämpfen wird. Die Schönheit wird zum Schutzschild einer Frau in allen Ebenen des Lebens und Narzissmus bewahrt sie vor uneigennützigen Kompromissen. Ungeachtet dessen, das ich viel zu viel philosophiere und kein Mittel gegen Sorgen und Ängste in der Not finde, möchte ich durch unser Gespräch versuchen einen Weg zum Verständnis des Leidens zu finden. Ich will verstehen warum leidet ein Mensch, der gütig ist und das Leid des anderen nehmen oder lindern will!«

Mahler schüttelt verzweifelt den Kopf. »Nein, wir werden keinen Weg zum Verständnis des Leidens finden! Aber was Narzissmus wirklich ist, will ich gerne wissen, denn Alma und ihre Mutter übertreffen sich in Selbstherrlichkeit und Egoismus.«

Busoni, der sich auf dem Pfad der Mythologie befindet, sucht nach einer Erklärung. »*Narkissos war einer jener zahlreichen Jünglinge, von denen die griechische Sage behauptet, dass seine Schönheit durch nichts in der Welt übertroffen wurde. Er war der Sohn des Flussgottes Kephissos und Niade Leiriope. In diesen bezaubernd schönen Jüngling verliebte sich die Nymphe Echo und versuchte mit allen Mitteln der Verführung und der Zärtlichkeit, seine Gegenliebe zu gewinnen. Er war aber unfähig zur Liebe und blieb kalt. Die bedauernswerte Echo verzehrte sich vor Gram, so lange, bis nur noch ihre Stimme von ihr übrigblieb, die noch heute als unser „Echo" lebt. (Nach einer anderen Erzählung hatte Echo die Göttin Hera erzürnt, weil sie hinderte den Liebschaften des Zeus mit den Nymphen nachzuspüren. Daraufhin nahm ihr Herz die Sprache bis auf die Fähigkeit, die jeweils letzten Worte nachzusagen, die jemand zu ihr sprach.) Narkissos jedenfalls wurde von den Göttern für die grausame Lieblosigkeit schwer gestraft. Als er sich über eine kalte Quelle beugte, sah er darin sein Spiegelbild und verliebte sich so sehr in dieses, dass er, von unstillbarer Sehnsucht ergriffen, nicht mehr fähig war, sich von seinem Platz zu bewegen und an Erschöpfung sterben musste. Im Tode wurde er in die Blume Narzisse verwandelt, die seitdem seinen Namen trägt. Noch heute nennen wir einen Menschen, der in sich selbst verliebt ist, einen „Narziss".*«

»Und gegen Narzissmus ist kein Kraut gewachsen«, sagt Mahler resigniert. »Ich darf den Verstand nicht in den Vordergrund stellen. Das Leid werde ich ertragen, aber die seelische Einsamkeit bald nicht mehr. Leiden und Sterben ohne Liebe ist höllischer als die Hölle selbst.«

»Ich glaube«, sagt Busoni verständnisvoll, »das Beste ist, dass Sie sich aussprechen. Jedes Mal, wenn ich mit dem Leben und meiner Arbeit unzufrieden bin und frustriert die ganze Partitur wegschmeiße, habe ich das Bedürfnis mit jemandem zu sprechen. Er muss nicht unbedingt ein guter Freund oder Musikkenner sein, was er unbedingt bringen muss, ist Geduld und Begabung, ein guter Zuhörer zu sein. Wie sollen wir uns sonst von den Zwängen des

Lebens und der Seelenkonflikte befreien, ohne mit jemandem zu sprechen? Die Einsamkeit mit dem Gefühl der Hilflosigkeit, Ängste vor Krankheiten und Sterben, die uns überfallen und unsere Existenz bedrohen, sind ernstzunehmende Signale, worauf wir gegenreagieren müssen, um nicht in die Falle seelischer Resignation und Fatalismus zu geraten. Wir sind nicht zum Leiden und Sterben geboren. Das Glück heißt: der Wille zum Leben, zur inneren Einheit und Reinheit unseres Seins. Der Fromme auf dem Weg zu Glückseligkeit ist gekettet an Regeln und Prinzipien, aber er kann denken und entscheiden: Wohin? Er kann handeln, wenn er wagt. Doch der Fatalist, der alles dem lieben Gott überlässt, täuscht sich selbst, enttäuscht den lieben Gott, der von uns keine Versklavung in unserer tiefsten Passivität erwartet, sondern Auferstehung durch uns vermachte Immanenz, mit Erkennen und Handeln durch Bewusstsein und Erwachen mit Erfahrung bis hin zur Transzendenz. Wenn ich mich an die Skizzen zu Ihrer 10. Symphonie erinnere, tragen Sie seltsame Bemerkungen und Ausrufungen ein, die eine Deutung nicht leicht machen, aber Ihre seelischen Erschütterungen reflektieren: *Erbarmen! O Gott, warum hast du mich verlassen? Der Teufel tanzt mit mir! Wahnsinn fast mich an Verfluchten! Vernichte mich, dass ich vergesse, dass ich bin!* Mein lieber Freund! Sie überraschen mich erneut: Erbarmen! O Gott! Mein lieber Mahler! Was sollen solche Worte anrichten? Wie wollen Sie glücklich sein, wenn Sie erst im Jammertal der Einsamkeit nach Gott, dem Allmächtigen rufen? Wie naiv kann doch ein Mensch sein, der glaubt: Der Herr, der durch die Magnifikat Maria verherrlicht wird, überwacht jeden armen Teufel und das Universum, führt in jeder Stunde, jeder Minute, jeder Sekunde Buch über unser Denken und Handeln, Glück und Unglück! Wie sollen wir glücklich sein ohne eigene Courage, ohne Neugierde, ohne Skepsis auch gegenüber der Allmächtigkeit Gottes, ohne Zweifel an der Auferstehung in einem besseren Leben, ohne Initiative, ohne Mut zur Alternative? Die Krankheit, Einsamkeit und Angst, die uns in Endzeitstimmung versetzen, sie bedeuten nichts weniger als den Ruf, unser Leben und unser Schicksal selbst zu bestimmen. Im Mittelpunkt eines jeden Glücks und Unglücks steckt der Wunsch nach Ruhe und Ordnung in unserem Leben. Derjenige, der nicht wagt eigene Initiative zu ergreifen, nimmt den leichteren Weg, den

Himmelsweg. Dass er seine Versklavung eigenmächtig vorbereitet und sich im tiefsten Elend der Unterwerfung hineintreibt und es auch noch freimütig kundgibt, kann und darf nicht sein Unglück und selbst verschuldete Misere auf Gotteswillen schieben.«

Mahler schweigt, fingert nervös und unbeholfen an seinem Kopf. »Ich weiß nicht, wie ich meine Verzweiflung beschreiben soll! In meiner Pein schrie ich um Hilfe: Zuerst empfand ich entsetzlichen Schmerz. Dann kehrte mein Mut zum Widerstand zurück, den Gott mir schickte, ihm zu vertrauen. *Habe Mut, kämpfe für deine Würde.* Oh, ich habe viel gelitten! Ich bin, wie Sie Busoni feststellen, ein Gläubiger, aber kein Orthodoxer! Ich bin verzweifelt. Wer kann mir helfen, wenn nicht „Er"! Wenn es ihm gefallen hat, mich zu sich zu rufen, schulde ich ihm meine ganze Unterwerfung. Das Gespräch mit Ihnen wird mir noch größere Freude bereiten. Erst jetzt bei Ihnen, mit ihrer Zuwendung, weiß ich, dass der Schlüssel zu einem erfüllten Leben darin liegt, das Unumgängliche zu wollen und dann das Gewollte zu lieben. Ich hatte nichts begriffen, und gab alles auf, mir war alles Irdische egal und verloren. Ich sprach mit mir: Elend, meine Einsamkeit, lasst mich atmen. Ich atme die Luft der Wälder und den Glanz der Blumen. Die leisesten Lieder der Vögel! Ich war traurig. Ich bin traurig. Dann die Berge aus Musik, rosenrote Gärten erwarten mich, ich ging vorwärts. Ich ging in die Wälder. Musik ist mein Heiland, mein Glück. Sie begleitet mich Tag und Nacht. Die Bäche sind ausgetrocknet, der Himmel ist schwarz, im Wald ist alles still. Die Welt ist stumm. Ich weiß, in den Bergen das große Gewitter. Ich trage das Gewitter in mir, im Wald ist alles still. Die Welt ist stumm. Vielleicht ist mein Glück in den Bergen, im großen Gewitter, und ich fürchte mich, ihm dort zu begegnen. Busoni, Alma war die erste Liebe, unter allen Liebeserklärungen in meinem Leben. Sie hat mich überwältigt, sie hat mich bezaubert. Sie hat mich gepeinigt mit Hass und Betrug. Ich habe um unsere Liebe beten wollen, und vor meinem Gott mit der Unterwerfung eines frommen Bettlermönchs versucht mit leisen Liedern und Gesängen den Schmerz meines Herzens auszudrücken. Ihr, meiner Alma die ewige Liebe geschenkt. Sie wollte noch mehr. Sie verlangte viel mehr. Ich sollte mehr Opfer bringen und Verrat begehen, für ihre Liebe. Ich habe das Entsetzlichste vollbracht und meinen Glauben und meine Konfession verleugnet. Ich habe mein „Ich" geopfert. Ihr Anblick war hypnotisch. Ihr Wunsch wurde zu meinem neuen Glauben. Sie hat mich in Besitz. Sie hat mich tief versenkt in die Liebe. Sie hat mich angekettet an ihre Zwänge. Lieber Freund! Im Augenblick habe ich viele Erinnerungen, wie man sie nur vor dem Beichtvater hat. O mein fieberndes Herz, hier sitze ich mit dir und fliege doch über den Ozean hinaus. O verräterisches Weib, du durchstichst mich bis auf die tiefsten Winkel meiner brennenden Herzenskammern. Wann kommt die Erlösung? Wer ist der Erlöser? Die Kunst ist mein Elysium, mein Erlöser."

Busoni ist erschüttert, aber auch etwas erleichtert, Mahler taut auf, gewinnt Vertrauen im Gespräch mit ihm. Er gibt ihm ein Zeichen, das er gerne zuhört.

»Ich habe nichts begriffen und sank noch tiefer in Einsamkeit. Hier auf dem Schiff bin ich wieder in den Sturm meiner Gedanken in Verzweiflung geraten. Ich weiß nichts mehr. Ich verstehe nichts mehr und ich gebe auf. Wohin führt mich diese „Solitudine"? Wie gehe ich mit so viel Schmach und Enttäuschung um? Was ist sein Wille, den ich anbete, ohne ihn zu kennen? Durch ein klares Zeichen seines Willens, will ich alles erdulden, nicht mehr jammern, um in das Jenseits, in die Ewigkeit zurückzukehren. Und jetzt? Ich bin mir sicher, er wird mir nicht die Begabung nehmen, dass ich weiter alles ertrage und erdulde. Aber was erwartet ein so gütiger Gott von mir? Was soll ich tun? Vielleicht legt er seine Hand auf meine Schulter und er führt mich mit seiner göttlichen Liebe und großem Verständnis für meine irdischen Schwächen und Irrtümer, vielleicht! Es ist eitel und erbärmlich von mir, Ihm, dem universalen Gott, Fragen zu stellen. Bitte verzeih mir, Busoni, aber bisweilen ist das Leiden so heftig, dass ich mit dem Gedanken spiele aus dem Leben zu scheiden, mit eigener Hand. Ich weiß, dass eine solche Tat eine Sünde ist, vielleicht habe ich es deshalb bisher nicht gewagt. Der Herr über Leben und Tod weiß, dass mich ein Dämon in den einsamen Nächten überfällt und meinen lebendigen Leib zu verbrennen sucht. Was soll ich tun? Ich habe mit dem Übertritt zum Katholizismus den Thoravorhang mit dem grünem Samt und der Silberbrokatstickerei beschmutzt! Mincha und Alenu, die tägliche Morgen- und Abendandacht habe ich nimmer über die Lippen gebracht! Nimmer eine Synagoge betreten! Was soll ich tun? Gib mir einen Befehl. Was soll ich tun? Meine gütige Mutter gab mir den Rat den würdigen Greisen zu folgen, mit ihnen zu tanzen, die Thora im Arm, zwischen Kindern, und alle singen kräftig, fast marschmäßig freudig das Thoralied:

> »*Jauchzen wir und freuen wir uns dieser Thora,*
> *denn sie ist uns Kraft und Licht!*
> *Ein Baum des Lebens ist die Thora,*
> *Leben für alle, denn in dir ist die Quelle des Lebens! ...*
> *O Herr, hilf! O Herr, lass Wohlgelingen!*
> *O Herr, erhör' uns, wenn wir rufen!*
> *Gott allen Geistes, hilf! Erforscher der Herzen, lass Wohlgelingen!*
> *Gewaltiger Erlöser, erhör uns, wenn wir rufen!*«

›Diese Regeln der Thora werden dir helfen mein Sohn‹, sagte meine Mutter, ohne zu ahnen, dass ich mich weit weg von meinem Bekenntnis in die Lawine der Karriere stürzen werde. Ich bin zu tief gesunken, mein Gott, ich habe zu selbstsüchtig und egoistisch gehandelt, verdiene keine Vergebung, und überdies habe ich mich mit einer Frau liiert, die ein Leben führt, das allzu unrein ist. Nie werde ich dieser Frau und ihren Gelüsten folgen, nur dir will ich ein gehorsamer Diener sein.« Mahler seufzt, holt abermals tief Luft, hat Herzschmerzen, aber er ignoriert sie.

»Sie sagten vorher, Sie wollten etwas ruhen, haben Sie es schon vergessen?« mahnt Busoni mit einer Stimme, die Mahler überrascht. »Ruhen Sie sich etwas aus, wir haben genug Zeit, viele Tage und Nächte warten auf uns, auf unsere guten Gespräche.«

›Vor kaum einem Monat‹, entsinnt sich Mahler, ›war ich der, welcher mit viel Enthusiasmus und Energie seine neue Kompositionen uraufführte, und Busoni derjenige, der darauf bestand, dass es für uns keine Ruhe gebe, solange wir leben, dass jeder sein Bestes geben müsse. Welche große Sorgen muss er sich wohl um mich und mein Leben aufgeladen haben, dass er jetzt seine eigene Lebensphilosophie über Bord wirft? Die Hoffnung, dass ich noch lebendig den

Boden Frankreichs betrete, ist wohl seine Hauptsorge!‹ Er darf Busonis Mahnung nicht ernst nehmen, er muss sich aussprechen.

»Nichts täte ich lieber, Busoni«, sagt er, »aber ich muss mein Lied zu Ende singen. Nichts ändert sich wirklich, nichts wird ungeschehen, nichts erneuert sich in meiner Tränenwelt; nur in der anderen Welt, der Seinen, nur in der Erleuchtung, die von der Thora ausgeht, kann ich neu werden. Er gab uns in der Wüste das Geschenk der Thora. Nun folgt die Darstellung, wie die Engel im Himmel einander fragen, wer denn dort von der Wolke bedeckt emporsteige und den Thron erfasse! Und die Engel im Himmel antworten einander: Mose stieg zur Höhe und brachte herab eine sichere Zuflucht! Und zum variierten ersten Refrain leitet von neuem, als schönster Gedanke des Festes, ein Jubelruf hinüber:

Ich jubele, ich freu' mich am Simchat-Thora –
Einst kommt der Messias am Simchat-Thora!

Thora! Thora! Du bist mir nicht beraubt, mir nie abhandengekommen. Ich werde auch in meiner tiefsten Einsamkeit, vor allem dann, wo ich allein in ewiger Anbetung vor Gott verharre, beten für die Sünden der Welt und zuerst für die meinen, die so lange Zeit mein Leid und den Schmerz erneuert haben, den Schmerz, den du mir als Mahnung, vielleicht auch als Strafe zugeteilt hast: Das brennende Herz. Das Herz in Feuer und das Blut in Lava. Wer löscht das Feuer? Wann erstarrt diese Lava? Ich werde sterben in gleicher Einsamkeit, den unwiederkehrbaren Weg zum ewigen Heim pilgern, wo der Teufel keine Zuflucht findet.

Friede sei mit euch, Ihr dienenden Engel, Ihr Engel des Höchsten,
des Königs der Könige, des Heiligen, er sei gepriesen.
Ihr kommt zum Frieden, Ihr Engel des Friedens, Ihr Engel des Höchsten,
des Königs der Könige, des Heiligen, er sei gepriesen.
Segnet mich mit Frieden, Ihr Engel des Friedens, Ihr Engel des Höchsten,
des Königs der Könige, des Heiligen, er sei gepriesen.

Und wenn Ihr schadet, sei's auch zum Frieden, Ihr Engel des Friedens,
Ihr Engel des Höchsten,
des Königs der Könige, des Heiligen, er sei gepriesen.
Schalom alechem ...

Busoni schnellt von seinem Stuhl hoch, geht eine Weile erregt auf und ab, tritt dann ans Kabinenfenster und blickt hinaus in das unendliche Dunkel.

»Ein frommer, friedfertiger jüdischer Mann braucht, wie jeder andere Mensch, Solidarität in einer seelischen Krise«, beginnt Busoni als spräche er eher zu sich selbst »umso mehr in der Not und Einsamkeit. Wenn er keinen hat, der ihm beisteht, schafft er Abhilfe beim lieben Gott. Ich aber habe weder Freunde noch den lieben Gott, ich habe – wie Sie – Sehnsüchte und keine heftigere als die nach der wahren Freundschaft, eine Freundschaft, die mir mehr gibt als alle Reichtümer der Welt. Sie spendet Hoffnung und Trost, die ich lebenslang suche und bisher nicht gefunden habe, welche mehr ist als eine schöne liebende Frau, die zuerst als Göttin alles zu gewinnen und beherrschen sucht, dann als Pandora mein Leben zur Hölle macht. Nein, ich experimentiere nicht mehr! Mit meiner besten Freundin Einsamkeit bin ich vermählt und nie mehr allein, mein lieber Gustav!«

Busoni verstummt, als ob er über seine eigene Äußerung überrascht wäre. Im Gegenzug fühlt sich Mahler ermutigt.

»Wollen Sie noch mehr von mir hören? Wollen Sie wirklich wissen, wie die Einsamkeit einen krebsartig zugrunde richten kann? Wollen Sie es wirklich wissen?« fragt Mahler.

Busoni, immer noch vor dem Fenster stehend, blickt zu ihm und nickt. »Aber ja.«

»Von Zeit und Zeit habe ich versucht mein Herz in Briefen an Alma auszuschütten, in jenen Tagen, die ich in München mit den Proben für die Uraufführung der 8. Symphonie – die ich ihr widmete – zubrachte, versuchte ich meine Liebe, die mich mit Gewalt überfiel zum Ausdruck zu bringen. Auch an meine Schwester und Freunde schrieb ich, doch wenn ich Alma von Angesicht zu Angesicht gegenüberstehe, schäme ich mich für sie, ihre Untaten.« Mahler resigniert wieder und schweigt.

»Nun, Sie wollen sich doch nicht von mir abwenden?«

»Mir bleibt keine andere Wahl als zu schweigen oder?«

»Wollen Sie es versuchen? Nur Mut, Gustav! Gustav, der Kämpfer!«

»So oft bin ich enttäuscht worden, verletzt in meine Einsamkeit gekehrt, dass ich es auch in Ihrer Gegenwart jetzt nicht wage, meine unerträglichen Erniedrigungen und Ächtung ohne weiteres preiszugeben. Ich kann nicht mehr! Verstehen Sie? Ich habe keine Energie mehr. Die unsägliche Erniedrigung vor mir selbst, als sei ich mir fremd geworden, verloren in das Unverständnis der Mitmenschen. Ebenso wenig habe ich Vertrauen mich zu öffnen, aus Angst vor Rückschlägen und aus Angst vor Mitleid. All dies meide ich bis heute, bis zu unserem Gespräch – er wendet sich zu Busoni –, indem Sie mir Ihr volles Vertrauen schenken, hemmungslos von Ihrem persönlichen Leid, unerhörter Einsamkeit gesprochen haben. Sie sind der einzige, bei dem ich mich zum ersten Mal in meinem Leben sicher aufgehoben fühle.«

»Und nun?«

»Zu Beginn«, sagt Mahler »schämte ich mich für das Eingeständnis: „Versagen im Bett". In meinem ganzen Leben habe ich nie solche Schmach erlebt, als sie mich mit einem erniedrigendem Blick ansah und sagte ›Vor dem Orchester Matador, im Bett Don Quichotte!‹ Und sie lachte ... Dieses Lachen war für mich so niederschmetternd, dass ich beschloss mich nie wieder ihr anzunähern. Je mehr ich gegen mein verklemmtes Dasein kämpfte, umso tiefer fiel ich in die Ungnade einer Frau, die schon als Teenager immer von einem Don Juan träumte, der sie überwältigt, vergewaltigt und niedermacht! Bei der Auswahl ihrer Männer gelten strenge Maßstäbe, ihre Leistungen werden nach Potenz beurteilt. Alma will keine liebende, treue Lebenspartnerin sein, sie ist eine Fürstin. Sie führt einen

Krieg, und den will sie um jeden Preis gewinnen. Schlacht für Schlacht. Sie verachtet Typen wie mich, lächerlich wirkender Schwärmer, Don Quichotte. Sie erkennt, dass sie bei Männern ankommt, je mehr sie sich entblößt und dabei keine Grenzen setzt. Wenn sie aber von ihrem Don Juan, dem Weiberheld genug hat, dann ist ihre Großzügigkeit mit jedem Opfer vorbei, dann muss sich ein anderer Stier in der Arena ihrer Gelüste zum Kampf stellen. Die meisten Frauen vertrauen aus Unterwürfigkeit auf Tränen, und sie schämen sich, wenn sie sie gebrauchen. Aber Alma nicht. Sie benutzt sie, weil sie sich über die Spielregeln der Normalität hinwegsetzt; nichts verändert ein Spiel mit Männern schneller als Tränen. Die Physiognomie einer Frau, ihre Augen, ihr Mund und vor allem ihre Brüste sind andere Quellen verborgener Macht einer Frau. Die berühmtesten Frauen, die ihren Körper als Waffe gebrauchten, waren die Amazonen, die im Kampf eine Brust entblößten. Der Anblick einer weiblichen Brustwarze konnte einen Angreifer auf dem Kriegspfad aufhalten. Alma macht aus ihrem Dekolleté ein Fangnetz. Die Amazonen könnten bei ihr in die Schule gehen. Als ich dabei war ihre Wesensart, ihr Naturell und ihr wahres Gesicht zu erkennen, war es schon zu spät. Sie ließ keine Gelegenheit aus, sich auszutoben, um mich zu erniedrigen, im Theater, im Wald, im Orientexpress ... Ich habe mich für sie geschämt. In meinem ganzen Leben habe ich sonst solche Erniedrigungen nie erfahren müssen. Ich bin trostlos und depressiv. Mehr und mehr suche ich für meine innere Ruhe Abhilfe in der Musik. Und heute empfinde ich große Traurigkeit bei dem Gedanken, dass ich bald aus dem Leben scheide ohne zu wissen, was aus Alma wird. Ich träumte letzte Nacht noch am Festland, in der Wohnung, wo sie an meinem Bett Wache hielt. Es war ein trauriger Traum.«

»Was träumten Sie, Gustav? Erzählen Sie doch bitte!« Busoni kehrt vom Fenster an seinen Platz zurück und ist gespannt, was Mahler nun erzählt.

»Im Traum erwachte ich im Grab neben meinem Töchterchen Maria. Unter der sich neigenden Mauer meines Grabes, in der erstickenden Glut und Hitze der Sonne im Hochsommer. Da stehen sie, Alma und ihre Mutter und beobachten mich. Die Erde ist ausgetrocknet und

schattenlos. Ich brenne. Alma und ihre Mutter sind sehr vergnügt. Kein Mensch, kein einziger Vogel lebt mehr um und über meinem dunklen Grab. Ewige Ruhe im Friedhof. Grinzing am Fuße der weinbehangenen Hügel des Wiener Waldes gleicht der verbrannten Erde. Die schweren Mauern des Grabes drohen zu stürzen. Jeder Versuch zu entfliehen scheitert. Der massive Stein, die Masse der Erde, der Groll, die zornigen Blicke beider Frauen, die mich lebendig begraben, die Vergeblichkeit meiner Versuche meiner Liebe, mein Appell, alles kehrt in meine öde Bleibe zurück. Ich bin einsam gestorben. Ich bin einsam begraben. Aber ich bin nimmer allein. Meine Maria ist nicht mehr allein. Der Himmel belohnt uns. Der Himmel so groß, so rein über uns, so befriedend ist er, wie die Erde zerstörend ist, klein und verbrannt. Dem Himmel zuliebe bin ich mit meinem und Marias Tod ins Reine gekommen. Die Erde tötete uns. Der Himmel nimmt uns auf. Ich brauche ihn, den ewigen Himmel. Der Himmel umgibt uns mit seinem Rufen, der Himmel nimmt uns auf. Der Himmel wird die Ewigkeit sein. Ich sehe Maria fliegen, frei wie die Engel fliegen. Ist Gott nicht barmherzig? Ist Gott etwas anderes als Himmel ist? Alma und ihre Mutter sind die Engel der bösen Erde. Sie fliegen über verbrannte Erde. Sie verbreiten den Tod auf der Erde. Dennoch, von hier aus gesehen, sind sie die armen Teufel, die ihre bösen Spuren in der mit Asche bedeckten Erde hinterlassen. Ach, dieser Himmel ist unbegrenzt schön und friedlich. Dieser Himmel gibt jedem die Freiheit, ist Erbarmung, ist das Reich der Friedfertigen, der Pazifisten. Dieser Himmel ist versöhnt mit allen und jedem Humanisten, mit Beethoven, Mozart ... und vielleicht auch mit mir? Nun bin ich eingeschlossen zwischen den Mauern des Todes, die auf mich stürzen werden. Was soll ich tun? Ich nehme es hin! Ich habe keine Angst mehr! Ich habe den Himmel!«

»Ein seltsamer Traum«, sagt Busoni »was empfanden Sie danach? Und was empfinden Sie heute?«

»Ich empfinde nur tiefe Traurigkeit, aber auch Sehnsucht. Ich träume oft, aber ich habe noch niemals im Traum mein eigenes Begräbnis miterleben müssen. Kann mir jemand helfen? Können Sie mir in diesem fatalen Niedergang helfen?«

Busoni, in sich gekehrt: ›Können Sie mir in diesem fatalen Niedergang helfen?‹ Er hätte sich vor wenigen Wochen nicht vorstellen können ihn jemals in solch depressiver Stimmung und tiefgreifender Resignation zu erleben. Von seinem Herzleiden wusste er wohl, aber doch nicht von dieser Endzeitstimmung! ›In New York dirigierte er mit solchem Elan und Enthusiasmus einige meiner Werke, so dass ich Antrieb und Hoffnung für neue gute Zusammenarbeit bekam, aber nun sehe ich: mein Prometheus ist am Ende seiner existenziellen Kräfte.‹

»Erinnern Sie sich an Ihre ›Zykluslieder eines fahrenden Gesellen‹?«

Mahler nickt. »Meine Erinnerungen an diese Lieder verblassen nie. Der Nachfahre von Franz Schuberts ›Wanderer‹ endet in bitterer Stimmung und Resignation. ›Gesellen‹ entstand in den Jahren 1883 bis 1885. Sie geben meine innere Verfassung und Stimmung wieder, heiter bis wolkig! Busoni, was nützen sie mir heute? Ich bin am Ende.«

Busoni gibt nicht auf. »Ja, ja, Sie haben so Recht.«

Eine sonderbare Ahnung steigt in Busoni auf. Gleich, was er sagt oder andeutet, würde es Mahler unweigerlich an seine Leidenswege erinnern. Doch jetzt gibt es kein Zurück mehr, er muss dem lieben Freund ein guter Gefährte bleiben.

»Ich dachte, Gustav, dass wir versuchen sollten den Schluss vom Zyklus gemeinsam zu probieren. Der versetzt mich jedes Mal, wenn ich nicht gut darauf bin in eine andere Stimmung.«

Busoni wartet nicht mehr auf seine Zustimmung:

> *»Auf der Straße stand ein Lindenbaum –*
> *da hab' ich zum ersten Mal im Schlaf geruht!*
> *unter dem Lindenbaum, der hat seine Blüten über mich geschneit*
> *da wusste ich nicht, wie das Leben tut – war alles, alles wieder gut!*
> *Alles! Alles! Lieb' und Leid! Und Welt und Traum!«*

»Aber vergessen wir nicht, Ferrucci, mein authentisches ›*Wunderhorn-Lied*‹ heißt ›*Das irdische Leben*‹. Es ist düster und authentisch, keine Poesie der Wünsche und Träume, das ist so überwältigend, dass Alles zum Verstimmen bringt und jedes Schönreden zum jämmerlichen Kläffen wird. Deshalb muss man ›*Das irdische Leben*‹, die Realität und das, was der Mensch zu bewältigen hat nicht vergessen! Ein hungerndes Kind wird vertröstet, bis geerntet, gedroschen und gebacken ist: Und als das Brot gebacken war, lag das Kind auf der Totenbahre!«

Mahlers Gesicht ist zur Totenmaske erstarrt, das eingefrorene Grinsen im Mundwinkel macht sie noch schauderhafter. Er räuspert sich und holt tief Luft. »Was Besseres, Schöneres kann ich nicht anbieten, Busoni!« Er macht eine Pause. Sein Herz rast. Er reißt die Knöpfe der Weste und das Hemd auf. Die Krawatte hat er schon längst abgelegt. Sein Herz stolpert und galoppiert. Das Gesicht kreideweiß. Die Wangen, aber auch die Lippen bläulich, die Augen matt und müde.

Was ist mit ihm? Eine düstere Ahnung steigt in Busoni auf. ›Der Mann ist sterbenskrank! Er ist in höchster Gefahr! Er könnte von einem Moment zum anderen …‹ Das waren doch Dr. Fraenkels an Alma gerichtete Abschiedsworte, die er zufällig mithörte. Was soll er tun?

»Ich glaube, Gustav, dass wir für heute genug gefaselt haben, dass meine und Ihre Erinnerungen genug Staub aufgewirbelt haben, dass wir uns die kommenden Tage und Nächte auf dem Schiff nicht langweilen werden. Bitte beruhigen Sie sich, ich wäre untröstlich, wenn ich an Stelle meiner Verehrung und Liebe zu meinem großen Freund nun viel Ärger und Schmerz der Erinnerungen aufgetischt habe.«

Mahler greift in die Jackettasche, holt ein Büchlein heraus und blättert eine Weile darin, dann: »Ferruccio, hören Sie mal wie Omar Khayyam unsere Welt analysiert:

> *»Welt ist ein Schachbrett,*
> *tag und nacht-geschrägt,*
> *wo Schicksal Menschen hin und her bewegt,*
> *sie durcheinander schiebt,*
> *Schach bietet, schlägt und*
> *Nacheinander in die Schachtel legt.«* Omar Khayyam

»In der Liebe zweifelt man oft an dem, was man am meisten glaubt (La Rochefoucould, Maximen 355). In jeder anderen Leidenschaft zweifelt man nicht mehr an dem, was man sich einmal bewiesen hat.« Stendal.

Bis vor seiner Schiffsreise schwärmte auch Busoni noch für Alma Mahler, die Frau des Freundes. Es war eine heimliche Schwärmerei, vielleicht auch eine Bewunderung. In den letzten Tagen und Abenden hat er sich ein anderes Bild von der selbstsüchtigen Frau machen können, die das Leben Gustav Mahlers mit dämonischer Leidenschaft zur Hölle macht.

Ferruccio Busoni betritt den Speisesaal. Er ist überwältigt von der Sonnenuntergangsstimmung, die mit kräftigem Rot vom Himmel über dem breiten Horizont des ruhigen Wassers in den Saal eindringt. Neugierig und erwartungsvoll versucht er sich erst zu orientieren. Er sieht gleich die große, ganz in Schwarz gekleidete Frau von faszinierender Ausstrahlung, schön und von ungemein erotisierender Wirkung auf die Männer in ihrer Umgebung.

Wie gewohnt steht Alma im Mittelpunkt ihres Publikums. Unter den großen Kristallleuchtern wird sie wie eine Primadonna von der Abendgesellschaft gefeiert. Neben ihr der schwerkranke Mann. Aus glühend glänzenden Augen, die wie gelbe Diamanten leuchten, mustert sie Busoni mit verdächtig melancholischem Blick, der doch von Kummer und Sorgen spricht, aber auch von Selbstbeherrschung und Selbsttäuschung und mit dem nächsten Blick, der ohne Zweifel mit Leidenschaft und improvisierter Lebenslust ein Appell an all diejenigen sein soll, die das Leben soweit und so viel wie möglich zu genießen wissen. Ihre Fuchsaugen können in Flammen stehen, denkt Busoni, wenn jemand sich dem unermesslichen, unbeugsamen Willen dieser Frau entgegenstellt. Eine durchaus charismatische Frau, die im Gehabe und der einstudierten Souveränität keiner anderen auf der Arena der Selbstdarstellung den Vortritt gewährt, eine die sich stets kerzengerade hält und den Kopf ein bisschen höher trägt, bis man in ihrer nächsten Nähe keinen anderen, nicht mal Gustav Mahler als erstes wahrnehmen kann. Eine arrogante Kälte geht von ihr aus, und Busoni weiß nicht so recht, wie er sich diesmal vor ihr verhalten soll, um seinem Unmut Luft zu machen. Der Abend ist glanzvoll und ungewöhnlich fröhlich. Scheinbar. Gustav Mahler, der sich durch die frische Luft an Deck zu erholen scheint, erntet allgemeine Sympathie und Verehrung. Um Mitternacht wird auf dem Deck im Mondschein getanzt. Die Tanzfläche ist umgeben von Girlanden und Laternen. Die ruhige See, die Milde des Abends umgibt die schönen, von Champagner erhitzten Gestalten und alle sind vergnügt. Während Alma sich auf der Tanzfläche amüsiert, sitzen Mahler und Busoni in einer Ecke im Speisesaal wieder tief im Gespräch. Hin und wieder wirft Busoni einen Blick auf die Tanzfläche, wo Alma mit ihrem Dekolleté und verführerischem Mundwerk, wie eine Göttin der Künste, ihre Anbeter zu versklaven sucht. Ihre Augen, das Lächeln und die glänzenden Zähne zerstreuen alle ihre inneren Leidenschaften. Busoni spricht, schweigt, sinniert, spricht und schweigt und beobachtet immer mit einem schrägen Blick Alma und die anderen Frauen.

»Waren die Frauen im 11. und 12. Jahrhundert nicht fröhlicher, geistreicher und glücklicher als heute?«

»Wie kommen Sie auf diese Idee, Busoni?«

»Diese Frage wurde von den Damen des Liebeshofs zu Pierrefeu und Signe vorgelegt; doch die beiden Troubadoure waren mit dem Urteil nicht einverstanden und wandten sich an den obersten Liebeshof der Damen von Romanin (Nostradamus), schreibt Stendhal.«

»Also waren Sie glücklicher, fröhlicher und geistreicher als heute?«

Busoni leicht amüsiert, macht es spannend. »Nahezu alle Urteile der Minnehöfe fußen in ihren Rechtsgründen auf den Satzungen des Liebeskodex, so schreibt Stendhal weiter. Dieser Liebeskodex findet sich vollständig im Werk des Andreas Capellanus. Er enthält einunddreißig Regeln als Liebeskodex des 13. Jahrhunderts.

Regel 1: Causa Conjugii ab amore not est excusatio recta. Das Vorschützen der Ehe ist keine gültige Ausflucht vor der Liebe.

[...]

Und die Regel 31: Unam feminam nihil Prohibet a duobus amari, et a duabus mulieribus unum. Nichts verwehrt einer Frau die Liebe zweier Männer und einem Manne eben so wenig die Liebe zweier Frauen.«

»Und wer ist dieser ominöse Andreas Capellanus?«

Busoni amüsiert sich noch mehr. Ihm ist gelungen Mahlers finstere Gedanken zu zerstreuen. »Nicht ominös, mein lieber Gustav, genial in der Formulierung, hat Andreas anscheinend um 1176 sein Werk >*De Amore*< verfasst. Es gibt verschiedene Ausgaben des lateinischen Originals. Friedrich Otto Menckenius erwähnt sie in seinen >*Miscellanea Lipsiensiva nova*<, Lipsiae (Leipzig), 1751, Band VIII, I. Teil, S. 545 ff. eine sehr alte Ausgabe ohne Jahreszahl und Druckort; er rechnet sie zu den ersten Drucken. Diese Ausgabe trägt den Titel: >*Tractatus amoris et de amoris remedio Andrea, Capellani Innocentii Papae quarti.*< (Traktat über die Liebe und was dagegen hilft, von Andreas, Kaplan des Papstes Innozenz IV.)«

»Dann wundert mich nicht mehr, warum Meistro Busoni so verhaltend gegenüber den Frauen ist!«

Busoni lacht. »1. Quid sit amor et unde dicatur (Was die Liebe ist und woher sie ihren Namen hat) und 2. Quis sit effectus amoris (Welcher Art die Wirkung der Liebe ist). 3. Inter quos possit esse amor (Zwischen welchen Menschen Liebe möglich ist). 4. Qualiter amor acquiratur, retineatur, augmentetur, minuatur, finiatur (Wie man Liebe erwirbt, sie behält, vermehrt, wie sie abnimmt und endet) und schließlich 5. De notitia mutui amoris,et quid unus amantium agere debeat altero fidem fallente (Woran man Gegenliebe erkennt, und was der eine Liebende tun muss, wenn der andere die Treue bricht).

Jede von diesen Fragen wird in mehreren Abschnitten erörtert. Andreas lässt abwechselnd den Liebhaber und die Frau sprechen. Das, was wir bei Stendhal zum Thema Liebe lesen, kann uns als Gerüst der Philosophie der Liebe dienen. Ohne Zweifel wäre ein Leben ohne Liebe und Leidenschaft unerträglich. Noch unerträglicher wäre jedoch ein Leben mit einer sexistischen Frau, die an der Erniedrigung des Partners Spaß findet!«

Mahler zieht seinen Blick von Busoni ab und streicht nachdenklich mit der rechten Hand über den Kopf.»Ich bin zum wiederholten Male von meiner Frau erniedrigt, gedemütigt und betrogen worden.« Mahler versucht reinen Tisch zu machen und erzählt alles, was ihm widerfahren ist. Fast alles! Auch die intimsten Geheimnisse und Erfahrungen mit Almas Liebschaften, unter anderem mit Gustav Klimt. »Am zweiten Tage unserer Reise nach Genua kam Klimt uns nach und traf sich heimlich mit Alma. >Zum ersten Mal in meinem Leben geküsst, und den Mann, den ich einzig allein liebe auf Erden<, schreibt sie in ihr Tagebuch und er, Klimt, habe zu Alma gesagt: >Es ist nicht anders möglich, als ganz ineinander zu gehen.< Auch dieser Konflikt Klimt – hier die verehrte Frau, die man durch körperliche Liebe nicht entweihen will, dort die >süßen Mäderln<, bei denen man sich Befriedigung holt – ist nicht untypisch für das Frauenbild der Wiener Moderne. Und die Männer in der Kunstszene nehmen, was sie bekommen. Mein lieber Busoni, der berüchtigte Casanova von Wien, Gustav Klimt, der nicht weniger als vierzehn uneheliche Kinder zeugte, hat seine Liebe zu Alma so definiert: >*Ich liebe Sie, wie man ein schönes Bild liebt. Ich sehe Sie gerne und werde Sie immer gerne sehen, aber ich schätze Sie zu sehr, um Sie mit hinunterzuziehen in den Schlamm, in dem ich versinke.*<

Almas Seitensprünge werden zu ihrem Stil im Leben und Erleben. Schon in ihrem jugendlichen Tagebuch behauptet sie, dass Klimt ohne sie verloren war: *Er wird trotz seiner immens hohen Künstler-*

schaft doch in den sinnlichen Morast versinken. Ich hätte ihn davor wohl bewahren können. Später trägt sie erneut in ihr Tagebuch ein: *Und abends lachte ich doch,* macht sich die an Shakespeare erinnernde Lebensphilosophie einer Freundin zu eigen, die zu ihr gesagt habe: *Was ist denn das Leben? Eine Komödie und was liegt dahinter? Nichts?* Doch das wäre nicht Almas erste kühne Reaktion, die sich bald in Feuer und Flamme umwälzte. Die schwankende Persönlichkeit ist und bleibt bis heute ihre intimste Begleiterin.«

Busoni hört interessiert zu, nickt immer häufiger, fühlt sich in seiner Meinung von einer sehr komplexen und kontroversen Frau wie Alma Mahler bestätigt. Als Mahler zum Schluss kommt, sitzt er reglos da und schweigt.

»Signore Busoni, hat Ihnen mein Jammern die Sprache verschlagen? Das wundert mich nicht. Zwar bin ich auch ziemlich müde, aber ich fühle mich besser. Besser als am Vorabend. Ich fühle mich mit Ihnen richtig wohl und lebendig, ganz lebendig, wie schon lange nicht.«

Busoni ist hoch erfreut und innerlich von der Wende in Mahlers Stimmung erleichtert, sagt aber nichts.

Mahler fährt fort: »Zugleich bin ich mir aber bewusst, dass mein momentaner Zustand nicht von Dauer ist. Ich bin traurig, Busoni. Nicht weil ich weiß, dass meine jetzige Laune trügerisch ist, dass die Einsamkeit bis zum Ende meine ständige Begleiterin bleibt, sondern dass ich auf die Gespräche mit Ihnen verzichten muss, wenn wir das Festland erreicht haben. Sie wissen mehr über mich als irgendein anderer Mensch auf der Welt, weil Sie mehr fühlen, als Sie zu hören bekommen. Mir bedeutet die Freundschaft zwischen uns sehr viel. Ich kann nicht das Gleiche von Ihnen erwarten, nein das kann ich nicht, aber zumindest einen Bruchteil davon wäre ein Geschenk für mich. Ich habe wieder viel zu viel gejammert!«

Busoni schüttelt energisch den Kopf. »Nein, nicht im Geringsten. Sie irren sich gewaltig, wenn Sie noch nicht wahrgenommen haben, mit welcher Freude und Ehrfurcht ich Ihre Freundschaft genieße. Mit Ihrem Edelmut, Ihrer selbstlosen Kollegialität und Ihrer Liebenswürdigkeit haben Sie mich aus tiefster Depression und Verzweiflung gerettet. Mit wem sonst könnte ich meine persönlichen Geheimnisse, meinen Kummer und mein ewiges Leid teilen, wenn nicht mit Ihnen? Ihre Freundschaft ist mir vom Himmel geschenkt worden, dafür bin ich ewig dankbar.«

Busonis Stimme klingt gedämpft traurig und voller Schmerz. Sein Bekenntnis bringt Mahler zu Bewusstsein, dass er auch nicht frei von Obsessionen ist, dass er auch den starken Wunsch hat, aus der Gefangenschaft der Konzessionen im Leben zu entkommen. >Was machen sie, die Lebenslänglichen?< fragt er sich. >Sie rütteln an den Gitterstangen ihrer Zelle „weil Sie hinaus wollen". Ihre Bekenntnisse sind nicht mehr als das Rütteln an den Stäben, eine Verzweiflungstat, die sie ausführen, und ihr Wunsch ist die Ursache dafür; sie rütteln jedoch nicht an den Gitterstangen, um hinauszukommen, weil sie keinen Moment daran glauben, dass Sie die Stangen locker rütteln können. Gefangen sein, kann manchen mehr Sicherheit geben als sie selbst ahnen. Sicherheit? Was bedeutet das?< Busoni drückt also seinen Wunsch nach Freiheit aus, indem er an den Zellengittern rüttelt. Mahler hingegen weiß schon längst, dass er aus diesem Käfig nie entkommen kann. Weil er zum Tode verurteilt, auf den Tag und die Stunde der Vollstreckung wartet. Sie, nur sie, ist für ihn die Befreiung.

»Das beste Mittel, das uns helfen könnte, wäre sich das Leid ohne Mitleid zu teilen«, sagt Busoni, »Alles, nur kein Mitleid!«

»Richtig«, ruft Mahler zustimmend, »Teilen heißt für mich an Kummer und Sorgen, aber auch an der Freude des Anderen teilnehmen. Seitdem ich die Anteilnahme meines Freundes spüre, schlägt mein Herz ruhiger. Teilen heißt für mich mittragen, Schmerz lindern.«

Die Nacht ist fortgeschritten. Langsam hat sich dichter Nebel so tief gesenkt, dass man seinen Gesprächspartner kaum sehen kann. Es ist ruhiger, aber auch melancholischer als am Abend, wo sich viele auf der Tanzfläche amüsierten. Es ist kühler geworden. Busoni und Mahler nehmen eine Gänsehaut in Kauf, um noch eine Weile die feuchte Seeluft zu atmen. Alma und ihre Gäste finden sich vergnügt und heiter durch den Nebel zu den diskutierenden Männern.

»Habt ihr euch gut amüsiert?« fragt Mahler.

»Ja, mein Lieber, und ihr habt euch gut unterhalten!« erwidert Alma.

»Darauf kannst du dich verlassen, in Gesellschaft von Ferruccio Busoni sein, heißt nicht weniger als im Tempel Zarathustras die Reinheit des Lichts zu erblicken.«

Mahler liegt in seiner Kabine und denkt über sein Gespräch mit Busoni nach. >*Es ist ein Unglück, die italienische Schönheit kennengelernt zu haben. Man wird empfindungslos. Außerhalb Italiens sind einem Gespräche mit Männern lieber.*< war Busonis letzter Satz, als sie sich „Gute Nacht" sagten.

Er lauscht dem Atemrhythmus Almas, auch der monotone Rhythmus der Maschinen, ihrem Ächzen, Stampfen und Stöhnen, dem Scheppern und Schlagen der Türen. Alles hört er, nur nicht das Meer, das er lieber als alles andere hören würde. Almas Atem geht ruhig und regelmäßig. Ihm ist es recht, denn sie hatte seinetwegen wochenlang nicht richtig ruhig schlafen können! So verbringt Mahler seine Nächte.

Und so vergehen die Tage

Es gab bisher keinen Tag, an dem Mahler nicht mehrmals an Nietzsches >Die Geburt der Tragödie< gedacht hätte. »... *ja selbst wenn der Tondichter in Bildern über eine Komposition geredet hat, etwa wenn er eine Symphonie als Pastorale und einen Satz als >Scene am Bach<, einem anderen als >lustiges Zusammensein der Landsleute< bezeichnet, so sind das ebenfalls nur gleichnissartige, aus der Musik geborene Vorstellungen – und nicht etwa die nachgeahmten Gegenstände der Musik – Vorstellungen, die über den dionysischen Inhalt der Musik uns nach keiner Seite hin belehren können, ja die keinen ausschließlichen Werth neben anderen Bildern haben. Diesen Prozeß einer Entladung der Musik in Bildern haben wir uns eine auf eine jugendfrische, sprachlich schöpferische Volksmenge zu übertragen, um zur Ahnung zu kommen, wie das strophische Volkslied entsteht, und wie das ganze Sprachvermögen durch das neue Princip der Nachahmung der Musik aufgeregt ist...*«

Es gibt immer noch Tage, an denen Mahler alle seine Sinne verschließt, damit er nicht ständig daran erinnert werden muss, dass sein Tod keineswegs den Untergang der Welt bedeutet: Nach wie vor werden Menschen geboren, Menschen, die scheinbar im Mittelpunkt der Gesellschaft stehen, die einsam in ihrer kleinen Welt leben, alle die Glücklichen und Unglücklichen scheiden eines Tages aus und werden von anderen Menschen, die gleiche oder ähnliche Schicksale erleben, gefolgt. Es ist eine wahre Tatsache, dass sie alle kommen, um eines Tages früher oder später zu gehen, aber das ist auch ein Faktum, dass der Schöpfer der Pastorale, der göttliche Beethoven nie wieder kommt und nie wieder stirbt.

Mahler scheint die Anwesenheit Busonis noch nicht recht wahrgenommen zu haben. Busoni seinerseits ist tief in Gedanken versunken, gönnt seiner Seele keine Ruhe, er ereifert sich. Aber jede Anstrengung scheint den Himmel – so blau der ist – nur noch weiter zu entfernen. Busoni will Mahler nur Beistand leisten, ohne eine Beichtvaterrolle zu übernehmen, und niemanden in seine Gespräche mit Gott einzuweihen, und so sind die bisherigen Gespräche fruchtbar und von beidseitigem Interesse. Er wendet sich mit seiner liebenswürdigen Art an Mahler: »Wie haben Sie die Nacht verbracht?«

Zögernd erwidert er: »Als ich wieder allein im Bett lag, nach einer Weile des Nachdenkens, wand ich mich mit einer unbeschreiblichen Leidenschaft Gott zu: >Komm, komm, lass mich nicht allein, nimm mich auf, den Märtyrer, hab Mitleid mit der Kreatur, dem Leid geprüften.< Ich hatte wohl ganz laut gesprochen, und ich hörte meine Stimme durch die Nacht hallen. Das war in meiner Kabine. Alma schlief, sie sollte ruhen, durfte nicht gestört werden. >Eine göttliche Entscheidung ist wider mich ausgesprochen<, sagte ich mir, >ich muss erdulden und ertragen. Es ist leichter zu sterben, als darauf zu warten. Aber warum gerade ich? Kaum auf der Welt, musste ich so viel erdulden und ertragen: Den Bruder, die Mutter, den zweiten Bruder zu Grabe tragen! So jung und so viel Leid, so Unfassbares im Leben, so viel Erfahrungen mit dem Tod! Als meine Tochter Maria, ein schuldloses Kind, starb, begann ich an einem lieben Gott und seinem Willen zu zweifeln. So heftig war meine seelische Erschütterung und so schmerzlich meine Verzweiflung an Gottes Existenz! Tage und Nächte verbrachte ich allein mit der Seele meiner Tochter. Monatelang kommunizierte ich mit ihr. Nachdem ich den längsten Teil der Nacht meditiert hatte<, fragte ich: Wo ist Gott? Und heute will ich nichts mehr von ihm wissen.« Mahler öffnet die Augen. »Es ist schwer, die Gedanken sprechen zu lassen. Es ist noch schwerer, die Gefühle in die richtigen Bahnen zu lenken. Ich bin am Ende!«

»Glauben Sie mir, ich kann davon noch mehr und viel Grausigeres erzählen, dass ich noch öfter am Ende war, und doch begann ich mich erneut zu erheben und zu kämpfen. Haben Sie Mut, indem sie Vater Bernhard, Mutter Marie, die Brüder Ernst, Otto, Alois und die Schwestern Leopoldine, Anna Justina und Justine und Tochter Maria gedenken und für Anna und Alma weiter zu leben versuchen.«

»Gott hat Sie geschickt, Busoni, denn Sie sprechen mit der Überlegenheit der Überzeugung. Aber sich für eine Frau wie Alma erheben, um weiterzuleben und zu kämpfen – ich weiß nicht so recht!«

Busoni hat volles Verständnis, versucht ihn zu ermutigen. »Vergessen Sie für einen Moment Ihre Frau! *Nur in deiner Kunst leben – so beschränkt du auch jetzt deiner Sinne halber bist, so ist dieses doch das einzige Dasein für dich*«, erinnert er an Beethoven.

Mahler reißt die Augen auf. »Es ist schwer, die Gefühle zu unterdrücken! Ich schäme mich. Ja, ich schäme mich wirklich, wenn ich nur an mein göttliches Vorbild denke. Wie hat er alles ertragen? Wie hat er sich mit dem Schicksal befriedet?«

»Ich habe mich auch öfters gefragt«, sagt Busoni, »bis ich eines Tages diese seine Worte las: *O hartes Geschick! O grausames Verhängnis! – Nein, nein, mein unglücklicher Zustand endet nie!*«

»Anders empfinde ich nicht – nur Trauer und Leid. So viel Leid und ich bin kein göttliches Naturell wie Beethoven, ich bin ein Schwächling in Gemüt und Struktur.«

Busoni sagt kein Wort mehr. Seine Augen stehen voller Tränen. Seine Versuche Mahler aufzumuntern, sind gescheitert.

»Vergeben Sie mir mein dummes Verhalten, Ferruccio, mein Liebster, aber Sie sind der Einzige, dem ich mich voll und ganz öffnen kann.«

Busoni sieht Mahler eine Weile an, aber er sagt erst nichts. Dann macht er einen zaghaften Versuch. »Wissen Sie, dass Beethoven in seinem ganzen heroischen Leben kein einziges Mal die Liebe einer der vielen „Verehrerinnen" erfahren hat? Ich meine, die Frau, die ihn mit ganzer Leidenschaft umarmt, liebkost …! Niemals geliebt oder überwältigt werden – niemals? Ein kaltes Leben führen – wissen Sie, wie das ist? Oft vergehen Tage, ohne eine menschliche Zuwendung – ohne, dass er das Wort an jemand richtet, ohne Antwort, oder menschliche Wärme oder Reflexion zu erfahren? Nur die Natur, der Wald, die Bäume, der Wind nehmen ihm die Last der Einsamkeit und ersetzen die fehlende Wärme der zwischenmenschlichen Beziehung! Dieser großartige Mensch soll uns auch, was das Leben betrifft, ein Vorbild sein. Beethoven schreibt 1818: >*Opfere noch einmal alle Kleinigkeiten des gesellschaftlichen Lebens deiner Kunst! O Gott über alles!*< Die großen Geister der Vergangenheit sind uns in vielen Ebenen voraus: im Dulden und Ertragen. Sie waren nur in ihrer eigenen Welt glücklich und beseelt. Die Welt des Traumes und des Rausches, die Welt der Kunst. Nietzsche schreibt: *...um uns jene beiden Triebe näher zu bringen, denken wir sie uns zunächst als die getrennten Kunstwelten des Traumes und des Rausches; Zwischen welchen physiologischen Erscheinungen ein entsprechender Gegensatz, wie zwischen dem Apollinischen und Dionyschen zu bemerken ist.«*

»Aber im Traum kann ich mich weder an meine Kunst noch an meine Liebe zu den Mitmenschen wenden. Im Traum bin ich noch machtloser in die Gewalt des Schicksals versunken!« ruft Mahler aus tiefer Kehle.

»In der Geburt der Tragödie erklärt uns Nietzsche weiter: *Im Traum traten zuerst, nach der Vorstellung des Lucretius, die herrlichen Göttergestalten vor die Seelen der Menschen, im Traum sah der große Bildner den entzückenden Gliederbau übermenschlicher Wesen, und der hellenische Dichter, um die Geheimnisse der poetischen Zeugung befragt, wurde ebenfalls an den Traum erinnert und eine ähnliche Belehrung gegeben haben, wie sie Hans Sachs in den Meistersingern gibt:*

>»*Mein Freund, das grad' ist Dichters Werk,*
>*dass er sein Träumen deut' und merk'*
>*glaubt mir, des Menschen wahrster Wahn*
>*wird ihm im Träume aufgethan:*
>*all' Dichtkunst und Poeterei*
>*ist nichts als Wahrtraum-Deuterei.«*

Der schöne Schein der Traumwelten, in deren Erzeugung jeder Mensch voller Künstler ist, ist die Voraussetzung aller bildenden

Kunst, ja auch, wie wir sehen werden, einer wichtigen Hälfte der Poesie. Wir genießen im unmittelbaren Verständnis der Gestalt, alle Formen sprechen zu uns, es gibt nicht Gleichgültiges und Unnöthiges. Bei dem höchsten Leben dieser Traumwirklichkeit haben wir doch noch die durchschimmernde Empfindung ihres Scheins: wenigstens ist dies meine Erfahrung, für deren Häufigkeit, ja Normalität, ich manches Zeugnis und die Aussprüche der Dichter beizubringen hätte. Der philosophische Mensch hat sogar das Vorgefühl, dass auch unter dieser Wirklichkeit, in der wir leben und sind, eine zweite ganz andere verborgen liege, dass also auch sein ein Schein sei; und Schopenhauer bezeichnet geradezu die Gabe, dass Einem zu Zeiten die Menschen und alle Dinge als bloße Phantome oder Traumbilder vorkommen, als das Kennzeichen philosophischer Beföhigung. Wie nun der Philosoph zur Wirklichkeit des Daseins, so verhält sich der künstlerisch erregbare Mensch zur Wirklichkeit des Traumes; er sieht genau und gern zu: denn aus diesen Bildern deutet er sich das Leben, an diesen Vorgängen übt er sich für das Leben.«

Busoni sieht Mahler forschend an, als wünschte er dieser möge von seiner langen Rede und Rezitation den kurzen Sinn enträtseln. Doch Mahler schweigt.

»Ach Gustav, ich suche doch in alle Himmelsrichtungen, bete jeden Stern an, um einen Ausweg aus der Frustration zu finden. Ich beginne zu begreifen, was Nietzsche, der höchste göttliche Äquivalent uns sagen will: Mutig der Einsamkeit trotzen, ohne Betteln, ohne falschen Glauben an einen Gott, kann ein Beweis meines Wiedererwachens sein. Doch wieder und wieder sehe ich den großen Gustav Mahler ...« Er zögert einen Moment, denkt nach, was er sagen will. »Bei allem Respekt vor den großen Philosophen, ihren großen Wissenschaften und Kenntnissen, meine Ängste, meine Sorgen in Einsamkeit sterben müssen, kann keiner mir nehmen. Ich habe versucht, ehrlich und willig dem Freund beiseite zu stehen, aber ich muss aufgeben, denn ich kann selbst nicht mehr an das Glauben, was ich zu sagen versucht habe.«

Mahler, der bisher aufmerksam zugehört hat, ist wie wachgerüttelt. Wie kann es sein, dass der Helfer in Not, selbst zum Notfall geworden ist? Hat er ihm viel zu viel Leid aufgetragen? Ist er unsensibel mit einem höchst sensiblen Menschen umgegangen? Ist er so rücksichtslos? »Und nun glaube ich, nein ich weiß, dass in jedem Satz von Ihnen ein Funken Hoffnung und Erleuchtung steckt«, sagt Mahler, »und als Zeichen meiner Dankbarkeit für Ihre Geduld und Liebe hören wir die Weisheiten des anderen großen Stern, den persischen Dichter und Philosophen Omar Khayyam:

>»Warum, woher, wohin«
>»Warum ich in die Welt kam, weiß ich nicht;
>Ich kam sowie der Regen niederrauscht,
>jedoch woher ich kam, das weiß ich nicht.
>Ich wehe durch die Welt so wie der Wind
>Mit wilden Wirbeln durch die Wüste weht, -
>Jedoch wohin ich wehe, weiß ich nicht.«

»Ja, gut. Ein weiser Grundsatz. Aufklärend und unverschleiert. Sachlich, nüchtern und nicht fatalistisch, eher ermutigend. Oder?«

Mahler lacht zum ersten Mal. Ein gezwungenes Lachen. Beiden Männern geht es langsam besser, das heißt, sie kehren in die menschliche „allzu menschliche" Welt zurück.

Eine Art Reisefieber mit Fröhlichkeit und Unternehmungslust überkommt sie nach ihrer langen, überwiegend ernsten Unterhaltung. Sie beteuern ihre Freundschaft. Sie wollen sich auch in der Zukunft die gegenseitige Anteilnahme an Kummer und Sorge sichern. Sie erheben sich spontan von ihrem Sitz und gehen auf dem Achterdeck auf und ab. Der Blick über den weiten Ozean erschreckt sie nicht. Im Gegenteil, sie fühlen sich sicherer denn je. Sie erreichen ihr vorläufiges Ziel Cherbourg in zwei Tagen. Mahler wünscht insgeheim, diese Reise würde noch viele Wochen und Monate dauern, am besten solange er lebt. Der weite Horizont, die weiche Luft, das stille Wasser um den Ozeanriesen üben eine hypnotische Wirkung auf seine morbide Seele aus, wie die Tablette, die er gegen die Schmerzen und die Unruhe jeden Abend einnimmt. Er wünscht sich die Geborgenheit und das sichere Gefühl, dass er empfindet es würde länger andauern. Es liegt jedoch nicht in seiner Macht, was Morgen oder Übermorgen geschieht. Denn die Krankheit, die ihn und sein Leben bedroht, hat eigene Regeln, wie die Wolken, die klein und fest über den reinen Himmel ziehen. Licht und Schatten über dem riesigen Ozean kommen und verschwinden. Was ist das für ein Phänomen, das uns an den Wechsel von Gut und Böse erinnert, an Leben und Sterben?

Während sie ihren Spaziergang fortsetzen, bleiben sie nachdenklich und verschwiegen an diesem Frühlingsmorgen. Mahlers Gedanken sind schon wieder bei der Bewältigung der kommenden Nacht. Eine unnötige Zeit, schwarz und grausam, unendlich lang, voll von unvorstellbaren Ereignissen, großen und kleinen Erinnerungen, Überfall der lebensbedrohenden Herzattacken und der Schmerzen. Alma hat wieder ein neues Opfer. Sie wird ohne diese Opfer nicht leben können. Die Kälte, die er wieder empfindet, lässt ihn frösteln. Heimlich hebt er die Reliquie des letzten Gesangs des >Liedes von der Erde<, die er als Abschied gedacht hat, an die Lippen. Die Wolken kommen und gehen. Ein Blitz und dann mehrere durchzucken den Himmel. Donner grollen wie Kanonengeschütze auf dem Ozeandampfer. Sie hinterlassen im Eifer ihrer Existenz hin und wieder Schauer und Güsse. Erschöpft betrachtet Mahler den Wechsel der Laune des Himmels, den Sonnenaufgang, das Verschwinden der Nacht und den Anbruch eines sonnigen Tages. Seine Augen schwimmen in salzigen Tränen.

»Machen Sie sich keine Sorgen, das sind Tränen er Befreiung, Busoni.« Mahler tupft mit dem Taschentuch die Augen.

»Es freut mich«, sagt Busoni. »Die Tränen erleichtern das Ertragen. Nun verraten Sie mir doch, woher auf einmal diese Tränen?«

»Erinnern Sie sich: Warum, woher, wohin – von Omar Khayyam? Sie transzendierten mich über alle Grenzen meiner Lebenserfahrung über das Diesseits hinaus, in die mir unbekannte Metaphysik des Jenseits hinüber. Ich erfuhr den Spirit jener Worte, der mir die Last der Erde abnahm und den Transfer in die ewige Freiheit ermöglichte. Ein sonderbares Gefühl. Ein einmaliges Erlebnis. Deswegen vergaß ich alles, auch das Leid und die Kälte dieser Welt. Daher weinte ich. Darum weine ich noch. Das, was ich nie zuvor vermochte. Sehen Sie mich doch an, Busoni! Ich weine hemmungslos, ohne mich zu schämen!«

»Es ist gut so, Gustav. Nehmen Sie meine Hand, schenken Sie mir einen Bruchteil davon, was Sie empfanden, was Sie empfinden, was Sie spüren.«

Mahler streckt die Arme. »Lassen Sie sich umarmen, Ferruccio!«

Busoni, wie hingerissen. »Ein sonderbarer Augenblick. Gerade empfand ich auch das Bedürfnis Sie zu umarmen!«

Mahler hebt den Kopf und wischt sich erneut die Tränen. Er blickt in die Ferne und seufzt. Nach einem kurzen Schweigen sagt er: »Ich muss Ihnen noch etwas anvertrauen.« Er schaut sich um. Am Achterdeck wimmelt es auf einmal von Menschen und Persönlichkeiten, unter ihnen der große Stefan Zweig, der Autor von >Amokläufer<, >Angst<, >Die Augen des ewigen Bruders< ...Er flüstert: »Als Sie heute Ihre Zweifel über die Barmherzigkeit Gottes geäußert haben, Ferruccio, war ich froh! Froh, dass außer mir noch jemand, dazu ein liebenswürdiger Mensch, mein Busoni, ein Zweifler ist.«

»Kein Wunder, mein Lieber«, erwidert Busoni »Sie waren es, Gustav Mahler, der größte Märtyrer aller Zeiten, der mir die Augen öffnete. Ihnen, lieber Freund, verdanke ich mein Erwachen, meine Erleuchtung.«

»Einsame Tage, ihr wollt auf tapferen Füßen gehen!«

In den langen Stunden der Nacht und fast den ganzen folgenden Tag, ist es Mahler als habe er nie mit dem Herzen und seiner Gesundheit irgendein Problem gehabt. Das ist ein so seltsames, unwirkliches und überwältigendes Gefühl, dass die Welt um ihn verschwommen, schön und einnehmend erscheint, als ob er neugeboren sei, ganz frei von Angst und Schmerz.

Als er Alma erblickt, schön, unternehmungslustig wie immer, kehrt er gleich in die Wirklichkeit zurück. Allein ihr liebesdurstiger Blick macht ihm die Realität seines Lebens bewusst. Schon gerät er in Angst und Panik des ewigen Überlebenskampfs. Mit der alten Empfindung kehrt er grübelnd in seine eigene Welt zurück. >Ich werde nie erfahren, was Glück ist<. Kälte durchtränkt ihn. >Ich habe nichts anderes gelernt als zu arbeiten. Alles andere habe ich im Laufe der Jahre verlernt, ein stiller, in sich gekehrter Mönch<. Er atmet die kühle Ozeanluft. Der Wind streicht vorüber, mit dem feuchten Salz, das ihm bewusst macht, dass er noch lebt, dass es noch nicht das Ende ist. Hier und dort raufen sich die Wolken um einen Tumult, das Gewitter zerreißt den Himmel. Mahler erinnert sich, fühlt noch den ersten Regentropfen mit Alma, als sie zusammen von Toblach nach Altschulerbach unterwegs waren. >O Mahlers Märtyrergeheimnis, schmerzliche Liebe, keinem ist das Ausmaß des Verrats dieser Liebe bewusst, niemand ahnt von dem, was ich in mir verberge, verschmerze, dieses Geheimnis meines Lebens verdrängt alle anderen Dinge wie Not, Einsamkeit, Leid und Kummer selbst den baldigen Tod.<

Wenn Mahler gedacht hat, seine Tränen seien unbemerkt geflossen, so hat er nicht mit Alma gerechnet, ihr entgeht nichts und sie erfährt immer auf den ersten Blick, was mit ihm los ist. Alma ist und bleibt eine sehr aufmerksame, intelligente und einfühlsame Frau, die im Besitz von mehreren Charakteren eine undurchschaubare Persönlichkeit darstellt. Mal eine Eule, dann und wann eine Lerche, aber auch ein Rabe, der rabiat mit den Gefühlen des anderen spielt. Sie ist imstande Gott, den Ursprung aller Dinge, zu preisen, um ihn gleich oder mit dem nächsten Atemzug zu leugnen; sie kann ihre Liebe, Überzeugung, Meinung, Konfession und politische Gesinnung wechseln, wie das Ein- und Ausschalten des Lichts. In ihrem Rausch verhüllt Alma alles mit dem Schleier ihrer Schönheit. Sie hat beschlossen, zum Abschied ein Dinner im kleinen Salon zu geben; nur der engste Kreis, sie, ihr Mann, ein paar Auserlesene aus dem Wiener Adel, die sich ebenfalls auf der Rückreise nach Europa befinden, Herr Busoni, mit dem sie nicht so recht warm werden kann, ja, und natürlich der Kapitän. Wenn Alma sich für das rote enge Kleid und den weißen Hut mit schwarz-roter Seidenblumenverzierung entscheidet, wird sie nach dem Dinner immer unternehmungslustiger; Sie hat keine Mühe den Männern ihrer Wahl den Kopf zu verdrehen. Alles an diesem letzten Abend ist berauschend. Alles wird nach Almas Planung laufen, alles wird Gustav gut tun! Alles wird seine Seele, sein Herz beruhigen! Alles nur für ihn, der nach Harmonie sucht! Alles wird Harmonie werden, denn Almas Herz „ist" Harmonie. Und er, Gustav Mahler? Die Empfindung, in der Liebe dieser Frau immer gefangen und unterworfen zu sein, verleiht seinen Bewegungen und Gedanken während des Abends eine sonderbare Stimmung. Wie denken die anderen über diese Magie, solche rätselhafte Macht dieser Frau? Das interessiert ihn am geringsten. Aber was Busoni über Alma denkt, das ist ihm nicht gleich. Busoni, der Gentleman ist nicht zu verführen. Er ist der Meinung, der wahren Liebe werde viel zu viel Schmutz beigemengt.

»Sie wollen uns heute nichts über das Wetter sagen, Herr Kapitän?«, versucht Alma mit ihm zu scherzen. »Haben wir nicht einen herrlichen Tag gehabt? Und dieser Abend, und diese Luft so sanft und geschmeidig wie Seide.«

Der gut gelaunte Kapitän schaut sie an. »So sanft wie Seide! So schön kann nur eine Künstlerin, wie Sie, die weiche Seeluft beschreiben. Natürlich haben Sie Recht. Wir sollten uns an diesem Abend erfreuen, auch wenn er ein Abschiedsabend ist.« Er wirft einen respektvollen Blick auf Gustav Mahler und Busoni, die bisher schweigen, dann mit dem Blick auf Alma an seiner rechten Seite: »Eine hinreißende Lady, Ihre Gattin, Herr Mahler, sie übertrifft alle Erwartungen, was Schönheit, Eleganz und Romantik betrifft. Mein Kompliment!«

»Es herrscht dichter Nebel«, wird dem Kapitän mitgeteilt.

Der Ozeanriese fährt in eine Nebelbank. Schon bald wird der Nebel so dicht, dass die Lichter auf dem Achterdeck vor ihren Augen verschwinden. Die Nebelhörner werden betätigt und die Nebelscheinwerfer eingeschaltet.

›Geht nur‹ denkt Gustav Mahler, ›alles geht irgendwann, irgendwie, irgendwohin zu Ende!‹ Er beobachtet indirekt seine Frau ohne ein Wort zu verlieren. Nur Busoni, der sich während des Essens mit ihm unterhält, vermag zu erahnen, welche Gedanken ihn so sehr beschäftigen. ›Ich verzeihe dir, dass du bald in den Armen von – ist mir nunmehr egal wem – den Rest von Würde verlierst, die du eigentlich schon längst nicht mehr besitzt.‹

Der stickige Dunst auf dem Achterdeck versetzt Mahler in seine Fantasiewelt zurück. Ich werde ewig glücklich sein. Im Jenseits, wo alles ewig ist, wo die Existenz außerhalb unserer Erfahrung metaphysisch ist. Mysterien, Mysterien, wie sie sich nähern einer dem anderen und wie sie ihn einhüllen. Das Antlitz des Todes, so erhaben, so einnehmend. Was das tut, was das fordert und er gewährt, ja was er selbst zu wünschen hat. Die Wahrheit, das Ende, der Beginn der neuen Existenz. Und nun der Lobgesang, den die Tochter Maria zu Ehren ihres Vaters singt, doch nur im Nebel vernimmt er diesen Willkommensgruß, denn es braust in seinen Ohren, ihm schwindelt, er stolpert über Busonis Füße. Es scheint ihm als sei er erst aufgewacht. Wie lange ist er weg gewesen? Er fühlt sich wieder als sei er erneuert, voller Energie, wie er zuvor nicht zu sein vermochte, denn alle irreparablen Schäden, die er an Leib und Seele trägt, die ihm das Weiterleben unmöglich machen, sieht er jetzt in völliger Klarheit repariert. Mahler ist im Wechselbad der Gefühle, des Empfindens und der Wahrnehmung und mit seinen Gedanken wieder bei Alma: ›Wie sie mich ansieht. Wie schön sie ist. Sie ist jung. Ich bin alt. Ich muss sterben. Sterben. Ich bin verloren. Ich werde verachtet, zu Hilfe! Schweig. Du hast es gewollt. Warum ich? Mein Gott vergib mir. Ich bin treu. Ich will meine Liebe bewahren. Sie steht vor mir. Sie erwürgt mich, zu Hilfe!‹ Er schreit lautlos.

Mahler fühlt mit seinem Körper und noch viel mehr mit seinem ganzen Wesen, wie sehr er mystisch umwandelt ist. Er ist sehr müde, in Tränen der Ohnmacht nahe. Aber sein Gedächtnis lässt ihn nicht im Stich. Er rezitiert aus der ›*chinesischen Flöte*‹ von Hans Bethge:

»*Der Abschied des Freundes.*
Ich stieg vom Pferd und reichte ihm den Trunk
des Abschieds dar. Ich fragte ihn, wohin
und auch warum er reisen wollte. Er
sprach mit umflorter Stimme: Du mein Freund,
mir war das Glück in dieser Welt nicht hold.
Wohin ich geh? Ich wandre in die Berge,
ich suche Ruhe für mein einsames Herz.
Ich werde nie mehr in die Ferne schweifen, -
Müd ist mein Fuß, und müd ist meine Seele, -
die Erde ist die gleich überall,
und ewig, ewig sind die weißen Wolken ... «   Wang-Wie

Und Busoni, entzückt von dem Gedicht, ist überrascht von der guten Stimmung Mahlers, vergisst alles, was er gedacht hat, und ihm zum Abschied sagen wollte. Er versucht einen Mann zu verstehen, dem er inzwischen so vertraut nahe steht. Er will nicht versäumen, einem großartigen Menschen ein guter Freund zu bleiben, der die größte Krise seines Lebens durchleidet. Er sieht ihn an, er bewundert ihn mehr denn je. Mahler schweigt. Seine bleiche Haut, die dunklen Lippen und die müden Augen üben etwas Mystisches aus. Diese Stille, in der Mahler verweilt, darf nicht gestört werden, denkt Busoni. Er schweigt.

›O, Gott‹, murmelt Busoni vor sich hin. ›*Abermals sieht er mich mit einem sonderbaren Blick an. In seinen Augen glaube ich meine eigene Verlorenheit zu erkennen. Zwischen uns liegt eine tödliche Schranke. Sein Herz, der Motor des Lebens will nicht mehr. Wenn ich bedenke, dass dieser erhabene Habitus, den ich ansehe, mit marmorierten schwieligen Händen, gleiche dynamisch schöne Hände sind, die Millionen von Menschen in der Welt beim Dirigieren beglückt haben. Und wenn ich bedenke, dass in dem leidenden Geschöpf, das hier vor mir sitzt, steht, geht, spricht, lacht und weint, der Schöpfer der ›Wunderhorn‹-Lieder ist, der Zeit seines Lebens seine Musik es mit denen gehalten hat, die aus dem Kollektiv herausfallen und zugrunde gehen, mit dem armen Tambourg'sell, der verlorenen Feldwach, dem Soldaten, der als Toter weiter die Trommel schlagen muss. ›Balladen des*

Unterliegens<, – wenn ich bedenke, dass der geniale Dirigent mit dem goldenen Stab, der Millionen Menschen in der Welt, mit eigenen, aber auch mit den Werken anderer großer Komponisten, wie Beethoven und Mozart beglückt hat, nicht mehr geben wird, dann bin ich fassungslos unglücklich und traurig. Dann begreife ich den Sinn des Kommens und Scheidens nicht.<

»Ferruccio«, ruft Mahler, »Ich weiß, woran Sie denken, mein Freund. Tun Sie es nicht. Bemitleiden Sie mich nicht. Lassen wir alles geschehen. Seitdem wir New York verlassen haben, versuche ich mir den Weg in die Ewigkeit zu ebnen. Ich denke immer daran, dass ich bald sterbe. Dr. Fraenkel ist ein guter Arzt, aber ein schlechter Heuchler, wenn er versucht mir in Paris ein Wunder zu versprechen. Ich weiß, er ist zu liebenswürdig, er wollte mich lebend und lebendig in Erinnerung behalten. Tote sieht er genug. Glauben Sie, Busoni mir entgeht nichts, wenn wir seit Monaten oft zusammen sind, immer freundlich, immer aufmerksam. Ich habe jedes Gefühl von mir abgetan, auch den Willen zu leben.«

»Das ist entsetzlich für die, die Sie lieben!«

»Nein, ich kämpfe mit der Welt. Niemand liebt mich mehr. Ich darf meine Gefühle niemand, auch Alma nicht zeigen.«

»Das wundert mich nicht!« sagt Busoni. »Seit Monaten, wenn ich Sie treffe, immer bei der Arbeit, jedes Mal ein wenig bleicher, kraftloser, wie einer, der bei lebendigem Leib tot ist! Mit dem Kopf sagen Sie, was Ihr lädiertes Herz spricht: >Wie kann ich denn glücklich sein, wenn irgendwo ein anderes Geschöpf noch leidet?< Sie machen Dostojewskis Anklage zu Ihrer eigenen. Sie sind doch ein religiöser, ethischer Mensch und glauben an die Unsterblichkeit des Menschen, in allen Ihren Werken versuchen Sie Gott und Mensch, Liebe und Natur in Einklang zu bringen. An den einer materialistischen Lebensphilosophie huldigenden Kritiker Max Kalbeck schreiben Sie: >Ich kann nicht begreifen, dass Sie, einer Musiker-Poetenseele nicht glauben = Wissen. Sie glauben an die Unzerstörbarkeit der Materie! Ist das nicht auch Unsterblichkeit?< Wo bleibt denn jene Philosophie des Lebensbejahen? Sie lieben die Natur, wie Beethoven sie liebte, Ihre Musik ist immer und überall Naturlaut, wie Beethovens Musik. Nicht nur der Schönheit von Wäldern, Blumen und Tieren, sondern zugleich dem ungebärdigen, wilden, katastrophalen, schmerzlich Großen der Schöpfung gilt Ihre Ehrfurcht, galt Beethovens auch, hören und staunen wir die Pastorale. Also Ehrfurcht vor dem Tod, worauf Sie anscheinend warten, kann doch nicht Ihre bisherige Lebensphilosophie: Ehrfurcht vor dem Leben, für Null und Nichtig erklären? Sie lieben doch das Leben mit allen Ihren Sinnen und sind zugleich ein asketischer Mystiker im Geiste; Sie wussten sich mit dem Geschick eines Künstlers in Ihrer Umwelt zu behaupten und sind doch allen Möglichkeiten der Visionen und der Träume verfallen. Warum auf einmal diese fatalistische Endzeitstimmung?«

Mahler ist nicht überrascht von Busonis Worten, aber sein stolperndes Herz lässt keine Überreaktion zu. Ruhig wie bisher hält er seinen zermarterten Kopf in den Händen, im harten Sitz auf dem Achterdeck. Er sucht nach einer passenden Antwort. Ein Zauber, der über ihn gefallen ist, hält ihn gefangen. Er fühlt sich ohnmächtig die richtige Antwort zu finden. Zwei Stimmen übertreffen sich in seinem Gewissen. Sie sind gegensinnig, haben das gleiche Ziel. Sie wollen seine Seele beruhigen. Die Eine flehentlich um Erbarmung beim lieben Gott bitten und beten, die Andere, auf Leiden und Enttäuschungen im Leben zurückblickend, erzählt von der Belohnung mit dem Jenseitsglück. Mahler, von jenem Jenseitsglück berauscht, seufzt und singt Busoni wieder von Omar Khayyam vor:

> *»Die goldenen Lichter, die am blauen Weltrand gehen,*
> *haben sich viel gedreht und werden viel sich drehen,*
> *und wir, im ew'gen Kreislauf der Erscheinungen,*
> *kommen auf kurze Zeit, um wieder zu vergehen.«*

Der Ozeandampfer nährt sich der französischen Küste. Für die Passagiere, die ihr Reiseziel erreicht haben, heißt es sich für die Ankunft auf dem Festland vorzubereiten.

»Sind Sie jemals in Frankreich gewesen, Herr Kollege Busoni?«

»Wohl bin ich's; ich habe einige seiner Provinzen kennen gelernt, wo das nationale Ehrgefühl wacht. Nationalistische oder faschistische Gesinnung, wie ich sie von Italien und Deutschland kenne, habe ich nicht wahrgenommen. Das Eigentliche, warum es bei all diesen Menschen in ihrem Leben ging, war Liebe, Kultur, Schick und Schnickschnack und Warmherzigkeit.«

»Busoni, kennen Sie Paris?«

»Ich war mal in Paris. Da sieht man all den Schlag von Menschen in einem Haus versammelt; es ist ein Irrenhaus. Ein verwirrender, lärmreicher, lebendiger Ort, worin Alt und Jung, weiß und schwarz, Mann oder Weib dem Vergnügen nachrennt, und meinem Geschmack nach eine multikulturelle Stadt, die nie schläft. Der Salon Europa ist aber auch ein Zufluchtsort, wo alle unruhigen Geister der Welt sich treffen und sich anscheinend zu Hause fühlen.«

»Ich meinesteils erlebte alles, oder fast alles, was Sie schildern in St. Petersburg und Moskau, aber mit einem Hauch russischer Seele.«

»Was ist an der russischen Seele so besonders?«

»Die Seele von Liebe, Schmerz, Schönheit, Bedürfnisse, Grausamkeit und Not, aber immer wieder die Liebe. Die Seele von Tolstoi, Puschkin, Dostojewski und Tschaikowski... Ich habe die wunderbaren, mir bis dahin unbekannten, warmherzigen und vor allem ehrlichen Menschen, was Emotionen betrifft, erlebt. Während meiner Konzertreise durch Russland habe ich weder Kummer noch Sorgen um mich und meine Gesundheit gehabt. Die Russen hatten alle meine Sorgen weggezaubert.«

»Sagen Sie, Mahler, können Sie sich an die Erzählungen von unserem Kapitän gestern Abend erinnern? Er behauptet, dass, wenn die geophysikalische Evolution nicht geschehen wäre, hätten wir nie eine Küste erreichen können, denn die Erde ist im Anbeginn ein Meer gewesen!«

›Dann würden wir ja nie ankommen‹, denkt Mahler ohne ein Wort darüber zu verlieren. Mit einmal fallen ihm Gottes Fragen an Hiob ein: >Wo warst du, als ich die Erde schuf? ... Weißt du, wer ihr das Maß gesetzt hat?< Zitternd sinnt Mahler weiter. >Ich lebe noch, ich habe die Küste gesehen, die wir in New York hinterlassen haben. Die Menschen, die mit uns reisen, lassen mich an Moses und Jesus denken und auch daran, dass die Welt zwar in sieben Tagen gedacht, aber in Millionen Jahren der Evolution entstanden ist.< Mahler hat das Gefühl, die Urzeit, jene unvorstellbare Zeit, von der die Kosmologen sprechen, diese ersten nach dem Urknall, selbst zu erfahren, wenn der Raum noch unstabil, unbegrenzt und unabsehbar, quantenhaft ist: die Vorbereitungszeit, dem Einsetzen der wirklichen Zeit.

Mahler sitzt reglos verträumt, wie hypnotisiert. Weil die Gedanken, die ihn überfallen haben, jede Reaktion unmöglich machen und weil er von seiner Himmelsfahrt voll und ganz fasziniert und überwältigt ist.

»Maestro Mahler«, ruft Busoni, »Sie sind noch nicht in Paris, Sie können ruhig mit mir sprechen, oder hat meine Frage Sie sprachlos gemacht?«

»In der Tat, Busoni«, sagt Mahler wie aus dem Schlaf gerissen »meine Seele erstarrte in Verzückung über den Satz: >... dann hätten wir nie eine Küste erreichen können, wenn die Erde im Anbeginn ein Meer gewesen ist.< Das ist das Wunderbarste, was ich je gehört habe, dachte ich. Diesen unvorstellbaren Moment darf ich nie vergessen. Busoni, stellen Sie sich vor, Sie haben mich mit Ihrer Frage in die Urzeit versetzt. Ich habe keine Ahnung, wie ich diese fantastischen Millionen Jahre zurückgelegt habe. Nie habe ich an solche Dimensionen unserer Fantasien gedacht. Unser Fantasiegebilde entsteht rasend schnell und kurz; die Nacherzählung beansprucht hingegen viel Zeit. Ich muss Ihnen komisch und seltsam vorgekommen sein. Plötzlich ertönte inmitten des Ozeans, wo wir sind, die Stimme von Anna von Mildenburg, sie sang die Symphonie C-Moll nach Worten aus *Des Knaben Wunderhorn*<. Im gleichen Moment, in dem meine Musik begann und jene traumhafte Engelsstimme, die meine Seele beschwor und hypnotisiert hatte, und in demselben Augenblick, in dem ich schwebend über den Ozean flog, genau in diesem Moment kam mir zur Besinnung, dass ich noch lebe. In diesem Moment hörte ich sie rufen, so unvermittelt, als hätte man uns bei der Konversation gestört.«

Mahler ist aufgeregt, als hätte er Angst, Busoni könnte ihn nicht verstehen, der Gütige, der Einzige, der ihn überhaupt versteht. Eine imaginäre Erinnerung bricht in sein Bewusstsein ein, etwas Unvorhersehbares. Er kann weder mit den Blicken etwas zu verstehen geben noch etwas zum Ausdruck bringen. Der Kopf tut ihm weh, seine Kehle wird trocken und brennt, seine Gliedmaßen sind kraftlos. In diesem Zustand ist er auch verwirrt. Er ruft die Götter zur Hilfe, aber sie reagieren nicht, sie lassen ihn im Stich. Seine Weltbilder, die verdunkelten Erinnerungen fallen auseinander. Überall schwebt ein totes Gesicht vor ihm, wo er auch hinblickt. Marias Gesicht und zugleich das seiner Mutter und seiner Brüder. Was soll er tun? Was kann er tun, wenn er so einsam sterben muss? Dann ruft er mit allen Kräften nach Busoni und fürchtet zugleich, er würde von ihm genauso wie von den Göttern ungehört bleiben. Jetzt wird wohl die Reise zu Ende gehen. Diesmal wird es ernst. Diesmal wird keine Frage gestellt. Mahler ruft, er versucht es jedenfalls, aber niemand kann ihn hören, weil ihm die Kehle zusammengeschnürt ist, weil er keinen einzigen Laut herausbringt. Nun der Tod braucht keine Worte, auch der Taubstumme muss sterben. Nur er ist bereit ihn zu empfangen, ohne ein Wort. Man begegnet ihm, wenn das Ende unvermeidbar ist. Die Qual verlässt ihn bis zu diesem Ende nicht.

Mahlers Herz rast wieder, stolpert und galoppiert, aber die Schmerzen lassen nach. Ein tiefes Verlangen nach Genesung hebt seine Stimmung. Er steht auf, um sich für die Ankunft vorzubereiten.

Man kündigt die Ankunft in Cherbourg an.

>Das Schlimmste, was geschehen kann: Wenn ich hier auf dem Schiff sterbe, wenn man mich hinaustragen muss. Nein, nein ich will nicht hier sterben. Mir geht's gut. Aber ja, die Sonne scheint auch für mich.<

»Busoni, Sie haben recht. Die Hoffnung stirbt als letzte!« ruft er. »Sie werden mich in Wien besuchen. Das ist mehr, als ich verlangen kann. Ich freue mich schon darauf. Wissen Sie, ich rechne mit dem Schlimmsten. Ich warte auf seinen Abruf. In seinem Reich werde ich gerichtet wie jedermann. Mein lieber, lieber Busoni, Sie dürfen mir nicht böse sein, mein Freund, wenn ich viel zu viel lamentiert habe. Die Krankheit ist und bleibt mein intimster Begleiter, scheint mich momentan zu schonen, aber schmort und kriecht voran, also kein Stillstand! Würde ich Kraft finden, so könnte ich meine Gedanken über diesen intimen Feind in Musik umsetzen, so konnte ich mir vielleicht helfen. Es ist Zeit. Lassen Sie sich umarmen. Adieu, vergessen Sie mich nicht. Adieu.«

Mahler geht in Begleitung von Alma die Treppe hinunter. Er hört Busoni rufen: »Leben Sie wohl, werden Sie wieder gesund, vergessen Sie ihre Abschiedskomposition nicht. Die Musik über Ihre Gedanken vom intimsten Freund und intimsten Feind.«

Ankunft in Paris am 17. April 1911

»Die Hoffnung stirbt als letzte, aber...«

Am frühen Abend kommt Gustav Mahler in Begleitung von seiner Frau Alma in Paris an. Er befindet sich immer noch in seiner vernebelten Welt der Überseereise.

Schwach auf den Beinen, lust- und kraftlos in der Konversation kehrt er in seine Unterwelt der Erinnerungen zurück. Das Einzige, was er noch vermag, ist lesen: >Also sprach Zarathustra< von Friedrich Nietzsche, und >Das Problem des Lebens< von Eduard von Hartmann. Gerade zur „Ruhe gekommen" liest er in Nietzsches >Der Fall Wagner<: *>Ich mache mir eine kleine Erleichterung. Es ist nicht nur die reine Bosheit, wenn ich in dieser Schrift Bizet auf Kosten Wagners lobe. Ich bringe unter vielen Späßen eine Sache vor, mit der nicht zu spaßen ist. Wagner den Rücken zu kehren, war für mich ein Schicksal; irgendetwas nachher wieder „gernzuhaben", ein Sieg. „Niemand" war vielleicht gefährlicher mit Wagnerei verwachsen, „niemand" hat sich härter gegen sie gewehrt, „niemand" hat sich mehr gefreut, von ihr los zu sein. Eine lange Geschichte! – Will man ein Wort dafür? – Wenn ich Moralist wäre, wer weiß, wie ich's nennen würde! Vielleicht Selbstüberwindung. – Aber der Philosoph liebt die Moralisten nicht ... er liebt auch die schönen Worte nicht ... Was verlangt ein Philosoph am ersten und letzten von sich? Seine Zeit in sich zu überwinden, „zeitlos" zu werden. Womit also hat er seinen härtesten Strauß zu bestehen? Mit dem, worin gerade er das Kind seiner Zeit ist. Wohlan! Ich bin so gut wie Wagner das Kind dieser Zeit, will sagen ein décadent: nur dass ich das begriff, nur dass ich mich dagegen wehrte. Der Philosoph in mir wehrte sich dagegen.*

Was mich am tiefsten beschäftigt hat, das ist in der Tat das Problem der décadence, – ich habe Gründe dazu gehabt. »Gut und Böse« ist nur *eine Spielart jenes Problems. Hat man sich für die Abzeichen des Niedergangs ein Auge gemacht, so versteht man auch die Moral, –...<*

Die Qual verlässt Mahler nicht. Alma ist sehr bemüht, aber sie kann ihm nicht helfen. Niemand kann ihm helfen. Der Tod kommt auf sicheren Füssen. Seine Lage ist absonderlich. Jeder Arzt, so liebenswürdig und fähig er sein mag, will helfen, aber wie und womit, weiß keiner.

Vom Hotel Élysée Palace aus begibt er sich am 21. April in Begleitung seiner Frau in die Ordination von Dr. Defaut in Neuilly zur ersten Konsultation. Er geht mühsam, aber aufrecht wie immer in seinem Leben. Jetzt gibt er sich die größte Mühe. >Meine Lage ist hoffnungslos. Die Ärzte wissen es, aber sie äußern sich immer wieder mit ihren Sprüchen, die mich eher überzeugen, dass sie sich und mir etwas vormachen, etwas, was es nicht gibt: Heilung.<

Der heftige Lärm der Straße, die in Eile befindlichen Passanten, die fröhlich amüsiert oder traurig und depressiv in sich gekehrt, jeder auf seinem Weg zu irgendeinem Ziel, interessieren ihn kaum.

>Ich kann in meiner aussichtslosen Lage nur dann hoffen, wenn Gott sich erbarmt. Aber ich weiß, ich kann mich Gott nur demütig, mit Reue nähern. Wann wird es geschehen? Kann ich hoffen, dass es bald geschieht? Immer wieder diese Hoffnung, das Übelste und bitterste Gift. Wie wird wohl meine Tochter Anna ihren Weg bestreiten. Ihre Bildhauerei, Skulpturen und ihre Begabung für handwerkliche Kunst wird sie lebenslang begleiten. Gott hat ihr, wie jedem anderen ein Talent gegeben. Und ich bin dankbar dafür, dass sie sich bewusst ist, dass Talent allein nicht reicht. Sie muss arbeiten. Fantasie ist wichtiger als Wissen. Fantasie ist die Kunst das Leben zu meistern. Der große Gott hat es zugelassen, dass sie in jüngeren Jahren viel Leid zugeteilt bekam, er hat ihr die Schwester genommen. Noch schlimmer: ihr wurde die Mutterliebe untersagt. Der Mutter ist diese besondere Sünde bis heute nicht bewusst. Und meine große Sünde ist noch schlimmer, denn nach dem Tod Marias vergaß ich, dass ich noch Anna an meiner Seite habe, dass sie die Vaterliebe umso mehr braucht, wenn die Mutter schon kaltherzig

ist. Der Tod Marias wurde zu unserem Verhängnis. Andere Sünden hefteten sich an die erste, und Anna musste unter der Lieblosigkeit der Eltern leiden. Ich hoffe, ich wünsche, dass Anna, die ich genauso geliebt habe und liebe, mir verzeihen kann. Nun stehe ich allein mit mir und meinem Leid. Dr. Defaut und seine Kollegen wissen nun an was ich leide, aber sie können mir nicht helfen. Ich stehe bald vor meinem Gott. Ich bin ein Schwächling in den Augen Gottes für alle meine Sünden und für alle Ewigkeit. So will ich vor ihm erscheinen, wenn ich am Ende bin, mit meiner Reue und Einsichtigkeit. Ich bleibe ihm, dem großen Gott ein dankbares Geschöpf. Ich liebe mein Schicksal, ich habe keine andere Wahl; ich bin nie wankelmütig, was Gott und seine Einmaligkeit betrifft, Gott weiß es wohl. Ich darf die egoistische Konversion vom Judentum zum Katholizismus nicht durch irgendeine List zu verhehlen suchen. Nichts wird ausgelöscht im unfehlbaren Sündenregister Gottes. Armer Teufel, schwächliche Kreatur, sündiger um irdischen Ruhm, deshalb bist du heute am Ende deiner Lebenskarriere so einsam und elend!

Als mein Bruder Otto, der, zweiundzwanzigjährig, außergewöhnlich begabt und sensibel, seinem Leben mit der Kugel ein Ende machte, sträubte sich jedes Haar meines Körpers vor Grauen und Entsetzen. Meine maßlose Trauer empfinde ich bis heute, wenn ich auch keine Kraft habe mich darüber zu äußern. Ich flehe den großen und lieben Gott an, er möge ihn, meinen sündigen Bruder nicht in das Feuer der ewigen Hölle werfen!

Ich sündige wieder, wenn ich zu viel von ihm verlange, aber wenn ich nur darf, wenn seine Barmherzigkeit dies mir erlaubt, will ich auch diese Sünde auf mich nehmen, denn er war zu tiefst verzweifelt, er wusste nicht, was er tat.<

Mahler gräbt in seiner dunkelsten Vergangenheit. Leben verpflichtet zu Verantwortung, Sterben vergegenwärtigt sie.

>Ich bin bei Sinnen. Ich nehme alles wahr, was mir zugeteilt ist und wird. Aber die Kraft verlässt mich, da mein Herz nicht mehr will. Wie soll ich mit diesen Gedanken fertig werden, die mich Tag und Nacht begleiten? Auch die Intrigen der Wiener Gesellschaft verfol-

gen mich bis ins Grab. Ich heirate eine Antisemitin namens Alma Schindler! Dieser Name allein genügt, um die Katastrophe einer Ehe zwischen ihr und mir herbei zu beschwören.‹

Was zählt ist, was Alma ist und was sie nicht ist oder nicht sein kann. Eine seltsame Metapher kommt ihm in den Sinn, sie drückt sehr genau die Natur dieser Frau aus, eine Metapher, die Nietzsche vor ihm benutzte, als er versuchte, seine Vorstellung vom Wesen einer Frau zu definieren:

»*Die Wahrheit -*
ein Weib, nichts Besseres:
arglistig in ihrer Scham:
was sie am liebsten möchte,
sie wills nicht wissen,
sie hält die Finger vor ...
wem gibt sie nach? Der Gewalt allein! –
so braucht Gewalt,
seid hart, ihr weisesten!
Ihr müßt sie zwingen,
die verschämte Wahrheit...
zu ihrer Seligkeit
brauchts des Zwanges –
- sie ist ein Weib, nichts Besseres.«

Er ist zu schwach, zu krank, um zu lamentieren. Doch in seiner derzeitigen Verfassung ist es Alma, die diesen Gedanken provoziert, sie zu verstehen, müsste man Psychoanalytiker sein. Was er an ihr liebt, ist ihr Wesen, ja ihr Wesen. Denn was man an einer Frau liebt, ist nicht die substanzielle Hülle und Fülle, die sie hergibt, sondern ihre Aura. ›Sie bezaubert mich bis heute. Alle wissen, dass sie seit Jahren im Mittelpunkt der Männergesellschaft in Wien steht, und die emporkommende junge Schönheit sich mit keinem abgibt, der keinen Ruhm, künstlerisches Talent und kein Vermögen besitzt. Ich, der unverbesserliche Optimist, habe an die Liebe und die Treue geglaubt. Gewarnt wurde ich genug, aber die Liebe macht nicht nur blind, vielmehr naiv und gutgläubig. Die Schatten der Freunde, auch der meiner Schwester Justine, kamen bei Nacht, wo ich in der „Ruhe" sie sprechen höre: Niemand stellte sich mir in den Weg. Man nannte keinen Namen, aber warnte vor einer Ehe, die mir nur Unglück brächte! Mein Gott, so weit bin ich gekommen, eine solche Frau, eine Sünderin zu lieben? Was ist aus meinen Jugendträumen geworden: nur die Reinheit, Treue und Keuschheit zu ehren.

Es ist merkwürdig, gerade hier in Paris, wo ich nun die letzte Ölung bekomme, habe ich 1900 mit den Wiener Philharmonikern Konzerte gegeben und war mit meiner bisherigen Arbeit mehr als zufrieden. Die 4. Symphonie und viele Lieder, unter ihnen das klagende Lied, wurden in München und Wien aufgeführt. Von Paris zurückgekehrt, fühlte ich mich nicht mehr wohl, das Herz schmerzte und raste, stolperte und schmerzte. Aber meine Hamburger Zeit war eine fruchtbare, gute Zeit, ohne Leiden, aber mit viel Heimweh nach Wien. Kaum war die 5. fertiggestellt, begegnete ich Alma Schindler in Wien. 1902 Uraufführung der 3. Symphonie in Krefeld und glücklich verheirateter Ehemann Alma Mahlers. Die Geburt meiner Tochter Maria Anna und 1904 die Geburt Anna Justina sollte zur Festigung meines Glückes beitragen, könnte man meinen. Wir waren kaum verheiratet, war sie schon entgleist und auf die Schiene der Skeptiker zu unserer Ehe unterwegs. Im gleichen Jahr die Uraufführung der 5. Symphonie in Köln, Mannheim, Weimar, Frankfurt, Amsterdam, Den Haag und Leipzig. Mit viel seelischem Schmerz wegen der Untreue meiner Frau, die nicht einmal Respekt vor den Kindern, geschweige denn vor der Ehe hat, arbeitete ich viel, vielleicht auch um der Schande zu entfliehen.< Mahlers Ausflug in die Vergangenheit, mit Nietzsches Buch in der Hand. Er grübelt mehr als er liest. >Wie soll ich den größten Fehler meines Lebens erklären? Ich war sehr unerfahren, was Frauen und ihre Welt betrifft und sie zu jung. Sie kann doch nicht verdorben sein? Ich werde sie glücklich durchs Leben führen. Und der Priester bei der Vermählung? Nein, Gott würde nie zulassen, dass diese Jungfrau mit dem Engelsgesicht Sünden begeht, wider den heiligen Bund der Ehe gegen sein Gesetz verstößt.< Wieder schwärmerisch bei Mozart >*Le nozze di Figaro*<, wo die Liebe verherrlicht wird und die Sinnlichkeit der Treue und Keuschheit verheißungsvoll zum Ausdruck kommt. Ach, Mozart, ich bin mir sicher, du würdest mich verstehen.

1906 die Uraufführung der 6. Symphonie in Essen. Dann Antwerpen und Amsterdam. Immer tüchtig, immer tatkräftig, aber mit gebrochenem Herzen. Nicht nur organisches Leid machte mein Leben unerträglich, viel mehr, das Sehnen nach meinen Kindern und nach meinem Heim führte zu meiner seelischen Not.

Beim Mozartfest in Salzburg >Figaros Hochzeit< fühlte ich mich bestätigt, dass die Welt noch nicht verloren ist, solange man an die Liebe und Treue glaubt. Ich habe nochmals einen Versuch unternommen: Nach dem Besuch bei Sigmund Freud in Leiden beschloss ich einen neuen Anfang zu wagen, um die Frau meines Herzens wieder für mich zu gewinnen. Die Sommermonate verbrachten wir mit den Kindern von 1902 bis 1904 regelmäßig am Wörthersee, wo ich 1899 in Maiernigg eine Villa gebaut hatte. In dem „Komponierhäusl" arbeitete ich, wie schon am Attersee, an der 4. und 6. Symphonie und Liedern. Diese Jahre der Zurückgezogenheit mit der Familie – splendid Isolation – endeten mit dem Tod meiner älteren Tochter Maria und dem jähen Abgang von der Wiener Hofoper. Mir war bis dahin die Arbeit viel wichtiger als die Liebe und Sorge um die Familie. Ich vergaß alles, nur die Arbeit nicht. Nein, Gott wird mir meine große Sünde nicht vergeben. Diesen Fehltritt kann ich nicht wieder gutmachen. Ich bleibe der Sünder vor dem Großen Gott. Er kann nur zuschlagen, aber bitte, bitte nicht von seiner Güte abweisen. Vergib mir, Gott der Barmherzigkeit, meine Sünden, meine Schwächen und meine Fehler. Lass mich, Allmächtiger, in meiner letzten Runde nicht als Sünder sterben. Freud war gelungen, mir die Augen zu öffnen. Ich sah alles in einem neuen Licht und erkannte das Unrecht, das ich an meiner Frau verübt hatte. Immer die Verdächtigung der Untreue und dunkle Gedanken, gesenkter Blick, vernebelte Zukunft. Muss es so sein? Sich darauf besinnen, was das Leben ist, und wie man die Verantwortung über die begangenen Fehler übernimmt, fällt mir jetzt ein, zu spät! Das Bewusstsein der aufgeweckten Verantwortung kann auch schöpferisch fruchtbar sein. Mein Leben und die seelischen Erfahrungen im Verlauf der Jahre hinterlassen viel Wehmut und Tragik in meiner Musik. Aber die 8. Symphonie, die Symphonie der Liebe, die ich Alma widmete, sollte der Freude der Leidenschaft zum Ausdruck verhelfen. Die 8.

türmte eine bis dahin nie gekannte Klangmasse auf: ein Riesenorchester – von wenigstens 150 Musikern –, zu dem acht Gesangssolisten, ein gemischter Doppelchor und ein Kinderchor kamen. Die Uraufführung fand am 12. September 1910 in München statt. Die 8. besteht aus zwei Teilen. Beide schließen gesungene Partien ein. Man kann die 8. auch als ein aus zwei Kantaten zusammengesetztes Oratorium bezeichnen. Der erste Teil ist auf dem alten lateinischen Pfingstgesang >*Veni ereator spiritus*< aufgebaut, in der Gott als Quell der Liebe besungen wird. Der zweite Teil vertont Goethes Schlusswort aus >*Faust*<. Ein halbes Jahrhundert vorher hatte Franz Liszt sie schon vertont:

>»*Alles Vergängliche ist nur ein Gleichnis;*
>*Das Unzulängliche, hier wird's Ereignis;*
>*Das Unbeschreibliche, hier ist's getan;*
>*Das Ewig-Weibliche zieht uns hinan.*«

So vernommen kann die Musik Balsam für die lädierte Seele sein.

Mahler bleibt allein mit seinen Gedanken, er vermisst niemanden. Alma umsorgt ihn, schreibt entweder Briefe an „Freunde" oder in ihrem Tagebuch, um sich abzulenken. Mahler setzt hingegen seine Gedanken fort. >Solange man denken und sich entsinnen kann, lebt man. Ich habe Duldsamkeit, aber auch Dankbarkeit bewiesen. Der Zweifel, den ich empfand und den ich meine Sünde nenne, ist nicht unbegründet. Wer hätte meinem seelischen Leiden als betrogener Ehemann und Familienvater mehr helfen können als ich selbst? Aber so optimistisch kann ich leider nicht sein, denn Alma ist und bleibt die Verführerin mit Charme und Intellekt. Sie liebt mich und sie mag meine Art des Menschseins, aber sie mag auch, nein sie liebt Walter Gropius und wer weiß wen noch. Wenn eine solche Liebe, die mich lähmt, erstickt, in Angst und Panik versetzt, dann will ich auf sie verzichten. Ich lese in ihren schönen Augen den Glanz des falschen Mitleids. Sie ist im Eroberungsrausch, sie sehnt sich danach. Ich kann das nicht erfüllen. Sie sucht sich einen neuen, dynamischen Hengst, frisches Blut und Feuer muss er besitzen.

Sie ist ständig auf der Suche nach einem Fluchtweg aus der Realität des kranken Gustav Mahler, der nicht mehr in der Lage ist sie zu befriedigen. Sie will von Ethik, Treue und Anstand nichts wissen. Ich bewege mich zwischen Obsession und Verantwortung. Sie muss vor den Folgen ihrer Seitensprünge gewarnt werden. Wer soll sie wachrütteln? Sie kann sich auch so vergnügen. Sie ist doch  eine gebildete und zeitweise sehr romantische Frau. Ich bin nicht eifersüchtig. Mag der Glanz ihrer Schönheit, ihre Jugend alle bezaubern, mögen alle Männer sich in sie verlieben und darüber glücklich sein, und mag auch sie daran Spaß finden, aber vergessen wir nicht, wir sind Menschen mit Emotionen und Instinkten für Ethik und Anstand, Eigenschaften die Säugetiere nicht besitzen. Also benehmen wir uns auch wie ein Mensch mit Charakter und Würde. Gustav, Gustav, wer will hier von solchen Floskeln hören?<

Wieder zurück in die Erinnerungen: >1907 krank, aber immer noch aktiv. Im Januar Konzerte in Berlin und Frankfurt. Im März wiederbelebt die Frühlingsstimmung nicht nur die Natur, ich fühlte mich besser. Konzerte in Rom, Brünn, St. Petersburg. Zur gleichen Zeit setzte in Wien ein Pressefeldzug gegen mich ein: *„Zerstörer des Ensembles", der letztlich auf meinen Sturz als Direktor abzielte. Wieder stand ich am Scheideweg meiner Existenz. Wenn ich so oder so handelte, einerseits wird man bejubelt, andererseits scheint alles verloren zu sein. Ich blieb gelassen, denn ich war zu der Überzeugung gelangt, dass die „ständige Opernbühne" eine unseren modernen Kunstprinzipien geradezu widersprechende Einrichtung bedeutet... Für die Epoche des „alten Opernschlendrians" war es eine leichte Sache, einige hundert Aufführungen im Jahr zustande zu bringen... Ein moderner Operndirektor, und wäre er ein Genie wie Wagner, vermag jedoch unmöglich eine solche Riesenzahl zu bewältigen, wenn er unseren heutigen Begriffen von künstlerischer Vollendung gerecht werden will. Entweder wir bewegen unsere Geister zu einer Modernisierung des Opernhauses, was nicht bedeutet Farben- und Tapetenwechsel* und auf Klischee bezogene, grenzenlose Quantität und Profitgier, sondern zeitgemäße Modernität von Dramaturgie und neue künstlerische Anstrengung; oder die ernste Kunst geht wie viele andere Dinge den Bach runter.

Ich wollte eigentlich mehr selbständig, und unabhängig von Lust und Laune, womöglich auch politische Ambitionen der Wiener arbeiten. Da kam ein Angebot aus New York von Heinrich Conried, dem Chef der Metropolitan sehr gelegen. Also ich riskierte die dreimonatige Unbehaglichkeit im Jahr, dagegen habe ich binnen vier Jahren rein 300000 Kronen verdient. Ich schrieb dann sechs Wochen später wieder an meinen Freund Arnold Berliner: Ich gehe, weil ich das Gesindel nicht mehr aushalten kann.

Die schwerste Krise meines Lebens trat mit dem Tod meiner *Tochter Maria Anna, am 5. Juni 1907 ein, womit ich alles vergaß*, auch mein Herzleiden. Vor der Lösung meines Vertrages mit der Wiener Oper habe ich >Fidelio< von meinem über alles geliebten und verehrten Idol, Ludwig van Beethoven dirigiert. Für mein Leiden war diese Aufgabe eine segensreiche Therapie meiner Seele.>Fidelio<, Oper in zwei Akten. Text nach dem französischen Drama >Leonore< von Jean Nicolas Bouilly, deutsch von J. Sonnleithner, St. Breuning und G.F. Treitschke. >Leonore oder die eheliche Liebe<. Ort und Zeit: in einem spanischen Staatsgefängnis nahe Sevilla. Zweite Hälfte des 18. Jahrhunderts, während der Regierung Carlos III. Handlung: Zu seinem einzigen Bühnendrama komponierte Beethoven nicht weniger als vier Vorspiele. Die ersten drei, genannt >Leonoren-Ouvertüren< Nr. 1, 2 und 3 sind in der endgültigen Fassung beiseitegelassen und durch die sogenannte >Fidelio-Ouvertüre<, in E-Dur ersetzt. Personen: Don Fernando, Minister (Bass), Don Pizarro, Gouverneur eines Staatsgefängnis (Bariton), Florestan, ein spanischer Edler, Gefangener (Tenor), Leonore, seine Gattin, unter dem symbolischen Namen >Fidelio< (Sopran), Rocco, Kerkermeister (Bass), Marzelline, seine Tochter (Sopran), Jaquino, Pförtner im Gefängnis (Tenor), zwei Gefangene (Tenor und Bass), gemischter Chor und Männerchor.

Für den Dirigenten gehört ›Fidelio‹ zu den wahrhaft großen Aufgaben. Ein inneres Feuer muss ihn erleuchten, ein echter Humanismus ihn bewegen. ›Fidelio‹ ist nicht nur zur Verherrlichung der Gattenliebe, Treue und Opferbereitschaft, sondern vor allem zur Botschaft für die Freiheit geworden. ›Fidelio‹ ist auch die Antwort auf unsere Frage, was die wahre Liebe ist. Was Treue bedeutet, und welche Opferbereitschaft diese Liebe befestigt. Und vor allem, was für einen Geschmack und Geruch die Freiheit mit sich trägt. Die oberflächliche Lebensweise verneinen, weil ein Leben ohne Liebe und Standhaftigkeit den eigentlichen Sinn entbehrt. Das Momento mori als Leitmotiv im Kampf gegen Treulosigkeit und Leichtlebigkeit und nur den Genuss, der alle Sinne der Ehre verstümmelt.

> »*O schließe mich fest an Dein treues, reges*
> *ewig junges Herz, Du einzig geliebtes,*
> *unumgängliches Geschöpf, an Dir vorbei geht*
> *mir den Weg zur Hölle, mit Dir ist überall der ewge Himmel.*
> *O Sophie, führe mich ins Leben, führe mich*
> *in die Ordnung, gib mir ein Haus, ein Weib,*
> *ein Kind, einen Gott.*«
>
> Clemens Brentano an Sophie Mereau, 1803

Mahler atmet mehrmals tief ein und aus. Dieses Gedicht lindert den ständigen Schmerz, der mein Herz auch in der Nacht nicht in Ruhe lässt. Mag sein, dass der Herrgott weiß, wem er welche Krankheit zuteilt, da bin ich mir nicht ganz sicher. Mag sein, man sucht sich immer einen Schuldigen. Das hängt vermutlich davon ab, wer „man" ist, wie man lebt und glaubt, welche Psyche man besitzt. An den Verursacher, namens Bakterium, glaubt man erst dann, wenn die Ärzte es einem vor Augen führen, wenn sie es nachweisen und ihm den geheimnisvollen Namen geben: Streptococcus. Meine Seele wacht über alles. Sie arbeitet nicht einheitlich, monoton; Teile meines Bewusstseins arbeiten unabhängig davon, wo und wie die anderen tätig sind. Vielleicht haben sich meine Seele und mein Leib sozusagen schon vor meinem Tod getrennt und gehen eigene Wege.

Vielleicht bin ich schon längst tot, und meine Seele spricht vor mir, erzählt von meinem Leben! Dann lasse ich sie frei sprechen.

Die Arbeit mit der Metropolitan Opera 1908 motivierte mich zu hoffen. Konzerte in Philadelphia und Boston und die Aufführung meiner 2. Symphonie festigten diese leise Hoffnung. Im Mai des gleichen Jahres Reise nach Europa und Konzert in Wiesbaden. Die Sommermonate verbrachten wir bis 1910 in Toblach. Im September war die Uraufführung der 7. Symphonie in Prag, wo ich immer sehr herzlich empfangen wurde. Dann zwischen Oktober und November die Konzertreise nach München, Berlin, Hamburg, Amsterdam und hier nach Paris. Danach wieder zurück nach Amerika mit Freude, aber auch Schwermut und zunehmendem Verlust an Vitalität, Kraft und Erschöpfung. Die Aufführung von >Das Lied von der Erde< und die 9. Symphonie drücken das aus, was ich empfinde, aber nicht genau beschreiben kann.

Das Leben dieser Jahre war doppelt und geteilt. Es gab meine Arbeit, und es gab meine Familie. Ich wollte auf keines verzichten. Mahler ans Bett gefesselt, lässt seinen Blick hoch über die Decke wandern, bleibt in einer Ecke bei einem penibel gesponnenen, schwarz angelaufenen Netz stecken: Jeder spinnt sein Garn, die Spinne ihr Überlebenswerk. Und ich? Ich spinne auch mein Garn! Ich erzähle meine Abenteuergeschichten. Denke ich dabei auch ans Überleben?

1909 wieder in Paris mit lädiertem Herzen gegen das schmähliche Verhalten einer Frau ankämpfend, die man liebt! Keine leichte Aufgabe. Ich muss Alma zeigen, wie entsetzlich es ist, wenn die Moralprediger in der „Schuld" das Leben des Gewissens sehen. Ich muss ihr deutlich machen, wie schlecht sie vor Gott steht, und wie sie ihre Sünden mit Buße wiedergutmachen kann. Ob sie das will, ob sie ihren Leichtsinn erkennen, und den endgültigen Sturz vermeiden will und kann? Denke an deine Sünden Alma, meine Teuerste! Meine Sünde ist die Liebe zu dir! Sie wird mich auslachen. >Du und dein Gott!< Mit welchen Argumenten kann ich an ihre Vernunft, an ihr Gewissen appellieren? Ihr nur vorwerfen, wäre schlecht. Aber ihre Erinnerungen heraufbeschwören, die schöne Zeit in Maiernigg, mit Überraschungen sie erfreuen, hier in Paris gibt es genug davon, womit ich sie beglücken kann. Meine Konzerte werden vom Publikum mit viel Applaus honoriert. Im Frühjahr 1909 war ich sehr beschäftigt, trotzdem saß ich Auguste Rodin Model. Der liebenswürdige fast siebzigjährige Bildhauer sagte mir einmal, mein Kopf sei „eine Mischung von Franklin, Friedrich dem Großen und Mozart". Der letztere Vergleich beglückte mich sehr. Dann nach Amsterdam. Im Sommer zum dritten Mal nach Amerika. Dirigent der New Yorker Philharmoniker. Zahlreiche Konzerte in New York, Buffalo, Philadelphia, Springfield, Brooklyn. Bearbeitung von Bach-Suiten, Beethoven- und Schumann-Symphonien. Es scheint, die Neunte ist eine Grenze. Wer darüber hinaus will, muss fort. Meine Träume und Visionen von einer Zehnten Symphonie sind in meinem Kopf, werde ich Sie jemals realisieren? Alle, die eine Neunte geschrieben haben, standen dem Jenseits zu nahe. Und ich? Werde ich die Rätsel dieser Welt mit der Komposition einer Zehnten lösen?

Erbarmen! O Gott, warum hast Du mich verlassen?
Der Teufel tanzt es mit mir! Wahnsinn fasst mich an,
verfluchten! Vernichte mich, dass ich vergesse, dass ich bin!

Ich kann nicht mehr! Gott hat mich verlassen! Das Adagio in Fis-Dur hat mich verhext! Ich bin der einsamste Gefallene. Ich bin im Reich der Schatten. Schatten, Schatten, warum deckst du den Himmel zu? O Sünder. Ich fliehe, ich kehre zurück, Gott schweigt. Weil meine Seele noch nicht rein genug ist, und weil ein Rest von mir immer noch vom Egoismus beherrscht wird.

Mahler weint bitterlich, innerlich bricht er zusammen. Seine Stimme, seine berstende Kehle ruft lautlos nach Erbarmen. Schweigen. Nein, er lässt seiner Seele keine Ruhe, er sinniert. >Nach der Rückkehr nach Europa dirigierte ich in Paris meine 2. Symphonie. Abends sprach ich stundenlang mit Alma. Ich versuchte ihr das eigentlich romantische Leben, dass sie ja vor sich hat, schmackhaft zu machen. Ein Leben für die Kunst, ohne Skandale in der Leichtlebigkeit. Ich schloss immer mit ähnlichem Appell: Ich beschwöre dich standhaft zu bleiben, für die Familie und ihre Ehre und nie aufhören mich zu lieben. Dies wird bei Gott Gefallen finden. Deine Liebe wird von ihm mit Segen belohnt werden.

Alma machte sich um meine Gesundheit Sorgen und überraschte mich mit Versen von Sophie Mereau an Clemens Brentano, 1803:

> *»Wieder will ich Lieder singen,*
> *Leben, wieder dich verstehen*
> *und auf deinen leichten Schwingen*
> *durch die grünen Täler gehen!«*

Immer versuchten wir aus tiefem Herzen, mit fremden Worten Leben zu schlagen. Mir wurde leichter ums Herz, ich weiß nicht warum. Und sie? Was fühlte sie?

Im Mai war ich auf Konzertveranstaltung in Rom. Schloss einen Vertrag mit Universal-Edition in Wien. Nach einem Gespräch mit Sigmund Freud dachte ich: mein engstirniges Verhalten muss ich überwinden und optimistischer die Welt betrachten. Am 12. September habe ich mit Freude und Energie, von der ich in letzter Zeit immer geträumt hatte, und nicht wusste, woher sie kam, die 8. Symphonie in München uraufgeführt. Das Leiden gab nicht nach. Was ich hoffte und sehnsüchtig an die göttliche Erhebung der Seele erwartete, trat nicht ein. Dennoch wollte ich nicht aufgeben, kämpfen und versuchen der unerträglichen Hölle auf Erden mit Fieberanfällen, Krämpfen und Herzschmerzen zu entkommen. Ich versuchte Widerstand zu leisten, um mich zu befreien, aus der Zelle von Elend und Qual zu entkommen, in der ich gefangen war und bin. Arzneien in unterschiedlicher Form, Medikamente mit beruhigender Wirkung lindern den Schmerz, damit ich noch aufrecht durch diese mir zugeteilte Hölle gehen kann.

Konzerte in Leipzig und Köln salbten meine Wunden, befreiten meine Seele. Im November wagte ich meine 4. Überfahrt nach Amerika. Alma war beglückt, dass ich den Verstand nicht mehr arbeiten ließ. Leidenschaft und Liebe zur Musik waren schon längst mein Evangelium. Noch in dieser Nacht würde ich von neuem beginnen.

Mir fehlte aber die Kraft für einen neuen Anfang. Nachdem ich 48 Konzerte der Saison absolvierte und mit Fieber, aber viel Freude Busonis >*Berceuse élégique*< dirigiert hatte, war ich am Ende.

O großer Gott! Wie du das Leiden liebst! Du hast mich tief versenkt in die Liebe, du hast mich in die Liebe eingetaucht. Heißt diese Liebe Schmerz und Leiden? Nun liege ich hier im Sterbebett.

>*Stark wie der Tod ist die Liebe*<   Hohelied 6

Ich glaube, Alma versteht meinen Glauben nicht. Sie gibt mir den Rat, meinen Körper zu ignorieren.<

»Du wirst dein Leid nie überwinden, solange du immer an deinen Gott glaubst, nur er könnte dir helfen, wenn er wollte«, murmelt Alma vor sich hin. Sie schlägt das Buch der jüdischen Weisheiten der dreitausendjährigen Geschichte auf, liest und überlegt, will erst selbst verstehen, was sie liest. Und wenn sie doch nicht versteht, sieht sie ihn an, dann übersetzt er es ihr. Sie findet Gefallen an den ins Englische übertragenen jüdischen Weisheiten, liest gerne weiter:

>*Alles kommt vom Himmel, nur nicht Erkältung und Fieber*<
T. Baba Mezia 107

Vieles in der Geschichte mag auf Zufall beruhen. Wenn aber ein Volk wie die Juden seit Jahrtausenden existieren, immer unterwegs, meist auf der Flucht, immer blutig verfolgt, und wenn es dabei weder vital noch geistig erschlafft, sondern umgekehrt immer neue Geistesströmungen aus sich entlässt, die einen Großteil der zivilisierten Welt erfassen, formen und verwandeln – dann kann von Zufall nicht mehr die Rede sein. Dann können es nicht nur äußere und äußerliche Umstände sein, die die Existenz und Art des Volkes bestimmen. Dann müssen die Ursachen tiefer sitzen, in unverlierbaren Eigenschaften, die notwendig in jeder politischen und geistigen Äußerungen des Volkes sichtbar werden. Was also unterscheidet diese Sprüche von denen der meisten anderen Völker?«

»Sie sind durchlebte, erlebte und geformte Erfahrungen, die sich in geistiger Kultur und Sprache versammelt haben«, sagt Mahler.

Zu seiner Freude lenkt Alma das Gespräch auf romantische Erinnerungen der Sommermonate in Maiernigg am Wörthersee. Sie erzählt mit einer Leidenschaft, die ihn sehr berührt. »Der See war hell, es war Sommer. Ich erinnere mich, wie das Wasser des Wörthersees die Sonne schluckte, die kleinen Wellen tanzten im Licht und Schatten zu unserer Freude. Das Wasser war lebendig. Die Wellen spendeten die Wärme der Sonne, sie drang durch unseren Körper. Die Seele tanzte mit den Wellen. Wir waren glücklich. Die Kinder waren froh. O, mein Gott, lass dieses Glück eine Weile uns berauschen, schütze unsere Kinder, die dich anhimmeln.«

>»Das Herz des Menschen ist der König seines Leibes«<
Abraham Ibn Esra

Mahler ist überwältigt von Almas romantischer Stimmung. »In den letzten Tagen hier in Paris habe ich viele Erinnerungen, viele gute und schöne, aber auch schlechte, die man vor dem Sterben hat. Eines baldigen Tages werde ich tot sein, unter mir noch unbekannten und unabänderlichen Umständen. Dann werde ich den König meines Leibes, mein Herz mit ins Grab nehmen.

>»Gewaltig ist das Schicksal, groß und stark ist seine Herrschaft.«<
Sefer Ramasin

Du weißt, dass die Erinnerungen an böse Geister hartnäckig sind, und in jeder peinlichen und entsetzlichen Unruhe tauchen sie auf, um mich zur Verzweiflung zu bringen. Was soll ich tun? Ich muss hinnehmen, was mir zugeteilt wird.

Höre, meine liebe Alma, mein Glück. Mein Unglück. Mir zerspringt das Herz. Ich bin ohne Kraft, ohne Lebensmut. Du hast mein Herz erfreut. Du hast mein Herz verletzt. Du hast mich geliebt. Du hast mich gehasst. Du umwirbst viele Liebhaber. Ich bin nur einer! Du hast mich nicht im Stich gelassen. Man hat mich gewarnt. Ich wusste viel zu viel, so sehr schäme ich mich für dich. Meine Seele ist verletzt, mein Körper lädiert. Das Herz will nicht mehr schlagen. Nur das Fieber hält mich wach. Alle meine Freunde bemitleiden mich. Nur du, meine Alma, verehrst und behütest mich. Oh dass es soweit ist, oh dass das unerträgliche Leid vorbei ist. Lass mich ruhen. Lass mich schlafen, um nimmer wieder aufzuwachen. Ich bin am Ende. Am Ende meiner Taten und Untaten. Ich kann nichts mehr vollbringen. Ich kann nicht mehr singen. Ich hätte doch noch viele Lieder zu singen. Hier das letzte und beste unter meinen Liedern. Ich habe Dostojewskis Frage an das Leben als das Lied meines Lebens gesungen: *Wie kann ich denn glücklich sein, wenn irgendwo ein anderes Geschöpf noch leidet?*«

Derart von febrilen Temperaturen zum Schüttelfrost wechselnd, scheint Mahler taub für alle Aufforderungen Almas, die sich angelegen sein lässt, ihm die Willenskraft zu mobilisieren. Alma glaubt an ihre Worte, die sie zur Wiederbelebung des Lebensmuts ihres Mannes ausspricht. Vergeblich ruft sie ihm ins Gedächtnis zurück, dass er es doch immer war, der ihr den Kampf ums Überleben schmackhaft machte.

»Du sollst das Leben wählen, damit du und deine Kinder leben sollen.« Mos.30,19

Alma sieht aber auch ein, dass ein Leben mit so viel Leid unerträglich ist. Sie muss viel Geduld aufbringen, denn sie empfindet Mitleid mit ihm. Was er nicht will. Alles, nur kein Mitleid!

»Wer überhaupt noch zu den Lebenden gehört, hat noch eine Hoffnung; darum besser ein lebend Hund als ein toter Löwe.« Pred. 9,4

Mit einem versuchten Lächeln dreht Mahler zum ersten Mal den Kopf zu ihr. »Welche Ironie, dachte ich eben. Ausgerechnet meine Alma, die Antisemitin der ersten und letzten Stunde, sucht mit Hilfe jüdischer Weisheiten mir meine Schmerzen zu lindern. Sie fühlt und empfindet etwas, darum versucht sie mich zu trösten, ohne zu wissen, was sie tut und warum.« Mahler wird die Beweggründe gewahr, die Alma in diese sonderbare Liebe hineingeführt haben. »Die Notwendigkeit einer Liebe unter uns Menschen ist ebenso heilig wie ihr innerer Wert. Im Feuer dieser Idee habe ich begonnen die Zehnte zu schreiben, jene über alle leidenschaftlichen, idealistischen oder romantischen Empfindungen hinaus, fühlte ich eine heilige Scheu vor der Bezeichnung ›*Zehnte Sinfonie*‹. Dürfte jemand nach Beethoven eine solche schreiben? Ich versuchte ihr aus dem Weg zu gehen, schuf ›*Das Lied von der Erde*‹.«

»Das ist doch auch im Grunde eine Symphonie!« sagt Alma zu seiner Überraschung. »Das schönste Lied, die Inbrunst, in die grausame Hölle des Geistes dieser Welt.«

»Drei Jahre lang, von 1906 bis 1909, arbeitete ich an der 9., ohne eine letzte Feile anlegen zu können. Bruno Walter, Arnold Schönberg und Alban Berg motivierten mich sehr in D-Moll, in der Beethoven sein letztes sinfonisches Werk besiegelt hatte, auch zu Ende zu schreiben. Die Sehnsucht nach Frieden, die große Liebe zu dieser Erde, der Natur, solange auskosten, genießen bis in ihre tiefsten Tiefen – bevor der Tod kommt. Denn, wie du weißt, meine liebe Alma: Er steht vor der Tür. Ich war eigentlich ein geselliger und lebensbejahender Mensch. Mit vielen Freunden, unter ihnen Fritz Löhr, Archäologe, Emil Freund, der Advokat, Guido Adler, der große Musikwissenschaftler, Hans Rott, Hugo Wolff und Rudolf Krzyzanowski haben wir versucht dem Leben und Geist mehr Sinn und Sinnlichkeit zu verleihen. Und dann das heiligste Treffen mit Thomas Mann im September 1910, das mich beglückte und motivierte. Er sagte: »*Ich weiß nur einen Menschen, in dem sich, wie ich zu erkennen glaube, der ernsteste und heiligste künstlerische Wille unserer Zeit verkörpert – Gustav Mahler.*«

»Du warst zeitweise in deiner Wagner-Begeisterung Vegetarianer, du hast die moralische Wirkung dieser Lebensweise derart intensiv erlebt, dass du dir davon eine Regeneration des Menschengeschlechts verspracht.«

»Jugendliche Schwärmerei«, sagt Mahler. »Sonst war ich so niedergeschlagen und traurig, meinen Eltern und Geschwistern ging es nicht besonders gut. Doch gab es indessen auch Freudiges: Ich pilgerte zum ersten Mal nach Bayreuth. Dass so ein Licht wie das seine nur überhaupt je die Welt durchdrang!«

» Und dann die Opus 1.«

»Mein Märchenspiel war endlich im November 1880 vollendet – ein wahres Schmerzenskind, an dem ich schon über ein Jahr gearbeitet hatte. Es handelt sich um die Kantate >*Das klagende Lied*<, die ich später als mein erstes vollgültiges Werk anerkannt, und als Opus 1 bezeichnet habe. Andere Arbeiten aus diesem Jahr, wie zum Beispiel den >*Opernherzog Ernst von Schwaben*<,>*Die Argonauten*< und >*Rübezahl*<; sodann eine Violinsonate und eine nordische Symphonie, ein Klavierquartett, welches am Schluss meiner Konservatoriumszeit entstand und mir besonders gut gefiel, gingen irgendwie verloren. Ich schritt von Entwurf zu Entwurf und führte das Meiste nur im Kopf aus; da wusste ich aber jede Note, dass ich es alle Zeit vorspielen konnte – bis ich es eines schönen Tages vergessen hatte.«

»Natalie Bauer-Lechner, deine Freundin und Verehrerin erzählte mir einmal davon«, erinnert Alma nicht ohne Ironie.

»Mein Leben war damals noch nicht gekettet an späterhin das verhasst-geliebte Theater und die Sorge für die Geschwister und mich selbst«.

Im Rausch des Fiebers kehrt Mahler in das Krankenzimmer zurück

*Endokarditis, sie verbrennt mich.
Ich bin der Gefallene.*

Gustav Mahler gibt nicht leicht das Geheimnis seiner stolzen, sturen, egozentrischen und liebenswürdigen Wesensart preis, die ihm auch in der Krankengeschichte eigen ist. Als er Alma Maria, die Tochter des 1892 verstorbenen Landschaftsmalers Emil Jakob Schindler kennenlernte, war er wie vom Blitz getroffen, hingerissen von blühender Jugend, Schönheit, ungewöhnlicher Intelligenz, gebildet und belesen, dazu noch die seriöse musikalische Ausbildung. Er hatte keine andere Wahl als sich in die Zwanzigjährige zu verlieben. So viel Glück auf einmal war zu schön, um wahr zu sein. Gustav war alt genug, um nicht zu verzweifeln. Nach der Verlobung heirateten sie am 9. März 1902 in der Wiener Karls Kirche. Fasziniert und glücklich liebte er sie, wie eine Göttin. Jahrelang hat er sie über alles begehrt; jetzt sieht er Alma mit anderen Augen, wie sie in Wirklichkeit ist.

Gustav Mahler stammt aus einer gutbürgerlichen jüdischen Familie. Er ist am 7. Juli 1860 im böhmischen Kalischt, einem Dorf nahe der mährischen Grenze, geboren. Die Mutter Maria, geborene Hermann, die herzkrank und leicht gehbehindert hinkte, wurde durch die zahlreichen Geburten – Gustav kam als zweites von insgesamt zwölf Kindern zur Welt – immer mehr geschwächt, hielt aber mit unerschütterlichem Stolz das Familiengefüge zusammen. Während ihr Mann, Bernhard Mahler, als Sohn einer jüdischen Hausiererin, die noch mit achtzig Jahren, den Korb auf dem Rücken über Land zog, war der Emporkömmling Bernhard im Besitz eines eigenen Fuhrwerks. Er wollte aus ärmlichen Verhältnissen heraus, sich eine neue Existenz schaffen und dafür hart arbeiten. Bernhard Mahler machte sich mit einer kleinen Schnapsbrennerei selbständig und kaufte mit den Ersparnissen ein Haus. Und der gesunde Ehrgeiz trieb ihn nach oben. 1860 wurde mit dem Habsburger "Oktoberdiplom" den Juden mehr Freizügigkeit gewährt. Bernhard nutzte die Gunst der Stunde, übersiedelte mit der Familie noch im Dezember des gleichen Jahres aus der Enge des Dorfes nach Iglau, der neben Brünn zweitgrößten Stadt in Mähren. Er wollte, dass seine Kinder bessere Chancen für Schul- und Hochschulausbildung bekommen als er sie selbst hatte. Er fühlte sich, wie viele Juden aus „Kronländern", zur deutschen Kultur hingezogen. Schon den Fuhrmann hatte die Landbevölkerung nur den „Kutschbockgelehrten" gerufen, weil er immer Bücher bei sich führte. >Intelligenz, Genialität, Kreativität, Kollektivität, von Natur aus werden wir alle klug und vernünftig geboren, was aus uns wird – aus dem fröhlichen Kind – entscheiden die Umgebung und Erziehung<, war die Lebensphilosophie des Vaters.

»Der leidenschaftliche Vater war herrisch und im Wesen ein Grobian, nahm keine Rücksicht auf die sensible und zerbrechliche Marie und brachte ihr viel Schmerz und Leid«, sagt Mahler nachtragend, »Sie passten so wenig zu einander wie Feuer und Wasser. Er war der Starrsinn, sie die Sanftmut selbst.«

»Daher hast du sie über alles geliebt!« Sagt Alma zweideutig.

»Sie war leidgeprüft, denn nicht weniger als fünf ihrer Kinder raffte der Tod in frühen Jahren hinweg. Und das sechste, mein jüngerer Bruder Ernst, starb im Alter von 13 Jahren, und gerade er war mir besonders ans Herz gewachsen. Tagelang habe ich am Krankenbett gesessen und ihm Geschichten erzählt.«

»Das war ein grausames Erlebnis in deiner Kindheit«, sagt Alma teilnahmsvoll.

»Als wir uns einmal bei den Großeltern mütterlicherseits aufhielten, bin ich als vierzehnjähriger plötzlich verschwunden, erzählte einmal meine Mutter: Dein Vater hat dich auf dem Dachboden gefunden, wo du weltfremd damit beschäftigt warst einem alten Klavier Töne zu entlocken. Da ist er auf mich aufmerksam geworden. Seit meinem vierten Lebensjahr habe ich mich mit Musik beschäftigt. Die Kinderharmonika bediente ich auf eigene Art, bevor ich noch Tonleitern spielen konnte. Inspirationen kamen aus den Volksliedern der Heimat, aber auch von Trompetensignalen und den schnarrenden Trommeln der Apelle und den marschierenden Soldaten von der nahe gelegenen Kaserne.«

»Man kann gut nachvollziehen, wie diese Erfahrungen auf deine Visionen von der Musik Einfluss nahmen: Der >*Tamboursg'sell*<, >*Der Schildwache Nachtlied*<,>*Wo die schönen Trompeten blasen*< sind nicht zufällig Titel deiner späteren Lieder.«

»Meine musikalische Laufbahn wurde mit der Anschaffung eines Klaviers von meinem Vater eingeschlagen.«

»Er war aufmerksam genug, um endgültig von der Begabung des Sohnes überzeugt alles in Bewegung zu setzen, dass er die richtige Ausbildung in wichtigen Schulen mit guten Lehrern bekommt«, sagt Alma.

»Bei allem Drang zur Musik, war meine Neugierde für die Literatur während der ganzen Gymnasialzeit fast unstillbar. Erst nach der Schulzeit begann ich Klaviernoten zu studieren. Der beste Klavierlehrer war Brosch, der mir den holprigen Weg zur Musikwelt und Konzertreife ebnete. Nach meinem ersten Auftritt, am 13. Oktober 1870 in Iglau, mit zehn Jahren, konnte man eine kritische Würdigung in der Zeitung lesen, die dem „künftigen Klaviervirtuosen" und dem „Sohn eines hiesigen israelitischen Geschäftsmannes großen und ehrenvollen Erfolg bescheinigte".«

Mahler muss erst einmal Atem schöpfen. Vertieft in Erinnerungen von Jugend und Studium scheint er seinen marastischen Kräfteverfall für einen Moment vergessen zu haben.

»Erinnerst du dich an deine Zeit auf böhmischen Meierhöfen (1875-77) und der Vertonung vom >*Waldvöglein*< aus >*Des Knaben Wunderhorn*<?« hängt Alma nach.

Mahler, wie darauf gewartet, singt mit zitternder Stimme:

> »*Ich ging mit Lust durch einen grünen Wald,*
> *ich hörte die Vögelein singen,*
> *sie sangen so jung, sie sangen so alt,*
> *die kleinen Waldvögelein in dem Wald,*
> *wie gern hört ich sie singen.*«

Und wie schade, bald werde ich sie nimmer hören, nimmer singen, nimmer lieben und nimmer leben ... auf dieser schönen Welt. Meine liebe Alma! Es hilft nichts, den Tod wieder ins Weite zu verdrängen. Wir werden bald nach Wien zurückkehren und eingestehen, dass man mir auch hier in Paris nicht helfen kann! Nirgends und niemand kann mir helfen. Es gab Momente, da glaubte ich an eine Heilung, eine Rettung aus meinem Dilemma, heute nicht mehr. Ich befinde mich in einem unabänderlichen Martyrium, wäre Dr. Fraenkel nicht gewesen, wäre ich schon in New York am Ende meiner Krankheitskarriere und tot. Dir verdanke ich einen würdigen Menschenfund: Alma, ein Kuriosum, eine gebildete Frau von verführerischer Schönheit, eine intelligente Frau von unerschöpflicher Energie. Da staunst du, nicht? Du zeigst deine Größe, mir aufrichtig Beistand zu leisten, mir Mut zum Widerstand zu machen, was du von meinem Leiden weißt und nicht weißt, hat keinen Einfluss auf deine Solidarität. Eine Frau, die das Leben so liebt, die noch viele Träume hat, die wie ich glaube sich nach mehr Liebe und Leidenschaft sehnt, lässt mich in meiner Notlage nicht allein. Noch nicht! Die kommende kurze Zeit will sie noch abwarten und ertragen. Mich in die Klinik meiner Stadt Wien verfrachten und denken: dort ist er gut aufgehoben, dort wird er mich nicht mehr brauchen, dort ist seine Endstation, dort steigt er für immer aus dem Zug seines Lebens aus. Welche Ironie, denkst du wohl, ausgerechnet dein armer Gustav Mahler fängt selbst an die Todessirenen zu posaunen, der gleiche, welcher mit seiner Musik die Menschen zum Leben aufwecken und die schöne Welt mehr als jeder andere feiern und zelebrieren will!

Unsere, nein vielmehr meine bizarre Liebe entstand aus widrigen Umständen. Zunächst schrieb ich Anfang Mai des Jahres 1901 an Bruno Walter, der noch in Berlin arbeitete, meine Glückwünsche zu seiner Hochzeit: ›Von Herzen freue ich mich, dass Sie in einen Hafen eingelaufen sind, den mein Schiff wohl nicht mehr finden wird. Ich zweifele nicht daran, dass Sie gut geprüft und sich wohl gefunden haben.< Ich konnte nicht ahnen, dass ich wenige Monate später meine eigene Braut kennenlernen, mich Hals über Kopf verlieben würde. Alma Maria, die Tochter des 1892 verstorbenen Landschaftsmalers Emil Jakob Schindler, ein allen Künsten aufgeschlossenes begabtes Mädchen von außergewöhnlicher Schönheit hat nicht nur mein Herz, vielmehr meinen Verstand erobert. Wie könnte, sollte ich, der Vierzigjährige reife, deiner blühenden Jugend, der besonderen Schönheit mit überzeugender Geistesreife widerstehen und warum?

Nach der Heirat am 9. März 1902 in der Wiener Karlskirche, war mein Schicksal, was Liebe und Familie betrifft besiegelt, dachte ich zunächst. Erst machtest du mir Hoffnung dein Glück im Familienleben zu finden. Ein undurchsichtiges Verhalten! Du gabst vor, nur mein Wohl im Sinne zu haben, dein einziger Wunsch, deine einzige Freude, mich glücklich zu machen! Aber wir kennen die psychologische Wirkung zu genüge, die Schwäche des Ehemannes im Bett zu instrumentalisieren, um die eigene Macht zu festigen. O ja, du kennst dich in diesem Metier am besten aus! Ich ging und gehe mit Taten und Untaten nicht leichtfertig um, es kann sein, dass ich mit der Schmach deiner Untreue mein Leben selbst zur Hölle gemacht habe. Ja für dich bin ich in der Tat durchs Feuer gegangen. Dein Liebhaber Walter Gropius auf der Bühne der Eroberung und Erfüllung deiner und seiner eigenen sexuellen Triebe schmäht mich noch mit Briefen. Schaudert es dich nicht bei dem Gedanken? Wie weit geht ein Mensch mit seiner Instinktlosigkeit über alle menschlichen Gefühle hinweg und zerstört mit animalischen Trieben die Würde eines anderen, der mit Moral und Anstand leben will? Auch deine anderen mir nicht verborgenen Liebhaber haben nicht nur in deinen sexuellen Orgien ihren Spaß gefunden, sondern bewusst den armen Teufel, Gustav Mahler geschmäht! Doch ob du das verstehst und das Herz besitzt zu fühlen, das bezweifele ich. Damit muss ich alleine fertig werden. Heute leide ich und denke still über solche Eskapaden meines Lebens nach – ein neues, letztes Kapitel des Schmähens. Vielleicht finde ich in den Ruinen meiner Erinnerungen auch etwas,

was mich Vergebung lehrt, vielleicht finde ich dabei auch die würdige Erlösung. Niemand kennt das wahre Gewicht dieser Last. Die antisemitische Teufelin mit ihrem eisigen Herzen macht keine Ausnahme. Ich verfluche den Tag in Wien, da ich dich das erste Mal sah. Wie oft hat man mich davor gewarnt: *Mit solch einer Frau wirst du nie in Ruhe leben und alt werden.* Alt werden! Ruhe finden! Welche Fremdworte!«

Diese Nacht ist für ihn wie jede andere Nacht in letzter Zeit mit den Schrecken der schwarzen Träume behaftet. Für Alma ist sie erfüllt von einem ruhigen Schlaf und von ihr nicht wahrnehmbaren Gewitter, das in der Ferne rollt und nicht ausbricht. Er atmet beschwerlich, unruhig, ein Leidender ohne Schlaf, aber auch ohne Angst vor der finsteren Stille. Mahler bleibt liegen, ohne Bewegung, auch dann nicht, wenn der Blitz fast vor dem Fenster einschlägt. Immer wieder Blitze. Sein Ebenbild in der erhellten Fensterscheibe erschreckt ihn für Bruchteile von Sekunden. Dann sieht er nichts. Der Donner geht und kommt, er bleibt fern. Es wird wieder finster und still. Mahler sitzt verstört auf dem Bett, umkreist von den finsteren Fantasiegebilden, die ihn in der schwarzen febrilen Nacht umkreisen. Er hat geträumt: die Zahlen an der Wand, die an das Jahr 1889 erinnern – Tod der Eltern, Uraufführung der ersten Symphonie in Budapest... Plötzlich schlägt wieder ein Blitz vor dem Fenster nieder. Der Schweiß sitzt ihm auf der Stirn, aber auch auf dem ganzen Körper und trocknet wieder. Er friert. Jetzt packt ihn unbeschreibliche Angst. ›Wenn ich mich arg bewege, wird Alma wach. Nein, sie soll ruhig weiter schlafen. Ich werde auch mit dieser Nacht alleine fertig.‹ So vergeht die Zeit, in der Mahler lieber alleine leiden will. Er denkt an den großen, mächtigen Elefanten, der wenn ihm die Stunde geschlagen hat, ohne Umstände den Weg der Einsamkeit sucht, um alleine zu sein, nur sein Schicksal, sein Ende darf ihn begleiten, um allein zu sterben. Er sieht seine Mutter, den Vater und die Schwester Leopoldine im Alter von erst 26 Jahren sterben in solch großer Geschwindigkeit als schlage wieder ein Blitz ein. Er sieht seine vier Geschwister: die vierzehnjährige Emma, den sechszehnjährigen Otto, die zwanzigjährige Justine und den zweiundzwanzigjährigen

Alois. Alle blicken auf ihn. Ihre Augen sind voller Trauer, aber auch voller Erwartungen. Das bedeutet für ihn als ältester in jener Zeit mit 29 Jahren große Verantwortung. Seine Jugend zeigt sich in einem kleinen schmalen Waldweg, dicht vor seinen Augen. Dann flimmert alles und erlischt. Ein Donnerschlag. Er streckt die Beine aus dem Bett, setzt erste den einen, dann den anderen Fuß auf das Parkett, hört das Knirschen, dann ein hartes, reibendes Geräusch, das ihn für einen Moment erschreckt. Der Wind bläst und peitscht an die Fensterscheiben. Er hört und empfindet die erfrischende Brise! Er hört dicke Tropfen, die auf die Scheibe und das Fenstersims prallen. Sein Körper unter dem Nachthemd verspürt einen feuchten Luftzug. Dann ein Blitz, alles wird wieder hell. Der Donner kommt mit einer gespenstigen Verspätung. Mein Gott, diese bedrohende Untergangsstimmung! Plötzlich ist alles wieder ruhig, alles ist schwarz. Vorsichtig setzt er sich mit allerletzter Kraft auf Zehenspitzen in Bewegung und schleicht zwischen den Möbeln hindurch, ohne auch nur einmal das Gleichgewicht zu verlieren. Er sieht nichts, taumelt und schwebt durch den Raum. Er erreicht die Tür zum Badezimmer. Er geht hinein und schließt die Tür hinter sich. Jetzt wagt er das Licht einzuschalten. Für einen Moment ist er so verwirrt, dass er tatsächlich denkt, er sehe einen Fremden im Spiegel. Dabei sieht er nur das eigene, von Krankheit bis auf die Haut und Knochen ausgemergelte Gesicht. >Armer Gustav, du bist am Ende<. Das Entsetzliche ist, dass Mahler, obwohl er weiß, dass dies sein Gesicht ist, es nicht erkennen kann. Er kann sich um alles in der Welt nicht wiedererkennen. Er schaut ehrfürchtig und erstaunt. Er zittert als ihm klargeworden ist, das was er im Spiegel sieht sein Antlitz ist, ein Zustand höchster Ehrfurcht, den das bewahrt, im Sinnbild der Totenmaske, das letzte Abbild seines Wesens, das er nicht kennt. Die Maske macht zunächst staunen durch den Ausdruck eines mächtigen Willens, der noch auf den Zügen des Totgeweihten zu wohnen scheint. Er betrachtet seine Mundpartie. Mit dem in Neugierde erstarrten Blick in den Spiegel tastet er sein Gesicht ab. Erst jetzt gerät er in den Bann der Stirn von selten aufrichtiger Klarheit und begreift, dass er nur sein kann, mit der stolzen Schroffheit der Nasenbildung. Fast verschwunden scheint die hohe menschliche Güte, Liebenswürdigkeit und Schelmerei, die ihm so eigen sind. Er dreht den Kopf. In der Profilansicht kann er eine bemerkenswerte Ähnlichkeit mit der Totenmaske von Josef Haydn erkennen, die er noch im Gedächtnis bewahrt.

»*So musst du sein, dir kannst du nicht entfliehen,*
so sagten schon Sibyllen, so Propheten:
Und keine Zeit und keine Macht zerstückelt
geprägte Form, die lebend sich entwickelt.« Goethe

Als ihm seine prämortale Lage klar geworden ist, schreit er so fürchterlich laut, als würde er bei lebendigem Leib verbrannt. Das Echo dieses Schreis verbreitet sich wie ein Blitz durchs Hotelzimmer, hinaus über die Gräben und Wälder und Berge hinweg, rast er über die nächtliche Landschaft der Weltstadt, gefolgt von der brennenden Seele, die wie ein Schmelzfluss aus Lava aus seinem Mund hervorquillt durch den gewundenen Stollen, hinaus in die Welt, weithin über die Tiefen und Höhen von Paris – es ist, als schreie die ganze Stadt.

›Armes Herz, um deinetwegen ich verschlagen bin, gutwilliges Herz, du bist mein ganzes Leben. Jetzt sträubt sich jedes Haar meines Körpers vor Grauen und Entsetzen des Todes. Ich habe keine andere Wahl, ich werde schlucken, was das Schicksal mir in die trockene Kehle gießt. Oh Gott! Werfe mich nicht in das Feuer der ewig Verdammten, nur nicht in die Hölle! Ich ertrage es nicht, ich habe es nicht verdient so schwer in der Ewigkeit bestraft zu werden. Ich bin von Sinnen. Ich will nichts mehr. Die Kraft verlässt mich, da ich immer wieder zu diesen Gedanken zurückkehre, die vernichtend sind, weil nichts anderes als die Endzeitstimmung mir vorschwebt, weil sie Gott und die Welt schwärzt.

Alle wissen, dass der totgeweihte Gustav nicht mehr lange zu leben hat. Ich sehe in ihrem Gesicht den falschen Blick des Mitleids. Ich kann diese verräterischen Blicke von Alma nicht mehr ertragen. O mein Gott, soll ich so tief bei dir gesunken sein, dass man mir nur Mitleid entgegenbringt? Was sollen die Seelen meiner verstorbenen Mutter und Geschwister noch ertragen, bis sie mich unter ihre Obhut nehmen. Ich verlasse mich auf die Barmherzigkeit Gottes, ich verlasse mich auf diese meine einzige, letzte Hoffnung. Und sollte ich, Gustav Mahler, viel zu viel gesündigt haben, dann weiß ich wohl, dass er noch barmherziger ist als der kleine Mensch sich vorstellen kann. Warum soll ich noch zweifeln? Er, der Allmächtige hält über mein Herz Wache, und ich hoffe, dass der Weg zu ihm nicht viel weiter ist als mein Weg zum Friedhof.<

Er geht zurück in sein Bett. Nachdem er sich ausgestreckt hat und sein Herzrasen etwas ruhiger wird, tauchen wieder die Ängste auf. Aber wie soll er damit fertig werden? Ängste, die wie eine Flutwelle in ihm hoch und höher schwappen, je ruhiger und langsamer sein Herz schlägt. >Irgendwann, in den nächsten Minuten, Stunden oder Tage wird es aufhören zu schlagen und dann, erst dann, hören auch die Ängste auf, mich zu verfolgen.<

Am nächsten Morgen erwacht er sehr früh! Hat er überhaupt geschlafen? Gleiche Gedanken, wie an jedem Morgen mit der beängstigenden Frage: >Lebe ich noch?<

Für Gustav Mahler bricht nun eine merkwürdige Zeit an. Es ist, als hätte sich plötzlich ein schwarzer Vorhang vor ihm herabgesenkt und ihn in eine undurchdringliche und schwere Einsamkeit eingeschlossen. Er reckt und streckt sich mühsam, blickt umher. >Habe ich Angst? Nein ich habe keine Angst, viel mehr habe ich Sorgen, wie es weiter geht oder auch wie lange es noch mit mir dauert, was noch alles geschieht. Wie endet so ein begonnener Werdegang des Sterbens?< Das Licht blendet in dieser Frühe. Grässlich der Blick durchs Fenster. Die Häuser von Paris brennen unter der Hitze. Sie sehen aus, als wären sie alle in Blut getaucht. Unter dem Lichteinfall schimmern sie glutrot, da beißt die Maus keinen Faden ab. >Ich bin allein auf dieser Welt, ich fiebere. Dazu noch diese hitzige Welt. Es ist heiß, aber nein, mir ist eiskalt. Ich friere, in dieser Wohnung ist alles dunkel und es ist alles so kalt. Das ist das Ende! Nein das ist erst der Anfang meines Untergangs, meines Sterbens. Diese lustigen Frauen, die Schwarz tragen. Schwarze Wände, schwarze Luft, ich werde sie einatmen, sie wird mich schwärzen, sie wird mich mit dem schwarzen Wind mitnehmen. Die Turmglocke läutet. Es ist zu Ende. Es ist vollbracht, vorbei. Geht fort, geht alle hinaus! Vorne an die lustige Witwe namens Alma! Ich laufe, ich renne, *ich werde gejagt. Die schwarzen Frauen, die erstickende schwarze Luft, mir schwindelt, ah, hier in der Wohnung, nichts ist geschehen. Alles wirres Zeug, ich falle auf das Bett, ich schreie, ich rede irre, nein, nein, lasst mich nicht allein, habt keine Angst, dies alles ist nicht wahr, dies ist nicht meine Schuld, ich rede Unsinn, ich bin nicht schuld, das Fieber, das Fieber redet dummes Zeug, ich bin sein Untertan. Glaubt mir nicht. Ich bin doch der stille Gustav Mahler, der alles duldet, der jedem verzeiht, der jedem Liebe und Freude schenkt. Schenkt mir Erbarmen, lasst mich nicht allein in dieser dunklen Nacht.*<

Von dieser fürchterlichen Nacht an lösen sich alle seine Beziehungen vom Leben und den Menschen seiner nächsten Umgebung langsam ab. Wie sich Efeu vom Boden erhebt, wenn man ihm einen Halt gibt, mit dem er in die Höhe wächst, nimmt sein Geist den Fluchtweg, der ihn zum Himmel führt. Irren und fantasieren, das sind seine letzten und intimsten Geister. Wahrscheinlich ist er erst in der vergangenen Nacht zum Wissen oder Ahnen gelangt, dass es langsam aber sicher ernst wird mit ihm und mit dem Tod!

Für einen kurzen Moment erwägt Mahler den Gedanken, nach Notre-Dame hinüberzugehen, eine Kerze anzuzünden und von der Heiligen Mutter Gottes Genesung für sein krankes Herz herbei zu flehen. Aber gleich erlischt dieser Gedankenblitz, denn die Kräfte, die er aufbringen kann, reichen gerade noch sich von seinem Stuhl zu erheben, um sich auf das Bett neben dem Stuhl zu werfen.

>Gott soll der Erlöser sein, aber nur für die demütig liebenden Seelen. Bin ich im Besitz einer solchen Seele? Habe ich für den Irrsinn meiner Konversion genug gebüßt? Bin ich seiner Erlösung wert? Seiner Liebe würdig? Herz, du verbrennst meine Seele! Gott der Erlöser hat in seinem Paradies keinen Platz für Seelenlose. Zur Hölle geht, wer die Seele verliert. Das Leiden ist da, es kommt nun darauf an, wie ich mich verhalte. Das Leiden gibt nicht, was ich von ihm an Erlösung der Seele erwarte, und dennoch werde ich alles erdulden, um diese irdische Hölle aus Verlogenheit und falschem Mitleid zu sprengen, in der ich mich befinde. Niemand darf in dieser Lage den Verstand einsetzen, sich motivieren die Dinge zu klären, die von Natur aus unerklärlich sind. Ich war zu naiv, um an Liebe und Treue

zu glauben. Oh, ich habe viel für meine Naivität zahlen müssen! Alma hat mich gedemütigt, erniedrigt, viel zu viel Öl in mein brennendes Herz geschüttet. Ich war nicht mutig genug, habe auf halbem Weg aufgehört, die richtige Entscheidung zu treffen und eine mutige Initiative zu ergreifen. Kinder, meine Kinder, waren der Grund meiner Kompromissbereitschaft. Doch jetzt, in diesem Moment, bin ich der Erlöser, mein eigener Richter, um die Sünden zu vertreiben, die ich während eines arbeitsreichen, zum Teil erfolgreichen, aber auch frustrierenden Lebens begangen habe. Alma und ihre Mutter werden meine Gedanken nicht verstehen, denn von Sünden und Büßen wollen sie nichts wissen. Sie nehmen die Dinge des Lebens so wie sie kommen. Sie wollen leben und genießen, und dies um jeden Preis. Sie wissen nicht, dass ich sie mit ihrem Narzissmus schon lange durchschaut habe. Die Schwiegermutter hat mich gern! Sie liebt ihre Tochter, aber sie liebt vor allem das Leben. Dafür gehen beide über Leichen. 1878 verliebte sie sich – die junge Sängerin und Schauspielerin Anna von Bergen aus Hamburg – in den sechsunddreißigjährigen Emil Jakob Schindler, Almas Vater, den sie am 4. Februar 1879 heiratete. Schon ein halbes Jahr später wurde die einzige Tochter Alma geboren. Genauso wie die Mutter, hat auch Alma ihren Schwur gebrochen, sie wolle ihre jungfräuliche Reinheit bis zum Tage der Eheschließung bewahren – sie war schon vor der Hochzeit schwanger. Weder Anna Schindler-Moll noch ihre Tochter Alma waren fähig ihrem Partner treuzubleiben. Im Gegenteil, sie sieht in ihrer Mutter ein Vorbild. 1881, zwei Jahre nach Almas Geburt, bringt die Mutter eine zweite Tochter zur Welt. Grete ist eine Halbschwester, ihre Mutter hat sie mit einem Liebhaber gezeugt. Grete, ein empfindsames und sensibles Kind, wird von Mutter und Schwester nicht geliebt. Sie ist traurig und depressiv. Sie wird ohne Aufmerksamkeit und Liebe ignoriert und in eine schwere Geisteserkrankung getrieben und fällt mit Billigung von Mutter und Alma dem Euthanasie-Programm der „Herrenrasse" zum Opfer. Allein dieser Mord musste für mich eine Lektion sein, diese hartherzigen, kaltblütigen Frauen zu meiden, aber keine Spur. Ich heiratete eine Frau, die den Tod der Schwester auf dem Gewissen hat! Gewissen? Haben Sie – Mutter und Tochter – überhaupt ein Gewissen?

Alma erscheint plötzlich im Zimmer. Sie ist überrascht, ihn nicht mehr im Bett, sondern wieder vor dem Fenster auf einem Stuhl sitzend zu sehen.

Gustav Mahler wie erst erwacht: »Sachte, sei ruhig, mein Geist spricht, mein Geist erzählt mir, so sanft von meiner Jugend Träume, schöne und böse Träume. Warum weckst du mich wieder aus dem sanften Schlummer?«

»Wie es scheint, hast du ausgeschlafen und auf mich gewartet«, sagt Alma mit der Gewissheit einer fürsorglichen Ehefrau.

Nachdem Alma es sich auf der Couch bequem gemacht hat, beginnt Mahler zu erzählen: »Ich habe nach dem Schlaf, das Bett relativ früh verlassen. Ich bekam wieder hohes Fieber. Schon in der ersten Stunde meines Schlafes, der von Ausschwitzungen begleitet war und gegen Mitternacht, als genügten die Poren der Haut nicht mehr den Schweiß los zu werden, entstanden unzählige Pusteln. Mein Körper war übersät von den roten wässrigen Bläschen. Ich war sehr überrascht, als ich im Bad vor dem Spiegel stand. Viele von ihnen platzten auf und ergossen ihr wässriges Sekret, um sich dann wieder von neuem zu füllen. Andere schwollen nach und nach ab.«

Erst jetzt fällt Alma der Streusel auf Mahlers Gesicht auf, den sie von Pockeninfektionen kennt. Da macht sie sich natürlich Sorgen. Es könnte immerhin sehr ansteckend sein, wenn man mit dem nicht gerade angenehm riechenden Sekret, der noch aktiven Bläschen in Berührung kommt. Zum eigenen Staunen entscheidet Alma schnell und badet und pflegt den schwerstkranken Mann mit der Sorgfalt einer liebevollen Ehefrau.

»Alma, meine Liebe«, sagt Mahler nach einer langen Pause, »ich weiß woran du denkst. Lassen wir geschehen, was unweigerlich geschieht.« Er schweigt wieder für einen Moment. »Wir werden in Kürze dieser Stadt und Frankreich Lebewohl sagen. Mein Töchterchen in Grinzing erwartet mich, aber wie sehr muss ich mir wünschen, mit vollkommen beruhigtem Sinne scheiden zu können! Es ist so schön und tröstlich, sich die Liebe seiner Frau gesichert zu wissen! Die Liebe, für die ich gelebt habe, gibt mir ein dankbares Gefühl, dass mich auch beim Scheiden aus dem Leben ins Anderswo ein guter Stern erwartet, Maria, meine Venus. Ich möchte diesen Trost nicht vermissen. Wie schwerer wäre ein Abgang ohne diesen Trost. Möchtest du meine treue Gefährtin, mich begleiten in dieser letzten Strecke meiner Heimsuchung? In diesen letzten Tagen, Wochen und Monaten hast du dich mit viel Liebe und Geduld für mein leidvolles Schicksal eingesetzt, deine Kraft und Zeit geopfert. Habe noch etwas Geduld, die Erlösung naht, für mich von meinem Leid, für dich von deinem Kummer.«

Er lächelt nicht mehr, und das Leben scheint auf einmal aus seinem Antlitz gewichen.

Alma beschließt, sich einer großen Geduld zu befleißigen hinsichtlich seiner Worte, denn sie empfindet mehr als sie sagen kann.

Mahler ermutigt durch das ihm entgegengebrachte Verständnis, fährt fort: »Es wäre schön, wir könnten immer so offen und herzlich mit einander sprechen, ohne Angst und Bangen die Gefühle des Anderen zu verletzen. Ich fühle wohl, und du selbst verbirgst es dir nicht, wie es in vergangener Zeit immer wieder der Fall war, dass wir uns nie so richtig ausgesprochen haben. Uns war es sonst ein willkommener Genuss, Erfahrung, Empfindung in schönen Gesprächen beim Wandern auszutauschen, Entferntes und Fremdes lebendig kulturelles, künstlerisch gesellschaftliches Durcheinandermischen; stets schenktest du mir aufmerksames Gehör, wenn es wohl dem älteren Mann, der eben erst in eine völlig neue Welt der Frau eintrat und vielfach Ursache findet in Unfrieden mit sich selbst zu sein, natürlich muss ich gestehen, dass sich auch bei mir ein inniges Bedürfnis regte, mich für das Glück einer geistreichen jungen Frau mit besonderer Schönheit und Vitalität anzustrengen. Ich verfluche dich nicht Alma. Mein glühendes Herz wird bald in Asche liegen. Denke an deine Sünden, meine Sünden sind die Liebe zu einer Göttin.« Mahler macht eine Atempause, dann: »*Aphrodite - Tochter des Zeus und der Dione. Als Göttin der Liebe und Schönheit ist sie mit Hephaistos (Vulcanus) vermählt, dem hinkenden missgestalteten Gott des Feuers, der Schmiede und Handwerker. Diesen ihren Gatten hin-*

tergeht die Göttin – ewig begehrt und häufig entflammt – mit Ares, Hermes, Poseidon, Dionysos. Sie schenkt ihre Gunst aber auch dem Adonis und Anchises, und sie ist dem Paris sehr gewogen, der ihr bei dem klassischen Schönheitswettbewerb der drei Göttinnen, dem >Parisurteil<, den Preisapfel zuspricht. Sie nimmt folgerichtig vor Troja dessen Partei und ist auch sonst Sterblichen, die um ihre Hilfe bitten, geneigt. Nackt, aus dem Schaume des Meeres geboren, als >Anadyomene<, zieht sie, von Meergöttern begleitet, auf einer Muschel weiter zum Strand von Kythera und nimmt zu Paphos auf Kyprios ihren Wohnsitz. Diese Göttin und ihre Abenteuer erinnern an meine Alma als Göttin der Schönheit und der exzessiven Liebe. In jeder Gesellschaft, in jedem Land und Kontinent bist du die Verkörperung unwiderstehlicher weiblicher Schönheit schlechthin. Man sieht dich in Verbindung mit dem armen Teufel Gustav Mahler, einen mitleiderregenden Märtyrer oder schwächlichen Mann. Sie wissen nicht wie groß meine Liebe ist. Alles, was ich erzähle ist nur leerer Wahn, Qual und Wonne zugleich. Sei ein Engel der Versöhnung. Sage deinen Verehrern und Liebhaber, dass es ein unglückliches Opfer gibt!« Mahler ist erschöpft, muss wieder pausieren. »Wie gerne möchte ich den Zustand meines Inneren offen und ehrlich vor dir enthüllen, doch dein Schweigen erschwert mir diesen Abschnitt meiner Lebensgeschichte zu Ende zu erzählen. Wie leicht konntest du meinem Glück entgegenkommen, doch verzichten wolltest und willst du auf deine leidenschaftlichen Exkursionen und sexuelle Bedürfnisse nicht! Wohlan, meine liebe, meine tapfere Frau, lass mich wenigstens einige Augenblicke der schönen Täuschung leben, als wären alle jene hässlichen, grausamen und bitteren Ereignisse ein Traum, wirklichkeitsfern. Lass mich im Glauben Lebewohl sagen, dass wir nur für uns und unsere Kinder gelebt haben! Lass uns glauben, dass wir dafür auf alles andere verzichtet haben! Und gerade deshalb glücklich sind. Ich werde bald sterben, doch lasse nicht zu mich zu verhöhnen.«

Mit sanftem Lächeln fordert Alma ihn auf weiterzumachen, denn sie glaubt, dass das Gespräch ihn beruhigt. »Du sollst, mein Lieber wissen, dass ich dir gerne zuhöre. Deine Hingabe, deine gerechte Haltung, deine prophetische Überzeugung, vor allem deine Eloquenz ermutigen mich immer.«

Mahler möchte gerne glauben, was er hört, aber er hat bisher mit seiner Frau andere Erfahrungen machen müssen, die von sich sagt: Ich bin eine katzenartige Frau. Er könnte versuchen das Bild einer Femme fatale darzustellen, die gut zu ihr passt! Eine Frau, die von Affäre zu Affäre, von einer abenteuerlichen Nacht zur nächsten taumelt und sich mit schamloser Selbstinszenierung als erotische Göttin zur Eroberung und Verführung namhafter Persönlichkeiten der oberen Tausend der Wiener Gesellschaft einen berüchtigten Namen gemacht hat.

»Nein, es ist genug für heute. Für dich und vor allem für mich reicht es, denn ich bin am Ende meiner Kräfte. Eines Tages, da bin ich mir sicher, eines Tages wird Alma in meiner verzweifelten Lage sein, dann wird sie mich verstehen; vielleicht!

Er greift zu einem der drei Bücher auf seinem Nachttisch. »Ich danke Gott, dass mein Leben und mein Kampf um Ehre, Würde des Menschen, Liebe und Treue bald vorüber ist. Empfange Alma hiermit das letzte Wort vom großen Alexander Puschkin:

>... ...
>»Herr, wir haben in dem Dunkel
>uns verirrt. Was tun wir nun?
>Jede Wegspur ist verloren!
>Teufel haben ganz gewiß
>uns hier auserkoren,
>zerren jetzt und drehen uns
>mit Dämonenmacht
>wohl zickzack im Kreis herum,
>in dem Schneesturm und der Nacht.
>... ... ...
>Wie viel sind's? Wohin die Hetze?
>Und was jaulen sie im Trab?
>Feiern sie heute Hexenhochzeit?
>Oder tanzen sie ums Grab,
>das sie grad' dem Hausgeist graben?«

»Und das ist alles! Alles, was übriggeblieben ist von neun Jahren Leben mit dir. Mein letztes Abschiedswort.«

Mahler lächelt ein mystisch trauriges Lächeln. Er lässt seinen müden Blick im Zimmer wandern und sucht nach Licht und Wärme. Er fühlt einen starken stechenden Schmerz in der Brust und das Herz rast. Er schlägt wieder das Buch auf, liest das Gedicht von Anfang bis Ende vor. Dann mit einer dankbaren Miene: »Der Tod ist die einzige Wahrheit, und sie ist jedem gerecht. Er erwartet und richtet uns. Er wird uns von dem falschen Leben lösen, indem wir noch stöhnen. Ja, ich habe den schrecklichen Mut aufzubringen, mich schon als tot zu erklären. Du verzeihst mir. Das ist gut. Ich verzeihe dir. Das ist mutig! Das Wesentliche ist, für dich jedenfalls, dass ich dich verlasse, dass ich dich befreie, von einer großen Last, von meinem Wesen, von meinem Leid, denn du musst wissen, ich bin auf der Schwelle zur Pforte des Befreiers, des Todes, während meine liebe Tochter Maria schon jenseits der Pforte ist. Ich komme, ich beeile mich. Meine geliebte Tochter, ich lasse dich nicht länger allein, ich beeile mich, auch wenn es schwer fällt die Schwelle zu überschreiten. Es hat sich auf der Welt nichts geändert. Menschen kommen und gehen, wie die Sonne am Tag und die Finsternis in der Nacht. Mein Leben ist finster, seitdem dein sonniges Wesen verschwunden ist, verstummt und versunken.«

Eine sonderbare Erleichterung wie aus heiterem Himmel strömt fortwährend über ihn, als ob eben das Unerwartete geschehen sei, die Erleichterung eines Sterbenden, denn der Tod ist jedem gesichert, aber diese Erleichterung als Befreiung von Ängsten wohl nicht. Jetzt plötzlich kann er wieder ruhig atmen, er ist frei. Jetzt plötzlich ist er ganz, er lebt. Wenigstens kann er spüren, denken, wie sich sein wiedererlangtes Bewusstsein anfühlt, wo zuvor selbst im Gespräch mit Alma doch beides, Denken und Bewusstsein, unvorstellbar jenseits seiner Vorstellung waren. Jetzt plötzlich, beim Nachdenken, erfährt er wieder eine körperliche Vitalität und Freiheit, vielleicht die Vorstufe für jene ewige Freiheit. Ist der Tod nicht eine Art Freiheit? Jetzt plötzlich öffnen sich Ausblicke, die ihm nie zuvor bewusst waren, die er nie zuvor wahrgenommen hat. ›Als sei ich schon tot, habe ich mich praktisch passiv dem Prozess unterworfen, der unumkehrbar ist. Tage, Wochen und Monate angefüllt mit fürsorglichen Bemühungen der Ärzte, ohne Aussicht auf Genesung. Ich hatte nicht die Freiheit, die geistige Freiheit besessen, zu entscheiden oder etwas zu tun. Jetzt aber kann ich, wie durch ein Wunder denken und durch meine musikalische Werkstatt ziehen. In den ersten Augenblicken des bewussten Nachdenkens und Erinnerns – oder vielmehr in dem Augenblick, der unmittelbar darauf folgt – stelle ich fest, dass ich mich vollkommen frei fühle. Ich liege nicht mehr passiv und behindert, wie ein Sterbender, vielmehr denke ich selbstständig und aktiv und bin in der Lage mich dem Orchester zu zuwenden, einer neuen Dimension meiner Tätigkeit in meiner Musikwelt. Ich gebe den Auftakt zu meiner 3. Sinfonie in D-Moll frei, die 1896 vollendet war. Ich bin gerührt, ich bin gespannt. Bei diesem Werk handelt es sich nämlich um eine Natursinfonie. Keine Pastorale, die kann nur der große Beethoven, sondern: >*Was mir die Blumen erzählen*<.

»Pan erwacht, der Sommer marschiert ein. Da klingt es, da singt es, von allen Seiten sprießt es auf. Und dazwischen wieder so unendlich geheimnisvoll und schmerzvoll zugleich, wie die leblose Natur, die in dumpfer Regungslosigkeit kommendem Leben entgegenharrt.«

Das kräftige Wandermotiv, im Unisono der Hörner vorgetragen, setzt der Satz ein.

»Ich kann stehen, dirigieren, mit jeder Handbewegung, lobender oder mahnender Mimik das Orchester motivieren. Fröhlich eilt das Thema weiter fort, schon schrillt aber ein herber Trompetenruf dagegen an. Es geht um vieles, was mir der Sommer, was mir die Vitalität der Natur vermitteln wollen. Schließlich vereinen sich alle diese Elemente zu einem sieghaft triumphalen Marsch, der Marsch des Friedens. Der Sommer hat seinen Einzug gehalten.« Mit dieser ersten Abteilung scheint Mahler wie verwandelt. »ich kann fühlen, riechen, mich freuen und Menschen umarmen. Ja, während ich mir in vollkommener Passivität, Untätigkeit, bemitleidenswert und hilflos in der tiefen Einsamkeit und Lethargie, in der Finsternis der unendlichen Nächte geschworen habe, habe ich vergessen, konnte ich mir nicht mehr vorstellen, wie sich das Tageslicht anfühlt. Was mir die Blumen erzählen. Ein anmutiges Menuett. Aber wie es im Leben ist, auch diese Idylle wird von leisen Schauern getrübt. Die fünf Sätze der zweiten Abteilung erschließen sich leicht dem Verständnis. Nach unruhigen Seitenthemen gleitet aber die Anmut des Menuett-Themas immer wieder über alle Umwälzungen hinweg.

Mahler macht wieder eine Pause zum Nachdenken, dann plötzlich: »Du lieber Gott«, sagt er sich. »Ich bin zurückgekehrt, ich bin wirklich, ich bin wieder da, vor dem großen Orchester, ich kenne mein Handwerk, ich habe nichts verlernt, ich habe nichts versäumt. Nun zum vierten Satz >*Was mir der Mensch erzählt*< bringt ein Altsolo zu den Nietzsche-Worten aus >*Zarathustra*<: O, Mensch, gib Acht! Was spricht die tiefe Mitternacht?«

Mahler ist nicht mehr verwundert, in ihm brennen Dankbarkeit, Verehrung, Freude und vor allem Lob. »Gott, sei Dank«, ruft er und »Dein Reich sei gepriesen.« Ausrufe, Worte, die ihm plötzlich einfallen. Er ist beglückt und zufrieden. Ein Anflug von Begeisterung erfasst ihn. »Er hat mich erhört, er hat mich erlöst, ich bin ihm würdig genug!«

Der fünfte Satz berichtet in glückseliger Naivität, wie Jesus Petrus von seinen Sünden freispricht. >*Vortrefflich für diese meine Stimmung*<, >*Was mir die Engel erzählen*<. Von einem Frauenchor werden fröhlich die Strophen dieser Wunderhorn-Verse vorgetragen. Der Knabenchor ahmt mit Bim-Bam-Lauten den Glockenklang nach. Das Orchester begleitet hell und zart den himmlischen Gesang. Mahler wie erst erwacht: >Finsternis, meine Einsamkeit und der Schmerz, der Kummer, sie haben mich verlassen. Einige Male habe ich gesündigt. Oft habe ich mich verirrt. Zuerst auf naive Art, dann mit großer Leidenschaft, und ich habe alles, alles vergessen. Die Liebe blendet. Die Liebe verwirrt. Die Liebe macht blind. Mich zu verwirren war unausweichlich. Heute bin ich darüber hinweg. Heute sprechen die Engel mit mir.<

Der himmlische Gesang verklingt in sphärischen Höhen. Dann beginnt der sechste Satz in ruhiger Größe, von inniger Empfindung getragen, erklingt nun das Hauptthema des ersten Satzes in den Streichern.

Mahler ist nicht mehr aufzuhalten, er schwebt, träumt beglückt und verzaubert. »Gott hat mich, hat mich. Er hat mich tief in die Liebe eingetaucht. Er hat mir mit der Liebe alle meine Sünden verziehen. Aus meinem brennenden Herzen hat er mich befreit. Er nimmt den Feuerball aus meinem blutenden Herzen. Mein Gott wache über mich. Ich bin dir so nahe, wie noch nie. Dein Anblick ist ein Strahl. Mein Feuerlicht, du durchdringst mich bis auf mein Herz.«

>Was die Liebe erzählt< ist Mahlers innere Stimmung. Ganz langsam baut sich der Gesang in reiner, lichter Harmonie auf. Alles drängt zur Ausgeglichenheit, zur Vollendung.

Seitdem die Ärzte mich „freigegeben" haben, ist ein Schimmer von Frieden bei mir eingekehrt.

Keiner ahnt, was sich in den letzten Tagen im Wesen Mahlers vollzogen hat, auch Alma nicht. Aber er, er merkt ihre Unsicherheit. Er kann nicht mehr reden, er hat keine Kraft dafür und vor allem keine Lust mehr.

>Seit Monaten versuche ich sie auf meine hoffnungslose Lage aufmerksam zu machen, ohne Erfolg! Sie lebt in einer Welt der Fantasie und Schwärmereien von schönen Dingen und Vergnügungen, und ich vegetiere am Rande ihrer Welt, wie ein Hund. Und nun, ohne dass ich jemals gedacht oder es gehofft habe, ist bei mir eine Aufbruchsstimmung eingetreten. In dieser unvorstellbaren Gemütslage ist es mir egal, was Alma über mich denkt, ob sie überhaupt ernsthaft und wirklich über mich nachdenkt! Tagelang liege ich reglos in diesem Bett und denke nach. Ich bin des Leidens noch nicht müde. Da sind Teile meines Wesens, die der Schmerz noch nicht besiegt hat. Ich liege macht- und kraftlos in diesem Bett, wie ein Sterbender ohne Hoffnung auf ein Wunder oder eine Wende! Ich sehne mich

nach einem Ende, nach Frieden.< Kummervoll setzt er sich wieder in seinem Bett auf. Er wird wieder von einer tiefgreifenden Traurigkeit überfallen, ihm wird bewusst, die Zeit drängt und das Ende naht, wonach er sich immer gesehnt hat. >Jetzt ist die Zeit des Träumens vorüber, auch keine Zeit sich zu beklagen. Jetzt, und in den kommenden Tagen wird meine Reise vom Frieden beflügelt. Sie wird metaphysisch und unumkehrbar sein. Ich habe keine Angst, wie viele vor einem schrecklichen Ungeheuer, dem Tod! Schon für Platon ist der Tod kein katastrophaler Schlusspunkt, sondern ein ausgezeichneter Wendepunkt, der in ein höheres Sein führt. Er befreit die eingesperrte Seele, wonach sie sich dem „Unsichtbaren", dem „Göttlichen", dem von jedem Zweifel „Erhabenen" und „Einmaligen" begibt. Der Tod befreit die Seele. Und meine Seele hat diese Befreiung verdient; so lange ist sie in einem erbärmlichen, von Leid und Schmäh belagerten Lebensquartier gefangen. Für Johann Gottlieb Fichte ist der Tod kein Ende, sondern Anfang und Geburt: >*Aller Tod in der Natur ist Geburt, und gerade im Sterben erscheint sichtbar die Erhöhung des Lebens. Es ist kein tötendes Prinzip in der Natur, denn die Natur ist durchaus lauter Leben; nicht der Tod tötet, sondern das lebendigere Leben, welches, hinter dem alten verborgen, beginnt, und sich entwickelt.*<

Mahler ist erschöpft, das Herz pocht wieder, das Fieber steigt. Alma gibt ihm die von Dr. Fraenkel verordnete Medizin für die Nacht und liest ihm aus dem Buch der Lieder, Heinrich Heine, vor:

> *»Aus alten Märchen winkt es*
> *Hervor mit weißer Hand,*
> *Da singt es und da klingt es*
> *von einem Zauberland:*
>
> *Wo große Blumen schmachten*
> *Im goldenen Abendlicht,*
> *und zärtlich sich betrachten*
> *Mit bräutlichem Gesicht; -*
>
> *Wo alle Bäume sprechen*
> *Und singen, wie ein Chor,*

und laute Quellen brechen
wie Tanzmusik hervor; -

Und Liebesweisen tönen,
wie du sie nie gehört,
Bis wundersüßes Sehnen
Dich wundersüß betört!

Ach, könnt' ich dorthin kommen,
Und dort mein Herz erfreun,
Und aller Qual entnommen,
Und frei und selig sein!

Ach! Jenes Land der Wonne,
Das seh' ich oft im Traum,
Doch kommt die Morgensonne,
Zerfließt's wie eitel Schaum.«

Mahler mit dem Anflug eines Lächelns: »Die Müdigkeit drückt mich nieder, lass mich schlafen, lass mich gehen vor der baldigen Morgenröte.« Er atmet mehrfach tief ein und aus. »Ich werde in mein ewiges Heim zurückkehren, wo ich für immer Frieden finde.«

Nach einer Pause, mit einem leidenschaftlichen Pathos:

»Ich hab' dich geliebt und liebe dich noch!
Und fiele die Welt zusammen.
Aus ihren Trümmern stiegen doch
Hervor meiner Liebe Flammen.«

Auf rosigen Flügeln brachte ich dir die Liebe, erweckte in dir die Leidenschaft einer neuen Ära der Musik. Und du? Hast du mich je geliebt? Du versuchst heute Nacht mich zu beruhigen, mit Liebesliedern und Geschichten mir zum Einschlafen zu verhelfen. In manchen Augenblicken ist es mir, als hätte ich noch nie auf dem Grund deiner Seele gelesen. Deine Schönheit blendet mich. Dein Blick schreckt mich. Ich fühle mich sehr einsam in deiner Nähe! Ich habe

Furcht vor dir. Großer Gott! Kann es sein, dass du mich nie geliebt hast? Heißt es nicht: Der große Gott liebt Juden? Bin ich nicht einer, der deiner Liebe würdig ist? In diesem Fall habe ich nur einen Wunsch, dass meine Frau, die meine Liebe ignoriert, nie von deiner Liebe erfährt. Vielleicht will sie deine Liebe nicht. Vielleicht weiß sie nicht, was Liebe ist! Vielleicht will Gott es so. Ich werde bald sterben, aber Alma, du unberechenbare und untreue Seele, du wirst noch viele Jahre leben und vielen das Herz brechen. Vielen den Eid der Treue versprechen, viele zum Tode führen, keinen bis zu seinem Grab begleiten. Liebst du jemanden außer dir? Bist du dir, deiner Torheiten, deiner Gewissensbisse noch nicht überdrüssig, Alma? Willst du noch mehr anrichten? Weiß Alma überhaupt, was Gewissen ist?«

Alma scheint nicht überrascht von der Wende in Mahlers Stimmung. Im Gegenteil, sie geht übergangslos auf ihre eigenen „Probleme" ein und spricht nahezu ehrlich: »Ich bin mir keiner Schuld bewusst. Ich kann mich noch bessern! Ich bin ein Mensch noch in der Entwicklung. Auch die abgeklärte Weisheit des Alters geht mir wohl in einem gewissen Grad ab. Ich fühle mich nicht alt, aber alt genug zu entscheiden. Allein die Veränderung meines Körpers, das Nachlassen meiner Sehkraft und die Libido, und unerträgliche Hitzewallungen der Menopause quälen mich, man könnte sagen: bestrafen mich genug. Jeder Beginn ist hoffnungsvoll, jedes Aufhören ist furchtbar. *Niemals mehr kann ich mit dem Gedanken spielen, mich vor einer Empfängnis zu fürchten! Und was tauscht man ein? Ruhigeres Blut? Keine Spur weiseres Betrachten des Lebens? Keine Spur. Nichts gäbe es mehr, wonach man sich sehnte? Keine Spur! Nach allem Ersehnten sehnt man sich weiter! Jedes Aufhören ist ein Teil vom Tod... Jedes Aufhören einer Liebe ist ein Teil vom Tod – und so stirbt Ast um Ast ab! Und so soll es sein?!«*

Trotz seiner fortschreitenden Erschöpfung und der sedierenden Wirkung der Medikamente, hat Mahler sehr aufmerksam zugehört und macht sich seine Gedanken. ›Solches Lamento aus dem mit purer Kraft der Leidenschaften versehenen Mundwerk, deutet auf Depressionen hin. Schon der gute Freud hat mich darauf aufmerksam gemacht, dass Almas Vater trotz aller Lebenslust und Geselligkeit unter solchen Depressionen gelitten hat. Aber Alma ist und bleibt eine Lebenskünstlerin. Sie trotzt allen physischen und psychischen Lebenskrisen. Sie ist und bleibt die Meisterin der Überwindung, mal mit einem Besuch der New Yorker Philharmoniker, mal mit ihrem Lieblingsgetränk Champagner und Benediktiner verbringt sie die einsamen Tage oder Nächte. Entweder gibt sie Partys oder sie besucht Soireen, immer in extravaganter, eleganter Garderobe mit exklusivem Hut. Sie telefoniert immer wieder mit „Freunden". Einer dieser Freunde ist der Wiener Feuilletonist Friedrich Torberg, der Alma schon immer begehrt und verehrt.

»*Freunde habe ich, wie fast immer und überall, bald um mich versammelt*«.

Mit Kokoschka-Bildern, Werfel-Büsten und Gustav Klimt-Briefe >...wir küssten uns, dass die Zähne schmerzten< umwirbt sie meisterhaft den Erhalt ihres Freundeskreises und die neueren Kreise der High Society in den USA. Alle ihre Männer bisher und andere, die noch kommen werden, haben Almas Dialogunfähigkeit und Narzissmus entdeckt und sich mit der überproportionierten Oberweite zufriedengeben. Wie oft habe ich ihr gesagt: >Liebste, lerne antworten! Dies ist nämlich sehr schwer, denn man muss sich dazu geprüft haben und gut kennen! Aber noch schwerer ist fragen! Dies lehrt nur die volle und innigste Beziehung zum Anderen! Liebste, lerne fragen!< Nein Alma ist nicht die Frau, die je meine Seele retten konnte; sie war und ist eine Frau mit purer Leidenschaft fürs Leben und Vergnügen, nicht für Ethik und Dialog, Ehre und Treue. Aber Gott weiß, wie alles zusammenhängt. Ich nicht.<

Mahler hat Mühe im Zustand der Dämmerung der körperlichen und geistigen Funktionen, seine Gedanken von Vergangenheit und Erinnerung zu trennen und sich auf die Gegenwart zu konzentrieren. Almas Zustand bekümmert ihn sehr, denn aus allem, was er bisher aus Almas Mund gehört hat, geht hervor, dass sie sich in einer Zwickmühle ihrer Gefühle befindet, dass ihr alles durch seine morbide Lage und baldigen Tod noch konfuser wird, dass Alma seit Tagen depressiver hin und her wankt, gar mit heimlichen Gedanken an einen „freien Tod" denkt! Er versinkt wieder in stilles Nachdenken, ein tiefer Seufzer entweicht aus seiner Brust. >Was muss sich bei ihr alles zusammengeballt haben, um das starke und rationale Wesen dieser Frau zu erschüttern? Ob Gott es zulassen würde, dass Alma, die als Göttin der Liebe gern lebt sich durch „sich heimdrehen" den freien Tod aus der Affäre zieht?< Er wagt sich nicht weiter zu seinen Mutmaßungen und Sorgen zu äußern. Mit jedem traurigen Blick, erweckt sie in ihm die Erinnerungen der großen Liebe. Sie wischt ihm abermals mit der Sorgfalt einer liebevollen Ehefrau den Schweiß vom Gesicht. »Morgen wird alles besser sein, Morgen werden wir die Heimreise antreten. Morgen kehren wir zurück«, sagt sie liebevoll.

>Ich danke Gott, dass der Kampf um mein Überleben vorüber ist. Seitdem die Ärzte mich „freigegeben" haben, ist endlich ein Schimmer von Frieden bei mir eingekehrt, den zu erhalten ich mir nach noch vorhandenen Kräften angelegen sein lasse.<

Er kann den Tag nicht erwarten, an dem er endlich die „Stadt der Liebe" verlassen kann. Unverzüglich fängt er daher an seine Kräfte zu sammeln, die er für eine solche endgültige, unwiderrufliche und unumkehrbare Reise benötigt.

»Ich hob gekent a filosof, woss hat kejnmol nit geglojbt in schejdim – bis er hot doss leben nit derkent.«   (Schéjim, böser Geist, Teufel)

Alma versteht kein Wort, denkt >er halluziniert!<

Mahler mit einem Hauch eines Lächelns: »Jüdische Weisheit, meine Liebe. >*Ich kannte einen Philosophen, der nicht an Teufel glauben wollte – bis er das Leben kennen lernte*<.«

Mahler plötzlich, wie nach einem langen erholsamen Schlaf voller Kraft und Energie und viel Enthusiasmus: »Die Liebe hält mich noch am Leben. Die Liebe gibt mir Kraft und Mut. Er rezitiert:

»... Das Allgemeine jedes Augenblicks bleibt, denn es ist im Ganzen. In jedem Augenblicke, in jeder Erscheinung wirkt das Ganze – die Menschheit, das Ewige ist allgegenwärtig – denn sie kennt weder Zeit noch Raum – wir sind, wir leben, wir denken in Gott, denn dies ist die personifizierte Gattung ... Es ist alles, es ist überall; in ihm leben, weben und werden wir sein. Alles Echte dauert ewig – alle Wahrheit – alles Persönliche«, schreibt Friedrich von Hardenberg, Alias, Novalis: »echte Liebe bleibt.«

»Du musst wissen, meine Liebe«, sagt er sehr besonnen, »dass ein Leben, wie mein höllisches Leben keine Fantasie vermag, nicht mehr. Vor der Gewissheit des Todes greift wohl keine Fantasie hoch genug hinauf, um mich in Tröstungen aufgehoben zu wissen, Fantasie ist viel wichtiger als das gemeine Wissen. Wenn nun meine Fantasie zum Erliegen kommt, und mir bewusst wird, dass ich sie nie wieder erlange, dann höre ich auf zu leben. Eines Tages vielleicht, eines Tages würde die aufgewachte Alma ihre Augen auf ein Bildnis ihres Gustavs werfen und verstehen. Vielleicht!«

Mahler ist wieder erschöpft, nickt ein und träumt: Alma stehen Tränen in den Augen. Sie umarmt ihren Mann. Plötzlich öffnet sich die Tür. Auf der Schwelle steht die Frau Schwiegermutter in Schwarz. Ihr strenges, unzufriedenes Gesicht bildet einen seltsamen Gegensatz zu der Fröhlichkeit, die sie sonst verschleudert. Alma ist überrascht, ihre Mutter mitten in der Nacht dazu noch in schwarzer Garderobe zu sehen. Sie ist sprachlos, tut als sehe sie nichts. Mahler ist nicht überrascht, im Gegenteil, verträumt fängt er an die Schwiegermutter von der Lage seines Zustandes und der vorgesehenen Heimreise zu informieren: O, wussten Sie, liebe Mama, welche freudige Brise der Erlösung mir und meiner Seele entgegen weht, die meinen Geist motiviert und meinen Willen zum Abschied stärkt? Und noch bin ich nicht alle Sorgen los. Zu oft noch nehme ich in ihrem Blick den verschleierten Gedanken wahr, mit welchem Sie mich schon im ewigen Grab versenkt sehen wünschten! Denn selbst Ihre fürsorglichen Bemühungen, die Sie mir und meiner Gesundheit entgegen bringen, können meine Vorahnung nicht zerstreuen. Natürlich ist das, was Sie empfinden und tun bis auf einen gewissen Grad ehrlich, weil Sie die Dinge so sehen, wie sie sind, und alles nach der Gepflogenheit der schnelllebigen Zeit planen und erledigt haben wollen. Aber heute, in dieser Nacht meiner Aufbruchsstimmung schwarz gekleidet antreten, könnte heißen: die gütige Schwiegermama kann nicht länger warten, sie hat mich schon längst aufgegeben, sie hat mich schon beerdigt. Aber lassen Sie mich abbrechen, eh ich noch schwächer werde und ins Klagen fallen. Wie sehr bedauere ich, dass Sie sich eben noch gedulden müssen. Und doch, Ihre schwarze Garderobe sollen Sie weiter tragen, sie kleidet Sie recht passend, deckt Ihre kalte Seele so recht.

Mahler macht die Augen auf und grinst traurig.

>Die ideelle Konzeption, die Vision des Ganzen war das Primäre. An ihr offenbarte sich die zeugende symphonische Kraft. Ich liebte und liebe die Metapher des Gebärens, wenn ich an künstlerische Arbeit denke. Ach, wie übermütig und glücklich war ich, als ich an Bruno Walter über den Abschluss der sechsten Sinfonie in A-Moll >*Die Tragische*< schrieb: Wer kein Genie besitzt, soll davon bleiben, und wer es besitzt, braucht vor nichts zurückzuschrecken. Das ganze Spintisieren über all das kommt mir vor, wie einer, der ein Kind gemacht hat, sich nachträglich erst den Kopf zerbricht, ob es auch wirklich ein Kind ist, und ob es mit richtigen Intentionen gezeugt wurde usw. – Er hat eben geliebt und – gekonnt. Basta! Und wenn einer nicht liebt und nicht kann, dann kommt eben kein Kind! Auch basta! Und wie einer ist und kann – so wird das Kind! Noch einmal basta! Meine 6. ist fertig. Ich glaube, ich habe gekonnt! Tausend Basta!<

Mahler mit einem Lächeln, schüttelt den Kopf, will ihn von nebensächlichen Gedanken freibekommen. >Nicht einen letzten Blick der Neigung, kein Auge des Mitleids sollen sie mir werfen, das von scheinheiligen und unehrlichen Weibern kommt, denn von wahrer Liebe, Treue und Respekt haben Mutter und Tochter keine Ahnung. Nie konnte ich hoffen, mich mit ihnen zu versöhnen. Ja wäre das möglich, ich könnte keine Vergebung, auf ewig keine, von mir erhalten. Aber die Strafe, die ich schrecklich genug in mir, im eigenen Bewusstsein trage, bin ich im Begriff auf das Höchst zu schärfen, indem ich sie verachte, die mich lebenslang mit ihrem Narzissmus aber auch Rassismus beleidigen. Was hält mich ab von Wahrheiten, vom Schrecklichsten zu sprechen? Ist man noch eitel, ist man klug und freundlich, vergibt und verzeiht, sucht man ängstlich noch einigen Schein für sich zu bewahren, wenn man sich selbst und seine Würde zu bewahren hofft? Ich will für immer das Laster der schlechten Erfahrungen loswerden. Auf dem Weg, wo ich mich nun befinde, brauche ich solche Laster nicht mehr. Solch irdische Sorgen verlieren hier ihre Bedeutung. Gleichgültig verzichte ich auf die letzte Ölung von falschen Händen der bösen Geister, womit sie ihr schwarzes Gewissen reinzuwaschen versuchen. Hinweg mit euch! Den einsamsten, den bescheidensten Mann noch mehr zu verhöhnen, zu betrügen und zu beleidigen. Ich wünsche euch keine Strafe des Himmels, derer seid ihr nicht würdig genug. Er ist müde und erschöpft, aber er sinniert weiter über sein Leben und Sterben.

Gottes Haus ist Zarathustras Tempel, und der öffnet sich den Liebenden. Ihr habt mich nie geliebt, ihr habt mich mit dem Feuer des Verrats und Betrugs genug bestraft. Ich fürchte keine Strafe mehr. Das Feuer eures Scheiterhaufens brennt noch in mir. Der Himmel fand noch zeitig ein wunderbares Mittel mich einzusperren, mich zu versklaven. Nun auf einmal zum unbeirrbaren Mönch verwandelt, von Göttern und Geistern begleitet, eile ich in meiner Herzensnot die Seele von eurer Gefangenschaft zu befreien. Die schönen Stunden meines Lebens, wo mich die Liebe mit Hoffnungen der glücklichen Zukunft täuschte und eine friedliche Weihe über mein kommendes Leben harmonisch zu gedeihen schien – mit Tränen sage ich mir: alles ist nur leerer Wahn! Aber die Liebe ist der Herzschlag des Universums, ohne sie gibt es kein Glück, kein Leben für mich. Nun ich kenn mich genug, und Gott sei gepriesen, weiß ich auch, wohin mich mein Schicksal führt. Doch davon rede ich mit euch nicht, ich bin nicht mehr unter euch!

Nur eine schon im Himmel geweihte Maria Anna wird mit Kinderhänden den wundersamen Schleier lüften, der über meinem Schicksal liegt. Nur diesem Engelsgeschöpf, meiner Tochter, ist die Befreiung meiner Seele mit meinem Scheiden aus dieser Welt aufgetragen. Ach, aus dem tiefen Grund meiner Seele wünsche ich, bete ich, es möge euch Alma, meiner Tochter Anna Justina und Anna Schindler-Moll wohlergehen. Ach könnte ich zum Abschied aus diesem Leben meine Tochter Anna Justina zum letzten Mal umarmen, den lebenden Engel, den ich liebe! Ihr wünsche ich alles Glück auf Erden.

Was ist Leben? Was ist der Tod, der schon auf dem Dach des Hauses weilt! Die Krähe kündigt ihn an. Grausig oder befreiend? Mir schwinden die Sinne, der Tod hat mir bereits sein dunkles Mal gestrichen. O himmlischer, großer Beethoven, o göttlicher Mozart mit eurer Gesinnung und in eurem Geist habe ich gelebt, und für euch wollte ich sterben. Ach Anna, meine liebe Tochter, wenn ich dich doch noch einmal, wenn auch zum letzten Mal und zum Abschied sehen könnte. Die Liebe hat mich am Leben gehalten, und ich sterbe daran!

Hier liege ich nun und warte. Die Kälte lässt mein Herz frieren.

»*Deine weißen Lilienfinger,*
könnt' ich sie noch einmal küssen.
Und sie drücken an mein Herz,
und vergehen in stillem Weinen!
Deine klaren Veilchenaugen
Schweben vor mir Tag und Nacht,
und mich quält es: was bedeuten
diese süßen, blauen Rätsel?«   Heinrich Heine

Allmählich beginnt Alma so etwas wie Verantwortung zu fühlen. Sie empfindet ein merkwürdiges Gefühl. Es scheint ihr, als sei sie rein geworden, wie sie es zuvor nicht zu sein vermochte; denn alle Heimlichkeiten, die sie in bestimmten Augenblicken der Vergangenheit verwirrt und leichtsinnig machte, sieht sie jetzt in völliger Klarheit und ihr wird die Schuld an ihrer Untreue bewusst. Alma, die das Gedicht von Heinrich Heine gehört hat, fühlt mit ihrem ganzen Wesen, wie sehr das Empfinden der Liebe gut tut. Und Alma, verzaubert durch diese Entdeckung, dieses unerwartete Gefühl, sieht ihren Mann zum ersten Mal richtig von der Nähe an. Sie versäumt dieses Mal nicht, den Mann zu begreifen, der wie Faust sein ganzes Leben gelebt hat, um zu erkennen, „was die Welt im Innersten zusammenhält", der mit brennendem Eifer den bestürzenden Fortgang der Naturwissenschaften verfolgt (und die Denkmöglichkeit akzeptiert, dass sich im Laufe von Äonen (unendlich langer Zeit – Ewigkeit) ...

selbst die Naturgesetze ändern können), der die großen Bücher der Literatur nach der Lösung des Lebensrätsels gefragt hat.

Mahler weiß sehr wohl, dass für ihn einzig Musik jenen Horizont öffnen konnte, der den Verstand abweist. Er sagte doch einmal: >Merkwürdig! Wenn ich Musik höre – auch während des Dirigierens – höre ich ganz bestimmte Antworten auf meine Fragen – und bin vollständig klar und sicher. Oder ich empfinde ganz deutlich, dass es gar keine Fragen sind.<

Alma empfindet auf einmal etwas Sonderbares: sich ins Labyrinth von Mahlers Gedanken einzuschleichen und zu wühlen. Mit diesem Bedürfnis, denkt sie sich ihm zu Füßen zu werfen und zu gestehen, dass sie aus Anwandlung heraus sich für Walter Gropius, Gustav Klimt, Alexander von Zemlinsky, Oskar Kokoschka und andere interessiert habe. So was, wie eine Begeisterung! Sie sagt sich aber gleich >Alma, versuch doch einmal in deinem Leben ehrlich und wahrhaftig zu sein! Zum Handeln bist du ja nicht fähig!<

Almas Augen sind weit, groß und nachdenklich auf einen Winkel des Zimmers gerichtet, während ihr Geist sich nach und nach den unliebsamen Gedanken zurückarbeitet: >Es kann denn doch wohl einen Menschen geben, der aus Schwäche, frevelhafter Selbstsucht und gelegentlich aus einem Rest ursprünglicher Gutmütigkeit vor anderen, wie zum Teil auch vor sich selbst, einen Schein von Solidarität zu erhalten und vor dem eigenen Gewissen jede Untat zu rechtfertigen wisse, es lasse sich ein Maßstab von Vorstellung denken, der alle gewöhnlichen Begriffe übersteige. Das Verhalten Gustav Mahlers mir gegenüber, sowenig die Menschen um uns herum ahnen, ist auch nicht gerade vortrefflich für eine intakte Ehe und Familie. Wie ich mich jahrelang nach seiner Liebe gesehnt habe, und wie er in seinem ungeheuren Missionsgefühl mich einfach übersehen hat. Und die Menschen, unsere „Freunde": >Armer Gustav!< sagen sie, >armer betrogener Mann! Ist es möglich? Sollten sie sich nicht der Sünde gefürchtet haben, diesen Engel zu hintergehen, wenn sie nur ein wenig Scham und Verantwortung empfände sich und ihre Gelüste im Zaum zu halten. Gütiger Gott, solch ein Lamm und solch eine Schlange, wie wird sie mit ihrem Gewissen fertig werden?<

Nun, was kümmert mich die Meinung der Presse und Verachtung mancher Freunde, wenn ich weiß, dass der große Komponist mich in der Tat liebt, und wer liebt, der verzeiht! Er war richtig erschrocken, als er erfuhr, dass ich seinetwegen, wegen fehlender Liebe und Aufmerksamkeit unglücklich bin.

Ist das ein Grund, so einen großartigen Menschen zu betrügen und zu verletzen? Nein, Alma, du musst eingestehen, dass du die Würde eines hoch empfindsamen Menschen verletzt hast, dafür gibt es keine Entschuldigung! Alma weint bitterlich. Und doch, er, der mir selten Geschenke gemacht hat, widmet mir seine 8. Symphonie. Die Symphonie der Tausend wurde 1910 in München uraufgeführt. Er hat selbst dirigiert. Es war ein großer Erfolg. Die 8. ist ein Chorwerk. Zwei große gemischte Chöre, ein Knabenchor, acht Gesangssolisten und ein Orchester von mindestens 120 Musikern sind erforderlich, um die Sinfonie zur Aufführung zu bringen. Diese Riesenbesetzung trug dem Werk die Bezeichnung „Sinfonie der Tausend" ein. Alma wieder in ihrem zweiten Ich: Nicht ich, sondern die anderen sind unfähig mich zu verstehen. Ich habe auf vieles verzichtet, um ihn glücklich zu machen.

Die angezündeten Kerzen verscheuchen für einen Augenblick ihre Ängste, das unbeständige Gefühl der Reue.

Der letzte Zweifel über seine Liebe zu mir verschwand vollends, als er mir ein Gedicht von eigener Hand widmete:

> »*Nachtschatten sind verweht an einem mächt'gen Wort.*
> *Verstummt der Qualen nie ermattend wühlen.*
> *Zusammen floß zu einem einzigen Akkord*
> *Mein zaghaft Denken und mein brausend Fühlen.*«

Er war selbstkritisch genug, um Dr. Sigmund Freud im niederländischen Leiden zu konsultieren. Freud sah in ihm eine Dynamik, die auf der Couch nie zur Ruhe kommen würde. Nach dem Spaziergang stellte der große Analytiker fest: *Ich kenne Ihre Frau. Sie liebt den Vater über alles! Und Sie? Sie sehen in jeder Frau, die Sie lieben, Ihre*

Mutter! ›Ja, in der Tat, ich liebte meinen Vater und ich liebe ihn heute noch über alles, sinniert sie fort. Ich gebe zu, murmelt Alma vor sich hin, ich habe tatsächlich immer den kleinen, untersetzten Mann mit Weisheit und geistiger Überlegenheit gesucht, als den ich meinen Vater gekannt und geliebt hatte. Gustav Mahler liebe ich, und werde ich immer lieben.‹

Diese Äußerung klingt fast wie ein verstecktes Geständnis ihrer Herzensverwirrung. Vielleicht hat ihr Gewissen laut gesprochen!

»Ja, ich muss dir gestehen, ich befand mich in letzter Zeit in einem nicht ganz löblichen Rausch von sexuellen Trieben und Eroberungswahn, wobei die geistige Gestalt Gustav Mahlers mich doch immer aufs lebendigste verfolgte. Ja, ich muss dir wohl gestehen, dass ich seit der glücklichen Beilegung unserer Differenzen mit doppelter Gesinnung mit dir lebe«, sie hat wohl wieder laut gedacht!

»Wie! Seither mit doppelter Gesinnung!« wirft Mahler ein, »Mit dieser Gesinnung bist du geboren, meine Liebe!«

Alma ist überrascht, wie besonnen, ja liebenswürdig er sich verhält. Und er, er sieht, dass was sie erzählt ehrlich gemeint ist. Sie ist auf diesem Gebiet stark genug, um zu verletzen. Er stellt schmerzlich fest, dass sie manche neue Entdeckungen in sich selbst, in ihrer Seele, ja in ihrem sonst kalten Herzen macht. Das Leid der Eifersucht hört bald auf. Argwöhnen, dass ein Nebenbuhler – nicht nur einer – geliebt wird, tut schon weh, aber zufällig Zeuge solchen Geständnisses sein, wie die Frau, die er liebt sich alle Einzelheiten ihrer intimsten Empfindung eingesteht, ist ohne Zweifel der Gipfel der Schamlosigkeit. Aber Mahler ist kein Mensch, der Rache sucht. Er ist friedlicher als Alma ahnt. Er suchte immer in seinem Leben nach Versöhnung, warum nicht jetzt. Alma kommt ihm unbeholfen vor, traurig und einsam, jedes Wort ist zu schwach, um ihr seine Liebe auszudrücken. Unbemerkt beobachtet er sie. Ihre sonst selbstbewusste Haltung und lebhafte Mimik: Ihre Augen suchen mehr Trost als Leidenschaft. Er würde sie gerne in den Arm nehmen und trösten. Der Wille allein reicht in seinem Zustand nicht. Bei der kleinsten Anstrengung bekommt er kaum Luft in die Lungen. Und diese schöne, über alles erhabene Frau, die mich einmal geliebt hat, wird sich bald in die Armen von Herrn Gropius werfen. Mahler ist kein Mensch, der nachträgt, vor allem, wenn er einmal jemanden ins Herz geschlossen hat. Er kann an Almas Willen zur Aufrichtigkeit nicht zweifeln. Der Ton der Wahrheit dringt deutlich durch jedes ihrer Worte. Ohne Missverständnisse spricht sie offen und ehrlich, dass sexuelle Triebe mit der Liebe nicht das Geringste zu tun haben. Sie spricht, in Gefühle vertieft, die sie einmal für den einen oder anderen empfand, zeitweilig von diesen als liebe sie nur den einen oder den anderen. Kein Zweifel, dass Liebe ihre Stimme bewegt; Mahler hört es deutlich. Er würde weniger leiden, wenn sein glühendes Herz in der Brust nicht drohte im nächsten Moment aufhören zu schlagen. Wie hätte er in diesem Zustand ein Märtyrer sein wollen, den er in seinem bisherigen Leben immer zu sein wünschte?

Nichts vermochte seine Gefühle auszudrücken. Er hat Almas indirekte Beichte gehört. Statt einer Entrüstung, empfindet er Liebe und Vergebung. Ein friedliches Wesen, wie er kann nichts anderes tun als zu vergeben. Für ihn heißt: Lieben und Vergeben, sind Zwillinge des gleichen Herzens.

>Nicht immer sind die sexuellen Triebe, die sie von mir entfernen, und in die Arme des Anderen, Jüngeren führen<, sagt er sich, >ich bin nicht der Mann, der Rache sucht, aber Entwürdigungen will ich nicht hinnehmen. Sie findet nun in Franz Werfel viele Charakteristika, die sie an ihren Vater erinnern. Werfel ist klein und untersetzt, ein großartiger Erzähler, musikalisch und mit einer klangvollen Tenorstimme begabt. Er ist begeisterungsfähig und naiv, idealistisch und weltfremd, das sind doch Eigenschaften, die Alma faszinieren, und was sie fasziniert, will sie gleich in Besitz nehmen. Dass er dick ist und Jude dazu, nikotingelbe Finger und O-Beine hat, stört sie überhaupt nicht – Werfel ist der literarische Expressionist, den will sie haben.<

Mahler kann immer noch nicht ganz begreifen, was sich im Herzen von Alma vollzieht, aber er empfindet wieder eine Verachtung. Er hat von Almas Schwächen schon lange genug, auch von solchen Geständnissen:

Es konnte ja gar nicht anders kommen, als dass er meine Hand ergriff und sie küsste – und dass sich unsere Lippen fanden [...].

>Es würde mich nicht wundern, wenn sie ihr falsches Spiel mit Männern wie Werfel und Gropius fortsetzt, und sie entgegen ihren Beteuerungen gegeneinander betrügt.<

Alma, im ständigen Wechsel ihrer Stimmung. >Als Frau eines Mannes wie Gustav Mahler, dem nichts als männliches Getue fehlt, will ich, werde ich fortwährend die Aufmerksamkeit auf mich lenken, nichts unterlassen, dass ich, die Frau des größten Komponisten der neuen Zeit, mich nicht mehr in die riskanten Gewässer der Affären begebe und ihm treu bleiben, solange er lebt. Denn der Mann, den ich pflege, hat Charakter und ein Herz voller Liebe, viel zu viel Leidenschaft und Vergebung zugleich. Was er braucht, ist Beistand und Mitgefühl. Ich stehe dafür gerade.<

Während sie sinnend die Augen schließt, behandelt sie ihren Mann als wäre er schon tot, webt und strickt an ihren Zukunftsplänen: Franz Werfel? Walter Gropius!? Walter Gropius? Franz Werfel? Oskar Kokoschka? Anders als bei allen ihren bisherigen Männern wiegt für Alma das Interesse an Gropius' physischer Attraktivität und an seiner arischen „Reinrassigkeit" weit schwerer als das Interesse an seinem Intellekt. Mit der Zukunft und der eigennützigen Rolle, die sie beschäftigt, beginnt Alma den Verlust zu ersetzen, den Gustav Mahler hinterlassen wird. Gropius zukunftsgerichteten Architekturkonzepten ist sie nonkonformistisch gegenüber, insbesondere sein soziales Interesse an schlichten, effizienten und zweckverbundenen Bauten kann die Femme fatale überhaupt nicht teilen. Jeder, der nach Mahler kommt, soll wissen, dass die Türen der ganzen Welt, die dem Namen Mahler offenstehen, zufliegen vor dem gänzlich unbekannten Namen Gropius, Werfel ... wie sie auch sonst heißen. Sie sollen alle wissen, solche Männer, wie 1000 weise Architekten, Lyriker, Romancier und Expressionisten herumspazieren, dass es aber nur einen Gustav Mahler gegeben hat und dass es auch nur eine Alma gibt.

Von dem hohen Gedankenflug ermattet, denkt sie, wenn auch nur flüchtig mit Wehmut an die Augenblicke des Glücks, die sie bei ihm gefunden hat. Bei diesen Erinnerungen fehlt die Reue nicht, die sie zu Boden drückt.

Alma sinniert und spricht vor sich hin und weiß nicht recht woran sie ist. Wie Gustav steht sie am Scheideweg ihrer Existenz. >Wenn er stirbt, ist er von Leid und Qual befreit. Und ich, bin ich auch befreit? Mit moralischen Gründen gegen die schmählichen Gewissensbisse ankämpfen, alle Menschen gegenüber bin ich von schlechtem Gewissen verfolgt. Ich muss aufhören jene „Schuld", die man mir vorwirft ernst zu nehmen. Ich muss mir selbst deutlich machen, dass es mir egal ist, was die Anderen über mich denken. Mein großer Gustav Mahler wird es verstehen, und der Alptraum wird zu Ende sein. Niemand wird behaupten können, dass sein hübsches Gesicht mit dem hübschen Schnurrbart oder seine männliche Art sich die Pfeife anzuzünden oder seine elegante Art aufs Pferd zu steigen, mir imponiert, sondern seine Visionen von einer großen Zukunft ohne Juden, die sich in allen Ebenen der Gesellschaft krebsartig durchgesetzt haben. Ich will als eine reinrassige und stolze Arierin, die bisher nur kleine, degenerierte Judenkinder zur Welt gebracht hat, endlich selbst dazu beitragen, in der Zukunft, wenn überhaupt nur für deutsche Kinder Mutter werden. Niemand soll mir einmal vorwerfen, ich würde die Juden vorziehen, weil sie beschnitten sind und im Bett ihre Manneskraft wie ein Stier vollbringen. Ich habe mich nur von der künstlerischen Genialität verführen lassen, und mich im Bett mit Agnus Dei abgefunden. Also meine Ehe mit Gustav Mahler ist und bleibt ein pastoraler Akt, schließlich war Jesus auch Jude.<

Alma, die nicht einmal selbst weiß, wer sie ist, wie sie denkt und wie sie sich gegenüber der neuentstandenen Situation verhalten soll, entpuppt sich ständig in eine, die nicht ist oder sein kann. Sie schaut ihren schlummernden Mann an. Sie nimmt in seinem von Krankheit geprägten Gesicht plötzlich eine mystische Grazie wahr, die sie noch nie gesehen hat.

>Ohne Zweifel<, sagt sie sich, >Gustav Mahler ist kein Normalsterblicher. Seine Augen sind zwei Lichter der Tugend, zwei Sterne der Unsterblichkeit. Da liegst du mein sterbender Gemahl, mein Lamm mit dem brennenden Herzen; mein Gebieter, der mir verzeiht. Wie gütig bist du trotz der entsetzlichen Schmach und Untreue der Leichtlebigkeit deiner Braut. Allen Leiden enthoben, ist die Befreiung vollbracht! Wie eine Erfüllung, eine Vollendung als das höchste Moment des Lebens erscheint so das Sterben. Solange das Herz noch schlägt, das Blut noch warm ist, die Muskeln noch einen Tonus besitzen, zeigt dein Wesen in einem letzten Aufblühen das Antlitz in Verklärung.< Alma weint.

Dann kündigt sich der Abschied an. Erstarrung ändert die mimischen Züge. Verfall und Verwesung substanzieller Elemente vollziehen den Untergang alles Körperlichen. Sie wirft einen Blick auf die Blumenvase auf dem Fenstersims – um herum liegen verwelkte Blätter. >Bin ich nicht seine Frau?< Die Frage ist sehr spontan und vieldeutig. >Mahler liebt mich doch trotz meiner Sünden, womit ich ihn und zwar mit sehr unmenschlicher Grausamkeit fast zum Wahnsinn getrieben, immer wieder versprochen habe, aus den Fehlern zu lernen um ihn nicht mehr zu enttäuschen. Habe ich jemals mein Wort gehalten? Weiß ich überhaupt, was Treue ist, und was sie bedeutet? Wenn er wüsste, wie magnetisch manche Männer mich wie Vollbluthengste anziehen, auf die er eifersüchtig ist! Und doch, wie unreif sie mir neben ihm erscheinen! Alles nur männliches Gehabe!<

Diese Nacht ist erfüllt vom Atem des schlummernden Mahlers. Als sie auf einmal nichts mehr hört, glaubt sie es sei soweit, er ist nun hinauf gestiegen. Er atmet nicht mehr! Er atmet nicht mehr! Er bleibt ohne Regung, auch dann nicht, wenn sie vorsichtig flüstert: »Schläfst du mein Lieber?«

Keine Reaktion. Keine Antwort. Alma sitzt wie gelähmt auf ihrem Stuhl. Sie fantasiert wieder den Werdegang des Todes. >Ist nun der Tod vollendet, kann er so leise sein? Friedlicher als das Leben? Hat er keine Schmerzen mehr? Hat sein Herz aufgehört zu schlagen? Ist er deshalb so ruhig?< Ihre Brust ist voll unaussprechbarer Angst.

>Wenn ich ihn wecke würde er wieder atmen, das Herz wieder schlagen und ihn schmerzen. Nein ihm darf das Herz nicht wieder weh tun, auch den Tod nicht, wenn er so friedlich ist.< Nein, Alma! Er lebt noch! Habe Geduld!

So vergeht die letzte Stunde dieser Nacht in Paris. Sie bleibt sitzen. Sie hört das ruhige, flache Atmen mit langgezogenem Stöhnen. Sie spürt ihr eigenes Herz. Sie sieht ihre Lebensgeschichte vorüberziehen in einer Geschwindigkeit, als wolle sie so schnell wie möglich zu Ende kommen. Gustav Mahler erscheint mehrere Male, immer trauriger und immer schmächtiger. Ihre Kindheit zeigt sich in großartigen Landschaften, dicht vor ihren Augen der große Maler Emil Jakob Schindler, der über alles geliebte Vater. Dann unendliches. Sie weint bitterlich in sich hinein. Ängstlich wendet sie sich wieder ihrem Mann zu. Sie betrachtet den schlafenden, der zwischen Himmel und Erde unterwegs zu sein scheint. Sie beruhigt sich allmählich. Er atmet. >Was empfinde ich in diesem Moment für ihn? Ist es Mitleid? Weiß eine Frau wie ich, wie man in einer solchen Situation zu reagieren hat?< In Wahrheit ist das Gefühl, das sie empfindet immer noch das alte. Sie will die Vollendung und Befreiung. Welche Vollendung? Wessen Befreiung? Soll sie den Arzt rufen? Aber er kann ihm auch nicht helfen. Sie spürt wieder Mitleid mit ihm. Seine Lage ist hoffnungslos und traurig.

>Und meine?< fragt sie sich. Sie wendet sich erneut von ihm ab. Seit Monaten unterwegs zwischen Angst und Hoffnung. Sie ist rein von jeder Begierde. Wenn sie will, kann sie vorbildlich Keuschheit praktizieren. Die Abstinenz ist notwendig, um einen klaren Kopf zu bewahren. Die Frage ist nur, wie lange noch? Es ist möglich, dass man den Tod eines Menschen leichter überwindet, und alle Sorgen und Kummer mit ihm begräbt, aber die Begierden kann man nicht verbergen, geschweige denn töten und begraben.

Mahler dreht sich mit dem Gesicht zu ihr. Er stöhnt. Sie empfindet erneut ein tiefes Mitgefühl. >Schläft er? Oder befindet er sich in einem tiefen Koma?<

›Gott hilf ihm, er braucht dein Erbarmen. Er ist ein guter Mensch. Wie viel Leid muss er noch ertragen bis er deines Erbarmens würdig ist?‹ Sie tut etwas Seltsames: Sie bekreuzigt sich, kniet nieder und beginnt zu beten. ›Bin ich noch Alma Mahler, die vor der Allmacht des Himmels gottesfürchtig kniet?‹ Alma weiß nicht recht, was sie tut. Sie ist verunsichert und ängstlich. In ihrer Angst glaubte sie, er sei schon tot, er wäre im Himmel, sie wäre befreit. ›Was fällt dir ein‹, mahnt sie sich. Sie merkt aber, dass er lebt, dass er nur schläft. So still hat er in letzter Zeit nie geschlafen. ›Gott vergib mir. Ich habe ihn in meiner Fantasie getötet! Ich habe ihn immer geliebt. Ich wollte ihn vom Leid und Schmerz befreien. Die Liebe zu diesem Mann ist das einzige Gefühl meines Lebens, das große Glück meines Schicksals. Du sollst aufwachen, du darfst nicht aufgeben, ich bin bei dir, ich werde dich pflegen. Ich werde dich nicht allein lassen. Nur Mut! In der Tiefe meiner Seele spüre ich deine Qual. Mein ewiger Geliebter, du musst kämpfen. Das ist nur ein kurzer Schlaf. Du wirst aufwachen und mich umarmen, mir Mut machen, Mut zu Hoffen, Lust zum Leben. Verzeih mir die Sünden, die ich begangen und dich aus Unvernunft verletzt habe. *Ich höre eine schreckliche Stimme, wenn ich endlich zum Schlafen komme. Eine schrille Stimme schreit durch die dunkle Nacht: Mörderin, Mörderin! Du hast ihn auf deinem blutigen Gewissen. Aber sie ist meine eigene Stimme, die Stimme Alma Mahlers, die mich zur Mörderin macht, die mich fast jede Nacht bedroht. Du darfst nicht auf meine Stimme hören. Ich habe dich immer geliebt. Ich liebe dich immer und ewig. Zürne mir nicht, verzeih und vergib mir für unsere Liebe, deine Liebe zu mir. Viele meiner und vor allem deiner Freunde verfluchen mich bis in alle Ewigkeit. Du aber wirst mir verzeihen. Du bist immer der gütige, der nicht flucht, der verzeiht und vergibt. Du hast mir mehr Liebe geschenkt als irgendein anderer auf der Welt.*‹

Alma versucht sich zu beruhigen. Sie empfindet äußerste Müdigkeit im ganzen Körper. Sie hängt sich die Wolldecke über die Schultern, holt das Buch der jüdischen Weisheiten aus drei Jahrtausenden, schlägt es auf und liest vor: »*Das Herz kennt die Bitternis der Seele*« Spr. 14,10.

Mahler ist wieder wach und scheint beglückt von Almas Eifer ihn aufzumuntern. Ein Anflug von Freude erfasst Alma. >Ich habe ihn ermutigt, ich habe ihn ermutigt.< Sanft streichelt sie ihm die Stirn, über die Augen, das Gesicht und die Hände. >Ich habe ihn ermutigt, aber ich muss mich noch mehr anstrengen bis er mir vergibt.< Sie liest ihm vor: »*Ein fröhliches Herz belebt das Aussehen – ein beklommenes schlägt den Mut nieder. Spr. 15, 13. Jegliches Leid, nur kein Herzeleid! B.T. Schabbat 11. Das Herz begreift, was das Auge nicht sieht und das Ohr nicht hört. Noamba-Midot.*«

»Habe Mut meine Liebe«, sagt Mahler verträumt. »*Das Wesentliche ist, dass ich dich liebe, denn du weißt schon so gut wie ich, dass ich bald nicht mehr da bin, auf dieser schönen Erde. Aber sei versichert, Hass ist nie in mein krankes Herz eingekehrt.*« Dann nimmt er das Buch und schlägt es auf. Alma soll erneut vorlesen. »Zwei Bettler, alte Kameraden, begegnen einander auf dem Friedhof. Da verkündet der eine von ihnen: >Beglückwünsche mich! Ich habe – möge es in einer guten Stunde geschehen sein – meine Tochter verlobt!< >Meinen Glückwunsch! Und wer ist der Bräutigam?< >Fischl mit dem Star auf dem rechten Auge.< >Ein feiner Kerl, so wahr ich lebe! Und wie viel Mitgift hast du ihm gegeben?< >Frag lieber nicht! Er hat von mir die Haut abgeschunden! Ich habe ihm die ganze Tismenizer und die halbe Brukowaner Gasse abgeben müssen und darf in die Häuser dort nicht einmal einen Fuß hineinsetzen...<

Mahler mit einem versuchten Lächeln, zerfließt in Tränen. »Jeder gibt was er vergeben kann.« Nach einer Weile: »Aber vergiss meine Liebe nicht, dass du auch mir viel gibst, mich in diesen einsamen Tagen meines ausgehenden Lebens begleitest und mein Leiden und Sterben mitempfindest. Ich danke dir. Sei fröhlich und voller Lebensmut wie bisher, wenn ich nicht mehr da bin, vergiss mich und meine Liebe nicht. Sage deinen Verehrern und Liebhabern, dass es ein unglückliches Opfer gibt! Werde ein Engel der Versöhnung.«

Die Heimkehr

> *»Ich unglücksel'ger Atlas! Eine Welt,*
> *Die ganze Welt der Schmerzen, muß ich tragen,*
> *Ich trage unerträgliches, und brechen*
> *Will mir das Herz im Leibe.*
> *Du stolzes Herz! Du hast es ja gewollt!*
> *Du wolltest glücklich sein, unendlich glücklich,*
> *Oder unendlich elend, stolzes Herz,*
> *Und jetzo bist du elend.«*   Heinrich Heine

Die Reise nach Wien ist auf morgen den elften Mai 1911 beschlossen. Die letzten Stunden der Nacht schläft Mahler ruhig wie seit langem nicht. Alma mutet sich zu, noch einmal den Patienten zu umsorgen. Eine willkommene Zeit zum Nachdenken und Planen. Sie ist jung und dynamisch genug, um den Fantasien für die Zukunft freien Lauf zu lassen. Seitdem ihr schwerstkranker Mann Hilfe suchend in aller Welt unterwegs ist, hat sie den Freund und Geliebten Gropius nicht gesehen. Er ist ihr so nahe, und doch so fern. Insgeheim ist sie guter Hoffnung, möglichst bald – sie ahnt, sie wagt nicht Genaueres zu planen. Wann? Sie liebkost und küsst seine warmen Lippen, die sie vermisst und flüstert beschwörende Liebesworte. Sie denkt über die ermutigenden Sätze Gropius nach, an welchen sie von ganzer Seele glaubt, durch welche sie sich in ihrer lieblosen Einsamkeit und Kälte die Kraft für Geduld und Mut holt. Sie schreckt augenblicklich zusammen vor solchen verräterischen Gedanken, mit welchen sie sich betäubt und den schwerstkranken Mann schon für tot erklärt. Den noch lebenden liebenswürdigen und großartigen Mann, der sich auf seine treue Begleiterin für die Heimkehr verlässt. ›Das Leben der vergangenen Jahre bis heute ist doppelt und geteilt. Es gibt meine weltliche Liebe, und es gibt Gustav Mahler. Ich wollte und will auf keinen von beiden verzichten.‹

Von einer unheimlichen Angst und Panik heimgesucht, springt sie mit nackten Füßen auf das kalte Parkett, das sie sonst rau und unbehaglich empfindet. Sie reißt das Fenster auf. Mit der frischen Brise kommt die beruhigende Ernüchterung, den naheliegenden, den unabänderlichen Tod des Ehemannes etwas ruhiger abzuwarten. >Ich habe meinen Mann betrogen. Mein Betrug ist mir bewusst, immer wieder, das ist das schwerste, unerhörte Vergehen gegen die „Pflicht" der Ehe. Mein Betrug hat die Ehre meines Lebenspartners verletzt. Mahler hat mir immer seine Liebe bewahrt. Jetzt bleibt mir nichts anderes als den Weg des Betruges fortzusetzen. Wenn er bald von seinem Leid befreit ist, werde ich auch freier leben.< Sie lässt die noch heftig brausenden Windböen ihre Locken durchwühlen und lauscht mit Wollust den unheimlichen Klängen des Abschiedsliedes Gustav Mahlers. »Meine Musik ist >*Antizipands*< der zeitlichen Zukunft, und sie ist im endzeitlichen Sinne des kommenden Lebens.« Ihr ganzes Denken und Empfinden ist nur ein betäubendes Loblied auf Tod und Abschied und auf den Tag der Befreiung für ihn, den Leidenden und Sterbenden, und für sie, die Liebende und Lebende. Sie muss aber die Augen aufmachen, sie muss sehen, was sie anrichtet, wenn sie egoistisch weiter macht, wie bisher. Sie muss mit Demut Gott um Vergebung bitten. Aber, wenn sie nun wieder zu Almas Hülle tritt, die leidenschaftliche Frau, ist ihr wie einer, die zu lange in die Sonnenfinsternis geschaut hat; ihre Sehkraft ist hin, sie fällt in doppelt schmerzliche Blindheit zurück. Still setzt sie sich nieder, und schickt sich an, einen Kranz von weißen und roten, am besten schwarzen Rosen zu flechten. Sie bereitet in der vernebelten Welt ihrer Gedanken Mahlers Begräbnis vor, wo sie nie teilnehmen wird. Sie hasst Friedhöfe und Beerdigungen. Sie meidet jeden traurigen Anlass.

Nach einem kurzen Schlaf erweckt indessen Mahler ein himmlischer Klang, den er vornehmlich bloß im Traum gehört zu haben glaubt. Gleichwohl glaubt er, dass er seine Musik, die von Meisterhand gespielt und mit Engelsstimmen gesungen wird, vom offenen Fenster her zu hören. Es ist als höre er aus >*Was mir das Kind erzählt*< die Sopranstimme:

> »Wir genießen die himmlischen Freuden,
> Drum tun wir das irdische meiden,
> Kein weltlich Getümmel
> Hört man nicht im Himmel!
> Lebt alles in sanftester Ruh'.«

Das Lied wird von einer feierlichen Orgel begleitet. Das Gedicht ergötzt sich in rührender Naivität am Schlaraffenland mit all seinen leiblichen Genüssen:

> »Der Wein kost' kein Heller,
> Im himmlischen Keller,
> Die Englein, die backen das Brot.«

Die Orgel von Klarinette, Harfe und Streichern begleitet, wird immer wieder mit längeren und kürzeren Pausen unterbrochen, bald laut, zu laut, bald sanft, gerade noch hörbar. Beeindruckt von der Schlussstrophe des Liedes, steht er auf, ängstlich begibt er sich zum Fenster. Er horcht:

> »Keine Musik ist ja nicht auf Erden,
> Die unserer verglichen kann werden
> Cäcilia mit ihren Verwandten
> Sind treffliche Hofmusikanten!
> Die englichen Stimmen
> Ermuntern die Sinnen,
> Daß alles für Freuden erwacht.«

Er horcht und horcht immer noch dieselben himmlischen Klänge und Engelsstimmen! Eine unwirkliche Wirklichkeit bricht in sein Bewusstsein, etwas Überirdisches. Er kann es weder mit dem Verstand fassen noch aus dem Verstand vertreiben. Er zittert am ganzen Körper. Er friert. Das Herz tut ihm kolossal weh, seine Kehle wird trocken und kratzig, er kann kaum stehen, seine Beine sind kraftlos. Er ist verwirrt, er ist ohne Orientierung, er ist hilflos. Seine Erinnerungen sind erloschen. Sehen kann er noch. Überall hängt eine Totenmaske an der Wand: Marias Gesicht, Mutters Gesicht und das der beiden toten Brüder. Er ruft so laut er kann, aber Alma, die in ihrem Sitz eingenickt ist, hört nichts, weil er keinen Ton von sich geben kann, weil ihm selbst diese Kraft abhandengekommen ist, die er zum Rufen benötigt. In totaler Disharmonie all seiner Kräfte einschließlich seines Kreislaufs, bricht er zusammen. Die Stimme seiner Mutter spricht zu ihm: >Kämpfe fürs Leben, mein Sohn<. Er antwortet, nein er seufzt mehr vor Schmerzen: >Was ist das Leben? Wo finde ich meinen Frieden? Wo ist der Friedhof?<

Die Stimme Almas übertönt andere Stimmen. So heftig ist Mahler zu Boden gestürzt, dass sie mit großem Schrecken aus dem kurzen Einnicken aufgeweckt, ihm zur Hilfe eilt. Alma macht sich Sorgen, umso mehr wirft sie sich vor, nicht mit genügender Sorgfalt ihren kranken Mann behütet zu haben. Sie sagt sich: >Du trägst die moralische Schuld, wenn er hier in der Fremde stirbt. Du hast seinen Tod herbeigeführt, du hast seinen Tod herbeigewünscht.< Diese Qual verlässt sie solange nicht, bis sie sich die Gewissheit verschafft hat, dass er noch lebt.

Dr. Defaut in Begleitung eines Wiener Kollegen besucht den ehrwürdigen Patienten. Sie besprechen seine Rückreise bis ins kleinste Detail. Alma ist dabei alle Vorkehrungen zu treffen. Ihre Lage ist so absonderlich. Das schlechte Gewissen lässt sie nicht los. >Ich habe mich gegen zwei Menschen versündigt und immer an mich selbst gedacht. Der Tod von Maria Anna, meiner Tochter, war mir nur Anlass, mich von Walter Gropius trösten zu lassen. Ja, er wurde für mich der Retter in der Not. Ein Kind weniger heißt für mich weniger Verpflichtung. Verpflichtung! Weiß ich überhaupt, was dieses Wort bedeutet? Meine noch größere Sünde ist: ich habe die letzte Nacht den Tod des schwerstkranken Ehemanns herbeigewünscht!< So findet Alma neue Vorwürfe gegen sich selbst. >Ich habe den Tod meiner Tochter nicht einmal beweint. Und meine Mutter? Sie ist eine Frau wie ich, oder ich bin wie sie, kein sentimentaler Mensch. Ich fühle nichts, ich empfinde nichts. Mein Liebesleben ist mir wichtiger, als alle moralischen Grundsätze. Ich bin zum Führen geboren, die Versklavung mächtiger Männer ist meine Kunst.<

Die Konsultation der Ärzte ist beendet.

Sie können die unabänderliche Reise nach Wien – auf Wunsch des Patienten – antreten. Am Ende muss sie sich wiederfinden, hier oder dort. Sterben wird er sowieso! Entsetzlich, Alma Mahler zu sein. Langsam, aber sicher kehrt sie wieder in ihre amouröse Fantasiewelt zurück. Eine besondere Fröhlichkeit überkommt sie nach ihrem langen Gespräch mit dem Wiener Arzt, der extra herbei gerufen ist, um den prominenten Patienten zu begleiten. Hat der berühmte Mediziner ihr „reinen Wein eingeschenkt" und das Ende der Krankheitskarriere ihres Mannes offenbart, womöglich den Totenschein ausgestellt!?

Während der Fahrt nach Wien spürt Alma, dass sich zwischen ihr und ihrem kranken Mann eine Glaswand gebildet hat, wie zwischen hochinfektiösen Patienten und dem Besucher. Denn die Substanz dieses durchscheinenden Hindernisses ist von nun an ganz menschlich, besteht aus Gleichgültigkeit und Mitleid. Trotz dieser absonderlichen Stimmung weiß sie, dass man sich und anderen Menschen etwas vormachen kann, dass man Gott hierbei nicht missbrauchen darf, denn ihm kann keiner etwas vormachen; auch eine Meisterin der Vortäuschung namens Alma Mahler nicht.

Hospiz – Würdiges Sterben mit Sehnsucht nach Frieden

Am 12. Mai 1911 kehrt Gustav Mahler in Begleitung seiner Frau in seine „Heimatstadt" zurück. Er wird in das Sanatorium Loew, Mariannengasse 20, unter der Obhut von Gott, Ärzten und Krankenschwestern untergebracht.

Sein Zimmer im Krankenhaus wird bald von Blumengaben der Freunde, Anhänger und Verehrer überschüttet. Das schöne Gebinde der Wiener Philharmoniker erfreut ihn besonders, denn mit dieser Institution hat er vieles bewegen und der Musikwelt dienen können. Doch er traut der Schönwetterlage, wie sonst in seinem Leben nicht. Schon nach wenigen Tagen ist alles vorbei. Man lässt den sterbenden Mahler lieber allein. Man hat ihn schon beweint und beerdigt.

Und Alma, sie kehrt nach Hause zurück. Befreit von allen Pflichten und Aufgaben, geht sie in ihr Zimmer und öffnet ihren Schreibtisch. Sie denkt dabei an alles, nur nicht mehr an den todkranken Mann. Der Weg zu Gropius ist bald frei, aber Alma macht dieses Mal keinen Fehler. Sie muss sich gedulden. >Es sind höchstens ein paar Tage und Nächte, bis ich frei bin, bis er tot ist<, sinniert sie unverzagt. Aus dem Geheimfach, das sich durch Drehen an einem der vielen feinen Perlmuttgriffe öffnen und schließen lässt, nimmt sie einen zierlichen Fächer, Kokoschkas erster Fächer für sie. Er zeigt im Zentrum seines Bildprogramms den Künstler, der vor seiner Angebeteten kniet und sich die Hand aufs Herz legt. Sie liest deutlich gerührt und stolz einen der vielen Briefe von Oskar Kokoschka, darunter diesen Satz: >*Du musst mich in der Nacht wie ein Zaubertrank neu beleben.*< Dann wieder von Gropius. Er beklagt sich, dass Alma dem *Abstraktum* an ihrer Seite mütterlichen Pflegedienst leistet, aber er findet die Vorstellung schwer erträglich, dass seine Braut mit dem Ehemann, so krank er sein mag, auch wieder schläft. >*Wann bist du erneut Mahlers Geliebte geworden? Der einzige Trost, an den ich mich zu klammern suche, ist der, dass ich zwei herrliche Menschen wie Euch in* *ihrem Leben weitergebracht habe<*, schreibt Walter Gropius edelmütig. Alma ist aber keine Frau, die solch sentimentale Erklärungen schätzt. Das sollte doch Gropius wissen, könnte man meinen. Noch in den kommenden Wochen hat sie sich für eine amouröse Begegnung mit dem verheirateten Biologen Paul Kammerer verabredet. Sie wartet nicht einmal, dass der sterbende Ehemann unter der Erde liegt, versäumen will sie nichts.

Alma gibt sich jeder neuen Liebe mit dämonischer Leidenschaft hin. Sie richtet im Wahn der Eroberung jeden Liebhaber zugrunde. Die Liebe zu Oskar Kokoschka ist ein stürmisches, oft wonnevolles, oft aber auch quälendes Verhältnis. Für Kokoschka, der fast 400 Briefe an sie schreibt, ist dieses Liebesabenteuer eine Inspiration, die ihn zur wichtigsten Schaffensperiode seines Lebens führt. Alle seine Frauenbildnisse aus dieser Zeit tragen Alma Mahlers Züge. Das berühmte „Doppelbildnis", das beide, den Künstler und seine Geliebte dem Betrachter zugewandt zeigt, wird ein Jahr nach dem Tod des Komponisten Gustav Mahler entstehen. Im gleichen Jahr entsteht der „Doppelakt", der das Liebespaar in enger Umarmung darstellt. Ehrgeiz und Leidenschaft besitzt sie genug, um zu dieser Stunde ihres Lebens Gropius anzuflehen, dass er sich gedulden muss, dass er bald keinen Grund mehr für Eifersucht hat, dass er sich ihrer Erbarmen und ihr Lebensführer und Partner sei in einer turbulenten Welt. Während sie diese Zeilen schreibt, denkt sie gleichzeitig an die beschwörenden Sätze Oskar Kokoschkas: >Liebe mich, wenn du der Kunst dienen willst.<

Durch die Flamme des Herzens hindurch die Welt der Kunst, Musik und Literatur zu erobern, scheint sie zu berauschen. Alma vermittelt Kokoschka die Gnade, dass er ein Jahr nach Gustav Mahlers Tod sein wohl bekanntestes Gemälde „*Die Windsbraut*" schuf, das seinen Titel einem Gedicht Georg Trakls verdankt. Kokoschka hatte ursprünglich in Erwägung gezogen, sein Bild „*Tristan und Isolde*" zu nennen. Es zeigt das Paar in einem Boot, eng umschlungen, den stürmischen Elementen der Leidenschaft ausgesetzt.

»Die Windbraut
Dich sing ich wilde Zerklüftung
Im Nachtsturm
Aufgetürmtes Gebirge;
Ihr grauen Türme
Überfließend von höllischen Fratzen
Feurigem Getier,
Rauhen Farnen, Fichten,
Kristallenen Blumen.
Unendliche Qual;
Daß du Gott erjagtest
Sanfter Geist,
Aufseufzend im Wassersturz,
In wogenden Föhren.

Golden lodern die Feuer
Der Völker rings.
Über schwärzlichen Klippen
Stürzt todestrunken
Die erglühende Windsbraut,
Die blaue Woge
Des Gletschers
Und es dröhnt
Gewaltig die Glocke im Tal:
Flammen, Flüche
Und die dunklen
Spiele der Wollust,
Stürmt den Himmel
Ein versteinertes Haupt.«   Georg Trakl

In den langen Stunden der Nacht und fast den ganzen folgenden Tag, ist es Alma zu Ihrer Verwunderung, als warte sie auf eine Botschaft. Das ist eine so seltsame, unheimliche und spannende Empfindung, dass sich alles in der Welt um sie dreht, und dann wieder plötzlich alles um sie still wird und ihr verschwiegen vorkommt. Ganz Furcht und Freude und Angst. Eine sonderbare Angst versetzt sie in Panik, in dem Moment als sie daran denkt: Gustav Mahler sei tot und sie verwitwet. Als dieser Gedanke sie überfällt und sie sich wiederfindet, allein, zerschlagen und traurig, bricht sie in Tränen aus, denn nun empfindet sie wieder ein schlechtes Gewissen. Die Tage danach, in erneuter Stimmung durch die Gespräche mit der Mutter ermutigt, webt sie gelassener an dem Netz ihrer Zukunftspläne weiter, die sie seit langem beschäftigen und mit allen Mitteln verwirklichen will. >Ich werde immer, so lange ich lebe, glücklich sein. Ich kenne kein anderes Leben als das ewig glückliche.< Sie trinkt eine Flasche Champagner mit ihrer Mutter und spielt vergnügt stundenlang Johann Sebastian Bach >*Das wohltemperierte Klavier*< mit eigenen Kadenzen. Danach die süßen Liköre. >Ich will ewig glücklich sein.< Strömende Süße durchtränkt sie. Eine stille, schlafende Göttin, so atmet sie.

Ein Windstoß fegt alle Baumspitzen ineinander, wandert im Kreise auf die Mauer der Villa. Hier und dort rüsten sich die Wolken, ein Gewitter zerreißt den Himmel. Alma nimmt das als eine Hiobsbotschaft des Himmels. Alles gewinnt festeren Halt, lauert und beharrt und schließlich gerät alles Dasein in einen fatalen und panischen Zustand, der wirklich außergewöhnlich, ja außerirdisch zu sein scheint. Alma ist keine fromme, schon gar nicht eine ängstliche Natur. Sie ist imstande, Gott, den Ursprung aller Dinge von ihrer Liebe als den Sinn aller irdischen Existenz zu überzeugen, die Reinheit des Gebens, die Sinnlichkeit des Nehmens als Zweck der Schöpfung zu erklären.

Alma in ihrem sündhaften Glück umgibt alles mit einem lichten Schleier: Maiernigg am Wörthersee, die schöne Sommerzeit, das erste Kind am 3. November 1902, Maria Anna, >Putzi<. >Ich hatte aber keine rechte Liebe für mein Kind<, sagt sie vor sich hin. >Alles in mir sollte Gustav und seiner Kunst gehören. Dann am 15. Juni 1904 wurde meine zweite Tochter, Anna Justina, geboren. Sie bekam den Namen >Gucki< wegen ihrer besonderen blauen Augen. Allmählich bekam ich doch ein Gefühl der Mutterrolle. Auf einmal wusste ich wieder, warum ich auf der Welt bin: meine Kinder brauchen mich. Alma, Alma! Wem willst du etwas vormachen? Du liebst nur dich! Die Ehre als Frau des Hofoperndirektors, eine beneidete Stellung, brachte mir mehr Frustration als Vergnügen im Leben. Sehnen konnte ich mich nach einem Mann – denn ich hatte keinen.< Die Empfindung und Verlockung von der Macht eines Mannes immer begehrt und erfüllt zu sein, verleiht ihren Bewegungen und Gedanken während dieser Wartezeit eine sonderbare Schwere. Als Meisterin der Fantasie verlängert sie ihr Nachkosten durch das animalische Nachempfinden ihrer Glücksempfindungen auf immer andere Weise, denn jeder, Gropius oder Kokoschka, ist anders und die Leidenschaft wechselt Mann und Charakter, Fantasien, Mysterien, leidenschaftliche Nächte. Wie sie sich nähern, wie sie sie überfallen. Wie sie sie beglücken einer dem anderen und wie sie sich diesen überlässt. Aber auch immer wieder dieses mystische Antlitz des betrogenen Ehemannes, so deutlich, so traurig. Wo er sich befindet, gegen was er kämpft, zwischen Leben und Tod. Was er erleidet und was sie empfindet, was er fordert und was sie gewährt, ja was sie selbst erwartet, wenn der Mann, den sie zu lieben glaubte, ihm die ewige Treue schwor einmal tot ist. Sie fühlt sich in ihrer nackten Haut wohl. Es scheint ihr als habe sie das Kapitel eines Dramas abgeschlossen, wie es bei ihr immer so abläuft, wenn sie sich an etwas satt frisst und bevor ihr übel wird, lässt sie alles fallen. Sie hat ihn schon beerdigt. Es ist gut so, es ist gut für ihn! Und besser für sie. Und wieder ihre ewig weibliche Natur, der Wirklichkeit entrückt, in sich gekehrt, ruhend, in Trance. Die Nacktheit, berauschender Genuss von Champagner, Likör, Parfüm und Blumen. Sie weiß nicht ob sie schläft oder nur schlummert, steigt sie ins Wasser oder schwebt über einen Abgrund. Wovon träumt sie? Ist sie Alma Mahler oder ein mystisches Wesen als Symbol weiblicher Fruchtbarkeit? Sie stellt den idealen Frauenleib ihrer Zeit dar, deren schwülstige Erotik mit Einschnürungen, die das Korsett hinterlassen hat, ihre üppigen Brüste imponieren, ihre Marmorhaut atmet und pulsiert. Wo sind die Männer, Zemlinsky, Pfizner, Gabrilowisch, die zu Ehren dieser Madonna den Lobgesang singen? Doch ihre zauberhafte Verträumtheit macht sie unabhängig von männlichem Begehren, ihre Sinnlichkeit ist frei von Lüsternheit, vielmehr Ausdruck weiblicher Macht. >Ich lasse mich nimmer von irgendeinem impotenten Genie in Heim und Küche versetzen, auch vom männlichen Kraft protzenden Walter Gropius nicht.< Alma, das Gesicht im Kissen vergraben, stößt einen Seufzer aus, sie erwacht aus einem grässlichen Alptraum, einem Mordtraum: Wo bleibt Gustav? Wer ist der Tote? Sie tastet mit einer Hand über das Bett, schon lange leer neben ihr. Nichts ist geschehen. Er liegt im Krankenbett im Hospital. Alles ist gut, alles ist still. Der Alptraum wird durch die Morgenfrische verdrängt. >Wie oft töte ich ihn? Warum diese Grausamkeit, die mich verfolgt, mich zur Mörderin macht? Ich habe ihn getötet. Da liegt er, tot, unter meinem Kissen. Ich muss das Kissen verschwinden lassen. Ich schlafe sonst nackt und ohne Kissen. Hauptsache kein Blut. Es ist ein leichter Tot. Er braucht nicht mehr so beschwerlich zu atmen, so beängstigend nach Luft zu schnappen, so viel Schmerz zu ertragen. Die Leute werden mich fragen warum? Er wäre heute oder morgen, so oder so tot. Ich werde sagen: Weil ich ihn geliebt habe. Weil ich sein Leiden nicht mehr ertragen konnte. Ein Mord aus Liebe und Menschlichkeit.<

An diesem Morgen kommt die Mutter wie gewöhnlich zum Frühstück ins Esszimmer. Die Abwesenheit der Tochter ist nicht ungewöhnlich, so begibt sie sich ins Schlafzimmer. Alma grüßt sie mit abgewandtem Gesicht, ihr Weinen verbergend.

»Was ist geschehen?«, fragt die Mutter ahnend, »Was ist wieder passiert? Was hast du wieder grässliches geträumt?«

»Ich habe ihn getötet. Ich habe ihn mit einem Kissen von seinem Leid befreit. Ich kann dir nichts verheimlichen, ich kann nicht sagen, er ist infolge seines Herzleidens gestorben. Nein, das ist nicht wahr, es ist schrecklich, ich muss die Wahrheit sagen, und du musst die Wahrheit hören, wenn ich ihn ehrlich, wirklich geliebt hätte, wäre es etwas anderes. Versteh doch, Mutter.«

»Ruhig mein Kind, du machst dich ja verrückt um diesen Mann. Was wir längst fürchten mussten, geschieht durch Gottes Hand. Aber fasse du dich, o sei du eine tapfere Frau! Du bist nicht der Mensch Opfer zu bringen. Du wirst auch diese Krise überstehen. Du darfst dich nur nicht gehen lassen.«

»Nein, sprich nicht so kalt, so nüchtern mit mir. Sei einmal eine warmherzige Mutter. Gustav ist das Opfer meiner Tollheit! Zu schrecklich, zu grässlich! Was soll nun mit mir geschehen? Was? Und was soll ich noch dulden? Ich bin völlig einverstanden, dass gleich jemand kommt und mir verkündet: Dein Mann hat die ewige Ruhe gefunden, Gustav Mahler ist gestorben.« Sie schweigt eine Weile, fährt auf und reißt wild in einem unbeherrschten Ausbruch von Zorn und Tränen die Mutter an sich, nicht wissend, was sie will oder tut.

»Wie stehst du da? Wie hysterisch bist du auf einmal? Ich erkenne dich nicht wieder!«

»Mutter, ich kann nicht mehr! Das ist zu viel«, ruft Alma, »ich kann dieses Warten nicht mehr ertragen!«

So stehen sich Mutter und Tochter gegenüber und keine kann der anderen etwas vormachen. Beide wollen das Gleiche: das schöne Leben.

»O Mutter, halte die demütige Tochter fest umarmt. Ich bin am Ende meiner Kräfte. Wenn es sein Wille ist, mich zu bestrafen, bin ich ihm, dem großen Gott die ewige Dienerin mit meiner ganzen Unterwerfung. Ich habe seine Güte nicht begriffen und mich beklagt.«

Die Mutter schüttelt den Kopf, ergriffen von dieser Wende. Alma greift nicht nur nach den Sternen der irdischen Männerwelt, nein sie wendet sich diesmal direkt an die Götter. Die lebenserfahrene Frau bröckelt spielend ihre Gedanken der Reihe nach auseinander und lächelt zu diesem gekonnten Spiel Almas. Dazwischen quellt es ihr ein übers andere Mal ganz wohl und befreiend ums Herz, als steige soeben der altrömische Gott Janus ganz sachte leibhaftig vor sie. Janus, der sich in grauer Vorzeit auf dem Januiculum, einem Hügel bei Rom, niedergelassen, beschützte die Stadttore, den Ein- und Ausgang der Häuser. So wie ein Tor nach beiden Seiten blickt, tat dies auch Janus. Als Gott mit den beiden Gesichtern hat Janus für Alma eine heilige Vorbild- und Schutzfunktion.

Alma verfällt einige Sekunden ins Nachdenken, dann in einer ihrer besten Rollen: Sie klatscht enthusiastisch in die Hände und trägt vor: »O, Mutter! Meine Liebste! Nächste Woche treffe ich Walter Gropius, meinen Bräutigam. Mein Seelenretter nimmt mich auf und wir haben uns endlich.« Sie steht auf, begibt sich zum Flügel, fängt an zu spielen und sich mit Gesang zu beruhigen. »Kannst du dir vorstellen«, ruft sie, »wie schön sich manchmal das Leben wendet. Endlich ein attraktiver Mann „reinrassisch" und „dynamisch".« Sie lacht und singt. Sie spielt und singt. »Allerdings seine Arbeit und Gesinnung interessiert mich nicht unbedingt, und ich habe keine oder nur wenig Interesse an seiner sozial orientierten Architektur.«

»Alma, du darfst Manon Gropius, die sparsame und zurückhaltende Mutter nicht vergessen. Ein Leben in Luxus und Überfluss wie bisher, kann ein Gropius dir nicht gewähren.«

»*Leidenschaft, Lust und Egoismus, wie deckt ihr unsere Sünden zu!*«

Almas Mutter fühlt sich plötzlich leicht wie ein losgelassener Luftballon, sorglos und glücklich, ja unternehmungslustig. Der perlende Champagner ist ihr merklich zu Kopf gestiegen, die Tage der Ungewissheit, die kalten Nächte, der See, das Grün der kühl-feuchten Laube, die die Villa wie ein Nest umfängt, der bunt schmetternde Blumengarten, der Mutter und Tochter lebenserweckende warme und süße Düfte zu haucht, das um sie schwellende Leben mit dem Vogelgezwitscher, dem Summen der Bienen und dem Brummen der übermütig im Zickzack fliegenden Käfer, die fröhlich stimmenden Klavierklänge ›*Was mir die Blumen erzählen*‹, dies und jenes unter dem ewig blauem Himmel lässt Unschönes, Kranke und Traurige, selbst den einsam sterbenden Ehemann und Schwiegersohn vergessen. Frau Schindler-Moll ist keine Frau von Traurigkeit und Pragmatismus und schon gar nicht für Moral, eher eine unternehmungslustige Person. Sie meidet und verdrängt im Gespräch jede depressive Erinnerung. Sie geht kaum noch in die Kirche, auch ihre Tochter nicht. »Wozu die Zeitverschwendung«, sagt sie lapidar.

Es wird beschlossen, Mitte Juli, wenn „alles" vorbei ist, ein großes Abendfest zu geben, und Anna Schindler-Moll legt mit ihrer Tochter die Einzelheiten fest. Wenn ihr Sorgenkind tot ist! Wenn Gustav Mahler die Welt verlassen hat und unter der Erde liegt.

Alma liegt weitere Nächte schlaflos, nicht weil sie wegen des sterbenden Ehemannes Kummer empfindet oder weil sie Angst hätte, nein weil ihr alle widersinnigen Dinge durch den Kopf gehen. Ihre Gedanken sind schneller als sie will, heften sich plötzlich an einzelne, belanglose Personen. Zum Beispiel an Manon Gropius, die Mutter des von ihr neu erkorenen Liebhabers und baldigen Ehemannes, die Alma bis zu dieser Stunde ablehnt. >Warum so hasserfüllt an die Frau denken, die den Sohn für sich selbst konservieren will? Komisch, ich kenne sie nicht, habe keine Ahnung wie sie aussieht, denkt und handelt, dennoch bin ich in letzter Zeit in Gedanken immer bei ihr. Ich lebe an ihrer Seite in einem Haus. Man behauptet, dass sie sehr fromm, streng und moralisch sei. Sie ist eine Mutter wie meine, aber sie ist konsequent und schützt ihren, bei vielen Frauen begehrten Sohn. Da ist auch viel Eifersucht. Das ist selbstverständlich bei einem so schönen Mann. Und meine Mutter kämpft auch um mein Glück. Sie sieht durchaus keinen Widerspruch darin, einerseits den Schwiegersohn zu trösten und andererseits für meine heimliche Korrespondenz Briefträgerdienste zu übernehmen und dem jungen Gropius selbst Briefe zu schreiben, in denen sie ihrer Hoffnung Ausdruck verleiht, er möge dereinst ihr Kind glücklich machen. Und warum nicht erst recht ein Kind von Gropius? Ein reinrassiges, schönes und lebenserweckendes Kind würde das kalte Herz von Gropius' Mutter erwärmen. Was hat diese Frau gegen mich, was ist daran falsch, dass ihr Sohn auch einmal eine Frau mit Niveau verführt hat? Auf die Frage, wer wen verführt hat, braucht man nicht einzugehen! Was finden diese alten Frauen an mir, dass sie alle mich am liebsten zum Teufel jagen würden. Romana Kokoschka, die Mutter von Oskar verbreitet hässliche Dinge über mich: >*Wie ich diese Person hasse, das glaubt mir kein Mensch. So ein altes Weib, die schon ein elfjähriges Familienleben hinter sich hat, hängt sich an meinen jungen Buben ...*< Alle drei Männer – Oskar Kokoschka, Walter Gropius und Franz Werfel lieben mich, jeder auf seine

Weise, und keiner duldet ein unschönes Wort über mich. Ich bin mit 32 Jahren erst am Anfang meiner Lebenskarriere. Alle diese Weiber sollen mir gestohlen bleiben.<

Unter dem Alpdruck des Gewissens schläft Alma ein. Sie hat sich doch nichts, nein gar nichts vorzuwerfen. Sie doch nicht. In dieser Nacht wiederholt sich ihr Traum in der gleichen Weise von Leidenschaft erfüllt, wie letzte Nacht: Walter Gropius steigt durchs Fenster ein, durchquert ungezwungen den Empfangssaal, steigt die Seitentreppe auf zu ihr ins Zimmer. Alma denkt nicht daran, etwas Unrechtes oder Verbotenes zu tun, gegen das gewaltige Gefühl anzukämpfen, das sie zwischen Verlangen und Furcht schwanken lässt. Walter Gropius, der ihr gestern sein Kommen mitgeteilt hatte, befindet sich in gleicher traumwandlerischer Freude. Beide sind gespannt, beide sind ungeduldig. Sie denken nichts. Sie sind im Rausch von Alkohol und Opium.

Gropius kommt in den kleinen Gang, bleibt dort einen Augenblick still, denn von Almas Zimmer dringt ein schmaler Lichtstreifen unter der Tür her. Kein Laut in der verschworenen Gesellschaft von Mutter und Tochter. Dann hört Gropius hinter der Tür die sanfte Stimme: »Wo bleibst du denn?«

Alma schaltet das Licht aus. »Mach die Tür hinter dir zu«, flüstert sie. Unter dem Mond, mit blassem Gesicht, liegt sie ausgestreckt gleich einer badenden Göttin. Gropius nähert sich, legt seine Kleider ab. Alles zwischen ihnen ist dann nur die Haut, nackt, Leib an Leib, wo sie nichts trennt – höchstens der nach dem Sturm einsetzende sanfte Erschöpfungsschlaf. Er küsst ihre Füße und ihre Hände. Er wagt noch nicht sie zu ergreifen. Sie verlangt mehr als nur den Beischlaf. Sie will mehr Gewalt als Zärtlichkeit, wie bei einem richtigen Kampf. Sie will nicht sanftmütig vergöttert, sie will vergewaltigt werden, egal wie, egal von wem. Mit der Eleganz des Matadors entblößt er den vibrierenden Körper vom leichten Seidenhemd. Dann kniet er! Nein, nicht zum Beten, sondern zum Erobern. Almas Atem beschleunigt sich auf die Hochtouren der Anspannung. Gropius sieht Alma an, das fleischliche Eroberungsziel der Liebe. Er sieht Alma mit jenem Blick des jungen Matadors, den Körper des unterlegenen blutenden Stiers. Alles ist traumhaft, unauslöschlich lebendig und liebend, ohne Scham und dennoch ganz verhalten und geheimnisvoll. Viele Stimmen, wilde Stimmen, sanfte Engelsstimmen heißen sie willkommen im Tempel der Gelüste. Die Freude lässt verschleiernde Nebel der Ekstase an den Augen des Matadors vorüberziehen, dennoch schaut er siegessicher. Er schaut mit dem Stolz des Eroberers, auf den brennenden Frauenkörper, die voll aufgerichteten Brüste; die Taille schlank und betont absetzend zu fülligen Hüften. Ihr langes Haar schimmert schwarz im schwachen Mondlicht. Stolz und energisch mit der Eleganz des Matadors, liebt er sie. Sie schwimmt ziellos wie Orphelia im Wasser.

»Alma, meine Liebe!« Die Stimme, die sie weckt, ist die der Mutter. Sie sagt, wie eine Glücksbotschafterin, dass sie von nun an für immer frei sei! »Gustav Mahler ist tot!« Alma kann es nicht fassen. Es braust in ihren Ohren, ihr schwindelt, sie ertrinkt in unendlicher Freude. Kaum hat sie das Gehörte wahrgenommen, glaubt sie, dass sie immer noch in ihrem Traum schwebt. Sie verlässt mit Hilfe ihrer Mutter, ihr Nachthemd anziehend das Bett. Gerade hat Alma die Realität wahrgenommen, reißt sie das Fenster auf. Sie braucht mehr Luft. Sie will die Morgenfrische. Tausend wirre Gedanken, Pläne und manche Vorwürfe kreuzen sich in Almas Kopf. Keine davon hat das Geringste mit dem verstorbenen Ehemann zu tun. Es ist, als hätte es einen Gustav Mahler irgendwann, irgendwo gegeben. Fröhlichkeit des Morgens wird verkündet, wenn die Frau Alma heißt: »Ja du bist frei, ja, du bist es; ich habe das Sakrament der Freiheit und des Lebens empfangen, die weithin mich und mein Schicksal erhellt!«

Bruder Tod

»Auch zu mir kommst du einmal,
Du vergisst mich nicht,
Und zu Ende ist die Qual,
Und die Kette bricht.

Noch erscheinst du fremd und fern,
Lieber Bruder Tod,
Stehst als ein kühler Stern
Über meiner Not.

Aber einmal wirst du nah
Und voll Flammen sein –
Komm, Geliebter, ich bin da,
Nimm mich, ich bin dein.«   Hermann Hesse

Abschied

Es ertönt das Adagietto – vierter Satz, fünfte Sinfonie von Gustav Mahler. Dann:

»*Oh Ihr Bürger der Stadt Wien,*
sehet das ist Gustav Mahler.
Er ist der Welt abhandengekommen,
der mit gebrochenem Herzen heimkehrte,
hier wo man ihn nicht mehr mochte.
Den jüdischen Philanthropen, der den Weltfrieden suchte,
den Pionier der Musikgeschichte,
den Sänger der melancholischen Lieder,
den Schöpfer der Musik des Übergangs,
der zutiefst ethisch, von einer bis zur
Erschütterung fähigen Kraft des Mitleidens
mit der Kreatur, ein „Leidsuchender" war,
der die Welt und Natur liebte,
nicht nur die Schöne und Sanfte der Natur und Blumen, sondern zugleich
den ungebärdigen Wilden
Schmerzlich-Großen der Schöpfung pries und mit Ehrfurcht bewunderte.
Sehet, wie sein mehrfach gebrochenes Herz:
die septische Endokarditis, Hass und Hetze,
diesen Märtyrer zugrunde gerichtet hat!
Den ungeliebten jüdischen Komponisten,
den dreifach Heimatlosen:
den Böhmen unter den Österreichern,
den Österreicher unter den Deutschen
und den Juden in der ganzen Welt.
Müssen die Rassenantisemiten sich nicht schämen
bis zum letzten Lebenstag?
Kann man fortan einen Menschen hassen und hetzen,
der einer anderen Religion oder „Rasse" angehört?
Ohne Ehrfurcht, ohne Gewissen?«

Die letzte Nacht

So, oder so ähnlich hat sich die letzte Nacht Gustav Mahlers abgespielt: Nachts im Bett, als alles um ihn ruhig und ruhiger wird, fantasiert er in Begleitung von Sils Maria, Friedrich Nietzsche, Rainer Maria Rilke und Georg Trakl. Sie alle warnen vor den sich anbahnenden Weltkrieg. Georg Trakl offenbart in seinem Gedicht >Grodek< eine Vision des Krieges:

>»Am Abend tönen die herbstlichen Wälder
>Von tödlichen Waffen, die goldenen Ebenen
>Und blauen Seen, darüber die Sonne
>Düster hinrollt; umfängt die Nacht
>Sterbende Krieger, die wilde Klage
>Ihrer zerbrochenen Münder.
>Doch Stille sammelt im Weidengrund
>Rotes Gewölk, darin ein zürnender Gott wohnt,
>Das vergossene Blut sich, monden kühl.
>Alle Straßen münden in schwarzer Verwesung.
>Unter goldnem Gezweig der Nacht und Sternen
>Es schwankt der Schwester Schatten durch den schweigenden Hain,
>Zu grüßen die Geister der Helden, die blutenden Häupter;
>Und leise tönen im Rohr die dunklen Flöten des Herbstes.
>O stolze Trauer! Ihr ehernen Altäre,
>Die heiße Flamme des Geistes nährt heute ein gewaltiger Schmerz,
>Die ungeborenen Enkel.«

Gustav Mahler hat eine großartige Idee, er will sich den Pazifisten anschließen, eine Sinfonie komponieren, die gegen alle Kriege und zum Frieden aufruft. Mit dieser Vision in seinem febrilen Kopf, den er beschwerlich auf das Kissen bettet, hört er schon das Allegro ma non troppo. Gustav Mahler entschläft, befreit vom irdischen Leid, kehrt in die metaphysische Welt von Beethoven und Mozart, die er so sehr liebte heim. In dieser Nacht nämlich geschieht die Katastrophe, welche die Ärzte schon seit Monaten, Wochen, Tage und Stunden erwartet hatten. Die Endokarditis lenta hat gesiegt, und Gustav Mahler, der große Komponist und Humanist stirbt infolge Herz- und Multiorganversagen am Donnerstag 18. Mai 1911 um 23:05 Uhr.

Erbarm dich seiner Seele

In einer Reise ohne Wiederkehr.

Lebe wohl

schöne

Erde.

Das Begräbnis

Die Beisetzung in Grinzing, dem dörflichen Vorort am Fuße der weinbehangenen Hügel des Wiener Waldes, verläuft einfach, ohne jeden Pomp. Mahler hatte es so gewünscht. Und die Wiener? Hätten sie an eine andere Zeremonie, eine wie bei Mozart gedacht!? Auf dem kleinen idyllisch gelegenen Friedhof wird er neben seiner Tochter Maria Anna, die am 12. Juli 1907 im Alter von 5 Jahren infolge diffuser Scharlach und Diphtherie in qualvoller Erstickung starb, beigesetzt. Auf einem der Kränze konnte man lesen: >Der Reiche, der uns in die tiefste Trauer versetzte: den heiligen Menschen Gustav Mahler nicht mehr zu besitzen, hat uns fürs Leben das unverlierbare Vorbild seines Werkes und seines Wirkens hinterlassen.< Der Kranz stammte von Arnold Schönberg und seinen Schülern.

»*Der Staub meines Grabes*
Wird den Duft der Liebe tragen,
selbst wenn Jahrtausende verflossen sind.«
Saadi, persischer Dichter und Philosoph

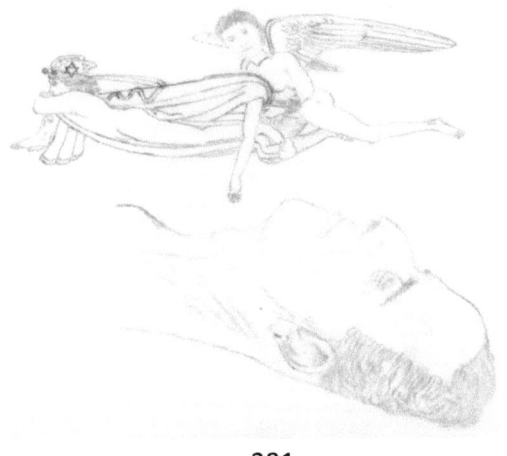

Alma ist bei der Beerdigung nicht dabei. Sie wird auch bei der Beerdigung von Franz Werfel und anderen ihrer Liebhaber und Ehemänner nicht dabei sein. Sie will solange sie lebt vom Tod und Sterben nichts wissen.

Reaktion der Öffentlichkeit und der Presse

In den Glossen der Fackel von Karl Kraus vom 2. Juni 1911 ist unter anderem zu lesen:

Man mag oftmals missvergnügt gegen Wien hadern, man mag in die Fremde ziehen, um schneller, emsiger zu leben, um seiner Tätigkeit breiteren Raum zu gewinnen. Man mag in der Ferne klingenderen Lohn, lauteren Ruhm ernten, wer aber einmal mit dieser Stadt verbunden war, dessen Herz hängt ewig an ihr ... Man mag ihr zürnen, aber man wird nicht aufhören, sie heimlich zu lieben. Überall anderswo in den modernen Großstädten lebt man gleichsam nur an der Oberfläche, man kann fortgeblasen werden, hierhin, dorthin; man vergisst und wird vergessen. Wer aber einmal zur vielgelästerten Wienerstadt gehört, der – Der möchte' um jeden Preis hier sterben. Da kommen sie alle! Sie wissen, dass man das hier so schön kann. Wien vergisst man nicht, und man wird auch nicht in Wien vergessen. Jetzt, da Gustav Mahler nach Wien heimkehrt, grüßen ihn alle Straßen und Plätze als alten Bekannten...

Ja, jetzt tun sie's. Hiatzt.

... Gegen die Rampe des Frachtenbahnhofes gedrückt, steht ein simpler Bahnarbeiter, der zuweilen in der Hofoper beim Bühnenbau mithilft. Die anderen kleinen Bahndiener, die eifrig hin und wider laufen, wissen gar nicht, wer eigentlich der Kranke ist, den man jetzt auf der Sänfte in das Automobil schiebt, er aber hat Gustav Mahler oftmals gesehen, als dieser noch sein Direktor war. Betroffen blickt er ihm jetzt nach und wischt sich dann mit dem schmutzigen blauen Ärmel traurig die Augen. O mei!

Gleicher Karl Kraus polemisiert in seiner >Fackel< gegen vorzeitig, d.h. vor dem Tod des Komponisten geschriebene, heuchlerische Nachrufe in Wiener Zeitungen.

Der Nachruf

Muss – das Handwerk bringt es mit sich – lange vor dem Tod geschrieben sein, damit er unmittelbar nach dem Tod erscheinen kann, und die Zeitung, die ihn irrtümlich vor dem Tod erscheinen lässt, steht immer noch höher im Ansehen, als eine, die ihn nach dem Tod erst schreibt. Das Odium des Handwerks nehmen jene auf sich, die sich ihm ergeben. Die journalistischen Särge müssen vorher bestellt werden, und der Lester wartet nicht so lange wie der Totengräber. Wer jener Concordia angehören will, die die Leichen schneller bestattet, darf nicht vor der Vorstellung zurückbeben, dass er eines Tages genötigt sein könnte, sich hinzusetzen und in der einen Hand die Telefonmuschel dem Abonnenten zu antworten: Mahler geht's besser, und mit der anderen zu schreiben: Mahler ist nicht mehr! Wer's nicht nötig hat, wird diesen Beruf nicht ergreifen. Verächtlich ist er in einer aufgeklärten Zeit so wenig wie der des Henkers. Soziale Notwendigkeiten sind eben notwendig. Verächtlich sind bloß jene, die sich freiwillig in den Dienst solcher Stellen, die dafür bezahlt werden. Verächtlich sind Zuschauer einer Hinrichtung, die dem Henker bei seiner schweren und verantwortungsvollen Aufgabe beispringen. Verächtlich sind Hoftheaterdirektoren, die über Gustav Mahler, der am Donnerstag 11 Uhr 5 Minuten nachts gestorben ist, im Freitag-Morgenblatt der Neuen Freien Presse Nachrufe veröffentlichen. Die Hoftheaterbehörde frage unverzüglich die Herren Gregor und Berger, wie der Hergang war. Sie frage den Herrn Gregor, der die Disziplin der Theaterfremdheit hält und hier in Wien im Verkehr mit Schauspielernerven just die Ordnung herstellen will, die der Schutzmann von der Oper nicht erzielen kann: Wenn er zwischen 11 Uhr 5 Minuten – vorausgesetzt, dass er den Tod Mahler in derselben Minute erfuhr – und der Drucklegung des Morgenblatt den Satz niedergeschrieben hat: >Nun hat ihn ein unerbittliches Geschick hingestreckt!< Um wie viel Uhr er Betrachtungen über das Universum, über die Bezirke, wo unser Kausalitätsgesetz endet (ich glaube, es sind sämtliche Bezirke Großwiens), angestellt hat. Wann er die von tiefer Bescheidenheit zeugende Erkenntnis ausge-

sprochen ha, dass wir da, wo Mahler war jetzt eine Leere empfinden. Die Hoftheaterbehörde frage den Herrn von Berger, der ja mit dem Betrieb der Neuen Freien Presse schon mehr vertraut ist, wie lange er in der Nacht, da Mahler starb, Zeit hatte, um den Metteur nicht aufsitzen zu lassen. Und wie sich überhaupt abgespielt hat, als der Bote der Neuen Freien Presse nach Hietzing kam, den Burgtheaterdirektor weckte und dieser eine Erinnerung an Mahler niederschrieb, der einmal in Hamburg einer Aufführung des >Doppelselbstmord< beigewohnt hat. Man frage den Herren von Berger, um wie viel Uhr er das aus dieser Erinnerung entsprungene Wort niedergeschrieben hat: >Und jetzt hat dieser Feuergeist in der heimatlichen Erde dauernd Ruhe gefunden.< In der Nacht seines Todes war Mahler noch nicht begraben. Aber vielleicht war, als Herr von Berger aus Entgegenkommen für die Neue Freie Presse das Begräbnis veranstaltete, Mahler auch gar nicht gestorben. Wenn die beiden Hoftheaterdirektoren sich wecken ließen, um der Zeitung zu willen zu sein, so ist das ein schöner Eifer, für den sie die vorgesetzte Behörde loben darf. Aber es besteht der dringende Verdacht, dass die beiden Herren den Tod Mahlers verschlafen haben und dafür schon früher ihre Pflicht erfüllt hatten. Das ist nun ein Punkt, über den selbst die Preßfreundlichkeit einer vorgesetzten Behörde nicht hinüberkönnen sollte. Es mag der Zeiten Schande sein und nicht individuelle Schuld, dass Hoftheaterdirektoren sich um Mitternacht wecken lassen, um für die Zeitung zu schreiben, anstatt sich nicht wecken zu lassen oder wenn es schon geschehen ist, den Ruhestörer hinausgeworfen und die Kondolenz auf den nächsten Tag zu verschieben. Aber es ist eine für das gröbste und dem Zeitungsgeist dienstbarste Gefühl unerträgliche, schändliche und entehrende Vorstellung, dass Hoftheaterdirektoren beim Tode Gustav Mahler geschlafen und am Morgen aus ihren Nachrufen erfahren haben, dass er gestorben sei.

>Unser Raum ist viel zu beschränkt< - sagte der Musikreferent, der im Neuen Wiener Tagblatt den Nachruf schrieb - >als dass wir uns über die Bedeutung des Komponisten Mahler des näheren verbreiten könnten.<

Alma Mahler

Noch ist vielleicht wissenswert zu erwähnen, dass Alma Mahler die Geheimhaltung ihrer Ehe mit Walter Gropius zunächst lustig findet, freut sich ihren Anhänger, die sich so sehr für ihr Privatleben nach dem Tod Gustav Mahler interessieren, wie bisher einen Streich zu spielen. Aber gerade mal einen Monat nach der Hochzeit fordert sie ihren Mann auf, er solle seiner Mutter doch ruhig sagen, *dass die Thüren der ganzen Welt, die dem Namen Mahler offenstehen, zufliegen vor dem gänzlich unbekannten Namen Gropius. Ob sie vielleicht einmal daran gedacht hat, was ich mit aufgab.* In hochmütiger Arroganz fordert sie auch die Schwiegermutter, Manon Gropius mit den Satz auf: *Wie 1000 weise Geheimräte herumspazieren* [Walther Gropius, der Vater des Architekten, war Geheimrat] – *dass es aber nur einen Gustav Mahler gegeben hat und dass es auch nur eine – Alma – gibt.*

Alma wird schließlich schwanger und wie sie schon prophezeit hatte: Nach der Geburt des Enkelkindes Manon geboren am 5. Oktober 1916, öffnete sich das Herz der Schwiegermutter, ja, sie besuchte sogar Alma in ihrem Haus in Breitenstein am Semmering. Alma schreibt in ihr Tagebuch: *Walter Gropius ist im Feld ... wir sind über ein Jahr verheiratet ... wir haben uns nicht, und manchmal habe ich Angst, dass wir einander fremd werden ...* Sie hat keine Angst; Sie geht fremd, sie kann ohne Unterwerfung ihrer Liebhaber nicht gut schlafen. Sie will nichts versäumen. Während der Ehemann im Feld um sein Überleben kämpft, lässt sich seine Frau von Oskar Kokoschka trösten... Man kann keine Ehe auf Distanz führen.

Um Weihnachten 1917 bekommt Walter Gropius noch einmal Fronturlaub, verbringt ein paar Tage und Nächte mit seiner Frau. Als er erfährt, dass er zum zweiten Mal Vater wird, ist er hoch erfreut. Er ahnt noch nicht, dass wieder einmal ein neuer Liebhaber, den 11 Jahre jüngeren Prager Schriftsteller Franz Werfel, einen jüdischen Dichter und Lyriker in Almas Netz gegangen ist. *Es konnte ja gar nicht anders kommen, als dass er meine Hand ergriff und sie küsste – und dass sich unsere Lippen fanden,* schreibt Alma. Am 2. August 1918 wird unter großen Schmerzen ihr Sohn Martin Carl Johannes geboren, eine Frühgeburt nach einer stürmischen Liebesnacht der hochschwangeren Alma mit Werfel.

Gropius, erst überglücklich, belauscht ungewollt ein zärtliches Telefongespräch seiner Frau mit Werfel, in dem es darum geht, welchen Namen man dem Kind geben soll. Gropius weiß nun, von wem das Kind stammt. Aber er verhält sich dem Nebenbuhler gegenüber ähnlich nobel wie einst Mahler sich ihm gegenüber verhalten hatte; in seinem Verhalten wird aber auch seine selbstlose Tugend spürbar. Als Werfel in den Revolutionswirren von 1918 polizeilich gesucht wird, da er sich so sehr für die kommunistische >Rote Garde< eingesetzt hat, steht Gropius ihm bei.

Seit 1919 lebt Alma mit Werfel zusammen, aber ohne Trauschein. *Werfel arbeitet jetzt mit Lust und Kraft,* schreibt sie, *und dies ist mehr wert für mich, als alle Güter dieser Welt.* Am 15. Mai 1919 war der kleine Junge, das gemeinsame Kind, der gerade einmal neun Monate alt geworden war, in einer Wiener Klinik gestorben. Alma war nicht bei dem sterbenden Kind, sondern bei Gropius zu Besuch in Weimar! Wie immer bei ihr, wenn es um Sterben und Tod geht, ist Alma nicht anwesend!

Am 11. Oktober 1920 lässt Alma sich von Gropius scheiden. Franz Werfel tritt offiziell aus der jüdischen Religionsgemeinschaft aus. Alma hat diesen Schritt als Bedingung für eine Ehe mit ihm gefordert. Am 8. Juli heiratet Alma den Dichter und Lyriker Werfel. Aber Alma außereheliche Liebschaften gehen weiter. Alma, die aus der Kirche ausgetreten war, tritt 1932 mit einer Liebesbeziehung mit dem katholischen Geistlichen Johannes Hollsteiner, dem Katholizismus über.

1940 emigriert Alma in die USA, lebt erst in New York, dann 1942 zieht sie nach Kalifornien, Beverly Hills, wo sie 1946 die amerikanische Staatsbürgerschaft erhält. Gustav Mahlers zweite Tochter Anna

Mahler zieht mit ihrer Tochter Marina nach Beverly Glen. Die Nähe zu ihrer herrisch-narzisstischen Mutter ist von Anfang an problematisch. Alma zieht nach New York um. Am 11. Dezember 1964 stirbt Alma fünfundachtzigjährig in New York.

>Alma (die ebenso fatal, aber weniger imposant, als ich sie imaginierte. Ungeheuer reaktionär. Hat Angst, nach Frankreich zu gehen, weil sie hört, es sei dort >so kommunistisch<). Klaus Mann 1938.

>Sie hat ein ungeheures Talent gehabt Sklaven zu machen. Und wenn jemand nicht Sklave geworden ist, war er nicht wert [...]. Dann dies Talent, die Menschen reden zu machen. Das ist furchtbar wichtig: die Menschen wollen ja nur selber reden [...]. Und dann hat sie immer was gesagt, was gut war. Sie hat nicht lange geredet, nein [...]. Ein sehr starker Mensch war sie, sie war ungeheuer stark. Und das hab' ich früh kapiert, und der arme Werfel nicht. Ich hab' mich nie in einen Streit mit ihr eingelassen, nie!< Anna Mahler, die Tochter, 1989.

Wer den bösen Trieb in der Jugend nicht unterdrückt, wird von ihm im Alter beherrscht werden.

Mid.R. zu 1. Mos., 22

Epilog

Fest steht, Gustav Mahlers schwere Endokarditis kann heute behandelt werden. Er starb an den Folgen seiner Krankheit, weil das wirksame Mittel Antibiotikum noch nicht zur Verfügung stand. Penicilline, Stoffwechselprodukte des Schimmelpilzes Penicillium notatum mit hemmender „antibiotischer" Wirkung auf die Vermehrung zahlreicher Bakterien wurden erst 1929 von Alexander Fleming isoliert und erst ab 1938 durch Florey, Abrahm, Chain hergestellt und in den 40iger Jahren zur Anwendung verfügbar.

Endokarditis

Definition: Ein septisches Krankheitsbild mit Besiedlung einer oder mehrerer Herzklappen mit thrombotischen, bakterienhaltigen Auflagerungen (Endocarditis polyposa ulcerosa) mit fortschreitender Destruktion der betroffenen Herzklappen. Die Erkrankung ist charakterisiert durch septische Streuungen mit Mikro- und Makroembolien. Das Krankheitsbild ist immer lebensbedrohlich!

Gustav Mahler, am 7. Juli 1860 geboren, litt schon im jugendlichen Alter an chronischer Rachenangina und Herzbeschwerden. Dieses Krankheitsbild war damals meist tödlich.

Am 20. Februar 1911kommt es erneut zu Fieber. Unter Aspirin dirigiert er noch die Uraufführung von Ferruccio Busonis >*Wiegenlied am Grabe meiner Mutter*< in der Carnegie Hall. Dies war Mahlers letztes Konzert.

Der behandelnde und befreundete Arzt Dr. Joseph Fraenkel veranlasst eine Blutkultur wegen Verdacht auf eine Endokarditis. Dr. Emanuel Libman vom Mount Sinai Hospital in New York, der eine Kapazität auf dem Gebiet der Endokarditis ist, gelingt in der ersten Blutkultur kein Nachweis. Erst in einer zweiten Blutkultur gelingt es seinem Assistenten Dr. George Baehr der Nachweis von Streptokokken, die zusammen mit dem klinischen Bild die Diagnose sicherte.

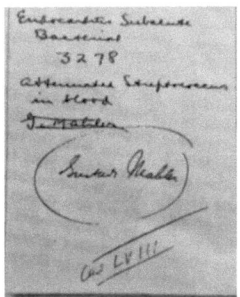

Die erste Seite des Befundes von Mahlers Blutkultur durch Baehr und Libman, Original in der National Libary of Medicine, Bethesda, USA.

Ätiologie und Pathogenese: Die bakterielle (in seltenen Fällen durch Pilze bzw. Viren und anderen Mikroorganismen) hervorgerufene Besiedlung mit nachfolgender Klappendestruktion betrifft meistens vorgeschädigte (rheumatische Herzklappenerkrankungen) oder kongenital deformierte Herzklappen.

Der **Krankheitsprozess** wird einerseits bestimmt durch die Virulenz des Erregers und andererseits durch die Resistenz des Organismus.

Erregereintrittspforten: Eintrittspforten für die Erreger sind Mund-Hals-Nasen- oder Urogenitaltrakt, aber auch sonstige Hautverletzungen, operative Eingriffe, Hospitalismus, Zunahme der Eingriffe, Zunahme der Pilzinfektionen u.s.w. Prothesenendokarditis und intravenöse Drogenabhängige.

Erregerspektrum der infektiösen Endokarditis in Europa, Häufigkeit in %: Staphylococcus aureus 28%, Streptrococcus viridans 16%, Koagulasenegative Staphylokokken 13%, Streptococcus gallolyticus (bovis) 10%, Enterococcus spp. 9%, andere Streptokokken 5%, HACEK-Gruppe 2%, Pilze 1%, Polymikrobielle Infektionen 1%, andere Erreger 5%, Negative Kulturen 10%. (Erregerspektrum der Endokarditis in Europa nach Murdoch Dr, Core GR, et al. Arch intern Med 2009; 165: 463 – 473).

Klinik: Wir unterscheiden zwei Verlaufsformen: A) die schleichende, langsam progrediente und die Herzklappen nur im Verlauf von Wochen bis Monate zerstörende = Endocarditis lenta (Mahler litt wahrscheinlich an Endocarditis lenta). B) die akut verlaufende, die rasch die Herzklappen destruktiv beschädigt und zu schneller hämodynamischer Symptomatik führt.

Jede Endokarditis ist charakterisiert durch septische Embolien unterschiedlichen Ausmaßes: Mikroembolien, erkennbar als Mikrohämaturie infolge Löhleinscher Herdenephritis. Größere septische Embolien betreffen kleinere mittlere Arterien jeglicher Lokalisation und verursachen sog. „mykotische" Aneurysmen, die zu Infarkten und zu Rupturen führen können (Milzinfarkt, Hirnabszess, Lungenabszess bei Rechtsherzendokarditis). Bei längerem Verlauf kommen immunologische Komplikationen hinzu, spezifische Hautläsionen im Rahmen der Embolisierung entstehen wie Osler- und Janeway-Läsionen. In diesem Stadium können auch perikardiale Prozesse mit Kryoglobulinen und eine Myokarddepression eintreten.

Krankheitsbild: Allgemeine Abgeschlagenheit, Leistungsminderung. Fieber: lang anhaltende Temperatursteigerungen und Schüttelfrost. BSG und CRP: Blutsenkungsgeschwindigkeit und C-reaktives Protein sind sehr hoch. Auskultationsbefund: Je nach dem Destruktionsausmaß und Klappe, spezifische Geräuschphänomene einer Insuffizienz (Aorten-, Mitral-, Trikuspidal- Pulmonalinsuffizienz).

Diagnose:

- Typischer Temperaturverlauf mit Mikroembolien
- Erregernachweis in bis 8 Blutkulturen in 1-2 stündigen Abständen
- Transthorakale Echokardiographie, hierbei können 70-80% der Vegetationen nachgewiesen werden
- die transösophageale Echokardiographie hat eine Treffsicherheit bis 95%.

Symptome und der Häufigkeit in %: Fieber 96%, neu auftretende Herzbeschwerden, Befunde und Herzgeräusche 48%, Hämaturie 26%, embolische Ereignisse 17%, Splenomegalie 11%, Splinter-Hämorrhagien (der Nägel) 8%, Janeway-Läsionen (der Hände) 5%, Konjunktivalblutungen 5%, Osler'sche Knötchen 3%, Roth'sche Flecken (retinale Hämorrhagien) 2% (Nach Murdoch Dr. Corey GR et al, Arch intern Med 2009; 165; 463-473).

Komplikationen der infektiösen Endokarditis in %: Dekompensierte Herzinsuffizienz 33%, Embolien (ohne cerebrale Beteiligung) 25%, kardiale Abszesse 19%, cerebrale Embolien/Schlaganfälle 13%, persistierend positive Blutkulturen 7%, Reizleitungsstörungen und damit verbundene Herzrhythmusstörungen 6% (Modifiziert nach der IE in Europa nach Murdoch DR, Corey GR et al, Arch Intern Med 2009; 165: 463 – 473).

Endokarditis-Therapie: Für die antimikrobielle Therapie der infektiösen Endokarditis sollte ein möglichst bakterizides Schema zur Anwendung kommen und die Medikation so eingeleitet werden, dass hohe Wirkspiegel in den Vegetationen erreicht werden. Die Antibiose muss daher parenteral und in einer möglichst hohen Dosis durchgeführt werden.

Antimikrobielle Substanzen: ß-Laktam-Antibiotika. Besonders bei dieser Substanz sollen die Dosierungsintervalle kurz gewählt werden, damit der Wirkspiegel möglichst lang deutlich über der minimalen Hemmkonzentration liegen. Erschwerend für die Therapie tritt hinzu, dass die Bakterien in den Vegetationen mit reduziertem oder ruhendem Metabolismus, insbesondere ohne wesentlichen Zellwandstoffwechsel vorliegen und in diesem Zustand ß-Laktam-Antibiotika und Glykopeptide nur eingeschränkt wirken. Daher ist die Kombinationstherapie mit einem intrazellulär wirkenden Antibiotikum wie z.B. einem Aminoglykosid ratsam.

ß-Laktam-Antibiotika: Penicilline und Cephalosporine sind die wichtigsten Substanzgruppen für die Therapie der infektiösen Endokarditis. Die Evidenz für die Therapie mit diesen Substanzen ist am höchsten. Es gibt Kreuzreaktionen zwischen Penicillinen und Cephalosporinen der Gruppe 2 oder 3, aber sie kommen sehr selten vor. Daher kann bei bekannter Penicillinallergie ohne Anaphylaxie bei Infektionen durch Streptokokken meist ohne hohes Risiko mit einem Cephalosporin behandelt werden. Bei anamnestisch bekannter Anaphylaxie auf Penicillin müssen Risiko und Vorteil des Einsatzes von Cephalosporinen, im Gegensatz zu z.B. Vancomycin im Einzelfall, abgewogen werden.

Glykopeptide: Die Glykopeptide sind weniger wirksam als ß-Laktam-Antibiotika, weil sie schlechter gewebegänglich sind, vor allem gegen S. aureus, und nicht in allen Konzentrationen bakterizide Wirkung besitzen. Glykopeptidantibiotika haben in der Endokarditis-Therapie einen Stellenwert nur bei der Behandlung von Infektionen durch Methicillin resistente Staphylokokken, Enterococcus faecium oder andere gegen ß-Laktam-Antibiotika resistente Erreger und bei Allergie des Patienten auf alle ß-Laktam Antibiotika. Die

Leitlinien empfehlen beim Einsatz von Vancomycin regelmäßige Kontrollen des Talspiegels, der bei der Endokarditis-Therapie so hoch wie verträglich liegen sollte, d.h. zwischen 15 und 20 µg/ml.

Aminoglykoside, Rifampicin, Fosfomycin, Tigecyclin, Daptomycin und Linezolid sind weitere Antibiotika, die als Alternativ- bzw. Reservemedikamente nur eingesetzt werden sollten, wenn andere Optionen nicht verträglich oder unwirksam sind oder nicht zur Verfügung stehen.

Therapiedauer: Die Dauer der antibiotischen Therapie hängt ab: von der pathoanatomischen Lokalisation der Endokarditis, vom Erreger.

In einzelnen Fällen kann eine zweiwöchige Therapiedauer ausreichend sein, vor allem bei unkomplizierter Endokarditis durch vergrünende Streptokokken oder bei rechtsseitiger Endokarditis (Drogenabhängigen). Bei Patienten mit Kunstklappen-Endokarditis, mit kompliziertem Verlauf oder Antibiotika resistenten Erregern (z.B. Staphylococcus aureus, Enterokokken) muss die Behandlung mindestens auf 6 Wochen oder länger ausgedehnt werden.

Chirurgische Aspekte bei Endokarditis: Die chirurgische Intervention wird individuell für einzelne Patienten durch Kardiologe und Herzchirurg indiziert. Dabei wird die Indikationsstellung bei Infektion durch schwer therapiebare, Antibiotika resistente Staphylococcus aureus – MRSA, Pilze, bei denen bekannt ist, dass ein **Klappenersatz** bei der Mehrzahl der betroffenen Patienten zwangsläufig ist. Selbst nach chirurgischer Intervention ist eine Antibiotikatherapie postoperativ notwendig, die eine bis zwei Wochen durchgeführt werden muss.

Prognose: Bei Endokarditis wird mit einer Rezidivrate von 1-2% gerechnet. Dabei ist der gleiche Erreger in den ersten sechs Monaten häufiger, später kann meist eine Reinfektion mit anderen Erregern eine erneute Endokarditis hervorrufen.

Risiken, die eine ungünstige Prognose verursachen sind: höheres Alter, Komorbidität (Diabetes mellitus, Herz- oder Niereninsuffizienz), während der Endokarditis auftretende Komplikationen: Herz- oder Niereninsuffizienz, Apoplex, septischer Schock, Klappenring-Abszess, Kunstklappen-Endokarditis, Infektion durch MRSA und Erreger wie Brucella, Bartonella, Legionella spp, Großvegetationen, septisch-metastatische Infektionsherde (z.B. Spondylodiscitis).

Endokarditis-Prophylaxe: Ziel der Endokarditisprophylaxe ist es, den Übertritt und die Vermehrung von Erregern am Endokard im Rahmen medizinischer Eingriffe zu verhindern. Alle gefährdeten Patienten müssen vor solchen Eingriffen über die Notwendigkeit einer Prophylaxe informiert werden, um die Akzeptanz zu erwirken.

Bibliographie

Adler, Guido: Gustav Mahler. Wien 1916

Adorno, Theodor W.: Mahler eine musikalische Physiognomik. In: Die musikalischen Monographien. Gesammelte Schriften Bd. 13. Frankfurt a. M. 1971

Ardjah, Hassan: Beethoven-Mozart. Zwiegespräche: Ein historischer Roman. BOD – Books on Demand. Norderstedt 2013

Ardjah, Hassan: Frieden durch Dialog - Also sprach Zarathustra. BOD – Book on Demand. Norderstedt 2014

Blaukopf, Kurt (Hrsg.): Mahler – sein Leben, sein Werk und seine Welt in zeitgenössischen Bildern und Texten. Wien 1976

Blaukopf, Kurt: Gustav Mahler oder der Zeitgenosse der Zukunft. Wien, Neuausgabe Kassel 1989

Bloch, Ernst: Geist der Utopie. 1917

Bernstein, Leonard: Freude an der Musik. W. Goldmann Verlag. München 1982

Bernstein, Leonard: The Complete Mahler Symphonies – NewYork Philharmonic. Sony Music Entertainment. 2012

Bethge, Hans: Omar Khayyam. Nachdichtungen orientalischer Lyrik, Bd. III. Yin Yang, Media Verlag. Kelkheim 2003-2008

Bethge, Hans: Hafiz. Der Diwan. Zwei Bände. Yin Yang, Media Verlag. Kelkheim 2003-2008

Bethge, Hans: Die chinesische Flöte. Nachdichtungen chinesischer Lyrik. Yin Yang, Media Verlag. Kelkheim 2001-2011

Floros, Constantin: Gustav Mahler. 3 Bde. Wiesbaden 1977-1985

Michell, Donald: Gustav Mahler. 3 Bde. London 1958, 1975 und 1985

Nietzsche, Friedrich: Werke in drei Bänden. Carl Hanser Verlag. München 1977

Pahlen, Kurt: Sinfonien der Welt. SU International, Schweizer Verlagshaus AG. 3.Auflage, Zürich 1987

Seele, Astrid: Alma Mahler-Werfel. Rowohlt 2010

Autor

Prof. Dr. med. Hassan Ardjah, geboren in Teheran/Iran, Studium der Medizin und Philosophie in Heidelberg. Langjährige Tätigkeit als Internist: Kardiologie, Gastroenterologie. Autor zahlreicher Bücher.